U0164141

【第六屆】

中國詩學

會議論文集

國立彰化師範大學國文系◎編

目　　錄

序

　　國立彰化師範大學國文系自 1991 年 8 月創系至今，已經屆滿 11 年了，這 11 年來，每年 5 月我們都會舉辦一場詩學研討會，由於本系在教學方面是古典與現代並重，因此，我們的論文研討會一開始就決定採用古典詩與現代詩論的方式進行，今年又輪到古典詩學研討會上場，而從先秦兩漢一路走來，我們今年推出的主題是明清詩學，這也正標示著我們的古典詩學研討會已經有所小成，這都要感恩本系全體師生以及學術界、教育界同好的共同努力。

　　如同以往，我們的詩學研討會在一天內舉辦完畢，5 月 25 日當天，風和日麗，十位詩學研究者在本校國際會議廳用心地宣讀他們的大作，十位特約討論人誠懇地提供了他們閱讀論文之後的意見，會議的進行在四位主持人的帶動之下，顯得極為順暢；會議結束之後，很多人逗留在現場，繼續交換意見，期待有機會再度結緣。

　　詩學研討會是本系年度學術大事，本系每位同仁都有機會擔
任主辦人，今年輪由熱心的譚潤生與林素珍兩位女老師負責，會
議前她們的忙進忙出是有目共睹的，會議之後又忙著研究如何將
十篇論文結集成書，現在她們希望將論文集交由萬卷樓圖書公司
出版，承蒙台灣師大名教授陳滿銘老師協助促成此事，使得這次
的詩學研討會就此畫上最完美的句點，這樣的結局是我們最為樂
見的，是為序。

黃忠愼

2002年9月下旬於白沙山莊

宋濂詩說探賾

逢甲大學中文系兼任講師

丁威仁

壹、前言

　　宋濂為明代開國文臣之首，其詩學觀念影響明初文壇甚巨，過去已有諸多學者涉及明初詩學理論的建構工作，無論是從地域性詩學、文學批評史，還是詩話學等各種角度，多對宋濂之詩論有精闢的解說①。而本文再次以宋濂詩說作為論述主軸，力圖從詩學理論的架構中，重新蠡測宋濂詩學思維建築裡各個支點，希望能補充前輩學者對於此論題的各項關注，也力圖完整地呈現宋濂這位開國文臣詩學思考的繁複面貌。

　　宋濂（131c-1381），字景濂，號潛溪，浙江浦江人。元末召為翰林編修，不受。朱元璋於元至正十五年攻下婺州，即起用宋濂。明洪武二年詔其修《元史》，史成，除翰林院學士，累官至翰林學士承旨，後因老致仕。晚年因長孫慎坐法，舉家遷謫茂州，卒於道。正德中追諡文憲，有《宋文憲公全集》②。下頁表則是宋濂的學術師承關係表③：

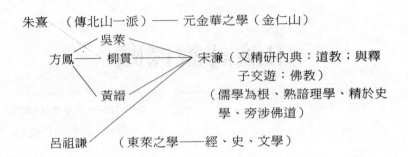

朱熹　（傳北山一派）──── 元金華之學（金仁山）

　　　　　吳萊
方鳳──── 柳貫────── 宋濂（又精研內典：道教；與釋
　　　　　　　　　　　　　　　　　子交遊：佛教）
　　　　　黃縉　　　　　　（儒學為根、熟諳理學、精於史
　　　　　　　　　　　　　　　學、旁涉佛道）

呂祖謙　　（東萊之學──── 經、史、文學）

　　可見宋濂所傳思想是偏朱子一派，故其言心（氣）必落在形
下世界，他將心與氣合觀，以自然萬物與人類生命視作一氣周流
之產物，再加上其另一思維源自呂東萊，故其言詩文的價值根源
便源自五經，而宋濂又旁涉佛道，使得他在儒學的架構下並非保
守地看待詩歌創作，這也使得他的詩歌理論有以儒學為根源卻沒
有倒退論的傾向④。以下本文便從宋濂言學詩的基礎、詩歌的本
質功能、詩歌的創作方法，以及他的詩歌批評觀與詩史思維，作
重新而全盤的分析檢視，希望能夠系統地將這位明代開國文臣的
詩學觀念展示，對明代文學批評史有研究上的貢獻。

貳、學詩的基礎：五美之具

宋濂云：

　　詩，緣情而託物者也。豈亦易易乎？然非易也。非天賦超逸
　　之才，不能有以稱其器。才稱矣，非加稽古之功、審諸家之
　　音節體製，不能有以究其施；功加矣，非良師友示之以軌

度，約之以範圍，不能有以擇其精；師友良矣，非雕肝琢腎，宵詠朝吟，不能有以驗其所至之淺深；吟詠侈矣，非得夫江山之助，則塵土之思膠擾蔽固，不能有以發揮其性靈。五美云備，然後可以言詩矣。蓋不得助於清暉者，其情沈而鬱；業之不專者，其辭蕪以龐；無所授受者，其製澀而乖；師心自高者，其識卑而陋；受質蹇鈍者，其發滯而拘。（卷六〈劉兵部詩集序〉，P.184-185）

筆者先以下表整理歸納宋濂的說法：

五美之具	必要處	缺憾之弊		備　註
天賦超逸之才	有以稱其氣	受質蹇鈍者	其發滯而拘	先天質性
稽古之功，審諸家音節體製	有以究其施	無所授受者	其製澀而乖	師古，歷諳諸體
良師友	有以擇其精	師心自高者	其識卑且陋	良師：盡傳授之秘良友：成相觀之善
宵詠朝吟	有以驗其所至之淺深	業之不專者	其辭蕪以龐	日誦之，日詠之
江山之助	有以發揮其性靈	不得助於清暉者	其情沈而鬱	地理環境

宋濂從五個面向來分析學詩的基礎：

第一、天賦超逸之才。這是指先天所具備的才性稟賦，即是出生當下二氣相感所帶來的先天氣質之性，這便是其所言「天之降才爾殊也」，而宋濂則以「忠信近道之質」作為稟賦之佳者。也因受質之不同，故創作會「隨其人而著形」（卷七〈清嘯後稿

序〉，P.229），不同的氣化本質會帶來不同的文學表現。

　　第二、稽古之功，審諸家音節體製。這裡指的是後天工夫，宋濂認為「歷諳諸體」（卷六〈劉彥昺詩集序〉，P.187），對於過去各種「淵源既正」的詩文作品，必須從音節以至於體製，都有一定的熟悉度。但熟諳的基礎並不是「專溺辭章」形式格調的摹擬，而是透過師古人之心意，窮盡古之道而至於無間古今。因此宋濂所言辨明諸家音節體制，雖言「究其製作聲辭之真」（卷六〈劉彥昺詩集序〉，P.187），但並非亦步亦趨地步武古之聲調，宋濂云：「古者之音，唯取諧協，故無不相通」（卷五〈洪武正韻序〉，P.139-140），談到漢魏諸家之作時，又言「亦不過協比其音而已」（同上），可見其對於音韻體製的看法，重點確是放在一「真」字，只要取得諧協於主題的自然之音，便可以完全地表現情感內容，這樣的思考模式與其「作詩，必本於三百篇」的想法是相互呼應的。

　　第三、良師友。這是指詩人作家與外在事物的互動，也隱含著讀者與批評對詩人作家的重要性。宋濂云：

> 詩道之倡，其有師友淵源乎！非師不足盡傳授之秘，非友不足成相觀之善。無是二者，不可言詩矣。（卷六〈孫柏融詩集序〉，P.190）

　　宋濂除了以師古作為工夫論的根本之外，他對人倫日用之間的師道也覺得相當重要。他認為可以透過後天對於老師學問傳授的學習，便可以得到「性情之正」；而文友則是較專業的讀者，

透過友朋同儕之間對於彼此作品的討論比較，再輔以師古之功，三位一體，便可以達到「稽其聲律，求其旨趣，察其端倪，已而學大進」的寫作狀態。因此宋濂對時人率「師吾心」的現象有嚴厲的批評：

> 近來學者，類多自高，操觚未能成章，輒闐視前古為無物。且揚言曰：曹、劉、李、杜、蘇、黃諸作雖佳，不必師，吾即師，師吾心耳。故其所作，往往猖狂無倫，以揚沙走石為豪，而不復知有純和沖粹之意……（卷二十八〈答章秀才論詩書〉，P.1053）

雖然，宋濂認為「詩乃吟詠性情之具，而所謂風雅頌者，皆出於吾之一心，特因事感觸而成……」（卷二十八〈答章秀才論詩書〉，P.1052），但此所謂「吾心」之根源，應是前述「作詩本於三百篇之旨」，亦即是師古人之心意；換句話說，就是以「稽古之功」作為師吾心之價值根源，「良詩友」作為後天相觀之努力，但時人並不明白這種古人能自成一家言的道理與基礎，而在生命無物底下猖狂無倫，漠視一切，莫怪乎宋濂要對此現象嚴格批判之。

第四、宵詠朝吟。宋濂云：「日誦之，日履之，與之俱化，無間古今也」，對一個讀者（或批評者）而言，透過反覆讀誦往往能把握作品之精奧與問題；對作者而言，透過自己作品的再三閱讀，更可以察覺自己作品在音律形式以至於情感內容的淺深。

第五、江山之助。宋濂雖然以「詩教」作為其詩歌理論的價

值歸趨，但他依舊有言及「性靈」，他是從地理環境給詩人內在生命的感發處來談「性靈」，畢竟這個世界萬物的變化是「風霆流行而神化運行其上，河嶽融峙而物變滋殖於下，千態萬殊，沈冥發舒」的狀態（卷六〈林伯恭詩集序〉，P.188），而「有志之士，豈無鄉土之思哉」（卷六〈寄和右丞溫迪罕詩卷序〉，P.174），這都可以看出宋濂認為環境對於詩人創作的影響，由此來談「性靈」則比較偏向於一種敏感的情性，是詩人內在的審美本質，而地理環境便是審美客體（對象），因此「感情觸物必形之於言有不能自已也」（卷六〈劉母賢行詩集序〉，P.189）。故宋濂雖以「言志」作為根源，但卻藉此「江山之助」，包孕了帶有「緣情感物」的「性靈」思考⑤。

參、詩歌的本質與功能（宋濂論詩的價值根源）：感善懲逸

宋濂曰：

> 昔人之論文者曰，有山林之文，有臺閣之文。山林之文，其氣枯以槁；臺閣之文，其氣麗以雄。豈惟天之降才爾殊也，亦以所居之地不同，故其發於言辭之或異耳。（卷七〈汪右丞詩集序〉，P.186）

這段話，值得我們注意的有幾處：第一，宋濂從詩文創作主題的角度來涉入詩文本質的討論，把詩文創作概略分成「山林之

文」與「臺閣之文」兩類⑥。第二，宋濂以「天之降才」（先天）
和「所居之地」（後天）作為兩類型詩歌發聲相異的原因，當然
他所說的「居」，應含有「地理環境」與「身分階層」兩種意
義。第三、宋濂並從本質論的思考出發，涉及風格論的問題，他
認為「山林之文，其氣瘦縮而枯槁；臺閣之文，其體絢麗而豐腴」
（〈蔣錄事詩集後〉），並且以「化枯槁而為豐腴」作為他對山林與
臺閣之文的價值判斷，把臺閣之文作為「恢廓其心胸，踔厲其志
氣者，無不厚也」的詩文價值判準。筆者以下表作進一步地觀察
分析：

	山林之文	臺閣之文
詩之體	風	雅頌
作者	氓隸女婦之手	公卿大夫
所居之地	里巷歌謠之辭	施之以朝會，施之以燕饗
題材	風雲月露之形，花木蟲魚之玩，山川原隰之勝	覽乎城觀宮闕之壯，典章文物之懿，甲兵卒乘之雄，華夷會同之盛
風格	其氣枯以槁	其氣麗以雄
	其情也曲以暢，故其音也眇以幽	發則其音淳龐而雍容，鏗鍧而鏜鎝
	其氣瘦縮而枯槁	其體絢麗而豐腴

　　雖然宋濂一再強調山林與臺閣詩文之不同，是在於「所處之
地不同而所託之興有異也」，然而他最終的標準卻是在「美教化
而移風俗」的「詩教」思維，也正因為如此，「枯槁」的「山林
之文」終究無法取代「豐腴」的「臺閣之文」。
　　假使，中國詩歌的本質思維，可以趨向於「言志」、「緣

情」、「感物」三條可分合的線性結構，那麼代表宋濂內在的詩歌本質思維則應該屬於「言志」的單線行進，一方面他將詩文創作區分成兩大類型（卻以臺閣為宗），另一方面他則提出了「詩文本出於一源」、「作詩必本於三百篇」的「言志」回歸：

> 詩文本出於一源，詩則領在樂官，故必定之以五聲，若其辭則未始有異也。如《易》、《書》之協韻者，非文字之詩乎？詩之《周頌》，多無韻者，非詩之文乎？何嘗歧而二之！沿及後世，其道愈降，至有儒者、詩人之分。自此說一行，仁義道德之辭，遂為詩家大禁。而風花煙鳥之章，留連於海內矣，不亦悲夫！（卷十二〈題許先生古詩後〉，P.435）
>
> 予謂作詩，必本於三百篇。（卷三十二〈歌斂詩有序〉，P.1161）
>
> 嗚呼，詩者發乎情而止乎禮義也，感情觸物必行之於言有不能自己者也。（卷六〈劉母賢行詩集序〉，P.189）

詩言志，是先秦時期論詩的基礎思維⑦，宋濂承繼著如此的思考，故其論詩歌的本質必推源於三百篇，其詩歌觀念與價值取向也因此而呈現三個面向：

第一、「溫柔敦厚」的詩教本質：宋濂以《詩經》作為詩歌創作的價值根源，所以會以「忠信近道之質，優柔不迫之思，形主文諷諫之言」（卷七〈白雲稿序〉，P.226）作為詩的本質，把文藻、體裁、音節等形式技巧的部分，作為教化鼓舞讀者的附

屬，而感發讀者使其知勸則是詩歌創作最重要的功能。

第二，復古傾向：宋濂評楊維楨之詩云：

> 非先秦兩漢弗之學，久與俱化，見諸論撰，如睹商敦周彝，
> 雲霤成文而寒芒橫逸，奪人目睛。其於詩尤號名家，震盪凌
> 厲，駸駸將逼盛唐，驟閱之，神出鬼沒，不可察其端倪，其
> 亦文中之雄乎！（《宋學士全集‧補遺》卷五〈元故奉訓大
> 夫江西等處儒學提舉楊君墓誌銘有序〉，P.1440）

由此引文與宋濂推本「詩三百篇」合觀，可知宋濂以盛唐上
推先秦兩漢以至於詩三百篇的脈絡，去架構復古的線型結構，以
「必歷諳諸體，究其製作聲辭之真，然後能自成一家」（卷六〈劉
彥昺詩集序〉，P.187），認為透過學習古人詩歌各體創作的底
蘊，便可以達到最好的詩歌表現。

第三、詩格及人格的一本（一氣貫通）論：宋濂將詩歌創作
與人格形態聯繫，首先他先論及「詩文本出於一源」，並且提出
「五經各備文之眾法，非可以一事而指名也」（卷七〈白雲稿
序〉，P.226），又認為「經乃聖人所定，實猶天然，日月星辰之
昭布，山川草木之森列，莫不繫焉覆焉，皆一氣周流而融通之」
（卷七〈白雲稿序〉，P.226），於是詩文的根源便在於聖人所制定
的經書，而此經書至於詩文的創作都應是一氣周流而融通的天然
之物。宋濂又云：

> 詩，心之聲也；聲因於氣，皆隨其人而著形焉……嗚呼，風

霆流行而神化運行其上，河嶽融峙而物變滋殖於下，千態萬殊，沈冥發舒，皆一氣貫通使然。必有穎悟絕特之資而濟以該博宏偉之學，察乎古今天人之變而通其洪纖動植之情，然後足以憑藉是氣之靈。（卷六〈林伯恭詩集序〉，P.188）

宋濂此語，實可聯繫前述關於詩文與經書本質相同的思維，即是人心與詩文一般是氣之最靈處，而氣又是萬物生長變化的根源，故人心、詩文、經書、萬物四者在一氣貫通下，成為「皆隨其人而著形」的一本狀態。龔顯宗說：

宋氏合道與自然而為一，正顯示其具有理學家與古文家之雙重特質，故能巧為調和也⑧。

又說：

所以「文如其人」一語不如解釋為「文章的風格像作者的個性一樣」，與其從文章的內容去斷定作者的品格，不如從文章的風格詞氣推測作者的個性。⑨

換句話說，就是宋濂認為可以從文格、文氣去推斷作者的人格品行。而道德政事為經書之本，故亦應為詩文與人格之本，所謂「夫詩之為教，務欲得其性情之正」（卷十九〈故朱府君文昌墓銘〉，P.708），此正處亦即是君子之本處，即「本乎仁義」，「止於禮義，則幽者能平，而荒者知戒矣」（卷六〈震川集序〉，

P.194），以禮義作為詩文之極則，如此，「賢人君子性情之正、道德之美。以治其身，其身醇如也……以形乎詩，其詞粹如也」（卷六〈林氏詩序〉，P.180），從人格到詩格都呈現出醇粹的狀態。這種思維模式，當然會導向「修身先於修文」、「道明德立」的「詩格出於人格」的思考進路⑩。

肆、詩歌創作方法論：師古養氣

宋濂云：

> 然則所謂古者何？古之書也，古之道也，古之心也。道存諸心，心之言存諸書。日誦之、日履之，與之俱化，無間古今也。若曰專溺辭章之間，上法周漢，下跂唐宋，美則美矣，豈師古者乎。（卷十五〈師古齋箴並序〉，P.520）

宋濂言師古，並非從形式格調上亦步亦趨地描畫古人面目的作品，其言可從以下幾個方面來立論：第一，宋濂從師心的角度言師古，而心的本質內涵是「古之道」，心之發用抒寫便是古之書，所以師心便可聯繫古道與古書，達到「氣充言雄」（卷六〈林伯恭詩集序〉，P.188）的境界，即是窮盡古之道以至於無間古今。第二、宋濂雖言「歷諳諸體」，但卻反對「專溺辭章」，他說：

> 今詩之體與雅頌不同矣，猶襲其名者何？體不同也，而曰賦

日比曰興，其有不同乎？同矣。而謂體不同者何？時有古今
也。時有古今也，奈何今不得為古，猶古不能為今也。今古
雖不同，人情之發也，人聲之宣也，文之成也，則同而已
矣。（卷二〈國朝雅頌序〉，P.171）

　　如此談師古的著眼點便不完全是文學倒退論的，他提出了幾
個觀點：第一，文體與文辭是變遷的，這是因為時代所造成的。
第二、雖然如此，宋濂認為今古亦有可以相通之處，就是人情，
那種發自內在的情感思維，以及創作表現的基礎方法：賦比興，
亦是古今一致。由此如果與其「作詩本於三百篇」的思考聯繫，
不難發現宋濂是相當不贊同摹擬剽竊的，他所謂的師古並非從文
辭形式的角度出發，而是著眼於今古相通的內在感情，要師的是
古人發乎情止乎禮義的生命形態⑪。所以宋濂說：

其上焉者師其意，辭固不似而氣象無不同；其下焉者辭則似
矣，求其精神之所寓故未嘗近也。（卷二十八〈答章秀才論
詩書〉，P.1052）

　　由此觀之，宋濂言「歷諳諸體」並非完全指的是文辭上的摹
擬，他認為「古之為文者未嘗相師，鬱積於中，櫨之於外，而自
然成文。其道明也，引而伸之，浩然而有餘，豈必竊取辭語以為
工哉」（卷七〈蘇平仲文集序〉，P.219），從歷史的角度說明古人
道明成文不須依靠任何摹擬，而將「近世道漓氣弱，文之不振以
甚」的緣故之一，推究於時人「好摹擬拘於局而不暢」，因為摹

擬剽竊而失去詩人恢廓的格局。這可以看出宋濂反摹擬的堅持，而其內在意義是師古之心、意，亦即是以聖人之道，用符合時代的語言形式，去表達詩人內在的情感，提供詩歌的教化功能。在這樣的思考中，我們不能說宋濂是文學倒退論思維的⑫。筆者以下圖表示宋濂師古的思維方式：

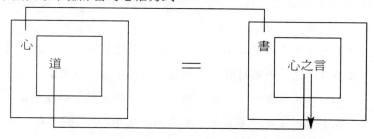

心之聲（詩）

由上圖可再作整體的說明：因心之言（即道）存諸書（心），而心之聲又發而成詩，再加上宋濂所云「詩文本出於一原」的詩歌本質，可證明「心之言＝心之聲＝道」，且「心＝書＝詩」，又「師古之意＝師古之心」，而「聲因其氣，皆隨人而著形」，如此一來師古的概念依舊被宋濂「一氣貫通」的「一本」思維融攝，作為創作方法的思考亦成為詩歌本質的部分。當然，宋濂仍然有提出關於詩歌創作的工夫理論：

> 必有穎悟絕特之資而濟以該博宏偉之學，察乎古今天人之變而通其洪纖動植之情，然後足以憑藉是氣之靈。……世之學詩者眾矣，不知氣充言雄之旨，往往局於蟲魚草木之微，求工於一聯隻字間，真若蒼蠅之聲出於蚯蚓之竅，而已詩云乎哉！（卷三〈林伯恭詩集序〉，P.188）

　　宋濂認為氣有三種：一為浩然之氣（志氣）受到後天四瑕（傷文之形骸）、八冥（傷文之膏髓）與九蠹之累（死文之心）⑬。二為天賦才氣（才氣稟性）。第三則是後天居處之氣（地理環境）。而文氣受前三者與時變的影響，故遍遊山川亦能養氣：

> 然予聞太史公周覽名山川，故所作《史記》煜煜有奇氣。同文他日西還，予將相隨，泛洞庭，浮沅、湘，登大別、九疑之山，吸風吐雲，一洗胸中穢濁，使虛極生明，明極光發……或者當有可觀。（卷七〈詹學士文集序〉，P.207-208）

　　透過閱歷可以使內在生命得到成長，相對的亦使文章得有奇氣，而此氣在貫通人格與詩格後的表現必有可觀之處，而宋濂言養氣的工夫過程如下：

> 必能養之而後道明，道明而後氣充，氣充而後文雄，文雄而後追配乎聖經，不若是，不足為之文也。（〈評浦陽人物三則之三〉）

　　即是如下的方法進程：

　　養氣──道明──氣充──文雄──追配乎聖經

　　在這個工夫脈絡上，宋濂批評四靈詩：

永嘉舊傳四靈詩，識趣凡近而音調悲促，近代或以為清新者，競摹仿之。濂每謂人曰：「誤江南學子者，此詩也」。（卷三〈林伯恭詩集序〉，P.188）

下至蕭、趙二氏，氣局荒頹，而音節促迫，則其變又極矣。（卷二十八〈答章秀才論詩書〉，P.1052）

他以「音調悲促」批評南宋永嘉四靈的作品。四庫總目《芳蘭軒集》提要云：「蓋四靈之詩，雖鏤心銱腎，刻意雕琢，而取徑太狹，終不免破碎尖酸之病」⑭，可知四靈取法姚合、賈島，以苦吟求造語精緻，對偶巧妙，氣侷、格狹、調促，相異於宋濂「氣充文雄」的詩歌表現形態。而孟子云：

敢問何謂浩然正氣？曰：難言也。其為氣也，至大至剛，以直養而無害，則塞於天地之間。其為氣也，配義與道；無是，餒也。是集義所生也，非義襲而取之也。行以不慊於心，則餒矣。我故曰：告子未嘗知義，以其外之也。（《孟子‧公孫丑上》）

至大至剛的浩然正氣，立於正道之上，合於義，故可充塞於天地之間，此義與道均為內心所自發的，是本心所自然流露呈顯的，宋濂在此基礎上云「氣充文雄」，便是認為言語文章的根本存乎一心，「道」應為我們生命情意的主宰，即「品格」應作為「才調」之主宰，所以應以「品格」統攝「氣稟」，以「心志」統

「氣」，強調存養之道，畢竟詩文與功業均為個人品格修養之所發，氣性足以規範作品風格，故這種自我修養的「養氣」工夫雖然本是道德上的，但因「品格」為寫作之根本原因之一，養氣又有助於為文，以至於宋濂除了言「養氣文雄」外，「追配乎聖經」更是其認為最高的文學價值所在。其詩學觀念裡的工夫論，雖上承孟子，但卻從道德哲學延伸至詩學觀念的討論上，成為宋濂詩觀裡的重要工夫論之一。

伍、詩歌批評論與詩史觀

筆者以下先整理部分宋濂對時人詩作的批評：

㈠和而弗流，激而弗怒，雅而不凡，可謂能專對者非邪？（卷五〈南征錄序〉：王廉，P.145）。

㈡其詩震盪超越，如鐵騎馳突而旗纛翩翩與之後先。及其治定功成，海宇敉寧……故其詩典雅尊嚴，類喬嶽雄峙而群峰左右……。（卷六〈汪右丞詩集序〉：汪廣洋，P.186）。

㈢命意深而措辭雅，陳義高而比物廣。（卷七〈清嘯後稿序〉：盧陵胡君山，P.229）。

㈣多而不冗，簡而有度，神氣流動而精魄蒼勁。（卷七〈白雲稿序〉：朱伯賢，P.226）

㈤形之於詩，皆古雅俊逸可玩。（《宋學士全集·補遺》卷二〈用明禪師文集序〉：道潛師，P.1247）

㈥珠圓玉潔而法度謹嚴。（卷八〈送天淵禪師濬公還四明序〉：清濬，P.265）

㈦隨物賦形，衛下洪纖，變化不可測。寘之古人篇章中，幾無可辨者。（卷六〈劉兵部詩集序〉：劉崧，P.185）

㈧其於詩尤號名家，震盪凌厲，駸駸將逼盛唐，驟閱之，神出鬼沒，不可察其端倪，其亦文中之雄乎！（《宋學士全集・補遺》卷五〈元故奉訓大夫江西等處儒學提舉楊君墓誌銘有序〉：楊維楨，P.1440）

㈨氣韻沈鬱，言出意表，何其近謝康樂歟？縕藉脫落，不霑塵土，何其類岑嘉州歟？（卷六〈劉彥昺詩集序〉：劉彥昺，P.187）

㈩詩則森嚴踔厲，有蒼淵之色。（卷六〈莆陽王德暉先生集序〉：王德暉）

⑪沈鬱頓挫，渾厚超越。（卷六〈林伯恭詩集序〉：林伯恭，P.188）

⑫韻蕭灑而氣岸偉，如發於聲詩，往往出人意表。（卷六〈東軒集序〉：方明敏，P.203）

⑬沖澹類漢魏，雄健如盛唐。（卷十九〈故朱府君文昌墓銘〉：朱好謙，P.708）

⑭和平而不矜、雍容而自得。（卷六〈震川集序〉：王本中，P.194）

其實，我們從宋濂〈答章秀才論詩書〉⑮此文的閱讀中，可以知道宋濂對於古人詩作在史觀上的批評標準有三：風騷（指《詩經》、《楚辭》），漢魏（李陵、蘇武與建安風骨），盛唐（李白、杜甫）。假使我們就上述宋濂運用的批評語彙與其詩史標準合觀，可以作出如下的表格：

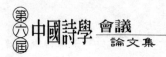
風騷類	漢魏類	盛唐類
和而弗流激而弗怒	氣韻沈鬱	沈鬱頓挫
雅而不凡	森嚴踔厲，有蒼淵之色	縕藉脫落
專對	珠圓玉潔而法度謹嚴	震盪超越
陳義高而比物廣	渾厚超越	韻蕭灑而氣岸偉
雍容而自得	沖澹	神氣流動而精魄蒼勁
命意深而措辭雅	古雅俊逸	雄健
典雅尊嚴	隨物賦形	震盪凌厲，駸駸將逼
		盛唐

同樣地，筆者亦先整理宋濂對古人詩作的批評如下：

一、先秦時期

㈠紆曲淒惋，實宗國風與楚人之辭（評蘇武、李陵之詩，言其根源為《詩經》與《楚辭》）。

二、漢魏六朝時期

㈡詩道於是乎大盛，然皆師少卿而馳騁於風雅者也（言建安、正始時期，是詩道大盛的時期，諸家的根源是李陵與《詩經》）。

㈢至太康復中興，陸士衡兄弟則效子建，潘安仁、張茂先、張景陽則學仲宣，左太沖、張季鷹則法公幹，獨陶元亮天分之高，其先雖出於太沖、景陽，究其所自得，直超建安而上之，高情遠韻……（言太康至於永嘉、義熙，只有陶淵明能夠超越建安風骨，取之乎上）。

㈣三謝本於子建而雜參於郭景純，延之則祖士衡，明遠則效景陽，而氣骨淵然，駸駸有西漢風，餘則傷於刻鏤而乏雄渾之氣（以西漢為標準評價三謝、顏延之、鮑照，認為鮑照有西漢雄渾

之風)。

三、隋唐時期

㈤沈修文拘於聲韻，王元長局於褊迫，江文通過於摹擬，陰子堅涉於淺易，何仲言流於瑣碎，至於徐孝穆、庾子山一以婉麗為宗，詩之變極矣(對於永明以下之詩，認為是詩歌極變的狀態，因其逐漸以婉麗為宗)。

㈥唐初承陳、隋之弊，多尊徐、庾，遂至頹靡不振。張子壽、蘇廷碩、張道濟相繼而興，各以風雅為師……奈何溺於久習，終不能改其舊(對於唐初沿承徐庾體的習氣作一說明)。

㈦唯陳伯玉痛懲其弊，專師漢魏，而友景純、淵明，可謂挺然不群之士，復古之功於是為大(言陳子昂為唐詩復古風氣之開端，以漢魏為師)。

㈧開元、天寶中，杜子美復繼出，上薄風雅，下該沈宋，才奪蘇李，氣吞曹劉，掩顏謝之孤高，雜徐庾之流麗，真所謂集大成者，而諸作皆廢矣。並時而作，有李太白，宗風騷及建安七子，其格極高，其變化若神龍之不可羈(言盛唐，則尊杜為集大成者，另以風騷與建安風骨作為價值論李白之變化多端)。

㈨有王摩詰依仿淵明，雖運詞清雅，萎弱少風骨。有韋應物祖襲靈運，能壹寄穠鮮於簡淡之中，淵明以來，蓋一人而已。他如岑參、高達夫、劉長卿、孟浩然、元次山之屬，咸以興寄相高，取法建安(宋濂認為簡淡必須以穠鮮作為內質，而盛唐隱然就是建安風骨之再現)。

㈩至於大曆之際……詩道於是為最盛。

(十一)韓柳起於元和之間，韓初效建安，晚自成家……柳斟酌陶

謝之中，而措辭窈渺清妍，應物以下，亦一人而已。元白近於輕俗，王張過於浮麗，要皆同師古樂府。賈浪仙獨變入僻，以矯豔於元白。劉夢得步驟少陵，而氣韻不足。杜牧之沈涵靈運，而句意尚奇……至於李長吉、溫飛卿、李商隱、段成式專誇靡蔓，雖人人各有所師，而詩之變又極矣（在此處第二次出現詩歌極變的話語，亦即是宋濂認為中晚唐是第二次詩歌創作劇烈向下變化的時代）。

四、宋朝時期

(十一)宋初，襲晚唐五季之弊。天聖以來，晏同叔、錢希聖、劉子儀、楊大年數人，亦思有以革之，第皆師於義山，全乖古雅之風（以宋初承襲李義山靡蔓風氣，有違詩騷漢魏古雅之風）。

(十二)迨王亢之以邁世之豪，俯就繩尺，以樂天為法；歐陽永叔痛矯西崑，以退之為宗，蘇子美、梅聖俞介乎期間。梅之覃思精微，學孟東野；蘇之筆力橫絕，宗杜子美，亦頗號為詩道中興（言宋詩始學中盛唐人時可號為中興）。

(十三)元祐之間，蘇黃挺出，雖曰共師李杜，而競以己意相高，而諸作又廢已。自此之後，詩人迭起……大抵不出於二家。關於蘇門四學士，及江西宗派諸詩，蓋可見矣（宋濂對蘇軾與黃庭堅的評價不高，認為他們雖曰師李杜，但實際上是師吾心，近於明當時文人之類多自高者）。

(十四)馴至隆興、乾道之時，尤延之之清婉，楊廷秀之深刻、范至能之宏麗，陸務觀之敷腴，亦皆有可觀者，然終不離天聖元祐之故步，去盛唐為益遠（言南宋四大家詩雖可觀處不少，但離宋濂所謂的盛唐標準更加遙遠，詩之格力到此益衰）。

(共)下至蕭、趙二氏，氣局荒頹，而音節促迫，則其變又極矣（言永嘉四靈以降，詩歌第三次極變，可說是衰敗至極）。

五、明初時人

(七)近來學者，類多自高，操觚未能成章，輒閣視前古為無物。……故其所作往往猖狂無倫，以揚沙走石為豪，而不復知有純和沖粹之意（宋濂此文的目的其實在於此處對時人嚴厲的批評，認為明初詩歌創作延續晚宋以來之弊，使得社會教化衰敗）。

由此，我們可以作如下的論斷：

第一、宋濂的詩歌批評觀有三個價值標準：在唐前以風騷、漢魏（李陵、蘇武、古樂府）作為主要準則；在盛唐李杜出之後，則以杜甫作為第三個評詩的價值思維。當然在其中亦蘊含著如陶淵明、陳子昂、韋應物等細部準則，但這些準則從他的觀點來看，依舊無法離開前述關於他評詩的三個終極價值根源。

第二、故在其三個判準底下會延伸出來的就是風格判準，我們觀察宋濂使用的批評語彙，可以從前述的表格看出那種依附於三個標準的詞組模式，亦即是在宋濂認為的詩歌風格思維中，最上者為興寄相高（風雅雍容）、漢魏風骨（雄渾超越）與杜甫（沈鬱蒼勁）；中者則是清雅簡淡中帶有穠纖的內質（如韋應物）；最下者則是晚唐與晚宋之婉麗靡蔓、頹靡不振之詩風。

第三、因此再延伸的思維就是其詩史的流變觀察，在宋濂這篇〈答章秀才論詩書〉裡，我們的確可以透過筆者前述之整理，發覺宋濂的詩史思考集中在先秦、漢魏、盛唐三個階段：第一、二的階段在永明以下極變，向下衰敗，一直延續至陳子昂出，詩

道終於走向第二次高峰，迄於杜甫以至於大曆年間。然而進入中晚唐，到了李義山，宋濂認為此是詩道又一次的向下衰敗極變，雖然經過宋代歐陽永叔等人想振衰起弊，但短暫的詩道中興後，幾乎整個宋代在宋濂的觀點裡是有一定程度貶抑的，並且一直延續到其所處的明代初期。以下是其詩史流變之簡表：

{先秦──漢魏（極盛）}──永明以下（極變）──{陳子昂（復古）──杜甫（集大成）──大曆（極盛）}──中晚唐至李義山等出（極變）──{北宋歐陽永叔等出（中興）}──後去盛唐亦遠──永嘉四靈（極變）──明初（繼續猖狂無倫）

第四、從上表的確可以看出宋濂批評永明、唐初、晚唐、宋初、元祐、晚宋；認為漢魏與盛唐李杜可以說是詩史上的極盛時期，故說宋濂崇唐抑宋，不如說是「崇杜抑晚宋」，而價值根源則在於三百篇《楚騷》與漢魏風骨。因此如果聯繫到本文論及山林之文與臺閣之文時，當然宋濂對於清雅簡淡「山林之文」的位階會置放得比風雅雍容的「臺閣之文」還低。

第五、宋濂透過此文除了要架構所要批判的一個詩史思維外，其實他所針對的是晚宋元季以至於明初詩文浮濫之弊，亦即是他想透過完整的詩史建築去宣揚「純和沖粹」的人文化成的詩歌表現形態，即是希望透過對古之道、古之心（意）的回歸，讓社會與百姓能夠透過「詩教」系統得到高度的存在穩定。

陸、結論

本文中，筆者從學詩的基礎、詩歌本質與功能、詩歌的創作方法、詩歌批評與詩史觀四個角度來討論宋濂的詩學，我們不難發現宋濂的詩學觀有如下幾個重點：

㈠宋濂以「五美之具」當作是學詩的基礎，已廣義地涉及到詩歌創作的數個面向，包括先天稟賦、後天學習、師友淵源、作品的修改與自省，甚至是地理環境對創作的影響。並且亦以此將「緣情感物」的詩歌思考收束於「言志」的範疇中。

㈡他從「詩文本出一原」的思考出發，認為詩歌的價值根源與歸趨應是以詩三百作為極則的「詩教系統」，因此延伸出來的便是詩品與人品貫通的一本論，以及臺閣之文優於山林之文的思考，更因此宋濂所謂的「性靈」的本質便是儒家的詩歌言志觀。

㈢宋濂言創作工夫主要集中在：師古與養氣。他站在反摹擬的角度言師古，因此師古便不必是形式格調上的摹擬，而是利用所處時代的語言模式表現古人之心、意、道。而養氣則承繼著孟子的觀點，希望透過氣充達到文雄，以品格統攝先天氣稟，最後能讓詩歌創作「追配乎聖經」。

㈣宋濂本身對於時人以及古人詩歌的批評，與他思維裡的詩史觀，則是一個重要命題。經過筆者的整理與表格的分析，我們發現宋濂批評觀的價值標準在時代趨向上，是「崇杜抑晚宋」，以先秦漢魏為價值根源的。從風格趨向上，宋濂認為「婉麗靡蔓」是最下乘的風格表現，而應以興寄相高（風雅雍容）、漢魏風骨

（雄渾超越）與杜甫（沈鬱蒼勁）作為極則。

　　由此，我們便可對宋濂的詩學思維作一個完整而充分的觀察，或許更能體會作為明代開國文臣的宋濂自身對於社會文化與政治教化的責任，是相當有系統的自覺肩負。本文如有疏漏之處，懇請前輩學者給予指正。

注釋

① 如台灣學者龔顯宗《明洪、建二朝文學理論研究》（華正書局，民七十五年六月）、《明初越派文學批評研究》（文史哲出版社，民七十七年七月）、《明清文學研究論集》（華正書局，民八十五年一月）；簡錦松《明代文學批評研究》（學生書局，民七十八年二月），以及大陸學者王運熙、顧易生編《中國文學批評通史‧明代卷》（上海古籍出版社，1996.12）；蔡振楚《詩話學》（湖南教育出版社1990.10）。

② 本文所引宋濂之文，均引自叢書集成初編版《宋學士全集》（北京：中華書局，一九八五年新一版）。此後但標頁數，不再另標明版本出處。另有四部備要本《宋文憲公全集》，與台灣商務印書館四庫全書本《宋景濂未刻集》可資參考。又可參考葉慶炳、邵紅編《明代文學批評資料彙編》（成文出版社）等書。

③ 此表之構成基礎據龔顯宗著《明洪、建二朝文學理論研究》第一章第二節第二目〈元代明初之理學〉（台北：華正書局，民七十五年六月），頁20-21。另可參龔氏〈宋濂與道教〉一文，收錄於《明清文學研究論集》（台灣：華正書局，民八十五年一月），頁13-25。另關於宋濂生平，詳參張廷玉等撰《明史》（台灣：鼎文書局）。

④ 關於宋濂師承與其哲學思想的諸多問題，因不在本文論述的重要範圍之

中，可另參張健《朱熹的文學批評》（台灣商務印書館）；錢穆《宋明理學概述》（台灣：學生書局）；容肇祖《明代思想史》（台北：開明書店）；王邦雄等編《中國哲學史》（台灣：空中大學，民八十四年八月）；蔡仁厚《宋明理學》（南宋篇）（台灣：學生書局，民六十九年）……等書。

⑤ 明中葉以前「性靈」二字已屢屢在不同文人的詩論中出現，他們似乎已經察覺「性靈」對於創作可以帶來的某種程度的解放。而宋濂可說是較早觀察到性靈的明代文人，但他所言的性靈是以言志作為基礎根源發展的，與明代中期以降公安派一空依傍的思考模式相當歧異〔詳參王運熙、顧易生編《中國文學批評通史·明代卷》（上海古籍出版社，1996.12 ）〕。

⑥ 簡錦松認為臺閣體乃館閣詞林之詩文體，非泛指一般官員或高級官員之作；臺閣以博學好古為傳統，其文以典則正大為風尚，詩主清婉，多興寄閒遠之思；故其體師法歐陽修，並以博學而兼有李杜韓蘇乃至司馬遷之風。詳參簡氏《明代文學批評研究》（台灣：學生書局，民七十八年二月），頁82-83。

⑦ 《孟子·萬章》：「故說詩者，不以文害辭，不以辭害志。以意逆志，是謂得之」；《荀子·儒效》：「詩，言是其志也」；《禮記·仲尼閒居》：「詩，言其志也」；《尚書·堯典》：「詩言志，歌永言，聲依永，律和聲」等……均可以看出「詩言志」的論詩傾向。

⑧ 引自龔顯宗著《明洪、建二朝文學理論研究》（台北：華正書局，民七十五年六月），頁65。

⑨ 引自龔顯宗著〈宋濂詩論述評〉，收錄於《明清文學研究論集》（台灣：華正書局，民八十五年一月），頁35。

⑩ 蔡振楚在《詩話學》（湖南教育出版社，1992.7，P.293）裡說道：「中
國詩話之注重於『詩品』與『人品』，其『詩品』的標準應是儒家的
『詩教』」，這段話相當明確地指出，宋濂詩論所繼承的傳統便是這個詩
三百的教化思維。

⑪ 另可參簡錦松〈論明代文學思潮中的學古與求真〉，收錄於《古典文學》
第八集（台灣：學生書局，1986 年 4 月）。

⑫ 龔顯宗很早就認為宋濂的「師古說」，模擬是手段，創新才是目的。由此
可見宋濂論師古是一種創造性的文學發展論。詳參龔氏〈宋濂詩論述
評〉，收錄於《明清文學研究論集》（台灣：華正書局，民八十五年一
月），頁26-36。

⑬ 詳參《宋學士全集》卷二十五〈文原〉，引自叢書集成初編版《宋學士全
集》（北京：中華書局，1985 年新一版）。

⑭ 引自《合印四庫全書總目提要及四庫未收書目與禁燬書目》（台灣商務印
書館）。

⑮ 詳參《宋學士全集》卷二十八，引自叢書集成初編版《宋學士全集》（北
京：中華書局，1985 年新一版），頁1050-1053。

自我認同的困惑

明清文人自題像贊初探

中正大學中文系副教授

毛文芳

壹、前言

　　為生人寫真，為死者寫遺容，圖寫真容，稱為「寫真」。明末清初以後，肖像畫逐漸流行，這與明清傳神寫照的理論建立，有很大關係。理論家們強調畫家必需具備默識熟想的工夫，以「傳神」作為肖像畫核心。給予肖像畫的創新繪製更多可遵循的指引。由於世俗化社會的逐漸形成與人際交往的頻繁，名流展示自我的寫真肖像，成為明清人士、贊助人、觀眾極感興趣的主題。明初謝環、戴進，中期唐寅、仇英，明末清初陳洪綬、曾鯨、謝彬……等，經常應邀為當時名流寫照。當時文士肖像喜好異於平日端服的休閒扮裝造型，或作山水中的漫遊人物、或以詩歌意境作佈景、或作室內家居清閒模樣。肖像畫家實踐著更新的傳神理論，努力去除板滯泥塑，在形神之間游移與跨越。畫像的作畫動機、展現主題、讀者觀看的層次，皆有不同，傳統人物畫在展現畫中人的姿儀風範，而肖像畫則多了與真實人物之間的比對想像，有更多文化的解釋於其中。

　　畫像題贊的歷史由來已久，像贊的寫作，有為仰慕的先賢長者所作，也有自發性的自題畫像。在自傳文類中，自題像贊多了一項不同的特性：視覺的參與。普通自傳文字，並不特別留意於傳主個人的面貌體態，但自贊卻經常加入視覺觀看的成分，贊者針對自己的形貌發話：如袾宏、錢肅等人著意自己的跛腳；彭華自記白髮、茅坤自稱髯翁、張大復自號病居士、董斯張自號瘦居士等。①若是受委託為他人畫像而題，還牽涉人際交往的網絡關係。就被畫者的求畫動機而言，可詮釋為「標榜自我」的一種活動，與個人主義思潮相呼應。而工匠的參與，更使畫家贏得尊重和禮遇，與上層階級發展出私誼。②

　　筆者近來逐漸留意到明清時期的人物畫像，許多畫蹟與版畫保留了大量的肖像圖繪資料，這些畫像有的是他畫像，有的是自畫像。不僅畫面的構成與傳統肖像畫有很大的不同，與畫像相關的題詠文字，亦延伸了許多饒有趣味的問題與思考。本文將以畫像的觀看思惟與題詠文字彼此交織互詮為探索的進路，並鎖定自我認同為論述主軸，以自畫像與自題像贊為主要材料。

　　在本文論題展開的過程中，筆者採取現存可見的畫蹟為對象，進行圖像解析，並與題詠文字相互詮解。首先由肖像畫家的文化參與，以及〈柳敬亭小像〉、王士禎等幾幅畫像為例，探討悅目的扮相景觀。其次繼續探討明清人士描畫我、觀看我、書寫我所呈現出來對於自我認同的種種困惑。其次專論清初金農的幾幅自畫像，作為多面向的自我呈現、以及邀請觀眾出場、廣結人緣的人際溝通媒介。至於扮裝與醜化自己，屬於自我認同中極有趣的環節，包含了觀看的距離、懺悔的聲音、嚴厲的自剖等解嘲

與懺悔的意識。張岱的〈自為墓誌銘〉代表了明清文士拼湊完整
自我圖像的努力。最後以自題像贊的後設性為本文作結。筆者試
圖由自題像贊的文獻為對象，以自我認同作角度，為明清時期呈
現的文化現象，提供一個有趣的視角。

貳、悅目的扮相景觀

一、肖像畫家的文化參與

　　肖像畫到了明末清初，獲得突破性發展。曾鯨在技法與表現
上的創新與成就，成為樹立重大里程碑的畫家之一。稱為波臣派
的曾鯨的肖像畫法，大致分為兩類：第一類為墨骨凹凸法，此為
曾氏獨步藝林的絕招，作品如〈張卿子像〉、〈顧夢游像〉等，
但凹凸法僅止於臉部而已，其餘肢體衣飾的畫法，仍依循傳統。
第二類為鉤勒填彩法，為江南固有傳統，亦曾氏所擅長，作品如
〈王時敏小像〉。曾鯨在肖像畫壇上，成為突破窠臼的新猷，反映
了當時肖像畫的需求市場，同時也與晚明社會「個人主義」思潮
的興起，以及歐洲文化的東漸有關。③
　　曾鯨嘗為文人、醫生、畫家、進士等不同身份者繪製肖像
畫，如英氣執塵端坐於蒲團的〈王時敏小像〉〔圖1〕、文士倚坐
書冊的〈葛一龍像〉〔圖2〕，餘如張卿子、顧夢游、趙士鍔……
等。④曾鯨以畫技聞名，游走於公卿仕宦之家，名氣日隆。肖像
畫的繪製，有時與其他山水畫家共同合作，或是以之作為酬酢，
皆使肖像畫家脫離純粹工匠地位，躋身於文人活動圈。張岱的一

則筆記側寫了這個現象:

〔圖1〕王時敏小像（明）／曾鯨

甲戌十月,攜楚生往不系園看紅葉。至定香橋,客不期而至者八人:南京曾波臣、東陽趙純卿、金壇彭天錫、諸暨陳章侯、杭州楊與民、陸九、羅三、女伶陳素芝。余留飲。章侯攜縑素為純卿畫古佛,波臣為純卿寫照,楊與民彈三弦子,羅三唱曲,陸九吹簫……。⑤

張岱紀錄了曾鯨在一個不期而遇的場合裡,便能援筆立就,為名士寫真。頻繁的文會活動,使繪畫才藝成為雅集社交中重要的風雅因素。肖像畫家的地位得以提昇,與晚明四民階級鬆動、價值多元的社會現象,不謀而合。曾鯨在這樣的時代氛圍下,因為文人寫真而遠近馳名。

〔圖2〕葛一龍像（局部）／曾鯨

二、休閒適意的扮相

在繪製畫像的風氣下，文士們除了企圖為自己留下寫真，作為可供觀賞的悅目景觀之外，最為突破傳統的作法，是在造形上愈加富有變化。文士們經常卸下顯榮英姿，作田民、漁夫、山樵等平民的休閒裝扮，在肖像畫的世界裡，充分享受擺置姿儀與適意扮相的樂趣，如葉紹袁與錢謙益二人，以頭戴竹笠、執杖、微笑的造形，留下常樂農夫的寫照；項聖謨撫鬚而立、王鑒立身展閱畫軸、傅山交腳而坐、董其昌一派優雅地便裝閒坐、吳偉業戴笠輕裝執卷、段玉裁執菊花、孫原湘執蘭花、張熊裸身閒坐納涼……等。不僅文人學士，在造型襯景上尋求創新，清代諸帝，亦開始流行休閒扮相的寫照。⑥為了擺脫正襟危坐、泥塑木偶的缺點，畫家設計了許多姿儀，以供變化，諸如騎馬、策杖、聳肩、捧石、捲袖、泡茶……等各種肖像造形，不一而足，⑦與現代的攝影沙龍，頗為類似。除了像主的姿儀動作之外，室內華麗精緻的家俱佈景，或室外清雅幽美的山水造景，皆為肖像畫的構圖，增添更多悅目的圖像元素。

既表現人物身體相貌，亦注重人物的衣飾與處境描繪，文人在被畫時，透過農夫、漁翁等非平日的扮相，以此烘托人物的身分、意趣和愛好，藉以表達個人的嚮往與志趣，已成為新興肖像畫的構圖原則。⑧

三、王士禎的幾幅畫像

清代詩壇巨擘王士禎，由當時著名人物畫家禹之鼎，為其繪

〔圖3〕幽篁坐嘯圖卷（局部）／禹之鼎

製了幾幅畫像。一幅為〈幽篁坐嘯圖卷〉〔圖3〕，畫面上，頭戴
儒巾、身著寬袍的王士禎，裘皮臨坐在坡石上，右腿半箕，其上
橫置一把琴，左手拈長鬚，右手撫倚琴。視線望向讀者，卻不交
接，落在凝視的遠方，一輪明月掛在半空。主角右後方與左前
方，幾竿幽篁叢聚，將設色的王士禎畫像，擺置在一個天然的框
架裡。畫前題「幽篁坐嘯」，禹之鼎在畫幅左端寫錄王維五絕：
「獨坐幽篁裡，彈琴復長嘯，深林人不知，明月來相照」，落款
曰：「新城王公命寫」。這是王士禎以王維五絕〈竹里館〉給禹
之鼎的命題繪畫。

　　除了這幅〈幽篁坐嘯圖卷〉外，禹之鼎另繪了一幅〈柴門倚
杖圖卷〉，可視為此畫的姐妹作，同樣也以王維詩意入圖。⑨王
維〈輞川閒居贈裴秀才迪〉詩云：「寒山轉蒼翠，秋水日潺湲，

倚杖柴門外，臨風聽暮蟬。渡頭餘落日，墟里上孤煙，復值接輿醉，狂歌五柳前。」王士禛在這幅畫像中，以詩中主角王維「倚杖柴門」自況，將個人置身於王維終南山下的輞川別墅中，唐詩的風景重寫，那位倚杖柴門的詩人還魂再現。王士禛對王維情有獨鍾，因為王維是詩中有畫，畫中有詩的偉大典範，他透過抒情畫意的詩意圖，表達個人在詩壇上的追求與企圖。王士禛將個人畫像與王維詩意圖結合，以王維詩境作為個人休閒適意扮相的佈景，淡雅的造境、內斂的表情與坐姿、詩意的蘊藉氣氛，他以唐代王維的詩意空間定義自己，亦傳達詩人的自我形象與定位。

禹之鼎畫王士禛，在形象掌握上，是很寫實的，方長的臉框、濃眉、細眼、隆鼻、髭髯鬢鬚，以及纖長的手指，與另一幅畫像〈王士禛放鵰圖卷〉〔圖4〕的表現，極為類似。這幅畫像的場景在郊外，一個橫長的手卷空間，椅榻閒坐的王士禛置於畫面中心，右手輕扶左臂，左肘托在椅榻的扶靠上，垂掌握著一本卷開的書。座旁線裝書一函，擺在花布繡墊上。雖然鬢鬚遮掩，微揚的脣形與臉部的細紋，正是微笑牽動所致。讀書中的王士禛，同

〔圖4〕王士禛放鵰圖卷（局部）／禹之鼎

時正進行一項放鷳的雅事。畫幅左側，小僮已打開柵籠之門，那隻鷳鳥，已展翅飛向遠方。人物後方，像是一座山齋，被扶疏的花木遮映，一道雲嵐由畫幅橫向的四分之三處，貫穿左右，畫幅左側，屋頂微露，被前景的山坡遮去下方，放鷳的場景選在嵐霧繚繞的山巔，營造神仙幻境的氣氛。

這幾幅畫像的繪製者禹之鼎，為康熙間供奉內廷的肖像畫家，寫真多白描，當時名人小像，多出其手，曾畫過的名人小像有：〈王原祁藝菊圖〉、揚州寶應的〈喬介夫小像〉、〈吳暻行樂圖〉等。這些畫像與王士禎的三幅畫像相同，皆為橫卷構圖，將寫實的人物肖像，置於橫展的山水景物中，結合山水畫與肖像畫的構圖理念，使得過去肖像畫忽略或淡化背景的畫面處理獲得突破，寫真畫進一步地將名流之士的影像，置於有意刻畫的廣闊麗景中。

王士禎的畫像如〈幽篁坐嘯圖卷〉，畫後題詩甚多，題者概係王士禎門人，計有梅庚、查昇、林佶、查嗣庭、汪繹、俞兆晟、陳奕禧、蔣仁錫、錢名世……等，這些題跋幾乎要超出圖本的篇幅，他們在畫幅空間裡，以墨筆組成了一個龐大的對話群體。

參、自我認同的難題
——畫我、觀我、寫我

一、我是誰？

明代中葉吳派畫家杜瓊，自題像贊曰：

> 爾有儀容，不能自觀，他人觀之，兼見肺肝。多藉丹青，
> 與爾相識，爾若自欺，象恭何益。爾謂自賢，而外人不
> 然。爾克自乂，則親譽日著。雙鬢雖銀，兩頰猶春，苟不
> 失為依本分之人，斯能無愧於爾之子孫。⑩

杜瓊觀看自己的畫像，畫外我與畫中我進行一連串疏離的對話，其中包含了幾個有趣的思考。自己想要看清自己，在理論上是不可能的，如自己的臉孔以及背部等。畫像題贊，很巧妙地將「我」轉介到畫面上，然後再閱讀圖繪介面上的「我」，於是畫外我站在有利地位，成了「看者」，可以補充畫中我「被看者」被剝奪的視域，這便是畫像題贊以視覺架構起來的寫作活動：「爾有儀容，不能自觀，他人觀之，兼見肺肝。多藉丹青，與爾相識。」

但是畫像繪成，問題再度形成，究竟被畫下的那個人是誰？丹青畫像可不可能是個假面乎？如果寫真的時候，自己刻意擺出個假相：「爾若自欺，象恭何益」？其次，寫真者未必全然認識真正的自己：「爾謂自賢，而外人不然。爾克自乂，則親譽日著」。畫像誕生，將會產生自我認知的迷霧。杜瓊透過反覆思辨，畫像反而興起他對「我是誰」更多的不確定性。最終，只好由具體的形貌，回歸到抽象的道德層面：「不失為依本分之人」，留下一個真正可供後人效尤的自己。

杜瓊的這篇文字，涉及了觀者對於自己畫像的認知，「我」確實是一個認知上的迷團，唐寅面對自己的畫像，幽默風趣地展

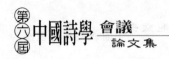
示了一段自我的對話：

> 我問你是誰？你原來是我。我本不認你，你卻要認我。
> 噫！我少不得你，你卻少得我。你我百年後，有你沒了
> 我。⑪

唐寅將自己一別為二，畫中人是客體的「你」，現身為一個被詰
問的對象；畫外人既是觀者的「我」，亦是書寫主體的「我」。畫
裡畫外，自問自答。此刻你我合一，而時間流逝，你我將逐漸拉
開距離。畫像造成對話兩端：我／你、影像／真我、精神／物
質、不朽／毀滅……等種種辯證性的思考，一如這樣的質問：
「夢幻泡影之身，不像固謂非真，像亦何知非妄？」⑫物質性的
畫像，與夢幻泡影之身，孰真孰妄？自我認同，確實不易。

　　杜瓊的畫像自贊，與唐寅的疑惑幾乎相同，究竟被畫下的那
個人是誰？可不可能是個假面乎？自己刻意擺個假相，畫得像又
有何益？若畫家並不真正認識自己，對面寫生，所畫之人又是
誰？畫像完竣，認知的困惑方始形成。杜瓊、唐寅透過畫像皆興
起對「我是誰」更多的不確定性。

　　萬曆間康國相有一篇〈畫像記〉，將杜瓊、唐寅的疑惑，重
新鋪排：

> 客為予圖像……曰：美哉融乎？公坐危、形舒、色愉、神
> 澄，是可像已。既成，僉曰像。予曰像像我耳。異時無我
> 誰像耶？且異時見可見之像，能見不可見之我耶？固知今

謂像，像我也。異時謂我像像也。謂像像我，像猶像也；
謂我像像，像即我矣。是則我亡而像能不亡，像之不亡，
我常存已。而像能終不亡也耶？⑬

一位畫家為康國相繪製了一幅容形美好、性情融洽的畫像。觀畫
者皆將畫像與康國相本人作了比對，發出「畫得很像」的讚語。
康國相對於這種畫像紀錄，充滿明顯的懷疑與濃厚的不安。究竟
畫像畫的人是我嗎？而我又是誰呢？觀眾都說畫像像我，過段時
日我消失了，這幅像要像誰呢（因像主已變）？彼時像依舊，而
不可見的我安在？因此，今天，畫像依照我的形容而繪成，彼時
我的形容已變，就要反過來說我曾經像這幅畫像了。謂像（不變）
像我（會變），像猶像也（不變）；謂我（會變）像像（不變），
像（不變）即我（會變）矣。「是則我亡而像能不亡，像之不
亡，我常存已。」畫像就以它的不變取代了善變的我。

康國相觀看畫像的疑惑與不安，來自於肉身的自己、與物質
性的畫像之間的差異：善變與不變。人的生命會衰老死去，物質
性的畫像則能相對持久，這也就是人們透過畫像，萬古流芳的目
的。看來已經祛疑的康國相，卻在最後拋下了一句：「像能終不
亡也耶？」時間流逝／永恒不朽的辯證焦慮，再度昇起。⑭

二、誰是我？

明代晚年，具有傳記性質的男性肖像畫繪製，蔚為流行。許
多文人與自己的畫像，產生對話般的自述。李流芳有〈自題小
像〉：

此何人斯，或以為山澤之儀，煙霞之侶，胡栖栖於此世。
其胸懷浩浩落落，迺若遠而若邇兮，其友或知之，而不免
見嗤於妻子。嗟咨兮，既不能為冥冥之飛兮，夫奚怪乎藪
澤之視矣。⑮

李流芳指著畫中人喃喃自語：你是誰？你這個山澤煙霞人，怎麼
棲止在這個世界？胸懷浩落如仙，能得知友，卻得不到俗家妻子
的共鳴。這種心靈嚮往飛翔的希望，只能化為藪澤的吟詠而已。
畫像似乎是李流芳的知己，能諦聽他內心的傾訴。

又如梅鼎祚〈自題小像〉云：

知是肉身影身，知是人相我相，但置丘壑之中，不問像與
不像。眼突四海橫空，腰瘦一生偏彊，文筆枉卻虛名，書
袋多他業障。儘從朱墨平章，何用丹青形狀。合留素紙糊
牕，歲歲梅梢月上。⑯

梅鼎祚洞悉畫像不過是自己肉身的一個虛幻影像，「眼突」、
「腰瘦」等形貌的特徵，在他的眼裡，都成了個性的象徵。梅鼎
祚既不理會「像與不像」的問題，與畫像中的自己似乎亦有所隔
閡，相較於朱墨文筆，「丹青形狀」顯然並不能得到他十足的信
任。面對自己小照的梅鼎祚，在題詠中發出一連串解嘲與戲語。
　　身為文人的梅鼎祚，雖不理會像與不像的問題，但對丹青畫
像卻又不能完全信任。萬曆年間文士王畿的〈松石主人自贊〉

曰：

> 冠稜稜者我耶，屨仍仍者我耶，眸星星者我耶，貌亭亭者
> 我耶。時而浩歌長嘆，時而潛詠默吟，時而劬勞鞅掌，時
> 而賁趾園林，七尺幻軀，為龍為矧，倏蟄倏伸，我方不知
> 我之所以為我，而況一幅丹青？強肖象形，誰能知我為何
> 人何心？⑰

一幅肖像畫，只能呈現一個固定的形象，而生命的真相卻是複雜
多變的。自題像贊的像主，大抵均不滿足於畫像上那個固定形象
的自己，因而引發了許多認識與解釋自己的奇異思惟。王畿不確
定、亦不承認畫像上那個稜冠、仍屨、星眸、亭貌的人就是自
己，在自我覺察中，我是多面相的，有時浩歌、有時潛詠、有時
劬勞、有時賁趾，七尺之軀，或如龍或如矧，沒有一個固定的形
象。而那個自己，有時像陌生人現身眼前，有時又像是個失蹤
者，四下尋覓。

肆、傳神理論與生命歷程的標幟

在筆者觀看畫像與閱讀題詠的過程中，似乎有兩股力量在相
互牽制，一方面是亟欲以畫像紀錄下最真實、最完美的自己，於
是大量的肖像畫紛紛出爐；另一方面，卻是不斷質疑，這個畫中
人是我嗎？我又是誰呢？面對肖像畫，又一味逃避閃開。無論如
何，這兩股力量，都在朝向辨識真正我、展示理想我、流傳不朽

我而努力。肖像畫真正困難之處,在於究竟要描繪我的那個面向呢?

一、傳神、寫意、抒情的肖像畫論

肖像畫顧名思義,就是要逼肖形像,在形體樣貌上複製另一個像主。但是肖像畫論在講究形貌逼肖的同時,卻又經常要降低這個原則,清沈宗騫曰:

> 畫法門類至多,而傳神寫照由來最古……。不曰形,曰貌,而曰神者,以天下之人形同者有之,貌類者有之,至於神則有不能相同者矣。作者若但求之形似,則方圓肥瘦,即數十人之中,且有相似者矣,烏得謂之傳神?今有一人焉,前肥而後瘦,前白而後蒼,前無鬚髭而後多髯,乍見之或不能相識,即而視之,必恍然曰,此即某某也。蓋形雖變而神不變也。故形或小失,猶之可也,若神有少乖,則竟非其人矣。⑱

文中說明了肖像畫又名「傳神」而不曰傳形、傳貌的理由,僅憑方圓肥瘦的形貌,無法分辨某人,人隨著年歲增長,形貌會變,惟神不變,「傳神」遂成為肖像畫論的核心。

宋代蘇東坡早已提出「以燈取影」的觀念,⑲宋陳造亦反對偉衣肅瞻的木偶取像法,畫家應將像主置於其「顛沛造次、應對進退、顰頞適悅、舒急倨敬」的各種樣態裡,寫其神韻。⑳肖像畫家應著重像主的活力,而非一個斂容自持、呆滯不動的靜物。

清初肖像畫盛行，與傳神理論的整理與擴充，有很大的關係。肖像畫家既不能放棄對面寫生，又要擺脫正襟危坐、刻意摹擬的畫工俗筆，這種呼聲，自元代王繹開始，便已喊出：

> 彼方叫嘯談語之間，本真性情發見，我則靜而求之……近代俗工，膠柱鼓瑟，不知變通之道，必欲其正襟危坐，如泥塑人，方乃傳寫……。㉑

清初的肖像畫論家，繼續就此發揮：

> 天下之人無一定之神情，若今人正襟危坐，刻意摹擬，或竟日不成，或屢易不就，不但作者神消氣沮，坐者亦鮮不情怠意闌，非板滯即堆垛。㉒
>
> 凡人有意欲畫照，其神已拘泥。我須當未畫之時，從旁窺探其意思，彼以無意露之，我以有意窺之。意思得即記在心上。……若令人端坐後欲求其神，已是畫工俗筆。㉓
>
> 畫者須於未畫部位之先，即留意其人，行止坐臥，歌詠談笑，見其天真發現，神情外露，此處細察，然後落筆，自有生趣。㉔

畫家需對無意之動態人物，於靜中細察，蔣的「意思得即記在心上」、沈的「活法」，將傳神理論帶離對面寫生造成的板滯窠臼，寫真傳神，最終是要捕捉神韻，這是肖像畫家的最高理想。肖像畫在明清以後發展出來的傳神觀，如此便與宋代以來的文人寫意

傳統連繫了起來。

　理論如何叩合到實際的繪畫創作上？在寫生的基礎上，如何表達人物的神韻？肖像畫家們努力揣摩出有效的表達模式。明末著名畫家陳洪綬，特別擅長畫典故人物，繪有一系列古代人物圖：〈東坡圖〉、〈居士賞梅〉、〈羲之愛鵝〉、〈撲蝶圖〉、〈蕉林酌酒〉、〈人物〉、〈簪花曳杖〉、〈達摩禪師像〉……等，這些古典人物的真容已逝，神韻只能從典故文獻的詮釋中幻現。㉕陳洪綬那幅具有強烈個人意識且略具變形風格的〈自畫像〉，抑鬱銘酊、放浪不羈的性格塑造，可謂由詮釋古人神韻的手法轉化而來，為自己的寫真畫注入了新的抒情寫意元素。㉖

二、生命歷程的標幟

　羅洪先曾以編年畫像的繪製，提出個人處事遇境的省察：

> 畫史劉傳圖貌余，每歲假事以識容色。余既刪贅，擇其稍似者，大小得十有一。肖與否不暇論，自覽之有足動心者三焉。余登第時，面皙而澤，李相國時一見，以為面如銀盤。……夫人少則美，壯則腴，老則癯，心之銳與倦，亦因之異。自而視少美也若兩人。然是其進退，亦將有不能強，此不足為慨然矣乎？㉗

羅洪先召畫史每歲繪製畫像，藉以識別容色，這是畫像自省的功能。人生不同階段的形容大不相同，肖與否並非羅洪先認為觀畫者最該關注的焦點，而是這些不同的容色，究竟表徵了什麼？

看來，羅洪先早已明白，沒有一個永恆不變的自己等待被繪，經過明朝覆亡的衝擊，項聖謨還可能會是以前的那個自己嗎？除了歲月帶來自然形變的少老美醜之外，羅洪先還說明自己早衰的原因，乃在於外在瀕危、茹楚、懼毀、畏讒之故，羅洪先也以劫後餘生的口吻，觀看畫像上自己的形變。這篇文字記錄，似乎說明了畫像具有標幟生命歷程的作用。

伍、呈現多變的金農自畫像

盛清時期揚州八怪之一金農，一生繪畫無數，晚年曾為自己留下了幾幅自畫像，後人為其題識文字集成《冬心自寫真題記》。[23]這是一位認真觀察自己，並且極有熱情留下紀錄的近代畫家。金農一生至少畫了四幅畫面形式不一樣的自畫像，一是〈壽道士小像〉、一是〈百二硯田富翁小像〉、一是〈面壁圖〉，一是〈枯梅菴主獨立圖〉，他對於呈現自己，充滿了無比熱忱，每幅自畫像均預設了繪畫的理由。

一、邀請觀眾參與的〈壽道士小像〉

㈠實驗性畫法

乾隆二十四年，金農七十三歲，繪了一幅自畫像〔圖5〕，並在畫幅右側寫下題跋，交待這樁繪事的緣由，[24]這幅畫像甚具實驗性，不同於古來名人委由畫家寫真，金農效法唐代吳姓道士引鏡濡毫的辦法，為自己畫下鏡像。金農在這幅畫像上，一反明

清流行的肖像正面取角風尚，採用了五分側像，側面小影的靈感，得自於沙門元靄，⑩故他七十三歲的這幅自畫像，稱之為〈壽道士小像〉，有濃厚的修道色彩。

〔圖5〕金農自畫像（局部）

金農這幅自畫像，似乎蘊釀甚久，期間，受過去畫史紀錄的影響啟發不少。他有意追慕宋人，一方面契合於喜畫梅花與自寫真的白玉蟾，⑪另一方面又有感於宋代三朵花舊事：「宋時有三朵花，後仙去能自寫真，東坡先生作詩贈之。予今年七十三歲矣。顧影多慨然之思，因亦自寫壽道士小像於尺幅中。」⑫這幅身著道袍的自我寫真，追倣宋時三朵花仙去後留供東坡賦詩遙贈的自寫真，金農端詳鏡中年華逐漸老去的自己，而有為己立像的企圖。

畫上題跋繼續交待自己的畫法：「余因用水墨白描法，自為寫三朝老民七十三歲像，衣紋面相作一筆畫，陸探微吾其師

之。」㉝金農以五分側面立像構畫自己，薙髮留辮正是三朝老民的寫照。身著布衣道袍，右手持一細長枯藤，雙足微跨作步行狀，白描墨線簡潔勾勒出人體輪廓，金農謂「衣紋面相作一筆畫」，有意展現自己師法古人、準確掌握形體的繪畫能力。畫中毫無任何襯景的物象，疏筆、簡潔、素淨的構畫手法與造型風格：「筆意疏簡，勿飾丹青，枯藤一枝，不失白頭老夫故態也。」㉞恰是金農最佳的自我表徵。畫面上，惟眉眼鬚髭以細筆繪描，袍緣露出的一段鞋端染成朱色，為全畫惟一上色之處。金農引導觀者將目光停留在那個平首前行、頗具動感的畫中人姿態上，一點朱染又傳達出畫家活潑幽默的個性。〔圖6〕

㈡觀眾出場

看來，這幅連貫宋代畫史、尚友仙佛人物的自畫像，是金農費心經營的自我寫照，那麼它的觀眾是誰？畫上題跋繼續寫著：

> 圖成遠寄鄉之舊友丁鈍丁隱君，隱居不見余近五載矣。能不思之乎？他日歸江上，與隱君杖履相接，高吟攬勝，驗吾衰容，尚不失山林氣象也。乾隆二十四年閏六月立秋日金農記于廣陵僧舍之九節菖蒲憩館。㉟

這幅畫像完成之後，金農打算遠寄鄉友丁鈍，作為睽違五年近況的訊息傳遞，並有意展現個人的山林氣象，作為好友之間的默契相投。這幅畫像，丁鈍卻不是惟一的觀眾，一位高僧前輩，亦是觀眾之一：

圖畢以寄龍興寺蒲
長老，長老春秋八
十八矣。神明勿
衰，聞齒重生髮轉
黑，舉如嬰兒，真
雞足山前古尊宿
也。予年七十有
三，尚客廣陵未
歸，為僧之願未
償，寄示此軸者，
要道眼觀我骨相，
是佛家子弟乎？禪
林野狐，將掀髯失
笑！㊱

〔圖6〕金農自畫像（局部）

既有三朵花仙去留影的印象，又有元鬝沙門側影的觀想，為道？為僧？金農在題記中，似乎表明了向佛之志，卻又在「禪林野狐，將掀髯失笑」的自我貶抑中，顯出解嘲的笑聲。蒲長老看到如此自誇（以像示人）又自謙（嘲笑自己）的畫像題識，必然露出會心一笑。

另一位奇特的觀眾朱二亭，亦在金農邀觀的名單之中：

> 寫畢以寄朱君二亭,二亭居江都市上,日坐肆中,與魚鹽
> 屠沽雜處,雖劇忙,必手一冊書也。深夜閉門,三更燈
> 火,猶琅琅誦讀之聲不輟。予目之為南濠都少卿,平素與
> 予往返最密,禮敬弗倦。今攜予小像,懸之別舍,知非漠
> 然視我也。其地喧囮苓通穢雜,又何礙哉?㊲

這位觀眾與蒲長老身為山前古尊宿不同,也與山林隱居的丁鈍大
不相同。朱二亭是個在煩囂市肆中討生活的人士,一點書卷氣稍
脫去魚鹽屠沽之氣。朱君很慎重地將得到的這幅畫像懸於他舍,
是禮敬金農的表現。

　　以上三則題識,不僅說明了身為揚州畫派畫家金農交遊範圍
之廣,並見證了個人畫像已跨越個人生命紀錄的功能而已,更可
以是朋友之間悅目傳情、表達志趣的憑藉。金農這幅〈壽道士小
像〉的幾位觀眾,很微妙地傳達了清初繪畫跨越聖、雅、俗界限
的狀況。

(三)廣結人緣

　　這位志得意滿的老畫家,無論寺廟之聖、山林之雅、或市井
之俗,很有自信地將自己公開在世人面前,據金農自己紀錄,這
幅畫像曾經交付給入室弟子羅聘:

> 舉付廣陵羅聘。聘學詩於予,稱入室弟子。……繼又學予
> 人物蕃馬奇樹窠石,筆端聰明,無毫末之舛焉。聘年正

富，異日舟屐遠遊，遇佳山水，見非常人聞予名，欲識予
者，當出以示之，知予尚在人間也。㊳

金農的自畫像不僅寄給自己的朋友觀看而已，更欲透過弟子羅聘
的交遊足跡，作為其廣結人緣、擴展聲譽的媒介。㊴清代以個人
畫像作為友輩結交的風氣，由此可見一斑。

這幅畫像輾轉流傳，約二十餘年後，有一位余大觀跋語曰：

憶自丙寅……，得一睹先生道貌，距今四十二年。而先生
歸道山又二十餘年矣。秋亭八兄出示先生自寫小像，清神
秀韻，儼然如對先生，瞻仰久之，敬題數語於後。丁未秋
日同里後學余大觀。

這段話題在畫幅左側，是一位同鄉晚輩瞻仰遺像後的題識，用以
追憶一段往事。

二、不斷換裝與醜化自己

㈠田舍翁、面壁僧的換裝

金農另一幅自畫像〈百二硯田富翁小像〉，自題曰：

富翁者，田舍郎之美稱也。觀予骨相貧窶，安得有此謂
乎？賴家傳一硯，終身筆耕墨耨，又遊食四方，歲收不
薄，硯亦遂多。一而十，十而百有二矣。乃笑顧曰：不當

洛陽二頃也，署號百二硯田富翁宜哉？吾鄉張氏子有先世
良田在吳興，每歲畜牛四十蹄代耕，當秋成，望望然黃雲
如覆車，不三十年鬻於他人，何豐腴之不久長耶？今將是
軸寄與吳處士於河渚。處士開門教授鄉里，躬親硯田，所
獲相較為何如？吾并欲以富翁之名，轉贈處士也。⑩

題文中說一則同鄉張氏先世良田變為滄海的故事，金農由壽道士
又換裝為田舍翁，隨著金農既自貶又自誇的脈絡文意，宣說一種
精神的財富觀，並用以慰勉教授鄉里的吳處士。

第二幅畫像〈面壁圖〉自題記曰：

舊傳王右軍嘗臨鏡自寫真。……予臨池清暇，亦復自寫面
壁圖，作物外之想焉。……。此幅宜贈棲霞上禪堂松開士
縣經龕中，定有識我者，指曰：此心出家盒粥飯僧。⑪

金農再次換裝現出家僧相，靈感取意達摩東來，並以面壁取角，
傳遞出塵世外的訊息。金農此像不僅已擺脫杜瓊、唐寅等人對於
畫像認同、自我辨識的焦慮，甚至極詼諧地透過不斷地替換扮
相，與各界友輩交誼。這付佛僧面貌的扮相，貽贈禪堂，以供經
龕懸掛，諧俗地混入出家僧之列，以假亂真，供人膜拜。

(二)醜化自己

金農似乎深深著迷於自畫寫真，除了那幅煞費經營的側面道
像之外，並無特定的寄贈對象，卻充滿抒情意味的一幅畫像是

〈枯梅菴主獨立圖〉：

> 天地之大，出門何從？隻鶴可隨，孤藤可策，單舫可乘，
> 片雲可憩，若百尺之桐，愛其生也不雙；秀澤之山，望之
> 則歸然，特然而一也。人之無偶，有異乎眾物焉？予因自
> 寫枯梅菴主獨立圖，當覓寡諧者寄贈之。嗚呼，寡諧者豈
> 易覯哉？予匹影失群，悵悵惘惘，不知有誰？想世之瞽
> 者、喑者、聾者、癭者、躄者、癩者、癲者、禿簡者、毀
> 面者、瘖者、瘋者、拘攣者、褰縮者、區□者，此中疑有
> 寡諧者在也。⑫

金農透過末段一連串具有缺陷的癖疵人物聯想，極力醜化自己，
似乎在抒發個人不苟合於世的孤獨冷寂之情。這位寡諧獨立者，
與那些四處寄贈畫像的壽道人、面壁者、硯田富翁，是同一個人
嗎？繪像寄贈意謂著公開邀請觀眾、尋覓知音，金農事實上已破
除了匹影失群、無偶寡諧的迷思。金農這幅自畫像，藉著自憐自
抑以自清自高，更像是獨立天下、站在制高點上的自我迷戀。

在金農的畫像中，看到更換扮裝的欲望，有時著道袍執杖、
有時著袈裟面壁、有時在梅菴下獨立，嚴肅的話語中，充滿著滑
稽的意味。這些扮裝，與其說是用以指稱金農，不如說是用以隱
藏金農。寫作自傳／繪製自畫像的人，不論是社會用途，或僅供
自己閱讀，無可避免已陷入一種自相矛盾的情境中：誇張／掩
飾、驕傲／自卑、頌揚／懺悔。而不斷更改扮相，既符合個人生
命面相的豐富性、三教九流的廣闊交際，亦滿足讀者新鮮有趣的

「閱讀期待」。

金農幾幅畫像，均朝向非日常性的隱者裝扮，畫面的隱者形象與題識上的隱者話語，本身就是一種社會權力的表述，以戲劇性的方式演出，以達成神聖／世俗、社會／政治、自然／人文、文雅／鄙野的交換與溝通。金農晚年以自畫像作為一種特殊管道，不僅將個人畫像作為表徵志趣的迷人形式，亦是人際交往的有利媒介。金農的自畫像，成為自己／古人／他人彼此之間的對話場域，每幅畫像皆是他表現（徵）自己不同面向的不同形式，是片段式的自傳書寫，各自獨立，又可合成一個自我人生複雜面向的描廓。

陸、拼湊完整的自我圖像

觀看畫像引發的思惟，實在是很複雜的，有時不免有趨近完美主義的自戀傾向，有時卻也可以極度醜化自己。這些觀看效應，無非在說明：人們看著自己的畫像，力圖掌握個人的獨特性，並尋求解釋自己的各種嘗試與努力。金農以自畫像醜化自己的作風，其來有自。晚明教界人士對個人畫像的觀看與解釋，便經常帶著幽默風趣的口吻，甚至自我解嘲，尤愛醜化自己的形貌，如蓮池大師：

○瘦若枯柴，衰若落葉。猷比盲龜，拙同破鼈。

○這老漢，頑如石。砰砆兮癯容，硠砄兮瘦骨。守癡兮砳砳乎孤危，沒伎倆兮硜硜乎固執。堅以實鑴，不得打摹，

人徒白黑。㊸

第一則為畫像自贊，第二則為石像自贊，無論是畫像中那瘦、衰、獸、拙的老僧，或是以石雕繪而成的癯瘦固執老漢，皆是不假修飾的人間本來面目吧！蓮池大師不惜醜化形貌，表示願意正視自己，始能絕假存真，袪除障蔽，皈依道境。

一、觀看的距離

無論是自戀式地美化自己，或是解嘲式地醜化自己，皆與觀看的距離有關。像主用什麼距離觀看自己？有時好像近在眼前的親密伴侶，例如吳國倫把畫中的自己，視為定交一生的知友，以讚許知友的方式，自我欣賞一番。㊹明初秦紘〈畫像自贊〉曰：

> 爾貌雖翁，爾識則童。任拙為巧，處困猶通。膽小而盛則知懼，福薄而貴乃守窮。政無異能，惟馭吏以省事。戰無奇策，乃因人而成功。㊺

表面上自絀的秦紘，其實為自己的成功找出了守拙如愚的自處原則，明貶暗褒地稱許了自己。

有時自己似乎又遠在彼端，鄒迪光以智者的口吻對話：

> 人妒汝仇汝，怨汝訕汝，嘲汝詈汝，不知汝。即嚴汝親汝，艷汝德汝，頌汝尸祝汝，亦不知汝。汝與汝周旋，或汝知汝，而亦不自知汝。汝無得無喪，無毀無譽，無怡

> 虞，無怒喜。亦夔亦龍，亦巢亦許。亦原嘗，亦曾史，亦
> 凡夫，亦佛弟子。亦河上公，漆園氏，夫孰測其涯涘。⑯

一般均問「我是誰」？鄒氏反轉問題，以「你是誰」的詰問方式，拉開自己與畫像的距離，揭開「其實沒人真正知道你」的真相：任何對你惡意或善意的評語，都是對你的曲解與誤讀。真正識「汝」的是「我」──智者，企圖透過一連串的認知否定，建立一個不易定位、百變化身、廣大無涯的自己。

　　這樣的畫像觀看與解釋，好像是另一個自己看著自己多變化身的表演，自我認知竟然如此充滿挑戰與困難。士夫眾生，更多時候，是以遙遠疏離的目光，冷冷地自我觀看。周思兼覷著畫像、數落自己：

> 人孰不瘦，汝瘦最耶。人孰不老，汝老速耶。戚然有憂，
> 汝憂至耶。渺然有思，汝思妄耶。嗚呼，目雖明不見其
> 形，汝何人斯，吾之鑒耶。⑰

周思兼以畫像為鏡，藉著畫家繪筆，返照自己的盲點。這樣有距離的諷刺，是在一個更遠的距離上，以他者的身份觀照自我。

二、懺悔與否定

　　顧大韶八十餘歲時的畫像觀看，一開始就從「四不像」的自我懺悔開始：

謂汝為釋，汝不能斷腥。謂汝為道，汝不能嘗精。謂汝為儒，汝不能成名。而奚取乎矻矻窮經。不工不商，不戰不耕，賴食先德，養此委形。⑱

顧大韶在這世上的存在很弔詭，釋不釋、道不道、儒不儒，又非工、商、戰、耕，只一個丹青委形，晚年的顧大韶，面對自己一生的混沌荒唐，自慚形穢，卻又彷彿暗示這是價值淆亂時代的自保之道：

髮短而心長，膚垢而神清，足弱而志強，財詘而意贏。望之似有爭氣，就之則平。不虐婢僕，不事公卿，叩之則應，扶之則行，罟非其罪不受辱，譽非其美不受榮。……老而彌釋，困而自亨。（續上）

明代中葉以後，教風鼎盛，晚明兩大教主蓮池大師與憨山大師，對自我的觀想，亦深具自懺自悔的色彩。蓮池大師釋袾宏著有〈大師自責篇〉，追悔個人出家之前身口意所造諸惡業，以及出家後，在微細處仍檢點不盡。這位倡導功過格的高僧，藉著自批自剖對大眾宣教。⑲憨山大師釋德清亦有畫像多幅，自贊三十一首，⑳每首長短不一，在自贊文中，表現了一代大師透過畫像的自我解讀。

憨山大師的眼光，游移於畫像左右上下，打量著紙幅的畫中人，從視覺入手：

○拄杖長戈，缽盂刁斗，一等生涯，何分妍醜。……。

○面闊口窄，眉橫鼻直，任爾描摹，全無氣息。……。

○月桂長松，影沈秋水，有相可窺，無物堪比。……。

那位面闊口窄、眉橫鼻直、遊走人間的老僧，拄著杖、托著缽盂，妍醜無關，反倒是畫像可窺，卻無物可類，或許就以浮雲隨風之來去來比方。再進一步細看此老的模樣：

○此老無狀，是何模樣？打之不痛，抓之不癢，罵之不羞，謗之不枉。……

○鑄成一箇生鐵羅漢，拋向火宅炎荒……鍊得通身骨肉鎔，剩得慈悲心一片。……

打、抓、罵、謗之無應，既指虛擬無感官的畫像，亦指真實的自己。想著苦修中的自己，於是就成了火宅炎荒中鐵羅漢一個，煉出一片慈悲心。而修行之路何其艱辛與困難，自己仍在愚昧癡憨中：

○兀坐不會參禪，一味胡思亂想，作佛無分，作祖有障。……。

○看教不徹，參禪未瞥，一味癡憨，十方蠢拙，沒量如空，剛腸似鐵。……滿面風塵，一腔冰雪。……。

修行談何容易？自覺落得火宅中滿面風塵，炎荒中一腔冰雪了。

　　對於這樣的修行成果，憨山大師其實是很不滿意自己的，對著畫像，開始自我質疑：

　　○裝憨打癡，有皮沒骨，不會修行，全無拘束。……而今躲嬾到曹溪，學墜石頭舂米穀。
　　○非俗非僧，不真不假。肝膽冰霜，形骸土苴。一味癡憨，萬般瀟灑。……。

　　徒有癡憨瀟灑的皮相，卻無真行的骨裡，在曹溪住持宣教，只不過舂舂米穀而已。棄俗為僧，卻成了非俗非僧、不真不假、「佛祖隊裡不容，眾生界中不住」的怪物。大師由自我質疑進而自我否定：

　　僧不去髮，俗不冠巾，文不識字，武不談兵，實無可取，虛有其名。此箇沒用頭阿師。……

　　這樣的怪物，「任他描寫百千般，只有一點畫不出」，就這描摹不出的一點，大師一舉推翻了畫像的價值。細數自己一生，既無可贊歎，又有什麼容形值得流傳？只是一個憨翁的存在。這些畫像可能跨越十年的時間，[51]在這一段漫長的時光中，憨山大師看著畫中的自己，進行著宗教修行的紀錄，彷彿在塵世間游走，雖非同一時間的觀想，卻始終有個自我觀看的嘲謔基調，由視覺觀看形貌開始，對個人處世、修行的深切省察，試圖透過反反覆覆、自我質疑、自我否定的方式，尋求自己的定位。

三、嚴厲自剖

　　一般為他人作傳，通常都是隱惡揚善、褒譽有加。而自題畫贊，卻再三思考著自己的獨特性，甚至充滿懺悔與自責，這的確是中國文士自省文化的重要環節，亦形成個人不朽認同上的一大難題。張岱的〈自題小像〉亦是一例：

> 功名邪落空。富貴邪如夢。忠臣邪怕痛。鋤頭邪怕重。著書二十年邪而竟堪覆瓿。之人邪有用莫用。㉜

張岱看著畫像，極盡能事的數落自己，嘲諷自己，調笑自己，自視為廢而無用之人。在幽默解嘲中，透露了自我懺悔的意圖。既未到蓋棺論定之時，要如何告訴後人：「我曾經是誰」？既然自己一無是處，還要如何自我定位與評價以流傳後世？面對風燭殘年的自己，不假辭色、嚴厲自剖者，張岱堪為典型：

> 少為紈綺子弟，極愛繁華，好精舍，好美婢，好孌童，好鮮衣，好美食，好駿馬，好華燈，好煙火，好梨園，好鼓吹，好古董，好花鳥。兼以茶淫橘虐，書蠹詩魔，勞碌半生，皆成夢幻。年至五十，國破家亡，避跡山居，所存者破床碎几，折鼎病琴，與殘書數帙缺硯一方而已。……回首二十年前，真如隔世。常自評之，有七不可解。……學書不成，學劍不成，學節義不成，學文章不成，學仙學佛，學農學圃俱不成，任世人呼之為敗子，為廢物，為頑

民，為鈍秀才，為瞌睡漢，為死老魅也已矣。……甲申以後，悠悠忽忽，既不能覓死，又不能聊生，白髮婆娑，猶視息人世。恐一旦溘先朝露，與草木同腐。因思古人如王無功、陶靖節、徐文長皆自作墓銘，余亦效顰為之。甫構思，覺人與文俱不佳，輟筆者再。雖然，第言吾之癖錯，則亦可傳也已。[53]

張岱的〈自為墓志銘〉，是很奇特的自傳模式。敘述亡事之文，有哀辭、誄、祭文、弔文等，用以奉於靈前，而墓志銘則刻於墓碑，從屬於墓，形式上為前志（散文）後銘（韻文）。一般死亡事實發生後始由他人撰寫。但自為墓志銘，雖在回顧一生的角度上，類似於自傳，但卻必需想像自己已亡故，其中的話語設定與藝術想像，極為特殊。[54]

　　張岱自掘壙墓般，不假手他人，而要親自為自己蓋棺論定。我們看到一個掙扎的靈魂，試圖為漫漫七十年歲月，拼湊一幅完整的自我圖像。卻發現悠忽時間穿流而過，竟然要用前後兩種不同的筆觸：繁華殉爛的貴公子、一事無成的敗家子，映現前半生的自我圖像。而甲申事變這把利刃，再將自我分割成第三重影像：不死不生的白髮翁。張岱毫不留情地剖析自己的罪愆，在拼湊自己的圖像時，多重影像交疊、裂變、破碎，又重新回到拼湊原初的不確定性之中，追尋的聲音與呈現的事實彼此交鋒，瀰漫了濃厚懺悔的語調。

柒、餘論：自題像贊的後設性

　　明清時期，如金農的自畫寫真；張岱、宗教大師等人的自題像贊，在「自我解讀」的工程上，表現出極為迷人的魅力。其中最精彩之處，在於像主迎戰蓄意分裂的自我，又從不斷生成的距離中，力求一致性與親密性，有時又經由有距離的觀看與質疑，跨向一個更遠的距離，再以他者的身份觀照自我。解讀自我者，愈希望告訴他的後代「他是誰」、「他曾經是誰」，卻愈會遇到困難，因為在解釋的過程中，自我以種種方式變得多重、破碎、退回到不確定之中，於是追尋的聲音（題詠者）與呈現的內容（畫像），經常產生不相一致的現象。從解釋「我是誰」的需要中，產生了一個弔詭的疑問：「誰是我」？企圖尋找一個他所是的形象，尋找一個剝離了所有虛妄的自我完整映象，結果很有可能最終完全不是他所以為的那樣。㉟於是豁達如蓮池大師，索性一舉推翻畫像的價值。

　　徐渭的畫像題贊，亦在這樣的思惟方式中，表現了強烈的後設性：

> 吾生而肥，弱冠而羸不勝衣，既立而復漸以肥，乃至於若斯圖之痴痴也。蓋年以歷於知非。然則今日之癡癡，安知不復羸羸，以庶幾於山澤之癯耶。而人又得執斯圖以刻舟而守株。噫龍耶？鶴耶？梟耶？蝶栩栩耶？周蘧蘧耶？疇知其初耶？㊱

徐渭訴說著自己形貌肥癯更迭的變化，現在畫面上這個癡肥者，誰知道什麼時候變成個山澤之癯？畫像永遠只能呈現個人的片面角色，真正的自己確是遷流不居的，所有的畫家充其量只在作刻舟守株之事罷了。徐渭讓欲紀錄真我的畫像，自暴其自身的不足：

> 以千工手，鑄一佛貌。競誇已肖，付萬目觀，目有殊照，評亦隨之，與工同調。貌予多矣，歷知非年，工者目者，評淆如前。偶兒在側，令師貌之，貌而頗肖，父肖可知。今肥昔癯，人謂癯勝，冶民增銅，器敢不聽。（續上）

真我遠遠擺脫了畫像的呈現，畫像最終得到的答案是自我的認識愈加艱難，畫像最後只能自我指涉，自題贊者進入迷離虛幻的追尋中，我是龍、鶴、鳧、蝶、莊周嗎？已成為一個難以尋得的謎，徐渭傳達出了自我認知上複雜困惑的多重聲音，並直接質疑著畫像虛幻的本質。

注釋

(1) 相關的自題像贊，詳見杜聯喆輯《明人自傳文鈔》（臺北：藝文印書館，1977年）。至於歷代的畫像自贊，詳參郭登峰著《歷代自敘傳文鈔》，台北：文星書店，1965年。

(2) 肖像畫的繪製，在晚明以後，不僅可呼應個人主義思潮，亦具有合作與酬酢等社會性功能。詳參李國安撰：〈明末肖像畫製作的兩個社會性特

③徵〉,《藝術學》第六期,1991年9月,頁119-157。

③曾鯨(1568-1650)具有創新與傳統的兩種肖像畫法,詳見華人德撰〈明
清肖像畫略論〉,《藝術家》第218期,1993年7月,頁236-245。

④曾鯨的畫蹟,有鏡中取影效果,人稱「波臣派」,其畫技深為當時人所
喜,爭相請為寫照,收在《中國美術全集》(台北:錦繡出版社,1989)
「繪畫編」『明代繪畫下』冊,有〈葛一龍像〉(圖110)、〈顧夢游像〉
(圖114),另如〈張卿子像〉(圖111),為詩人兼醫生留影。〈王時敏小
像〉(圖112),畫廿五歲時靜坐的山水畫家。〈趙士鍔像〉(圖113),畫
一烏巾長袍進士之端正儀表。蘇州大學圖書館編著,瞿冠群、華人德執
筆:《中國歷代人物圖像索引》(上海:上海書畫出版社,1989年)亦
收有〈倪元璐〉像(下冊,頁612)。可見當時曾鯨在文人圈委製畫像所
受到的歡迎程度。

⑤參見張岱:《陶庵夢憶》(上海:上海遠東出版社,1996年)卷四「不
繫園」條,頁105。

⑥《中國美術全集》(同註④)『清代繪畫中』冊,收有許多盛清諸帝非朝
服的肖像,如圖110〈玄燁(康熙)戎裝圖軸〉、圖112〈胤禛(雍正)
行樂圖軸〉、圖113〈胤禛(雍正)朗唫閣圖軸〉、圖154〈弘曆(乾隆)
平安春信圖軸〉、圖155〈弘曆觀畫圖軸〉等。

⑦關於各名流的肖像造形,詳見《中國歷代人物圖像索引》(同註④),一
書。

⑧關於清初的人物肖像畫特性,參見楊新、班宗華等人合著《中國繪畫三
千年》(台北:聯經出版社,1999年),聶崇正撰「清代」部,頁271。

⑨禹之鼎〈柴門倚杖圖卷〉現藏山東省博物館,筆者尚未得見,資料引自
《中國美術全集》(同註④)『清代繪畫中』冊,〈幽篁坐嘯圖卷〉解

說，附頁 33 。

⑩ 杜瓊〈自贊〉，引自同註①，《明人自傳文鈔》，頁 127 。

⑪ 唐寅〈伯虎自贊〉，引自同註①，杜聯喆輯《明人自傳文鈔》，頁 189 。

⑫ 顧起元〈自題小贊〉，引自同註①，杜聯喆輯《明人自傳文鈔》，頁 409-410 。

⑬ 引自同註①，杜聯喆輯《明人自傳文鈔》，頁 215 。

⑭ 早在唐宋時期，文人就有面對畫像產生自我疑惑的詰問，如唐白居易〈自題寫真〉、宋黃庭堅〈寫真自贊〉皆然。關於由自傳引發自我認同的種種思考，詳參宇文所安〈自我的完整映象——自傳詩〉一文，收入樂黛雲、陳珏編：《北美中國古典文學研究名家十年文選》（南京：江蘇人民出版社，1996 年），頁 110-137 。類似康國相如此以觀畫人對畫中人的辯問，自唐宋以來，幾乎成為畫像題贊的一種共同話語，如明初丘濬〈自贊像〉曰：「天賦汝以性，而汝不能盡。地全汝以形，而汝不能踐。謂汝全無用邪，則似乎亦有所為。謂汝了無知邪，則似乎或有所見。噫我則汝也，尚不知汝之有無，人非我也，又安能測我之淺深耶。」同註①，杜聯喆輯《明人自傳文鈔》，頁 63 。一樣是以我、汝、人三種角度的認知辯說。

⑮ 引自同註①，杜聯喆輯《明人自傳文鈔》，頁 109 。

⑯ 引自同註①，杜聯喆輯《明人自傳文鈔》，頁 197 。

⑰ 引自同註①，杜聯喆輯《明人自傳文鈔》，頁 57 。

⑱ 參沈宗騫《芥舟學畫編》「傳神總論」，參見俞崑編著《中國畫論類編》（台北：華正書局，1984 年）（上）冊，頁 512-513 。

⑲ 參蘇軾〈傳神記〉，收入同註⑱，《中國畫論類編》（上），頁 454 。

⑳ 參見陳造〈江湖長翁集論寫神〉，參見同註⑱，《中國畫論類編》

（上），頁471。

㉑ 王繹本人能寫真，《寫像祕訣》為其所撰，王曾將寫真祕訣與采繪諸法，傳綬給陶宗儀，幸賴《輟耕錄》而保留下來。本文參引自同註⑱，《中國畫論類編》（上），頁485-489。

㉒ 參見沈宗騫《芥舟學畫編》「活法」，收入同註⑱，《中國畫論類編》（上），頁528。

㉓ 參見蔣驥《傳神祕要》，收入《美術叢書》（臺北：藝文印書館，1975年11月初版）第九冊（二集第七輯），「傳神以遠取神法」、「點睛取神法」，頁32。

㉔ 參見同上註，蔣驥《傳神祕要》，頁31。

㉕ 《中國古代人物畫風》（重慶：重慶出版社，1995），收有諸多陳洪綬的人物畫作，如〈東坡圖〉頁112、〈居士賞梅〉頁121、〈羲之愛鵝〉頁120、〈撲蝶圖〉頁119、〈蕉林酌酒〉頁115、〈人物〉頁118、〈簪花曳杖〉頁113、〈達摩禪師像〉頁110……等。

㉖ 關於陳洪綬肖像畫風的縝密探討，詳參高居翰〈陳洪綬：人像寫照與其他〉一文，收入高居翰撰、李佩樺等合譯：《氣勢撼人——十七世紀中國繪畫中的自然與風格》（台北：石頭出版社，1994）第四章，頁147-192。

㉗ 羅洪先〈自書畫像記〉，引自同註①，杜聯喆輯《明人自傳文鈔》，頁380。

㉘ 《冬心自寫真題記》中收有九則文字，其中第一至第四則，由語意、標年與畫面對應等跡象看來，應係七十三歲自畫像的題識，惟首則「古來寫真……」一文，金農親自題寫於《金農自畫像》（現藏於北京故宮博物院）畫幅右側，左側則為後人余大觀的補題文字。其餘三則未見於畫

幅上。《冬心自寫真題記》收於《明清人題跋》（臺北：世界書局，1988 年）下冊，頁 77-82。

㉙ 金農曰：「古來寫真，在晉則有顧愷之為裴楷圖貌、南齊謝赫為溪蕭傳神、唐王維為孟浩然畫像于刺石亭、宋之望寫張九齡真、朱抱一寫張果先生真、李放寫香山居士真、宋林少蘊畫希夷先生華山道中像、李士雲畫半山老人騎驢像、何充寫東坡居士真、張大同寫山谷老人摩圍閣小影，皆是傳寫家絕藝也，未有自為寫真者。惟雲笈七籤所載唐大中年間，道士吳某引鏡濡毫自寫其貌。」參見同註㉘，《冬心自寫真題記》，頁 77，第一則。

㉚ 參見同註㉘，《冬心自寫真題記》，頁 79，第四則。

㉛ 金農曰：「宋白玉蟾善畫梅，予嘗用其法作橫斜瘦枝。玉蟾自寫真，予亦自圖形貌。不求同其同而契合於同也。」參見同註㉘，《冬心自寫真題記》，頁 78，第三則。

㉜ 參見同註㉘，《冬心自寫真題記》，頁 78，第二則。

㉝ 參見同註㉘，《冬心自寫真題記》，頁 77，第一則。

㉞ 參見同註㉘，《冬心自寫真題記》，頁 78，第二則。

㉟ 參見同註㉘，《冬心自寫真題記》，頁 77，第一則。

㊱ 參見同註㉘，《冬心自寫真題記》，頁 79，第四則。

㊲ 參見同註㉘，《冬心自寫真題記》，頁 78，第三則。

㊳ 參見同註㉘，《冬心自寫真題記》，頁 78，第二則。

㊴ 除了羅聘之外，金農亦曾贈畫繪弟子項生。項生亦為金農的得意門生，經常為其代筆，作梅花圖以應四方求索，幾無可辯。金農因師生詩畫之緣，「因自寫小像付之，要使其知予冷瘵之吟，寒葩之寄，是業之所傳得其人矣。」參見同註㉘，《冬心自寫真題記》，頁 81，第八則。

㊵ 本段引文引自同註㉘，《冬心自寫真題記》，頁 79-80，第五則。

㊶ 參見同註㉘，《冬心自寫真題記》，頁 80-81，第七則。

㊷ 參見同註㉘，《冬心自寫真題記》，頁 82，第九則。

㊸ 參見同註①，杜聯喆輯《明人自傳文鈔》，第一則為釋袾宏〈畫像自贊〉，頁388。第二則為釋袾宏〈石像自贊〉，頁389。

㊹ 〈自讚小像〉曰：「口醫嘻，此予七十老友像也……。蓋予與此友交，自少至老，無一日不面，第未嘗問其姓名，至與共安樂，同患難，不少變色，殆又非面交者。今皤然耄矣，而氣猶然腴，而神猶然王，而風襟韻宇，猶然磊落不羈……。」參見同註①，杜聯喆輯《明人自傳文鈔》，頁87。

㊺ 參見同註①，杜聯喆輯《明人自傳文鈔》，頁 202。

㊻ 〈小像自題〉，參見同註①，杜聯喆輯《明人自傳文鈔》，頁 325。

㊼ 參見同註①，杜聯喆輯《明人自傳文鈔》，頁 131-132。

㊽ 〈自像題贊〉，參見同註①，杜聯喆輯《明人自傳文鈔》，408-409。

㊾ 釋袾宏（1535-1615）號蓮池，又稱雲棲大師，腳為沸湯傷破，故自號跛腳法師。年逾三十始出家，雲遊四方，於隆慶年間，住持杭州雲棲寺，修淨土宗。其〈大師自責篇〉參見同註①，杜聯喆輯《明人自傳文鈔》，頁387。

㊿ 釋德清（1546-1623），號憨山，幼出於金陵報恩寺，及長，剃度於杭州雲棲寺。慈聖李太后曾為之建寺頒經，因而捲入宮廷政治，遂坐私創寺院罪。德清學貫三教，兼修禪宗與淨土。自贊文，參見同註①，杜聯喆輯《明人自傳文鈔》，頁397-407。

○ 三十一首自贊中，一首有句「出世六十年」，另首有句「七十年來，夢遊人世……」，這些畫贊時間可能跨越十年以上。

(52) 參見同註①，杜聯喆輯《明人自傳文鈔》，頁219。

(53) 張岱〈自為墓誌銘〉，參見同註①，杜聯喆輯《明人自傳文鈔》，頁217。

(54) 關於中國文學中的自為墓誌銘，詳參日人川合康三撰、蔡毅譯《中國的自傳文學》（北京：中央編譯出版社，1999年），第四章。

(55) 詳參同註⑭，宇文所安〈自我的完整映像——自傳詩〉一文。

(56) 〈自書小像贊〉，參見同註①，杜聯喆輯《明人自傳文鈔》，頁192。

〔附圖出處〕

〔圖1〕王時敏小像（局部）／曾鯨　《中國古代人物畫風》，圖10

〔圖2〕葛一龍像（局部）／曾鯨　《中國古代人物畫風》，圖106

〔圖3〕幽篁坐嘯圖卷（局部）／禹之鼎　《中國清代人物畫風》，圖58

〔圖4〕王士禎放鷴圖卷（局部）／禹之鼎　《中國古代人物畫風》，圖128

〔圖5〕金農自畫像　《中國清代人物畫風》，圖38

〔圖6〕金農自畫像局部　（同上）

※畫冊出版資料

《中國古代人物畫風》，重慶：重慶出版社，1995

《中國清代人物畫風》，重慶：重慶出版社，1995

（筆者承主辦單位彰化師大國文系會議召集人譚潤生教授盛情邀約，於明清詩學會議上發表拙文，又愧蒙中興大學李建崑教授撥

冗賜教，提供高見，在此一併致謝。書稿發印在即，匆促間，拙
稿未及修改，發表之初許多尚未成熟的意見，筆者在本文中暫時
予以刪除，以俟來日，特此說明。）

袁枚〈落花〉詩探微

國立臺灣師範大學國文系教授

邱燮友

壹、前言

在文學中，描寫花的意象，除了它是植物的一部分外，它的美，映在人們的心目中，經過審美情感的聯想，已成為暗示或象徵女子的代稱。如《詩經·周南·桃夭》中的桃花，是暗示年少的新娘，同時桃花也代表春天、愛情、二月花等含義。在台灣民歌中有一首〈桃花過渡〉，那朵桃花，也是象徵年輕的女子，如果讓中年女子去坐渡船，那該是「黃花過渡」。因此，中外文學中，用花比喻女子，十分普遍，幾乎可以寫成一部《花的文學》。

清人袁枚的《小倉山房詩集》，共有詩4330首，其中以花為題的詠物詩，有〈落花〉詩十五首，最引人注目；其他如〈楊花曲〉七首、〈折花詞〉四首、〈折梅〉、〈海棠詞〉六首、〈梅花塢〉、〈花下〉、〈楊花〉、〈花幔〉、〈晚菊和蔗泉觀察韻〉二首、〈乞花〉、〈折花〉、〈梅〉、〈花朝日戲諸姬〉、〈題桃樹〉、〈贈花詞為嚴子進作〉四首、〈海棠下作〉、〈木蓮花〉、〈女弟子陳淑蘭窗前開紅蘭一枝，遣其郎君鄧秀才來索詩〉三

首，〈元日牡丹詩〉七首、〈蘆花〉、〈看梅〉四首等①，在詩的數量上而言，都不及〈落花〉詩數量多，在詩的內容而言，〈落花〉詩是詠物詩兼詠史詩，「落花」是個泛稱，含義寬廣，袁枚藉落花詠古代紅顏女子，命運多坎坷，故有「春在東風原是夢，生非薄命不為花」的慨歎②。

貳、袁枚〈落花〉詩創作的時間和地點

袁枚〈落花〉詩十五首，收錄在《小倉山房詩集》卷三，其創作年代為壬戌年到癸亥年③，也是乾隆七年到八年（1742-1743）之間的作品，這時袁枚二十七歲與二十八歲之間。如依《袁枚年譜》推算，袁枚（1716-1798），浙江錢塘人，乾隆四年，年二十四進士及第。在京都任翰林庶吉士。壬戌年，乾隆七年，散館，改任知縣，分發江南，始知溧水（今江蘇溧陽縣），後改知江浦、沭陽、江寧等縣④。則〈落花〉詩，當是乾隆七年，袁枚二十七歲那年春天，在溧水所作的詩，與詩中所述：「江南有客惜年華，三月憑闌日易斜」⑤，可以吻合。

參、袁枚〈落花〉意象的由來與轉化

意象一詞，始見於《周易·繫辭傳》：

聖人立象以盡意，設卦以盡情偽，繫辭焉以盡其言。⑥

文中的「意」，指人的情意、思想，「象」指物的形象、表象，而敘述意和象的媒介，便是「言」，即語言。魏王弼的《周易略例‧明象》有進一步說明：

> 夫象者，出意者也；言也，明象者也。盡意莫若象，盡象莫若言。

說明「象」「意」「言」三者的關係，人們見外界的景物形象，會產生情意，而語言可以用來描述物意。至於「意象」連用，始見於《文心雕龍‧神思》：

> 然後使玄靜之宰，尋聲律而定墨；獨照之匠，窺意象而運斤，此蓋馭文之首術，謀篇之大端。⑦

這裡所說的意象，已是文藝創作的審美意象。作家就日常生活中的題材，經過感觸、想像所得的結果，使外界的物象與中心的情意結合，構成意象，以達暗示和象徵的效果。

　　「落花」入詩，由來已久，有文獻考者，始見於戰國時代楚國的屈原（西元前343-277），他在〈離騷〉中，便有「朝飲木蘭之墜露兮，夕餐秋菊之落英」和「攬木根以結茝兮，貫薜荔之落蕊」的句子，「落英」、「落蕊」就是落花，尤其「墜露」與「落英」對偶，解釋為「落花」十分恰當。東漢王逸注云：「英，華也。言己旦飲香木之墜露，吸正陽之津液；暮食芳菊之

落華，吞正陰之精蕊。」但宋洪興祖的《補注》謂「秋花無自落者」，意味秋天的菊花枯萎了，還是連在枝上，不會凋落，於是「落英」指初生之花（見《爾雅》），可備一說⑧。屈原的「餐花飲露」、「攬茝貫蕊」，均表示身心高潔，與道家的「餐霞飲露」、「仙風道骨」的神仙生活不同。

袁枚的〈落花〉詩，是得自於唐人杜牧〈金谷園〉詩的啟示，〈金谷園〉詩，從詠物詩到藉物詠史，再引伸為藉史託諷。杜牧的詩：

> 繁華事散逐香塵，流水無情草自春。
> 日暮東風怨啼鳥，落花猶是墜樓人。⑨

金谷園是晉代石崇的別墅，石崇寵愛綠珠，因得罪權貴，自知禍將臨頭，綠珠因而先自殺，墜樓而死，其後石崇遭抄家滅門。唐人杜牧詠〈金谷園〉，由「繁華事散」寫起，到綠珠的死，用「落花」的意象，譬喻「墜樓人」，這則淒美的史事，透過詩人的筆，使淒慘的真相，化作暮春落花飄零的聯想。歷代描寫「落花」、或以「落花」為題的詩不少，但杜牧的「落花猶是墜樓人」，給袁枚的十五首〈落花〉，帶來不少的啟示。袁枚對古代紅顏女子不幸的下場，藉落花的意象，表達無限的同情和感慨。讀了〈落花〉詩，畢竟使人要問，難道女子的美是一種錯誤？美也是一種不幸和罪過嗎？

肆、袁枚〈落花〉詩主題與內容

　　袁枚〈落花〉詩十五首，為詠物的七言律詩，詠物詩除了詠物之外，應有所寄託，才是好詩。誠如袁枚在《隨園詩話》中所云：「詠物詩無寄託，便是兒童猜謎。讀史詩無新義，便成《廿一史彈詞》。雖著議論，無雋永之味，又似史贊一派，俱非詩也。」⑩以袁枚的詩論，析論袁枚自己所寫的詠物詩，可以知道他的詩能實踐他所持的詩論。同時袁枚的〈落花〉詩，也是組詩，用同一標題，寫一連串的詩，在歷代的組詩中，第一首便是全詩的序，以此慣例，袁枚的〈落花〉詩第一首也不例外。

　㈠袁枚〈落花〉詩第一首是全詩的序

> 江南有客惜年華，三月憑闌日易斜。春在東風原是夢，生非薄命不為花。仙雲影散留香雨，故國臺空剩館娃。從古傾城好顏色，幾枝零落在天涯？（其一）

　　前四句袁枚寫〈落花〉詩的時間及地點，見暮春的落花引發感觸，而「春在東風原是夢，生非薄命不為花」，成為十五首〈落花〉的主題所在，意味東風催花，花開花落，原是一場春夢，自古「紅顏多薄命」，生而為「花」者，難逃此命運。後四句引西施為例，並感慨自古傾城好顏色的女子，能有幾人平平安安地存活在民間？

　　全詩用落花為題，而詩中又帶出歷史上出色的女子，其下場

堪憐，是詠物而有所託，又具詠史的新義，所以讀來感性特強，
而清新雋永。

　　㈡歷史中的落花西施、蔡琰

> 小樓一夜聽潺潺，十二瑤臺解珮環。有力尚能含細雨，無
> 言獨自下春山。空將西子沈吳沼，誰贖文姬返漢關？且莫
> 啼煙兼泣露，問渠何事到人間。（其四）

　　這首在詠歷史人物中的落花，前四句寫春雨打落花，一夜春
雨，十二瑤臺神話仙境中的仙女們，都解除珮環而凋謝，能力強
的花朵，尚可含細雨而不凋落，但環境惡劣時，也無法抗拒幻滅
的命運。後四句用設問體，責問是誰將西施沈入吳沼，又是誰將
蔡琰（字文姬）從胡地贖回，回到中原，又遭災厄。這兩位女子
的悲劇，如同暮春中啼煙泣露的落花，請問她們為何要到人間
來，遭此災難。

　　西施是春秋時代越國的絕色女子，據後漢趙曄撰的《吳越春
秋・勾踐陰謀外傳》記載，西施為浙江諸暨苧蘿山的賣柴女子，
也稱先施、西子。在吳越之爭中，勾踐在會稽被吳王夫差打敗，
范蠡把西子獻給夫差，夫差為其色所迷，終至亡國。吳亡後，夫
差自刎，而西施的下場，《吳越春秋》及《越絕書》均未提及
①。其後明梁辰魚的《浣紗記》認為吳亡後，范蠡將西施接走，
與他同遊五湖而去，而袁枚詩中，認為吳亡後，西施被沈於吳
江，故有「空將西子沈吳沼」的慨歎。

　　東漢建安時（196-220）董卓之亂，蔡邕（133-192）的女兒

蔡琰（192-239）在亂兵中，被胡人劫走，蔡邕的朋友曹操聽說蔡琰流落胡地，派使者將她贖回，蔡琰在胡十二年，生有二子，贖回時只自身返漢，後改嫁董祀，董祀犯法當死，又請曹操赦免，曹操答允，蔡琰因作〈悲憤詩〉。事見《後漢書·列女傳·董祀妻》⑫。

　　㈢〈落花〉詩中詠貴妃

　　　也曾開向鳳凰池，去住無心鳥不知。掃徑適當風定後，捲簾可惜客來時。肯教香氣隨波盡？尚戀春光墜地遲。莫訝旁人憐玉骨，此身原在最高枝。（其二）

　　　風雨瀟瀟滿春林，翠波簾幕影沈沈。清華曾荷東皇寵，飄泊原非上帝心。舊日黃鸝渾欲別，天涯綠葉半成陰。榮衰花是尋常事，轉為韶光恨不禁。（其三）

　　　不受深閨兒女憐，自開自落自年年。清天飛處還疑蝶，素月明時欲化煙。空谷半枝隨影墮，闌干一角受風偏。佳人已換三生骨，拾得花鈿更黯然。（其五）

　　　后土難埋一瓣香，風前零落曉霞妝。丹心枉自填溝壑，素手曾經捧太陽。疏雨半樓人意懶，殘紅三月馬蹄忙。莫嫌上苑遮留少，宰相由來鐵石腸。（其六）

　　袁枚的第二、三、五、六四首〈落花〉，藉落花而詠唐代楊

貴妃，我們不妨從下列詩句去推測，例如：「莫訝旁人憐玉骨，此身原在最高枝。」「清華曾荷東皇寵，飄泊原非上帝心。」「佳人已換三生骨，拾得花鈿更黯然。」「后土難埋一瓣香，風前零落曉霞妝。丹心枉自填溝壑，素手曾經捧太陽。」「莫嫌上苑遮留少，宰相由來鐵石腸。」這些詩句，都與唐時楊貴妃的得寵，以及在馬嵬坡兵變被賜死和死後歸葬的史蹟，有所關聯。

有關唐玄宗和楊貴妃的故事，在歷代詩文中，最膾炙人口的要推白居易的〈長恨歌〉和陳鴻的〈長恨歌傳〉，這兩篇詩文，作於元和元年（806），當時白居易在盩厔縣（今陝西周至）任縣尉，他和友人陳鴻、王質夫同遊仙遊寺，有感於唐玄宗和楊貴妃的故事而創作。

白居易的〈長恨歌〉雖藉漢皇重色以諷唐室，但重視於楊貴妃一生的描述，使人感動於唐玄宗與楊貴妃在天寶之亂中的愛情悲劇，而忘懷詩中玄宗寵溺貴妃以致誤國的負面印象。因此「天長地久有時盡，此恨綿綿無絕期」，便成了〈長恨歌〉的主題名句。陳鴻的〈長恨歌傳〉也是寫楊貴妃的一生，陳鴻從史學的立場，對唐玄宗寵愛楊貴妃以至於誤國，留有譴責的語氣，而「意者不但感其事，亦欲懲尤物，窒亂階，垂誡於將來者也」，便成為〈長恨歌傳〉的主題所在⑬。

歷代以唐玄宗與楊貴妃的故事為題材而寫成的詩文不少，大致可分為兩類，一以愛情為主題，同情帝王在離亂中連妻子都無法保護，詩中多替她抱不平與同情；一是將玄宗和貴妃的沈耽宴樂，視為動亂的禍首，且以楊貴妃為誤國亂源而有所警惕。今各舉一些例證如下：

唐黃滔〈馬嵬〉：

> 錦江晴碧劍鋒奇，合有千年降聖時。
> 天意從來知幸蜀，不關胎禍自娥眉。

玄宗幸蜀是天意，而胎禍不出自貴妃。

唐于濆〈馬嵬驛〉：

> ……一從屠貴妃，生女愁傾國。是日芙蓉花，不如秋草
> 色，當時嫁匹夫，不妨得頭白。

楊貴妃如當時嫁與匹夫，則可與夫婿到白頭。正因生女有傾國
色，反而招致殺身之禍。

又如杜甫在唐肅宗至德二載（757）閏八月所寫的〈北
征〉：

> ……不聞夏殷衰，中自誅褒妲。周漢獲再興，宣光果明
> 哲。

詩中充滿憂國憂民的情緒，並將貴妃比作禍國的褒姒、妲己。認
為貴妃是禍國之原，被誅理所當然⑭。

楊貴妃（719-756），字玉環，祖籍為弘農華陰（陝西華縣）
人，後徙籍蒲州，遂為永樂（山西永濟）人，父玄琰，為蜀州司
戶。開元七年，貴妃生於蜀，幼孤，養於叔父家。楊玉環於開元

二十三年（十七歲）本為玄宗十八子壽王瑁之妃。開元二十八年（740）玄宗幸溫泉宮，乃令妃為女道士，號太真，至天寶四載（745），始立太真為貴妃，時貴妃年二十七，而玄宗當為六十一歲。天寶十五載（756），死於馬嵬坡兵變，年三十八。

　　楊貴妃的死，在〈長恨歌〉和〈長恨歌傳〉是這樣描寫的：

> 六軍不發無奈何，宛傳蛾眉馬前死。
> 花鈿委地無人收，翠翹金雀玉搔頭。
> 君王掩面救不得，回看血淚相和流。（〈長恨歌〉）

又：

> 道次馬嵬亭，六軍徘徊，持戟不進，從官郎吏伏上馬前，請誅貴妃以謝天下。……上知不免，而不忍見其死，反掩面，使牽之而去。倉皇輾轉，竟就絕於尺組之下。（〈長恨歌傳〉）

　　亂平後，唐明皇擬下詔改葬貴妃，朝中官員皆言不宜；事後，明皇秘密派宦官改葬貴妃，但屍骨已腐，香囊猶在，明皇睹物傷懷，思念不已。據《新唐書·列傳第一后妃上·楊貴妃》：

> 帝至自蜀，道過其所，使祭之，且詔改葬，禮部侍郎李揆曰：「龍武將士以國宗負上速亂，為天下殺之。今葬妃，恐反仄自疑。」帝乃止。密遣中使者具棺槨它葬焉。啟

瘞，故香囊猶在，中人以獻，帝視之，悽感流涕，命工貌妃於別殿，朝夕往，必為鯁欷。⑮

　　袁枚〈落花〉中詠貴妃，是同情貴妃的遭遇，尤其著重在馬嵬坡貴妃被賜死和後來改葬的情景來入詩，才有「莫訝旁人憐玉骨，此身原在最高枝」，「佳人已換三生骨，拾得花鈿更黯然」，「后土難埋一瓣香，風前寒落曉霞妝」等，憐惜落花的悽美而含有無限憐香惜玉的悲劇情懷。

　　㈣琵琶聲中的王昭君

　　　玉顏如此竟泥中，爭怪騷人唱惱公？茵溷無心隨上下，尹
　　邢避面各西東。已含雲雨還三峽，猶抱琵琶泣六宮。花總
　　一般千樣落，人間何處問清風？（其八）

　　詩中有「已含雲雨還三峽，猶抱琵琶泣六宮」句，應是詠王昭君。王昭君，本為王嬙，名一作檣，字昭君，南郡秭歸人，秭歸是巫峽附近居山傍水的一個小縣，景色清麗，也是戰國時楚國屈原的家鄉。王嬙被郡國舉而選入後宮，由於後宮佳麗多，未被御幸。漢元帝竟寧元年（33B.C.），匈奴王虖韓邪單于來朝請婚，元帝便遣後宮良家女王嬙賜給匈奴王，被尊為「寧胡閼氏」。匈奴人稱皇后為閼氏⑯。唐吳兢《樂府古題要解》卷上王昭君條謂：虖韓邪單于死，子復株絫單于欲以胡禮復妻昭君，昭君乃吞藥而死。昭君一生含怨塞外，而「獨留青塚向黃昏」。今內蒙古呼和浩特市有王昭君墓，相傳塞外草白，獨王昭君墓草

青，故名青塚。

梁蕭統《文選》和徐陵《玉臺新詠》均錄有晉石崇的〈王昭君詞并序〉，其序曰：「王明君者，本為王昭君，以觸文帝諱改焉。匈奴盛請婚於漢，元帝詔以後宮良家女子昭君配焉。昔公主嫁烏孫，令琵琶馬上作樂，以慰其道路之思，其送明君，亦必爾也。其新造曲，多哀聲，故敘之於紙云爾。」⑰從此詠王昭君的詩，便與「琵琶」相關聯，成為王昭君的標誌。

袁枚〈落花〉中的王昭君，謂「玉顏如此竟泥中，爭怪騷人唱惱公」與石崇的〈王昭君詞〉有「昔為匣中玉，今為糞上英」，指王昭君本為樹上花，竟如落英墜泥中，讓詩人感歎不已。並謂：「已含雲雨還三峽，猶抱琵琶泣六宮。」三峽為王昭君的故鄉，昭君和番時，猶抱琵琶，泣別漢宮。

㈤洞庭波冷弔湘君

> 不妨身世竟離群，開滿香心已十分。小院來遲煙寂寂，深春坐久雪紛紛。人間歌舞消清晝，天上神仙葬白雲。飄落洞庭波欲冷，一支玉笛弔湘君。（其九）

戰國時楚國屈原在《九歌》中，有〈湘君〉、〈湘夫人〉兩篇，湘君和湘夫人都是湘水之神。東漢王逸《楚辭章句》以為湘君是水神、湘夫人是舜的二妃。《史記·始皇本紀》及漢劉向《列女傳》都說湘君是堯之女，舜之妻，指娥皇、女英。宋洪興祖《楚辭補注》則說湘君為娥皇，湘夫人為女英⑱。

相傳舜南征三苗，不及，道死沅湘之間，葬於九嶷山，在今

湖南省寧遠縣南，舜的妻子娥皇、女英來到九嶷山，祭其丈夫，淚灑湘江，並投入湘水，是為湘水之神，今湘江一帶有斑竹，便是娥皇、女英的淚痕所致。

　　袁枚〈落花〉詩中有「人間歌舞消清晝，天上神仙葬白雲；飄落洞庭波欲冷，一支玉笛弔湘君」詩句，寫暮春白花飄落，在天上猶如神仙葬於白雲中，在人間則是落花入洞庭，使人想起〈九歌〉中的湘君和湘夫人，因舜的死，娥皇、女英二妃投入湘水之中淒美的故事。

　　㈥梁氏新裝梁冀妻孫壽

　　　裁紅暈碧意蹉跎，子野聞歌喚奈何。早發瓊林驚海內，倦開江國厭風波。漢宮裙解留仙少，梁苑妝成墮馬多。天女亭亭無賴甚，苦將清影試維摩。（其十）

　　從詩中「漢宮裙解留仙少，梁苑妝成墮馬多」兩句，可知袁枚此詩在詠東漢和帝時梁冀的妻子，創流行時裝，她愛穿狐尾衣，京都婦女多效此裝束，稱之為「梁氏新裝」。同時新妝的式樣，如愁眉、啼妝、墮馬髻、折腰步，以及齲齒笑等。

　　梁冀為東漢質帝梁皇后之兄，任大將軍，淫侈凶暴，有奴隸數千人，質帝稱他為「跋扈將軍」。梁冀因而討厭質帝，遂毒殺質帝，而立桓帝。而梁冀的妻子孫壽，貌美且善於化妝，冀為大將軍，壽亦受封為襄城君。後冀敗，自殺。《後漢書·梁統列傳·玄孫冀》云：「壽色美而善為妖態，作愁眉、啼妝、墮馬髻、折腰步、齲齒笑，以為媚惑。」⑲

袁枚詩前四句寫花開花落，後四句詠漢宮崇尚遊仙，《漢武帝內傳》曾有西王母降臨漢宮等故事，而梁苑中多仕女，其中孫壽更是漢質帝時的名女子，因梁冀外戚的驕縱，夫婦倆招致悲慘的下場。然袁枚詩並未直接描述，反而結語是天女亭亭婀娜極了，且將清影去試維摩詰看了是否心動？

(七)開匣見珍珠，或恐是梅妃

> 紅燈張罷酒杯殘，不照笙歌月亦寒。此去竟成千古恨，好春還待一年看。金鈴繫處堤防苦，玉匣開時笑語難。擬囑司風賢令史，也同修竹報平安。（其十二）

梅妃，姓江名采蘋，蒲田人。開元初，高力士使閩越，選歸侍明皇，婉麗善屬文，以其愛梅，居所均植梅花，明皇戲名為「梅妃」。後楊貴妃入宮，梅妃失寵，迫遷上陽宮，帝常思念她，曾封珍珠一斛，密賜梅妃，不受，謝以詩曰：「柳葉雙眉久不描，殘妝和淚污紅綃。長門終日無梳洗，何必珍珠慰寂寥。」詞旨淒婉，帝命樂府譜以管弦，名為〈一斛珠〉。安祿山亂，上避亂入蜀，太真死，及東歸，尋梅妃所在，不可得[20]。依〈梅妃傳〉所云：

> 後上暑月晝寢，髣髴見妃隔竹間泣，含涕障袂，如花朧霧露狀。妃曰：「昔陛下蒙塵，妾死湯池側，有梅十餘株，豈在是乎！」上自命駕令發視，繞數株，得屍，裹以錦裀。……視其所傷，脅下有刀痕。上自製文誄之，以妃禮

易葬焉。

梅妃之死，死於兵災。〈梅妃傳〉為唐人傳奇小說，然梅妃一生
也算是傳奇人物。

袁枚的第十二首〈落花〉，是否是詠梅妃，很難確定，本文
僅就其「玉匣開時笑語難」，推測此詩為詠唐梅妃的詩，然恐證
據薄弱，用「或恐是梅妃」，存疑。

㈧隋宮迷樓花自落

> 剪彩隋宮事莫論，天涯極目總消魂。旗亭酒醒風千里，牧
> 笛歌回水一村。遊子相逢終是別，美人有壽已無恩。流年
> 幾度殘春裡，潮落空江葉打門。（其十三）

有關隋宮舊事，相傳韓偓曾撰〈迷樓記〉、〈海山記〉、〈開
河記〉。在〈迷樓記〉中，有一段文字與袁枚的〈落花〉詩有些
關聯：

> 大業九年（613），帝將再幸江都，有迷樓宮人抗聲夜歌
> 云：「河南楊花謝，河北李花榮。楊花飛去落何處？李花
> 結果自然成。」帝聞其歌，披衣起聽，召宮女問之云：
> 「孰使汝歌也？」宮女曰：「臣有弟在民間，因得此歌。
> 曰：道塗兒童多唱此歌。」帝默然久之曰：「天啟之也，
> 天啟之也。」[21]

世代興衰，隋煬帝的荒淫亡國，有如楊花落，李唐開國，猶如李花開。袁枚第十三首〈落花〉，有感隋宮舊事而作，見暮春江南酒旗水村的景物，想遊子他鄉，美人無恩，在時光殘春裡一任江潮打空門。

　　㈨泛寫暮春，藉落英而傷春

> 似欲翻身入翠微，一番煙雨寸心違。粗枝大葉無人賞，落月啼烏有夢歸。垂釣絲輕飄水面，踏青風小上春衣。勸君好認瑤臺去，十二湘簾莫亂飛。（其七）

> 金光瑤草兩三莖，吹落紅塵我亦驚。讓路忍將香雪踏，開窗權當美人迎。蛛絲力弱留難住，羊角風狂數不清。昨夜月明誰唱別？可憐費盡子規聲。（其十一）

> 升沈何必感雲泥？到眼風光剪不齊。愛惜每防鶯翅動，飄零只恨粉墻低。高唐神女朝霞散，故國河山杜宇啼。最是半生惆悵處，曲闌東畔畫堂西。（其十四）

　　袁枚這三首〈落花〉，並無特指或暗喻何人，僅用擬人手法，寫眼前春花，吹落紅塵；因而感歎好花當到瑤臺去，別讓月下子規啼。每首的末聯，含有殘春的感傷和惜春的餘意在。

　　春花嬌媚，落花可惜，袁枚描寫落花，甚是細膩，無論花容、花貌、花色、花姿、花態、花氣、花香等，都能曲盡形態，如「金光瑤草兩三莖，吹落紅塵我亦驚」，寫花色、花態；繼而

「讓路忍將香雪踏,開窗權當美人迎」,寫花香、花姿,落花滿徑,香雪怎忍踏過,推窗見花,猶如美人相迎。然而青春難久留,狂風凋碧樹,明月唱別曲,杜鵑聲中春離去。

(十)〈落花〉詩結語

> 怕過山村更水橋,休論鳳泊與鸞飄。容顏未死心先謝,雨露雖輕淚不消。小住色憑芳香借,長眠魂讓酒人招。司勳最是傷春客,腸斷煙江咽暮潮。(其十五)

組詩開端為「序」,組詩的末首為「結語」,如同《文心雕龍》神思篇所說的,才能「首尾圓合」。袁枚自稱「江南客」,暮春過山村水橋,見落花無數,因而聯想到歷史中的紅顏薄命者,不是「鳳泊」,就是「鸞飄」,樹未凋而花先謝,春雨雖輕而花淚難消。袁枚自比司勳論功賞的傷春客,面對東風春夢,感「花總一般千樣落」,薄命如花,每人的遭遇或有不同,但凋零都是共同的命運,不免要憂傷滿懷而腸斷煙江,嗚咽暮潮了。

伍、袁枚〈落花〉詩意象的
　　運用與特色

袁枚本是性情中人,多情種子,喜愛美好的事物,關懷風月人情,面對暮春繁花的凋落,興感青春如逝水,因而用擬人格將歷史中的絕色佳麗,在不幸的遭遇中,用落花譬喻,引來無限的慨歎和同情。在十五首〈落花〉中,詠楊貴妃的詩最多,或許是

唐明皇和楊貴妃的詩材資料多，詩歌意象豐富，容易入詩所致。

從《隨園詩話》中，袁枚對詩歌用典的看法，他說：

> 余每作詠古、詠物詩，必將此題之書籍，無所不搜；及詩
> 之成也，仍不用一典。嘗言：人有典而不用，猶之有權勢
> 而不逞也。⑫

在〈落花〉詩中，袁枚依據他的詩論來寫詩，不用典，卻將
典故化成詩中的意象，例如詠楊貴妃，他用「玉骨」、「身在最
高枝」、「清華」、「東皇」、「花鈿」、「后土埋香」、「素手捧
太陽」等意象，渲染楊貴妃的死，用落花暗示貴妃的不幸，以配
合〈落花〉詩的主題。

在《小倉山房詩集》中，袁枚另有兩首詠〈玉環〉：

> 五百袈裟回向寺，一支玉尺有前因。緣何四海風塵日，錯
> 怪楊家善女人。

又一首：

> 可憐雲容出地遲，不將讕語訴人知。《唐書》新舊分明
> 在，那有金錢洗祿兒？⑬

認為安祿山之亂，楊貴妃並非禍首，與〈落花〉詩中的詠貴妃，
含有無限憐香惜玉之情。

　　其次，〈落花〉詩中詠西施，詩中所用的是「館娃」、「傾城」、「零落」、「西子」、「吳沼」、「啼煙」、「泣露」等意象，已象徵悲劇的意涵，與落花互映，既詠物，又兼詠史，具有情景交融的效果。

　　袁枚也曾寫過以〈西施〉為題的詩二首：

　　　吳王亡國為傾城，越女如花受重名。妾自承恩人報怨，捧心常覺不分明。

又一首：

　　　笙歌剛送採蓮舟，重捲珠簾倚畫樓。生就蛾眉顰更好，美人只合一生愁。㉔

〈落花〉中的西施，用落花比喻西施的凋謝，而〈西施〉題中的西子，偏重在「捧心」、「蹙顰」的意象，以象徵西施。

　　此外尚有蔡琰、王嬙、娥皇、女英、孫壽、梅妃等紅顏佳麗，她們也如同落花般凋零，因此「花總一般千樣落」，春花嬌媚，然而凋落，卻有不同的命運。

　　今列舉〈落花〉詩意象運用的特色如下：

　　㈠袁枚的〈落花〉，以喻紅顏薄命的女子，詩中沒有專指何種花卉，卻有專指或暗示是何人。不像李白的〈清平調〉，以詠芍藥暗示楊貴妃得寵時的嬌媚；白居易用「玉顏寂寞淚闌干，梨花一枝春帶雨」比喻楊貴妃的哭貌。

　㈡詩中用設問對答，將「花」比作紅顏，時見問花，愈見凄婉和無奈。例如：「從古傾城好顏色，幾枝零落在天涯？」「且莫啼煙兼泣露，問渠何事到人間？」「花總一般千樣落，人間何處問清風？」

　㈢詠物詩兼具詠古、詠史，有弦外之音；且詩中不直接用典，但能全盤了解典故而活用它，加以比興。如「清華」、「上苑」、「館娃」、「琵琶」、「湘君」、「梁苑」、「墮馬」、「玉匣」等意象，使字面義外而可被解讀出來的意義，皆含有隱含義，留給讀者有探微的線索，讓人尋繹詩中的主題。

　㈣袁枚〈落花〉詩中，對景物辭語的運用，至為巧妙，可達移情作用，情景交融的境界。因此詩中寫花容、花貌、花色、花姿、花態、花香、花情、花意等，跟歷史中的紅顏佳麗相疊合，用煙、霧、雨、露、泣、啼、淚等字眼，引來傷春凄美的意境。

　㈤袁枚〈落花〉詩善用視覺意象或聽覺意象，以增詩歌的美感。例如：「小樓一夜聽潺潺，十二瑤臺解珮環。」「讓路忍將香雪踏，開窗權當美人迎。」「愛惜每防鶯翅動，飄零只恨粉墻低。」「司勳最是傷春客，腸斷煙江咽暮潮。」

陸、結論

　袁枚論詩以性靈為主，性靈說淵源於明代中葉李贄的童心說和晚明公安、竟陵諸家的詩文論，所謂「直據胸臆，如寫家書」，「獨抒性靈，不拘格套」，不外以率真、真性情來寫詩。他在《隨園詩話》中，主張詠物詩不止於詠物，要能託物寄興，而

有弦外之音。其次，他主張詩中用典，要能活用，了解詠古、詠史的全盤典故而不用，才是好手法，換言之，便是詩歌的隱含性，運用意象以達暗示或象徵的效果。

　　古人云：「詩無定訓。」本文就袁枚〈落花〉詩，用擬人手法，詠及歷代凋零的紅顏女子，帶來的傷春感懷。由於袁枚《小倉山房集》至今尚無箋注，筆者僅能以猜測探微的方式，加以討論，至於所述能否成立，尚祈方家，有以指教。

參考書目

清・袁枚：《袁枚全集》（共八冊），南京：江蘇古籍出版社，1993 年9 月。

錢仲聯主編：《清詩紀事》（乾隆朝卷），南京：江蘇古籍出版社，1989 年 4 月。

清・曹寅等編：《全唐詩》，台北：粹文堂影印中華書局本。

十三經注疏本：《周易》，台北：藝文印書館，民國七十八年一月。

漢・劉向編，王逸注，洪興祖補注：《楚辭章句補注》，台北：世界書局，民國四十五年十二月。

漢・趙曄：《吳越春秋》，台北：商務印書館《四部叢書刊初編本》。

宋・劉煦等撰：《舊唐書》，台北：開明書店，民國二十三年九月。

宋・歐陽修、宋祁撰：《新唐書》，台北：開明書店，民國二十三年九月。

夏之放：《文學意象論》，汕頭大學出版社，1993 年 12 月。

吳曾祺編：《舊小說》，台北：商務印書館，民國五十四年十一月。

王汝濤編校：《全唐小說》，山東文藝出版社，1993 年3 月。

邱燮友：《中國歷代故事詩》（三民文庫），台北：三民書局，民國五十八年四月。

注 釋

① 清・袁枚著《袁枚全集》南京：江蘇古籍出版社，1993 年9 月1 版，共八大冊，第一冊為《小倉山房詩集》，共收詩37 卷，補遺2 卷，有詩4330 首。

② 見袁枚〈落花〉詩第一首詩句。其後文中所引〈落花〉詩，均出於此。《小倉山房詩集》卷3，頁35-36

③《小倉山房詩集》卷3，注有「壬戌、癸亥」字樣，是該卷詩創作的年代。

④《袁枚全集》第八冊附錄一《隨園先生年譜》，乾隆七年，壬戌，先生二十七歲，是年翰林散館。初試溧水知縣。乾隆八年，癸亥，先生二十八歲，由溧水改知江浦，後從江浦改知沭陽。乾隆九年，甲子，先生二十九歲，知沭陽縣。乾隆十年，乙丑，先生三十歲，調江寧縣知縣。頁7-8。

⑤ 同②。

⑥《周易・繫辭傳上》，藝文印書館印行《十三經注疏》本，頁158。

⑦ 梁・劉勰《文心雕龍・神思》（文光圖書公司），頁105。

⑧ 漢・劉向編，東漢・王逸注，宋・洪興祖補注《楚辭章句補注》（台北：世界書局，民國四十五年十二月初版），頁7。

⑨ 清・曹寅等敕編《全唐詩》卷525，杜牧（台北：粹文堂影印大陸中華書局本），頁6013。

⑩《袁枚全集》第三冊《隨園詩話》，卷三，第六十三則，頁57。

⑪後漢・趙曄《吳越春秋》商務印書館《四部叢刊初編本》卷九〈勾踐陰謀外傳〉，卷十〈勾踐伐吳外傳〉，記載吳亡後，吳王伏劍自殺，頁60-74。又《越絕書》卷12記載，吳王接納越王所獻西施，後越興師伐吳，吳亡，擒夫差而戮太宰嚭與其妻子，頁51-52。

⑫南朝宋・范曄《後漢書・列女傳・董祀妻》：「陳留董祀妻者，同郡蔡邕之女也。名琰，字文姬，……適河東衛仲道，夫亡無子，歸寧於家。興平中（193-194），天下喪亂，文姬為胡騎所獲，沒於南匈奴左賢王，在胡中十二年，生二子。曹操素與邕善，痛其無嗣，乃遣使者，以金璧贖之，而重嫁於祀，祀為屯田都尉，犯法當死，文姬詣曹操，請之。」（台北：開明書店《二十五史》本），頁895

⑬唐・白居易《白氏長慶集》卷12，陳鴻〈長恨歌傳〉附錄於白氏集中，置於白居易〈長恨歌〉前，因陳鴻無專集，故此。陳鴻在〈長恨歌傳〉文後，記載了當時和白居易創作此兩篇的經過和動機：「元和元年冬十二月，太原白樂天自校書郎尉於盩厔，與琅邪王質夫家於是邑。暇日，相攜遊仙遊寺，話及此事，相與感歎。質夫舉酒於樂天前曰：『夫希代之事，非遇出世之才潤色之，則與時消沒，不聞於世。樂天深於詩，多於情者也，試為歌之，如何？』樂天因為〈長恨歌〉。意者不但感其事，亦欲懲尤物，窒亂階，垂誡於將來者也。歌既成，使鴻傳焉。」（台北：商務印書館《四部叢刊本》），頁63

⑭唐・黃滔〈馬嵬〉詩，唐・于濆〈馬嵬驛〉詩，唐杜甫〈北征〉詩，均見於《全唐詩》。

⑮見《新唐書・列傳第一后妃上・楊貴妃》（台北：開明書店《二十五史》本），頁3869

⑯《漢書・元帝紀》：「竟寧元年春正月，匈奴虖韓邪單于來朝。詔曰：『匈奴郅支單于北叛禮義，既伏其辜，虖韓邪單于不忘恩德，鄉慕禮義，復修朝賀之禮，願保塞，傳之無窮，邊垂長兵革之事，其改元為竟寧。賜單于待詔掖庭王檣為閼氏。』」顏師古注「應劭曰：『郡國獻女未御見，須命於掖庭，故曰待詔。王檣，王氏女，名檣，字昭君。』文穎曰：『本南郡秭歸人。』蘇林曰：『閼氏，音焉支，如漢皇后也。』」（台北：開明書店《二十五史》本），頁313。

⑰梁・徐陵編《玉臺新詠》（台北：漢京文化事業出版）卷二，石崇〈王昭君詞〉一首並序，頁122

⑱漢・劉向輯，王逸注，宋・洪興祖補注，《楚辭章句補注・九歌・湘君》（台北：世界書局，民四十五年十二月初版），頁38

⑲見《後漢書・梁統列傳・玄孫冀》卷64，（開明書店《二十五史》），頁772

⑳吳曾祺編《舊小說》第三冊，曹鄴〈梅妃傳〉（台北：商務印書館），頁133-134

㉑同⑳，《舊小說》第三冊，相傳韓偓撰〈迷樓記〉，頁96

㉒見《隨園詩話》卷一，頁19

㉓《小倉山房詩集》卷2，頁29

㉔《小倉山房詩集》卷2，頁27-28

2002.5.4

典律重構：袁枚論《詩/經》①

國立暨南大學中文系副教授

高大威

> 從一定意義上說，一種理論建造了自身的先驅。

> ——赫魯伯（*Robert C. Holub*）②

壹、序論

中國的詩歌傳統奠於《詩經》，雖然此後詩的表現與形式不斷改變而愈趨豐富與多樣，但有關於詩的本質概念，古人之認知仍深受《詩經》影響，原因不全然是由於《詩經》為中國詩歌發展之源頭，除了振葉尋根、觀瀾索源的意識之外，也與儒家及其經典在傳統社會居於權威地位有關。從歷史角度看《詩經》，其本身即具有兩種性格：作為「詩」，它是藝術的；尊為「經」，側重的則是其轉用於教化的意義。這兩種性格在歷代多搏而為一，既是倫理的典則，同時又往往被視為詩的典律，兩者意義的交會處則是所謂的「性情之教」。在《文心雕龍‧明詩篇》的論述即兼含了這兩個向度，歷來的論詩者雖不像劉勰企圖建立架構嚴整的大論述，但詩論之中，經常出現在不同程度上隸栝於《詩經》

的情形，傳統時代，對「詩」的基本認知每屬有《詩經》的成分，所展開的文學思維遂有經書或經學的影子。

漢代獨尊儒術，並建構了制度化的儒學，在「士」的養成過程中，儒學自是根柢，加上中國強調歷史與傳統，對典籍甚為重視，因此，列屬儒家經書之一的《詩經》具有這樣的影響亦無足為奇。誠如許經田所說：「《詩經》應該是中國最古老的文學典律。」③古代視《詩經》為一種「典律」（canon），乃是透過漢代經生、儒者的詮釋，當然，就其傳承而言，某些認知與解法或濫觴於先秦。換言之，《詩經》長時期之為典律，乃是由《詩經》的原始文本以及經學的詮釋兩者所共構的，其中包括《毛詩》的〈大序〉、〈小序〉以及《禮記》等說解。其後，歷代在詩的觀念與實踐上固然有所改變，但，《詩經》典律之權威並未瓦解④，白居易、杜甫的許多詩作可以用《詩經》的典律去理解，而六朝綺靡之詩乃至宮體豔詩，古人對它的定位與評騭，亦多引《詩經》之典律為據。體現於不同朝代、不同的人，其影響之程度或深淺有別，但可斷言者，其絕非隨時代推移而遞減，如：清康熙年間的仇兆鰲作《杜詩詳注》，其於〈序〉中即宣稱：

> 昔之論杜者備矣，其最稱知杜者，莫如元稹、韓愈。稹之言曰：「上薄《風》、《騷》，下該沈、宋，鋪陳終始，排比聲韻，詞氣豪邁而風調清遒，屬對律切而脫棄凡近。」愈之言曰：「屈指詩人，工部全美，筆追清風，心奪造化，天光晴射洞庭秋，寒玉萬頃清光流。」二子之論詩可謂當矣。然此猶未為潘知杜者，論他人詩可較諸詞句之工

拙，獨至杜詩不當以詞句求之。蓋其為詩也，有詩之實
焉，有詩之本焉。孟子之論詩曰：「頌其詩，讀其書，不
知其人，可乎？」是以論其世也。詩有關於世運，非作詩
之實乎！孔子之論《詩》曰：「溫柔敦厚，詩之教也。」
又曰：「可以興、觀、群、怨，邇事父而遠事君。」詩有
關於性情倫紀，非作詩之本乎！故宋人之論詩者，稱杜為
詩史，謂得其詩可以論世知人也。明人之論詩者，推杜為
詩聖，謂其立言忠厚，可以垂教萬世也。使舍是二者而談
杜，如稹、愈所云，究亦無異於詞人矣。⑤

其以《詩經》為典則，表示元稹、韓愈之評杜詩，掌握了杜詩在
文學表現的部分，但猶欠精審，因為未觸及詩的實質與根柢，那
是指什麼呢？後面的一大段都在進行闡明，而其論述一皆準乎作
為典律的《詩經》。再看另一著例，於清代詩壇當陽一時的沈德
潛，在其《說詩晬語》中表示：

　　詩之為道，可以理性情、善倫物、感鬼神、設教邦國、應
　　對諸侯，用如此其重也。……今雖不能竟越三唐之格，然
　　必優柔漸漬，仰溯《風》、《雅》，詩道始導。⑥

又如他在《唐詩別裁集》的〈序〉裡寫道：

　　夫編詩者之責，能去鄭存雅；而誤用之者，轉使人去雅而
　　群趨乎鄭。則分別去取之間，顧不重乎？……大約去淫濫

以歸雅正，於古人所云「微而婉」、「和而莊」者，庶幾一合焉。⑦

在為其《明詩別裁集》作的〈序〉中，又說：

> ……得詩十二卷，凡一千一十餘篇，皆深造渾厚、和平淵雅，合於「言志」、「永言」之旨，而雷同沿襲、浮豔淫靡，凡無當於美刺者，屏焉。⑧

《清詩別裁集》（原稱《國朝詩別裁集》）的〈凡例〉中亦曰：

> 詩必原本性情關乎人倫日用及古今成敗興壞之故者，方為可存，所謂其言有物也。若一無關繫，徒辦浮華，又或叫號撞搪以出之，非風人之指矣。尤有甚者，動作溫柔鄉語，如王次回《疑雨集》之類，最足害人心術，一概不存。⑨

足以見沈德潛詩觀之深基於《詩經》的傳統典律，此一現象更散見於他對各別詩家作品的評析當中，既多且明。此所以不煩徵引，是因為沈德潛已是清代人物，卻亟主這樣的觀念，很可注意。再者，另一詩壇大家袁枚當時公開反對沈說，並且廣宣其所重構的《詩經》新典律，這與抗衡沈德潛之說關係至為密切。此在本文中將進一步論及，可先行提示的是：沈德潛與袁枚皆將《詩經》視為詩的典律，但二人的理解卻呈對立之勢，而他們對

《詩經》的「認知／認同」，亦各自呼應於自身具體的、個別的詩歌批評，前者是《唐詩別裁集》、《明詩別裁集》、《清詩別裁集》、《說詩晬語》等，後者主要見諸《隨園詩話》，並見於其他零篇。質言之，沈、袁二人對《詩經》的共尊、異解都指向了對古典詩史的「書寫／矯正」（writing／righting）⑩。

「士」的身分在古代屬於社會的菁英，其生成主要即是儒家經典的「內化過程」（internalization）——古所謂「雕琢性情」，故在詩的創作與討論上，將《詩經》視為典律亦是極其自然的，並且由此演展了他們的共同論述。對照之下，袁枚則成了傳統知識社群中的異端，而他所以異，並非對典律的直接打倒，而是藉由對原始文本的意義轉化。這個現象在中國詩論史上十分特殊，本文即針對袁枚對《詩經》的典律重構現象進行剖析，所著重之處在其如何不改變原始文本而進行「典律再詮釋」（canon re-interpretation），論述分從古來有關《詩經》根本的「詩言志」、「溫柔敦厚」、「興觀群怨」等概念進行。

貳、淫詩的刪存

漢儒對《詩經》的說解緊密貼合於綱常教化，降至宋代，雖然學者疑經的意識興起，意見頗有異於〈詩序〉者，但所作討論大體仍在綱常教化的觀念架構下進行，例如朱熹的《詩集傳・序》說：

> 凡《詩》之所謂「風」者，多出於里巷歌謠之作，所謂男

女相與詠歌，各言其情者也。惟《周南》、《召南》親被
文王之化以成德，而人皆有以得其性情之正，故其發於言
者，樂而不過於淫，哀而不及於傷，是以二篇獨為《風》
詩之正經。自《邶》而下，則其國之治亂不同，人之賢否
亦異。其所感而發者，有邪正是非之不齊，而所謂先王之
風者，於此焉變矣。若夫《雅》、《頌》之篇，則皆成周
之世，朝廷郊廟樂歌之辭，其語和而莊，其義寬而密，其
作者往往聖人之徒，固所以為萬世法程而不可易者也。至
於《雅》之變者，亦皆一時賢人君子，閔時病俗之所為，
而聖人取之，其忠厚惻怛之心，陳善閉邪之意，尤非後世
能言之士所能及之⋯⋯。⑪

相視〈詩序〉，此固然進了一步，特別是視「風」為民間的男女
情歌⑫，不過，這之後的長段敘述則皆往德教的向度發揮，而非
美學考量，故大致說來，仍在漢以來的經學語境中論說，最顯著
的修正之處是認為《詩經》的〈大序〉、〈小序〉為「後世陋儒」
（朱熹有時謂之「山東學究」）所作，不可採信⑬。宋代，在「淫
詩」問題上有不少討論，皆牽涉了孔子有否刪詩，其中的原因不
難理解——若今本《詩經》孔子確曾刪汰，何以仍得見所謂的
「淫詩」寄存其內？車似慶、王柏、方岳都有一個類似的圓說方
式：孔子確實刪過《詩》，唯其原本經秦火而壞亡，漢儒遂取民
間口傳的殘詩補綴，其中原本被孔子刪去而流衍於人口的淫詩因
此再度雜入。這種純任臆解、用今律古之解釋，自難成立⑭。
　　朱熹則認為所謂「鄭聲」即是「鄭風」，屬於淫詩，孔子未

刪除，那麼，保留的原因為何？他解道：「聖人刪錄，取其惡者以為戒，無非教者，豈必滅其籍哉！」⑮又說：「聖人存此，亦以見上失其教，則民欲動情勝，其弊至此，故曰『《詩》可以觀』也。」⑯更有趣的是他舉的例子：「夫『《詩》可以觀』者，正謂其間有得有失，有黑有白，若都是正，卻無可觀。」⑰換言之，孔子是取「淫詩」以為反面教材，藉收戒警的效果，在朱熹看來，這正合乎《詩》「可以觀」的說法，不過，他並不同意拘守漢儒「美／刺」的解讀方式，取而代之的是觀「得／失」，立場由作者轉到了編者與讀者。至於孔子說的「思無邪」，在朱熹的理解中，是就讀者閱讀的態度而發，不是指作者創作的態度，他認為「思無邪」是「讀《詩》之大體，善者可以勸，而惡者可以戒」⑱。他於〈讀呂氏《詩記·桑中篇》〉一文中主張：「彼雖以有邪之思作，而我以無邪之思讀之。」⑲依朱東潤所分析，「以有邪之思作之」指「作詩之志」，「以無邪之思讀之」則指「引詩讀詩之志」⑳，此說甚諦，「以無邪之思讀之」既為孔子不刪淫詩找到了理由，也提示了讀者應具的閱讀策略。

呂祖謙則認為「鄭聲」指的是其原來的配樂，不能與「鄭風」畫一等號，即使其內容涉及淫亂，讀者亦須如此看待：「詩人以無邪之思作之，學者亦以無邪之思觀之，憫惜懲創之意隱然自見於言外矣。」㉑呂氏這番解釋亦符合傳統經學的精神，如同其他經學家一樣，他也必須在三個條件下完成這番說解：一、「思無邪」的概念，二、《史記·孔子世家》有關孔子刪詩定樂的敘述：「古者《詩》三千餘篇，及至孔子，去其重，取可施於禮義……」三百五篇，孔子皆弦歌之，以求合《韶》、《武》、

《雅》、《頌》之音。」㉒三、今本《詩經》得見「淫詩」之事實。就此而論，呂祖謙的解釋似亦可通，但畢竟迂迴，最後結穴於作者的意圖與讀者的意圖，前者顯然屬於新批評學派韋姆薩特（W. K. Wimsatt）所謂的作者「意圖說之謬誤」（intentional fallacy）㉓，再者，作者是否「以無邪之思作之」，完全無由確定。至於預先規範讀者的解詩意圖，而限制了讀者直接與文本對話的機會，無疑使閱讀活動走向封閉之境，可視為經學家的後起變調，至於藉之以體會「憫惜懲創之意」，實與朱熹「取其惡者以為戒」的說詞相去不遠。王柏在《詩疑》中表示「朱子之黜〈小序〉，始求之於詩，而直指曰：『此為淫奔之詩』」，乃是斷不可易之論，王氏遂將《詩經》中的男女愛情的三十餘篇刪去，以「一洗千古之蕪穢」㉔，代聖人刪詩的作法雖更大膽而迥異前儒，唯對「淫詩」文本的基本認知上，他們終究站在同一立場，抱持負面的態度。

袁枚無兼跨〈儒林〉與〈文苑〉之想，他的自我定位主要是詩人，而非學者，故可不必參與經學的是非。但在傳統的四民社會，他既是詩人，又為進士出身，隸屬士的階層，所以其往來、對話無論是立是破，仍以知識社群為主要對象，其間，自然不免論及經典文字。從袁枚留下來的大量文章以及他與畢沅、惠棟、趙翼、孫星衍等人的書札，可以得知他雖不致力於經史研究，但對經史學術的掌握並非外行，甚至迭見不俗之見解，他不同意惠棟視疑經為大逆不道之說，曾透過書簡表達，他說：

　　《六經》中，惟《論語》、《周易》可信，其他經多可疑。

疑，非聖人所禁也。孔子稱「多聞闕疑」，又稱「疑思問」。僕既無可問之人，故宜長闕之而已。且僕之疑經，非私心疑之也，即以經證經而疑之也。㉕

足見袁枚對經書所抱持的懷疑態度。他認為《六經》中「惟《論語》、《周易》可信」，用了一個「惟」字，下語過重，不免疑之太過，而且在《隨園詩話補遺》中亦不無牴牾，其云：「孟子曰：『盡信書，不如無書。』此是晚年悟道之言……。余嘗謂：書中最可信者，莫如《尚書》、《論語》……。」㉖此姑不論，至少這種懷疑的態度較可避免株守經文而致穿鑿附會㉗。出以同一態度，他對孔子刪詩的說法也深表懷疑，袁枚說：

余嘗疑孔子刪詩之說，本屬附會。今不見於《三百篇》中，而見於他書者，如《左氏》之「翹翹車乘，招我以弓」，「雖有姬姜，無棄蕉萃」；《表記》之「昔吾有先正，其言明且清」；古詩之「雨無其極，傷我稼穡」之類；皆無愧於《三百篇》，而何以全刪？要知聖人述而不作。《三百篇》者，魯國方策舊存之詩，聖人正之，使《雅》、《頌》各得其所而已，非刪之也。後儒王魯齋欲刪〈國風〉淫詞五十章，陳少南欲刪《魯頌》，何迂妄乃爾！㉘

此論證甚塙，袁枚接受的是《論語‧子罕篇》所記載孔子之自述：「吾自衛反魯，然後樂正，《雅》、《頌》各得其所。」㉙

即孔子曾「正樂」，但不是「刪詩」。即使以今之觀點檢視，其說法亦屬有據⑩。袁枚認為孔子既未刪《詩》，而孔子又重《詩》教，則後人所見的《詩經》篇章自應為孔子所接受者。不過，他未提作詩者之思有邪無邪，也未論及讀詩之思是否必須無邪，而是將重點置於《詩經》裡的作品乃歸本於人的性情（不是經學家強調的「性情之正」）。他擺落了經學式的觀照，直接從《詩經》所呈現的文本建立一套認知，這樣的取向實已具有革命意味，因為它促生了一個結果：《詩經》既然只是性情之流露，而非一深涉倫理教化之文本。此無異解消了《詩經》，或說將《詩經》「去經學化」了，那麼，等於是把《詩經》移出經部而轉入集部，則《詩經》存而《詩》教不存，或者是《詩經》廢而《詩》存。

參、從「詩言志」到「詩言情」

「詩言志」是儒家傳統的說法，朱自清說中國的文學批評始於論詩，而「詩言志」正屬「開山綱領」⑪，其地位可見一斑。「詩言志」的說法見於《尚書‧堯典》，當中記述了舜的話：

> 詩言志，歌永言，聲依永，律和聲；八音克諧，無相奪
> 倫：神以人和。⑫

依學者推考，此篇當為戰國時人述古記聞之作⑬。《左傳‧襄公二十七年》也載有趙孟說的「七子從君以寵武也，請皆賦以卒君貺，武亦觀七子之志」⑭，這是春秋時代風行的賦詩言志，與

《尚書》的作詩言志立場不同㉟。至於〈詩大序〉的說法則把詩的本質與發生敘述得更為清楚，其曰：

> 詩者，志之所之也。在心為志，發言為詩。情動於中而形於言；言之不足，故嗟歎之；嗟歎之不足，故永歌之；永歌之不足，不知手之舞之，足之蹈之也。情發於聲，聲成文謂之音。

這一段只是有關詩自然生成的敘述，但是，其下文曰：

> 治世之音安以樂，其政和；亂世之音怨以怒，其政乖；亡國之音哀以思，其民困。故正得失、動天地、感鬼神，莫近於詩。先王以是經夫婦，成孝敬，厚人倫，美教化，移風俗……。㊱

其中顯然有濃厚的政教味道。《詩經》在先秦，其應用本與政教關係密切，漢儒循之以為理解、詮釋，亦極其自然，但，在這種情形之下，「志之所之」與「在心為志」的「志」字，就不是單純的日常所感了，無寧更近乎《論語·學而篇》「吾十有五而志於學」、〈述而篇〉「志於道，據於德」之「志」。「志」在解經系統中的常解則是「心之所之」，相當於現今所謂的「意向」。這個「志」固亦與性情有關，但卻已然受到相當的後天涵養，已充分具有人文化、理性化的色彩，並且多帶有社會性，此是經學家對詩的認知，有別於陸機緣情說背後的文士立場。袁枚的性靈或

性情的詩觀重視自然的感情，但有趣的是：他接受儒家經典有關
「詩言志」的說法，並時而引述，然而，他卻把「志」的內涵放
大了。依其觀念，「詩言志」的「志」已成了「性情」或「情」
的同義詞，他解《尚書‧堯典》之語說：

> 千古善言詩者，莫如虞舜。教夔典樂曰：「詩言志。」言
> 詩之必本乎性情也。曰：「歌永言。」言歌之不離乎本旨
> 也。曰：「聲依永。」言聲韻之貴悠長也。曰：「律和
> 聲。」言音之貴均調也。知是四者，於詩之道盡之矣。㉗

於此最值措意者在他以「性情」解釋「詩言志」的「志」字，如
果這能成立，則性情之詩或抒情之詩即成為中國自《詩經》以來
的傳統了。袁枚之論《詩經》，只宏觀地談「詩言志」，而不從經
學、歷史的脈絡——細究詩人作詩之志，或許不免讓人懷疑其發
論只是文人輕率之隨感，其實不然，袁枚對此曾下過一番工夫，
例如其《隨筆》裡有一則，寫道：

> 〈關雎〉一章，《毛傳》但言「后妃之德」，不言何人所
> 作。劉向以為畢公作，謝太傅安以為周公作，朱子以為文
> 王宮人作。太史公曰「周道闕而〈關雎〉作」，《漢書》
> 曰「應門失守，〈關雎〉興刺」，《後漢書》曰「珮玉晏
> 鳴，〈關雎〉刺之」，皆以為刺康王之詩。《史記》以箕
> 子刺紂賦〈黍離〉，《毛詩》以為閔周室，《新序》以為
> 衛公子壽傷其兄公子伋而賦，韓嬰又以為伯封不得於其父

尹吉甫而作也。曹植〈令禽惡鳥諭〉引用之，又以為伯封思其兄伯奇受讒而作。《左氏》以〈碩人〉美莊姜之賢，而《列女傳》則云衛人刺莊姜之淫冶而作，姜聞之悔過改行。《毛傳》以〈芣苢〉為后妃之美，韓嬰以〈芣苢〉為夫有惡疾作，《列女傳》又以為蔡人作，刺夫也。《毛傳》以〈雞既鳴矣〉為思賢妃之詩，而韓嬰以為蒼蠅之聲，刺讒人之作，又一說刺襄公不早朝而作也。《毛傳》以〈燕燕于飛〉為莊姜送妾，《列女傳》以為定姜送婦作。《毛傳》以〈行露〉謂召伯聽訟作，而《列女傳》以為申女作。《毛傳》以〈大車〉為刺周大夫不能聽訟作，而劉向以為息夫人作。趙岐以〈小弁〉為伯奇之詩，〈鴟鴞〉為刺邠君之詩，不知何據。《毛傳》：〈鹿鳴〉宴群臣嘉賓也。《史記‧功臣表》乃云「仁義不行，〈鹿鳴〉見刺。」《北史‧韋安祖傳》：安祖感〈鹿鳴〉之詩而兄弟不忍獨食。則又不知何本。㊳

這是扎扎實實的功夫，固不存任何文學家想當然耳的主觀投射。或是這樣的經驗，使袁枚體認到《詩經》作品原旨的不確定，果真如此，則暗合了戴震的體會——「作詩之意，前人或失之者，非論其世、知其人，固難以臆見定也。」㊴那麼，反不如就其詩之原始文本，採取以意逆志的閱讀策略。袁枚表示：

詩言志，勞人思婦，都可以言，《三百篇》不盡學者作也。㊵

勞人思婦不但都可言志，在袁枚看來，往往是無費雕琢、自然靈發的「天籟」。言志的主體已從「志於道」的「士」擴大到匹夫匹婦了，袁枚在其《詩話》中則說：

> 《三百篇》半是勞人思婦率意言情之事……。㊶

與前則引文合觀，則「詩言志」的「言志」即與「率意」、「言情」並無二致。「言志」的主體擴大了，「志」的性質也經過普遍化而成了情意，這是袁枚「解構／建構」的再詮釋，蔡英俊指出：「詩言志」一語兼有「以語言表現個人情思」及「以藝術媒介表達整體的社會公眾的意志」的蘊含，緣情說的內涵則直接指向個人生命的意義與價值㊷，準此，袁枚將「志」的意涵挪移至「情」，亦即是將詩的內質由群體的、公共的轉向了個體的、私人的，這是一種根本的變異。袁枚有關「志」的體認，可再參考其〈再答李少鶴書〉中的文字：

> 《三百篇》變風、變雅，原不入笙歌也，然於「情韻」二字，卻有見到處。來札所講「詩言志」三字，歷舉李、杜、放翁之志，是矣。然亦不可太拘，詩人有終身之志，有一日之志，有詩外之志，有事外之志，有偶然興到、流連光景、即事成詩之志。「志」字不可看殺也！謝傅之遊山、韓熙載之縱伎，此豈其本志哉！「多識於鳥獸、草木之名」，亦夫子餘語及之，而夫子之志豈在是哉？㊸

從這段敘述看來，「詩言志」的「志」幾乎無所不包。袁枚舊瓶裝新酒般的詮釋脫離了漢學、宋學的藩籬，不但打破了學者對於「詩言志」的訓解，詩的版圖亦因而大見拓展，此所謂拓展乃分兩方面來說：一是詩人身分不再理所當然地以士大夫為主，這之前歷朝歷代雖亦有不具士大夫身分的詩人，袁枚此論則是正式宣告；其次，可以發而為詩的內容完全打開了，士大夫的情思、品味、標準至多只成為詩中的一格，過去認為傷雅的作品，只要情真意妙，皆有成為佳構之可能。這不僅鼓舞了非士大夫階層的人加入詩的創作行列，同時因為風貌更多元、豐富，而擴大了讀者的參與。此外，當時《隨園詩話》被人批評收詩太濫，很可能亦是袁枚重劃詩的疆界、擴大其版圖的反映。至於，他的詩廣受歡迎，李調元督學廣東時，曾刊其詩以教士，畢沅、孫慰祖亦出資為其開雕《隨園詩話》，坊間更有業者翻刻其詩與詩話出售，亦是因為他體現了其性靈詩觀所致。另外，他收了許多女弟子而為人所詬病，也可從這個線索得到理解，當時欲拜其為師的女子金纖纖云：

> 聖人曰：「《詩》三百，一言以蔽之，曰：思無邪。」余讀袁公詩，取《左傳》三字以蔽之曰：「必以情。」[44]

此可謂一語中的，非僅道出了袁枚詩作的神髓，亦點出了其詩論的核心，同時間接說明了其詩與詩論風行甚廣的底蘊。袁枚在對「詩言志」的闡釋與實踐之際，「志」已然成為「情」的同義

語，詩人的生命真實地面對世界，觸於物而發為吟詠，這是由感
而興，透過文本，讀者則因興而感。此過程中，動人的詩情重於
其他，個人自然感性的抒發重於理性的反思，在袁枚的「詩言志
／情」觀念下，詩與人的依存關係遂更形緊密。

肆、「溫柔敦厚」與「關係」

《禮記・經解》云：「溫柔敦厚，詩教也。」⑤此文獻當出
於漢儒之手，袁枚對此「溫柔敦厚」之說多所批評，連帶對漢儒
以來自人倫教化觀點論《詩》的現象也頗不以為然，他認為這是
「學究」的觀點，他在《隨園詩話》中說：

> 老學究論詩，必有一副門面語。作文章，必曰有關係；論
> 詩學，必曰須含蓄。此店鋪招牌，無關貨之美惡。《三百
> 篇》中有關係者，「邇之事父，遠之事君」是也。有無關
> 係者，「多識於鳥獸草木之名」是也。有含蓄者，「棘心
> 夭夭，母氏劬勞」是也。有說盡者，「投畀豺虎」、「投
> 畀有昊」是也。⑥

他在《小倉山房尺牘》中也有極近的論述，他說道：

> 《禮記》一書，漢人所述，未必皆聖人之言，即如「溫柔
> 敦厚」四字，亦不過詩教之一端，不必篇篇如是。「二雅」
> 中之「上帝板板，下民卒癉」、「投畀豺虎」、「投畀有

北」，未嘗不裂眦攘臂而呼，何敦厚之有？故僕以為孔子
論詩可信者，「興、觀、群、怨」也；不可信者，「溫柔
敦厚」也。或者夫子有為言之也，夫言豈一端而已，亦各
有所當也。[47]

這一段引文中尤值留意的是：溫柔敦厚之說是否發自孔子，他頗
為質疑；即令如此，他認為至多是詩教的「一端」，並不篇篇如
此。換句話說，溫柔敦厚之說至多只能局部成立。《隨園詩話》
中又有一則說：

動稱綱常名教，箴刺褒譏，以為非有關係者不錄；不知贈
芍採蘭，有何關係？而聖人不刪。宋儒責蔡文姬不應登
《列女傳》；然則「十七史」列傳，盡皆龍逢、比干乎？
學究條規，令人欲嘔……。[48]

在寫給沈德潛的信，他亦一申同調，說道：

至所云「詩貴溫柔，不可說盡，又必關係人倫日用」，此
數語有褒衣大袑氣象，僕口不敢非先生，而心不敢是先
生。何也？孔子之言，《戴經》不足據也，惟《論語》為
足據。子曰「可以興」、「可以群」，此指含蓄者言之，如
《柏舟》、《中谷》是也。曰「可以觀」、「可以怨」，此指
說盡者言之，如「豔妻煽方處」、「投畀豺虎」之類是
也。曰「邇之事父，遠之事君」，此詩之有關係者也。曰

「多識於鳥獸草木之名」，此詩之無關係者也。僕讀詩常折
衷於孔子，故持論不得不小異於先生，計必不以為僭。⑭

綜合以上徵引的文字，可知袁枚之認為《禮記・經解》的話不可
信，並非全盤推翻，而是不同意以經生單一的觀點去看《詩
經》。顯而易見，這不只是袁枚對《詩經》的見解，亦是他對普
遍意義下的「詩」所持的一貫看法。他一再致意：《詩經》中的
篇章既有合乎「溫柔敦厚」者──「含蓄」的，也有不合者
──「說盡」的；既有與人倫教化「有關係」的，亦有「無關
係」的。袁枚的態度乃是就詩論詩，而不預存儒者所賦予的特定
作者意圖論，易言之，他將讀者的理解直接帶回了原始文本。

　　袁枚關於「溫柔敦厚」的討論，有一些直接牽涉了當時詩壇
的狀況，李少鶴曾寫信給他，表示當時有人以「溫柔敦厚」訓
人，導致了詩風流於「卑靡庸瑣」，請袁枚力挽此風，袁枚答覆
云：

夫「溫柔敦厚」，聖人之言也，非持教者之言也。學聖人
之言，而至庸瑣卑靡，是學者之過，非聖人之過也。足下
必欲反此四字以立教，將教之以北鄙殺伐之音乎？⑩

袁枚此處「聖人之言」云云，實與他在別處的說法有所牴觸，袁
枚論事有時應而發之，或為強化立說之力量，終不免傷謹，不
過，參合他相關的言論，可以確定他對溫柔敦厚之說發自孔子
（即「聖人之言」）之說其實是質疑的。在這段引文中，他明白表

示當日詩風走向卑靡庸瑣，不能歸咎於「溫柔敦厚」以及其發語
者，乃是學者之過失，而袁枚對李氏期望於他者，亦未首肯。在
該函中，他又特別指出「溫柔」和「卑靡」、「剛健」與「粗
硬」，其間似是而非，不能混淆。他又筆鋒一轉，表示當日詩風
可憂之處，不在「溫柔敦厚」或「卑靡」，而在追尚以考據入
詩，以致缺乏性情，他說：

> 近今詩教之壞，莫甚於以注疏誇高，以填砌矜博，捃摭瑣
> 碎，死氣滿紙，一句七字，必小注十餘行，令人舌縛口
> 呿，而不敢下手。「性情」二字，幾乎喪盡天良，此則二
> 千年所未有之詩教也。足下何不起而共挽之。[51]

在寫了這封信之後，他和李少鶴續有魚雁往還，在〈再答李少鶴〉
中，袁枚說他後來才恍然李所說的「詩教卑靡」，乃「指歸愚尚
書而言」，歸愚尚書即沈德潛。袁枚覺得李少鶴過慮了，理由大
致是：在沈德潛當紅之時，後輩固然一時依附之，但隨又散去，
已不再發生什麼作用；其次，他與沈德潛「最為交好」，雖然他
認為沈「迂拘自是」，卻「居心端厚」，而且沈的《竹嘯軒集》裡
頗有出色的作品，不應一齊抹殺[52]。

　　沈德潛在世時，袁枚曾致函批評他的「詩貴溫柔，不可說
盡，又必關係人倫日用」之說（參前所引述），但袁枚並未否定
溫柔敦厚之致，唯強調那只是詩的風格之一，不能絕對化，沈德
潛的看法則否，他的《說詩晬語》有「溫柔敦厚，斯為極則」之
語[53]。袁枚對詩的各種表現風格，態度則一向寬容，「性情」固

其最為講重者，然而人的性情本身即風貌多樣，自他留下的文字，可看到他屢言「人心不同，各如其面」，袁枚詩論的精神可說是一種情感多樣、風格多貌的個性主義，認為對某家某體之好惡乃是人情之常，卻不宜寡頭、壟斷，應該諸體並存，繁花齊綻。袁枚顛覆了《詩經》必然合乎「溫柔敦厚」與「有關係」的標準，回歸到了平視各種不同表現的基點，他討論「選家選近人之詩」常見的毛病時，批評道：

> 《三百篇》中，貞淫正變，無所不包；今就一人見解之小，而欲該群才之大，於各家門戶源流，並未探討，以己履為式，而削他人之足以就之。⑭

這種態度相對於傳統保守一派，顯然寬闊得多，也可清楚看出他理解古之《詩經》與今之詩作，觀點是一致的，原因不在以經學的眼光看後者，而是前者「經」的色彩幾已消褪殆盡。此猶須指出：觀詩而講性情，固然視野、胸襟往往能兼容詩風多元的面貌，但亦不必然，若不視「溫柔敦厚」為一端，而推為通則，其所容之多元，自必大打折扣，與袁枚、趙翼齊名的蔣士銓即是最好的例子，他在〈鍾叔梧秀才詩序〉中說：「古今人各有性情，其所以藉見於天下後世者，於詩為最著。性情之薄者，無以自見，唯務規模格調，摭拾藻繪，以巧文其卑陋庸鄙之真。」從這裡看，似乎論調和袁枚近而與沈德潛遠，但蔣在後面又表示：「唐、宋諸賢不必相襲，寓目即書，直達所見，其人品學術隱然躍躍於其間。所謂忠孝義烈之心、溫柔敦厚之旨則一焉。」⑮這

段話以「忠孝義烈」、「溫柔敦厚」為之節制，則又歸攝於傳統所謂的「性情之正」，則其論詩時所稱之「性情」自須兼合於美感與人倫之要求，乃是縮小了的性情，此反而又近於沈德潛而遠乎袁枚了。

　　總之，漢儒以降所沿用的《詩經》解讀方法大致是：以人倫教化的標準檢驗詩篇的內容，而後進行二分，合者謂之「正」，不合者名以「變」，正者所以美，變者用以刺，正如程廷祚說：「漢儒言《詩》，不過美、刺兩端。」㊚這種「正正得正」、「負負得正」的閱讀策略，正是經學家所一貫運用的，在這樣的策略下，詩之乖於溫柔敦厚標準者、無「關係」者，乃至所謂的「淫詩」，在倫理上都可堂而皇之以讀，並且，其存在亦都有了合法性。當然，在認同美刺之說的傳統下，間有認為某些作意原本無涉於美刺者，朱熹即說道：「大率古人作詩，與今人作詩一般，其間亦自有感物道情，吟詠性情，幾時盡是譏刺他人？」㊛朱熹此論並不是針對「淫詩」說的，除了認為《詩經》中某些篇章的產生並非基於美刺的動機外，似乎也認為部分詩篇中並無「關係」存焉，可是，這並不代表朱熹否定美刺的傳統，參考本文討論「淫詩的刪存」時所述及其得、失、黑、白之論，可以知悉。由於傳統社會的詩人亦屬知識階層，因此，在儒家或經學傳統的影響之下，其對《詩經》的基本認知與解讀方式往往根深柢固，而成為一種近於本質的理解，因此往往超越了《詩經》而轉移、滲透到普遍的詩作。職是之故，「溫柔敦厚」不僅是對《詩經》的認識，亦轉而成為對詩這一種文類所持具的共同標準，沈德潛即當中之顯例。袁枚與他論及此，其性質自然非屬經學討論，乃藉

著《詩經》的傳統權威，透過對它的解構而為自己有別於一般士
大夫的詩觀張目。這樣的痕跡，無論在《隨園詩話》或者《小倉
山房文集》所收的零篇中，皆每每見及。

伍、詩「持性情」

袁枚反對將《詩經》「溫柔敦厚」、「有關係」的觀念絕對
化，也意味著對一般詩作亦不必格於這個框架，從而揭示了他對
「詩」的定義，他在《隨園詩話》中論及詩與人品的關聯時，駁
斥了宋代王安石《字說》中對《詩》的解釋——「詩者，寺言
也。寺為九卿所居，非禮法之言不入，故曰『思無邪』」。袁枚舉
《詩緯・含神霧》所云：「詩者，持也。持其性情，使不暴去。」
表示此一說解優於王安石的說法⑱。他認為以「禮法之言」來界
義詩並不妥切，而追本於人的性情，這種從「寺」轉為從「持」
的訓詁，無異將詩的本質從莊嚴的禮法殿堂拉到了自然的人性。
在《隨園詩話補遺》裡，袁枚評論王士禎「以禪悟比詩」時，再
度發揮此義，他說：

> 《詩》始於虞舜，編於孔子。吾儒不奉兩聖人之教，而遠
> 引佛、老，何耶？阮亭好以禪悟比詩，人奉為至論。余駁
> 之曰：「《毛詩》三百篇，豈非絕調？不知爾時，禪在何
> 處？佛在何方？」人不能答。因告之曰：「詩者，人之性
> 情也。進取諸身而足矣。其言動心，其色奪目，其味適
> 口，其音悅耳：便是佳詩。孔子曰：『不學《詩》，無以

言。』又曰：『《詩》可以興。』兩句相應。惟其言之工妙，所以能使人感發而興起；倘直率庸腐之言，能興者其誰耶？」[59]

在《隨園詩話》中，袁枚也不止一次以「羚羊掛角」的概念論詩，如論楊青望〈南澗晚歸〉、陳郁庭〈造假山〉、呂仲篤〈夜坐〉[60]，袁枚之駁王士禛，是因為當時的人將王說奉為至論，而袁枚要嚴別詩境與禪境，二者雖髣髴，卻各有畛域，兩者的進路皆「不涉理路」、「不落言筌」，但，袁枚強調詩所指向的不是禪境而是美感境界，袁枚的〈續詩品〉云：

鳥啼花落，皆與神通，人不能悟，付之飄風。惟我詩人，眾妙扶智，但見性情，不著文字。宣尼偶過，童歌〈滄浪〉，聞之欣然，示我周行。[61]

這段話的調子很像嚴羽「妙悟」之說，可是應特別措意者在袁枚用了《孟子‧離婁》孺子滄浪之典，以及《詩經‧小雅‧鹿鳴》「人之好我，示我周行」之典，仍緊緊扣著作為詩歌本源的「性情」[62]。前面曾引述袁枚「使人感發而興起」的話，袁枚相當強調「興」的作用，常可見諸其文，在對「興」的意義認知上，他與漢儒解經時的說法亦遠，如《周禮‧春官‧大師》「教六詩」一段，鄭玄對「興」的解說是：「興，見今之美，嫌於諂媚，取善事以喻勸之。」[63]在袁枚的觀念中，「興」的意涵十分接近李仲蒙之說──「觸物以起情謂之興，物動情也」[64]。袁枚亦是從

「起情」的角度看「興」的作用，而且甚為強調，略有不同者
在：李仲蒙是就詩人立場言之，袁枚談到「興」時，則泰半偏向
讀者的立場，若套用李仲蒙的句式，以「詩」替「物」，則是
「觸詩以起情謂之興，詩動情也」。袁枚在其《詩話》中述及：

> 萬花亭云：「孔子『興於詩』三字，抉詩之精蘊。無論貞
> 淫正變，讀之而令人不能興者，非佳詩也。」華亭進士名
> 應馨。⑥

袁枚雖無進一步之闡發，但刊錄此語，自是同意萬氏之論，他在
另一則中又說：

> 聖人稱《詩》「可以興」，以其最易感人也。⑥

情的感動乃是袁枚論詩特重之處，人雖多稱以性靈派名之，他留
下的文字中，「性靈」二字亦頻見，但，他也經常使用「性情」
一詞，兩者皆為舊語，亦是古人討論文學時的習語，細而別之，
命義稍有出入，大體而論，所指涉者相當接近，「性」指天生、
本然之質，「靈」謂感發神妙之體，「情」則指人的各種心感。
袁枚筆下的「性靈」與「性情」，多用為同義詞，唯就使用時機
看，「性靈」的語意更強調內在機發，每與徒重詩之外在工夫對
舉，試舉如次，袁枚曰：

> 人有滿腔書卷，無處張皇，當為考據之學，自成一家；其

次，則駢體文，盡可鋪排。何必藉詩為賣弄？自《三百篇》至今日，凡詩之傳者，都是性靈，不關堆垛。惟李義山詩，稍多典故；然皆用才情驅使，不專砌填也……。⑥

再者，他批評當時詩風三病：一、「填書塞典，滿紙死氣，自矜淹博」，二、「全無蘊藉，矢口而道，自誇真率」，三、「講聲調而圈平點仄以為譜者，戒蜂腰、鶴膝、疊韻、雙聲以為嚴者，栩栩然矜獨得之秘」，進而表示：

蓋詩境甚寬，詩情甚活，總在乎好學深思，心知其意，以不失孔、孟論詩之旨而已。必欲繁其例，狹其徑，苛其條規，桎梏其性靈，使無生人之樂，不已慎乎！⑥

為了突出內在機發與外在工夫的對比而採用「性靈」一詞，這在他作的〈仿元遺山《論詩》〉之末首亦寫道：

天涯有客號詅癡，誤把抄書當作詩；
抄到鍾嶸《詩品》日，該他知道性靈時。⑥

袁枚又曾引錄孫星衍由作詩轉入考據後而寫贈袁枚的詩，孫之詩云：

等身書卷著初成，絕地通天寫性靈；
我覺千秋難第一，避公才筆去研經。⑦

性靈與性情在一般的情況中可以互用，袁枚說：

> 楊誠齋曰：「從來天分低拙之人，好談格調，而不解風
> 趣。何也？格調是空架子，有腔口易描；風趣專寫性靈，
> 非天才不辦。」余深愛其言。須知有性情，便有格律；格
> 律不在性情外。《三百篇》半是勞人思婦率意言情之事；
> 誰為之格，誰為之律？而今談格調者，能出其範圍否？況
> 臯、禹之歌，不同乎《三百篇》；《國風》之格，不同乎
> 《雅》、《頌》；格豈有一定哉？⑦

楊萬里（誠齋）言「性靈」，而袁枚引伸時則轉用「性情」一
詞。袁枚又云：

> 余嘗謂：美人之光，可以養目；詩人之詩，可以養心。自
> 格律嚴而境界狹矣；議論多而性情漓矣。⑫

此「性情」之命意與前同，亦皆相對於外在的工夫立說，這段話
則特針對格律部分言之⑬。

　　就性靈與性情二詞的共通意涵而言，主要指的是：真實而自
然的、與人的個性相應之情感，論及《詩經》中《風》、《雅》、
《頌》的編排次序，袁枚說：

> 聖人編《詩》，先《國風》而後《雅》、《頌》，何也？以

《國風》近性情故也。⑭

此說頗特別，很難求佐於客觀證據，固不能說絕無可能，卻也極可能僅是後人的主觀推想。該說法或是本於歐永孝而引伸出來的，因為袁枚曾在《隨園詩話》中說：

> 常寧歐永孝序江賓谷之詩曰：「《三百篇》：《頌》不如《雅》，《雅》不如《風》。何也？《雅》、《頌》，人籟也，地籟也，多后王、君公、大夫修飾之詞 至十五《國風》，則勞人、思婦、靜女、狡童矢口而成者也。《尚書》曰：『詩言志。』《史記》曰：『詩以達意。』若《國風》者，真可謂之言志而能達矣。」……。⑮

歐以性情深淺序列《風》、《雅》、《頌》，按之《詩經》，其說不無道理，或許袁枚即執此進而大膽推斷《詩經》編次之原則。另一值得注意的地方是歐永孝將《雅》、《頌》喻為「人籟」、「地籟」，則《風》可方於「天籟」，亦不言可喻。袁枚經常以「天籟」、「人籟」對舉發揮，幾已成為其論詩之重要術語（唯未獨標「地籟」，殆將之併入了「人籟」），如：

> 無題之詩，天籟也；有題之詩，人籟也。天籟易工，人籟難工。《三百篇》、《古詩十九首》，皆無題之作，後人取其詩中首面一、二字為題，遂獨絕千古。漢、魏以下，有題方有詩，性情漸漓。至唐人有五言八韻之試帖，限以格

律，而性情愈遠……。⑯

類似的例子尚多，茲不一一列舉。另外，朱筠認為詩境的深淺端
視性情之厚薄而定，此亦深為袁枚所認同，《隨園詩話》中說
道：

> 朱竹君學士曰：「詩以道性情。性情有厚薄，詩境有淺
> 深。性情厚者，詞淺而意深；性情薄者，詞深而意淺。」
> ⑰

朱竹君即朱筠，乾隆十九年進士，講治漢學，以能文稱於當世。
《隨園詩話》另則中又說：

> 朱竹君學士督學皖江，來山中論詩，與余意合。因自述其
> 序池州太守張芝亭之詩，曰：「《三百篇》專主性情。性
> 情有厚薄之分，則詩亦有淺深之別。性情薄者，詞深而轉
> 淺；性情厚者，詞淺而轉深。」……。⑱

袁枚之肯定《詩經》，主要緣於他的觀念裡，綜言之，《詩經》
乃是性情具體呈現；分論之，則《國風》諸篇更屬表現性情的典
範之作。通觀袁枚的說法，他所屢言的性情，其核心義蘊實指向
一個「情」字而於此發揮獨多，例如他解「興觀群怨」，說道：

> 詩家兩題，不過「寫景、言情」四字，我道：景雖好，一

過目而已忘；情果真時，往來於心而不釋。孔子所云「興、觀、群、怨」四字，惟言情者居其三。若寫景，則不過「可以觀」一句而已。[79]

這樣不只是解《詩經》，亦以擴大為對詩體的普遍理解，與另一則並觀，更可印證，他說：

凡作詩，寫景易，言情難。何也？景從外來，目之所觸，留心便得；情從心出，非有一種芬芳悱惻之懷，便不能哀感頑豔。然亦各人性之所近：杜甫長於言情，太白不能也。永叔長於言情，子瞻不能也。王介甫、曾子固偶作小歌詞，讀者笑倒，亦天性少情之故。[80]

在這樣的觀念下，袁枚對《詩經》之肯定正有如他對「詩」的肯定：乃著眼於性情之體現。也可以說，他主要是從抒情的主軸看待《詩經》與詩，強調其興感的作用。相對於此內在、根本的詩情，詩的格律、用典等後天工夫就屬次要了。他如此看古早的《詩經》，亦以同一眼光看後起之詩作，《隨園詩話補遺》中有一段他的批評：

近日有巨公教人作詩，必須窮經讀注疏，然後落筆，詩乃可傳。余聞之，笑曰：且勿論建安、大曆，開府、參軍，其經學何如；只問「關關雎鳩」、「采采卷耳」，是窮何經何注疏，得此不朽之作？陶詩獨絕千古，而「讀書不求甚

解」；何不讀此疏以解之？梁昭明太子〈與湘東王書〉
云：「夫六典、三禮，所施有地，所用有宜。未聞吟詠情
性，反擬〈內則〉之篇；操筆寫志，更摹〈酒誥〉之作。
「遲遲春日」，翻學《歸藏》，「湛湛江水」，竟同〈大
誥〉。此數言振聾發瞶；想當時必有迂儒曲士，以經學談
詩者，故為此語以曉之。⑧

袁枚以《詩經》之文本質疑作詩必須窮經讀注疏的看法，引〈與
湘東王書〉，則在歸本於「吟詠情性」，他在這裡不是反對經學，
而是反對「以經學讀詩」，認定詩應求之於性情的領域，而不應
錯置於經學的疆界。他藉「關關雎鳩」、「采采卷耳」為說，則
是以「經」之文本攻向「經學」，換言之，他心中的《詩經》已
是脫離後世經學語境的《詩／經》了。

陸、從「性情」到「情欲」

以「性情」或以「情」推尊《詩經》，乃至推擴到其他詩作
的討論，即使他人見地不同，亦不致造成太大爭議，不過，袁枚
觀念中所謂的「情」，疆域卻大得多，也大膽得多，這是他詩論
中的一大特色，亦是最常招來物議之處，因為他再三稱道的乃是
一般傳統士大夫所往往不直接面對的男女之情。在這個問題上，
袁枚多藉《詩經》的〈關雎〉發論，他批評宋儒以〈關雎〉為狎
褻，曰：

宋沈朗奏：「〈關雎〉，夫婦之詩，頗嫌狎褻，不可冠《國風》。」故別撰〈堯〉、〈舜〉二詩以進。敢翻孔子之案，迂謬已極；而理宗嘉之，賜帛百匹。余嘗笑曰：「《易》以乾、坤二卦為首，亦陰陽夫婦之義。沈朗何不再別撰二卦以進乎？」且《詩經》好序婦人：詠姜嫄則忘帝嚳，詠太任則忘太王：律以宋儒夫為妻綱之道，皆失體裁。⑧

復以〈關雎〉詩為白居易作憶妓詩迴護，曰：

宋《蓉塘詩話》譏白太傅在杭州，憶妓詩多於憶民詩。此苛論也，亦腐論也。〈關雎〉一篇，文王輾轉反側，何以不憶王季、太王，而憶淑女耶？孔子厄於陳、蔡，何以不思魯君，而思及門耶？⑧

沈德潛作《清詩別裁集》，不選王次回豔體詩，認為於風教不宜，袁枚曾專函表達異議，說：

聞《別裁》中，獨不選王次回詩，以為豔詩不足垂教。僕又疑焉。夫〈關雎〉即豔詩也，以求淑女之故，至於「展轉反側」。使文王生於今，遇先生，危矣哉！《易》曰：「一陰一陽之謂道。」又曰：「有夫婦然後有父子。」陰陽夫婦，豔詩之祖也。傅鶉觚善言兒女之情，而臺閣生風；其人，君子也。沈約事兩朝，佞佛，有綺語之懺；其人，小人也。……詩之奇平豔樸，皆可採取，亦不必盡莊

語也。

同函又曰:

> 宣尼至聖,而亦取滄浪童子之詩。所以然者,非古人心
> 虛,往往捨己從人;亦非古人愛博,故意濫收之。蓋實見
> 夫詩之道大而遠,如地之有八音,天之有萬竅,擇其善鳴
> 者而賞其名足矣,不必尊宮商而賤角羽,進金石而棄弦匏
> 也。⑭

同一意見,袁枚再於其《詩話》中言之,謂:

> 本朝王次回《疑雨集》,香奩絕調,惜其只成此一家數
> 耳。沈歸愚尚書選國朝詩,擯而不錄,何所見之狹也!嘗
> 作書難之云:「〈關雎〉為《國風》之首,即言男女之
> 情。孔子刪《詩》,亦存《鄭》、《衛》,公何獨不選次回
> 詩?」沈亦無以答也。唐李飛譏元、白詩「纖豔不逞,為
> 名教罪人」。卒之千載而下,知有元、白,不知有李飛。
> 或云飛此言見於杜牧集中。牧祖佑,年老不致仕,香山有
> 詩譏之;故牧假飛語以詆之耳。⑮

他話中的重點有四:一、男女之情本屬自然,發而為詩,自無須
排斥,二、孔子或原始儒家亦接受這類作品,三、孔子取滄浪童
子之詩、不刪《鄭》、《衛》之詩,乃因其屬人情表現之一端,

並且是有鑑於《詩》道廣大，貌各不同所致，四、作不作綺語豔詩，與人格高下無必然關係。

如同袁枚對香奩豔詩一貫的包容態度，沈德潛對這類作品的排斥態度也是一以貫之的，沈在《說詩晬語》中說道：「《詩》本六籍之一，王者以之觀民風、考得失，非為豔情發也。雖四始以後，〈離騷〉興美人之思，平子有定情之詠，然詞則託之男女，義實關乎君父友朋。自梁、陳篇什，半屬豔情，而唐末香奩益近褻嫚，失好色不淫之旨矣。此旨一差，日遠名教。」⑧⑥足見沈氏亦透過《詩經》闡而論之，與袁枚明顯不同之處，是他緊守〈詩大序〉以來經學詮釋傳統的「觀民風」、「考得失」等觀念，以之作為其立論的根本憑依。袁、沈二人皆卓然成家的詩人，之所以生此差異，乃是因為二人雖同樣以《詩經》為據，袁枚純然從「詩」本身的立場觀之，沈德潛則出自「經」的立場，可以說，沈的詮釋本於《詩經》，袁的詮解則本於已然解構的《詩／經》。

袁枚之友朱筠以朱彝尊的集子不刪《風懷二百韻》為憾，袁枚不以為然⑧⑦。同樣，袁枚的另一好友程晉芳也曾勸袁枚刪去詩集中的「緣情之作」，袁枚回覆了一封長信，除了更詳細表達出本文前已述及的看法之外，並一陳他的根本觀點，說：

> 且夫詩者由情生者也。有必不可解之情，而後有必不可朽之詩。情所最先，莫如男女。……緣情之作，縱有非是，亦不過《三百篇》中「有女同車」、「伊其相謔」之類，僕心已安矣；聖人復生，必不取其已安之心而掉罄之也。

同函又引鄭樵之語發論，云：

> 善乎鄭夾漈曰：「千古文章，傳真不傳偽。」古人之文醇
> 駁互殊，皆有獨詣處，不可磨滅。⑱

類似「詩由情生」的觀念，他處亦可見及，如在〈鴛鴦湖莊詩集
序〉中有「因情生文，上等《三百》之首」語⑲，在〈錢竹初詩
序〉云：「余嘗謂作詩之道，難於作史。何也？作史三長，才、
學、識而已。詩則三者宜兼，而尤貴以情韻將之。所謂弦外之
音，味外之味也。」⑳
　　順著袁枚的思考脈絡，沒有情則詩無由以生，詩情之本在於
人情，若泛泛以觀，此調似卑之無甚高論，陸機〈文賦〉早已有
「詩緣情而綺靡」之說㉑，但是，在袁枚想法中，所謂的「情」
內容遠寬於此，特別是唐、宋以降，儒家嚴辨「性」、「情」、
「欲」，這三者雖彼此相繫，但學者卻往往尊性抑情，於欲，則多
從負面去看，甚至有防之如洪水猛獸者，這樣的思路，唐代李翱
啟之於前，北宋程頤、程顥大加發皇於後，至南宋朱熹而推至高
峰，既是理學家探討的大題目，也是自我修養的大功課，其於後
代之影響不限於理學一系，由於明、清以朱熹對《四書》的詮解
為官方科考的憑藉，故其對知識階層的影響既廣且深，乃是一種
官方的意識形態。對一般理學家而言，道德義理為第一義，詩文
則下之，程頤甚至認為「作文害道」，並引伸《書經》「玩物喪志」
的說法，而推出「為文亦玩物」之說㉒。後世理學家雖然不皆排

斥詩文創作，如朱熹詩作即多，但，頗有避免陷溺其中的意識，
積極者要藉以明道，消極者則至少不能使之害道，這個「道」的
主要內涵自是合乎其所謂「性情之正」的人倫道德。如果從這個
角度檢視袁枚的思想與詩觀，則必然見擯，而袁枚對男女之情、
豔詩綺語的肯定態度，對講重「存天理，去人欲」的理學傳統而
言，也會認為應為「道之載體」的詩在這樣無行文人的手中，變
成了宣淫之具。否則，程晉芳不會勸袁枚刪去緣情之作，章學誠
的《文史通義》亦不會把他批評成名教罪人。但是，袁枚有他自
成系統的理據，在〈清說〉一文中，他表示：

> 且天下之所以叢叢然望治於聖人，聖人之所以殷殷然治天
> 下者，何哉？無他，情欲而已矣，老者思安，少者思懷，
> 人之情也；而「老吾老以及人之老，幼吾幼以及人之幼」
> 者，聖人也。「好貨」、「好色」，人之欲也；而使之有
> 「積倉」，有「裹糧」、「無怨」、「無曠」者，聖人也。使
> 眾人無情欲，則人類久絕而天下不必治；使聖人無情欲，
> 則漠不相關，而亦不肯治天下。

文中甚至有「己不欲立矣，而何以立人？己不欲達矣，而何達
人？故曰有不近人情者，鮮不為大奸」的激越之語⑱。袁枚有關
情性論最重要的文獻是其〈書《復性書》後〉，藉批判李翱復性
之論，袁枚提出了「即情求性」、「情不累性」的看法，他說：

> 唐李翱，闢佛者也。其《復性書》尊性而黜情，已陰染佛

氏而不自覺，不可不辨。夫性，體也；情，用也。性不可
見，於情而見之。見孺子入井惻然，此情也，於以見性之
仁。嘑爾而與，乞人不屑，此情也，於以見性之義。善復
性者，不於空冥處治性，而於發見處求情。孔子之「能近
取譬」，孟子之擴充「四端」，皆即情以求性也。使無惻隱
羞惡之情，則性中之仁義，茫乎若迷，而何性之可復乎？
孟子曰：「乃若其情，則可以為善。」《記》曰：「人情
以為田。」《大學》曰：「無情者不得盡其辭。」古聖賢
未有尊性而黜情者。喜、怒、哀、樂、愛、惡、欲，此七
者，聖人之所同也。惟其同，故所欲與聚，所惡勿施，而
王道立焉。己欲立立人，己欲達達人，而仁人稱焉。⑭

這段話明顯是儒家本位的思考，與多數人不同之處在於他直接掌
握原始儒家的文本。切理而言，儒家「仁」、「義」的核心概
念，其本身即建立在人與人「同」的基礎上，由此推廣而至及
人，袁枚之論確實合乎內在的理則。此超越了後代已然教條化的
儒家詮釋，他明言自己「信孔子而疑宋儒」⑮，在男女情愛上，
他常引《詩經·國風·召南》的〈野有死麕〉一詩為說，特別是
其中「有女懷春，吉士誘之」兩句，如：

大抵情欲之感，聖人所寬。周初南國諸侯，沐文王之化，
尚有「有女懷春，吉士誘之」者，其後採蘭贈芍，相習成
風……。⑯

他在這封信中引此，乃是為古來娼妓辯護。又，他責備金匱令判男女越禮的案子過於嚴苛、不近人情，亦曰：

> 夫見貌而相悅者，人之情也。當文王化行南國時，猶有「有女懷春，吉士誘之」之事。至春秋時，凡列國諸侯大夫妻，其棄位而姣者指不勝屈。以南子之宣淫，而孔子猶往見之；以七子之母改嫁，而孟子以為親之過小。可見孔、孟聖賢於男女情欲之感，不甚誅求……。⑰

在禮教社會，這種言論是振聾發聵的，但在許多保守的士大夫眼中，他是輕薄狎鄙、大逆不道的，若按傳統觀點，袁枚申〈野有死麕〉之旨，恰是「反詩教」，該詩的〈小序〉即言：「野有死麕，惡無禮也。天下大亂，彊暴相凌，遂成淫風，被文王之化，雖當亂世，猶惡無禮也。」⑱儒者抑而斥之者，袁枚反引以為人情之據，他破除了古來經學家的意識形態，引經據典，上祧孔、孟，表示聖賢對於男女情愛反而抱持寬容的態度，對於《詩經》或經學而言，這很弔詭地成為另類的「尊經」——解構式的尊經。

袁枚一生寄情詩文，自為文學家，當時與後世既多不目之為學者，也不將他視為思想家，可是在他留下的文字裡廣搜覃思，常會發現他的異調之中有著過人的見解，而且每有經典或理據為之支撐。他乃從正面看人的情欲，而非出以偏枯的「禮教大防」觀點，然其所肯定的情欲並非漫無界線，其中隱含了兩個原則：一是普遍的，無分凡、聖而為人類所共有，二是無害於人的。前

者即是他所謂的「所欲與聚」，後者是他所謂的「所惡勿施」；前者是「己立立人」、「己達達人」，後者則是「己所不欲，勿施於人」。這正契於儒家推己及人的精神，亦真正近於人情，胡適曾說袁枚與吳敬梓、汪中、俞正燮、李汝珍等，都可算是「當日的人道主義者」⑼，允為的評。相較於程、朱之見，袁枚似乎將人之性從有如宗教殿堂般莊嚴肅穆的境域，拉到了活潑卻世俗的人間，此正如他對「詩」的認知一般，將「寺言」落到「持人性情」的層次。「性情」是古來習語，袁枚則拓寬了它的內涵，這既是其思想特殊之處，當亦是其詩文評論風靡於當時的重要原因。沈德潛不選王次回香奩詩，袁枚認為沈的眼光太狹窄，但他對王次回「只成此一家數耳」也表示遺憾，換言之，他肯定香奩綺語是詩中一格，不應排斥，孔子不刪《鄭》、《衛》，他也不刪自己有關男女之思的作品，但，其之於詩中一格，正如同其情亦性情之一端，創作者與讀者、批評家，皆不宜拘囿於此——不論是「過」抑或「不及」。

朱自清的〈詩言志辨〉中，認為袁枚進一步擴展了「詩言志」的意義，幾與陸機的「詩緣情」併而為一，由於將男女私情之作含括在內，所以，這樣的言志／抒情之詩與現代所謂的「抒情詩」遂為同義⑽，此深中肯綮，則袁枚標舉的獨特性情詩觀，不僅切乎人情、體該眾格，而且已暗合了現代抒情詩的概念。

柒、結語

袁枚無論在世或身後，皆以文學名世，依現今之觀念，他兼

具了「作家」與「批評家」的角色。他自幼不喜程、朱之學，覺得史家立〈道學傳〉更屬多餘，同時頻頻批評考據之學——雖然他的集子裡也偶見帶有考據色彩的篇章。宗穀芳說他對「講經而株守漢學」、「講道而虛崇宋儒」，皆操筆闢之不遺餘力⑩，徵諸袁枚留下的文字，確契實情。

　　詩文創作與評論既然是袁枚名世的主要憑藉，文學對他不僅是「志業」，亦成為其維生的「職業」，何以其一生論涉學術之文字猶多？除了他的內在興趣之外，「士」的身分也使他的實際生活中有了較嚴肅的知性氛圍，因為他名聲大而交遊廣，不論交往的是顯宦抑或貧士，在詩文之外，學術自是其相互刺激的共同話題。儒學一向居於學術的主流，至清代雖有宗漢、崇宋之別，但此兩者對學術整體而言，共締了一個更大的知識語境，此由張舜徽《清人文集別錄》之列敘，略可知悉⑩。再者，袁枚不只創作詩文，而且頗好評文論理，如此則牽涉必廣，文學與學術二者益難劃如涇渭。至於沈德潛編詩、論詩時，每引《詩經》為說，更是直接的刺激。因此，袁枚在提出主張之際，亦多觸及《詩經》的種種問題，古代論詩多涉及由《詩經》引伸出來的許多基本概念，在重視傳統的、宗經的古代中國，這幾是為論詩時不得不進入的脈絡。其中的主因是緣於經書的權威，對《詩經》的種種認知、解讀往往直接影響世人對今詩的看法。袁枚欲積極建立一己詩論、傳播一己詩觀，則亦不能繞過具有典律地位的《詩經》，易言之，對《詩經》的解讀非僅是學術問題，對作詩與評詩來說，更含有現實的意義⑩。

　　與一般學者不同的地方是：袁枚的動機並非純粹為了解決客

觀學術的問題，故無出以學術專書形式者，而多見於零篇或與友人之往來函牘，抑且，其意見多屬應事觸發所牽引出來的。他的大半生與官宦往來雖密切，但自己脫離了官場；與學者互動雖頻繁，本身卻又不處於學林。袁枚個性通脫，生計自主，「隨園」乃是一個充分維持他精神自由獨立的王國。再者，其不僅出版自己的詩集、文集、尺牘、詩話，並且也編刊他人的作品，故形成了一個輻輳於隨園的傳播、溝通網絡。他本身則成了一個話題人物，飲譽天下，謗亦隨之，其所思所行引發的議論亦因此而多。這種種，與一個論學於書齋、聲響圍於特定學術社群的學者，自然迥異。因此，其學術純度比起許多學者或有不及，但，靈活通達處往往過之，而少枯沈之氣。他藉詩自道：「理足口即言，往往翻前案。」[100] 審諸其文，亦非虛語。

　　從袁枚的《詩經》論述觀之，他不認為孔子刪過詩，這樣的認定對袁枚而言，主要可據以逆推孔子對「詩」與「情」所抱持的態度，他不進入「美／刺」說、「勸／戒」說或觀「得／失」的《詩經》詮釋系統──因為這其中預設了孔子對人倫教化之意圖。袁枚進行反向思考，他由此推論：孔子不刪落《詩經》中「無關係」的作品、不刪落所謂的「淫詩」或男女情愛之作，似即意味孔子亦抱著接受的態度。這樣的理解之下，孔子的圖像則更近人情，而袁枚對「詩言志」之認知是相當於「詩言情」的，「志」、「情」兩個相異符碼通往了同一所指，「言志」與「緣情」乃疊合為一。返回《詩經》文本，袁枚不只認為這個「情」（或「志」）是勞人、思婦、學者的作品，更認定所謂的「淫詩」或男女情愛之作即屬不造作的、自然的感情呈現。袁枚認為詩的本質

不是「寺言」，是「持人性情」之物，在基本理解中，把詩的「神聖性」變異為「世俗性」（此之「世俗性」一詞並無貶意），他對於「性情」的定義很寬，人的七情六欲無所不包，他對好詩的判斷標準亦單純——「其言動心、其色奪目、其味適口、其音悅耳」，這足以完全擺脫歷來經學家的解讀途徑。在歷代儒者的觀念中，即使「性情」背後所指涉的內容很寬廣，但同時卻又強調「要歸性情之正」的概念，或顯或隱，這個意識在他們閱讀《詩經》之際始終緊緊跟隨。袁枚則否，其言「性情」處極尠，乃至接受一般儒者指稱《詩經》表現的情有貞、淫、正、變之分，他面對《詩經》時，卻未嘗出自「性情之正」的觀點，倫理的色彩已然褪去。至於他揭示的好詩標準，所謂的「動心」、「奪目」、「適口」、「悅耳」，顯然亦完全屬於美學的考量，更與人倫教化、綱常名教無涉。

不僅如此，他認為「詩由情生」，而「情之所先，莫如男女」，又從《詩經》找出旨意類似的作品，進以推出「情欲之感，聖人所寬」的看法，這種觀點正是拘於儒教或經學的大雅君子所不敢或不齒的。袁枚的這種觀念固然與他的好色有關——他不諱言自己的好女色、好男變，他認為好色是人性的一部分，聖、凡皆同，無足為怪，所以發而為詩，亦不必排斥，而此正合乎「情欲信」的原則⑯。他認為由於孔子寬容的態度，所以《詩經》的《鄭》、《衛》之詩猶存，由此引伸，故他為白居易的憶妓詩辯護，為沈德潛不選王次回的香奩佳構抱憾，也認定朱彝尊不刪《風懷二百韻》、自己不刪「緣情之作」皆無可訾議。不可否認，他肯定男女情欲而不認為其悖禮犯教，亦有為自己行為

合理化的成分，但在嚴於禮教的傳統社會，他如此看待情欲，而且非僅不諱言，更透過《詩話》之刊行而廣為宣說，亦顯示出他對「存天理、去人欲」而導致「以理殺人」結果的理學之說，抱持反對態度，這與戴震的觀念頗為相近，較諸往昔，可謂進了一大步。以葛蘭西（Antorio Gramsci）的觀點視之，袁枚詩論中重視情與情欲，已不是一個單純的文學問題，而是牽涉到世界觀的文化問題，葛蘭西說：「一位堅持『內容』者，實則在為一個特定的文化與世界觀戰鬥，以之對抗另一文化與世界觀。」[106] 那麼，袁枚與沈德潛詩論中對峙的部分——特別是對情欲、豔詩的不同主張，不僅是文學上的異調，更是「文化與世界觀」相左之見的反映了。

文化與世界觀之異，使得袁枚和王士禎、沈德潛在文學上的定位很不一樣，相對來說，王、沈重「雅」，多獲官方、士大夫所肯定，袁枚則比較傾向「俗」，民間格外流行。王士禎曾受康熙皇帝召見，之後成為清朝漢人仕者中第一位由部曹改為詞臣的人，康熙並徵其詩，王士禎錄上而題曰《御覽集》[107]。沈德潛的詩集則獲乾隆皇帝賜序，沈並負責校訂《御製詩集》，其還鄉時並獲皇帝賜詩，又賜禮部尚書銜加太子太傅[108]，袁枚則無來自官方的類似寵遇，有的是所謂的「貴遊及豪富少年，樂其無檢，靡然從之」[109]。王士禎編有《神韻集》、《唐賢三昧集》、《十種唐詩選》、《唐人絕句選》等，另有《漁洋詩話》之作；沈德潛編有《古詩源》、《唐詩別裁集》、《明詩別裁集》、《清詩別裁集》，另有《說詩晬語》之作；而袁枚並未針對古人詩作進行專門編選，在詩論方面只有一部《隨園詩話》雜論古今之詩。但，

據錢泳的說法：「自太史《隨園詩話》出，詩人日漸日多。」[10]
從這種種，可以說王士禛、沈德潛的詩與詩論具有雅正的、傳統
的風致，袁枚的詩與詩論則體現了民間的、近代的精神。

此外，《詩經》經過袁枚重構而一歸美學領域之後，作為新
典律之《詩經》，其內涵有了根本的變化，唯其典律的地位卻依
然存在，此情形頗為特殊，因為他不是以另一文本取代此一文
本，以此代彼而成為新典律，他乃是就同一文本，透過重新詮釋
而將原有的理解挪移、置換了，是舊瓶裝新酒式的，可以說，他
對《詩經》的重新詮釋過程中，解構即重構，「瓦解典律」
（decanonization）與「建構典律」（canonization）乃是同時進行
的。有如蒸餾，重構的《詩經》已還原成詩的原質，渣滓無存，
是故袁枚論後於《詩經》時代的詩作之際，每每引之為說，非是
單純引述，其囊括之意甚為明顯。他對《詩經》與後此之作的發
論標準，多半相合，如：「詩言志／情」的理解、「持人性情」
界義的強調，都和他主於「性情」或「性靈」的觀念相契；又
如：他認為《風》較《雅》、《頌》更近性情，並喻之為「天
籟」，此與其看重內於詩作的性情而反對務求外在雕琢、堆砌的
主張一致，他之批評沈德潛，亦出自同一標準；再如：他反對孔
子刪詩之說、從文學與人性的立場肯定《詩經》中的男女情愛之
詩，此不但體現於袁枚的詩作，亦發於對沈德潛選詩標準的異
議；他對《詩經》及後起之作的評價，皆不屬傳統詩教之考慮，
而唯重其美感意義，此亦其一貫之見。至於修正歷代經學說法的
部分，他根據《詩經》文本，認為其中固然間有關繫「人倫日用」
者，但不必然，只能算是其中一端；他看今詩亦然，關於溫柔敦

厚的風格，他認為並非全面表現於《詩經》，亦只是其中的一端，此與他看今詩的觀點亦復相同。

綜合以上，可清楚看出他重構後的《詩經》超越了道德藩籬，擴大了詩的界域，與人的生活世界更形密切，成為抒情詩的典律。陸機的《文賦》、鍾嶸的《詩品》等迴避了漢代以來所形成的《詩經》典律，避免了經學的糾葛與可能的齟齬，袁枚不然，他迎向此一典律，並試圖重新建構。劉若愚在論析袁枚詩學理論時，認為袁枚的許多話語是「詭辯」，表示袁枚「巧於引用孔子的話以支持他自己的觀點」，甚至說：「他對孔子的解釋，令人想起一句格言：『魔鬼為了他的目的，也會引用《聖經》。』("The Devil can cite Scripture for his purpose.")」[⑪]劉若愚指出的現象，其實牽涉了對文本解讀所持的觀點，袁枚引孔子或古籍為說時，常同時展開演繹，但與其從客觀主義的角度去將之視為曲解、巧說，遠不如將之置入詮釋學或接受理論的視域，進以探求其深層之意義，抑且，若以前者的眼光去看，則漢儒以來從經學、人倫教化的角度去建構《詩經》，反更適用於劉若愚的批評。

從學術史的發展觀之，清儒對《詩經》的研究，在解釋名物訓詁以及整理文獻、舊說上，成果頗勝往昔，可謂後出轉精，但這屬於歷史與文獻的研究。在《詩經》作意方面，叛攻〈詩序〉的聲音則漸次增強，如：姚際恆、崔述、方玉潤等是，故梁啟超在《中國近三百年學術史》中說：「〈詩序〉問題早晚總須出於革命的解決。」[⑫]據此回視，袁枚實已發此先聲，只不過他不是依循細密的學術進路，其識見是靠「細讀文本」與「以意逆志」

共締的，當然也輔之以懷疑的精神與衝決之勇氣。

　　若從傳統詩學發展史的角度看，長久以來，論詩者腦中的詩觀，有的在不同程度上受著《詩經》舊典律的約束，有的則避犯眾諱，繞徑曲行，採取和舊典律若即若離的相安關係。袁枚則斬斷了「詩」與「經」間的葛藤，重構了作為新典律的《詩經》，他遭衛道之士詆諆者在此，其興創突破之處亦復在此。

　　倘把時間下移，在現代語境中看袁枚的觀念，或許別有啟發，如梁實秋在〈新詩與傳統〉一文中說：「講到傳統，我們很容易想到孔門的『興、觀、群、怨』那一套說法，孔門哲學所謂詩教是很簡單的，而且並未適當的重視其藝術的價值。傳統的看法是特別重視詩之實際的功用。例如《詩經》，明明一部分是民謠，一部分是歌辭，一部分是祭辭，但一定要說是『明夫得失之跡，傷人倫之廢，哀刑政之苛，吟詠情性以風其上』（〈詩大序〉），其實只有『吟詠情性』四個字是中肯的。」⑩從歷史或傳統學術的角度去看，其所牽扯，自然複雜得多；但，若純粹出自文學之視角，這個判斷似乎不成問題，而此，亦正是袁枚所一向採取的角度。

注釋

① 本文初稿承張簡坤明教授惠予若干意見，已據以修訂，特此致謝。

② 赫魯伯著、董之林譯《接受美學理論》（台北：駱駝出版社，1994），頁15。

③ 許經田〈典律‧共同論述與多元社會〉，收錄於陳東榮、陳長房主編《第十九屆全國比較文學會議論文選集：典律與文學教學》（台北：中華民

國比較文學學會、國立中央大學英美語文學系，1995），頁23。

④ 在某些時期，詩風乖離此一典律時，往往會有人基於典律危機而提出抨擊，並試圖重返該典律，如：梁朝裴子野〈雕蟲論〉批評時風，云：「閭閻年少，貴遊總角，罔不擯落六藝，吟詠情性。……無被於管弦，非止乎禮義。深心主卉木，遠致極風雲。其興浮，其志弱。巧而不要，隱而不深。」見梁·裴子野〈雕蟲論〉，見郭紹虞主編《中國歷代文學論著精選》（台北：華正書局，1984），頁284。類似這樣的情況在歷史上不一見，總在「向心」與「離心」間往返。

⑤ 清·仇兆鰲《杜詩詳注》（台北：正大印書館股份有限公司，1974），頁9-10。

⑥ 清·沈德潛《說詩晬語》，收錄於丁福保編《清詩話》（台北：木鐸出版社，1988），頁523。

⑦ 清·沈德潛編選，劉福元、楊新我等點校《唐詩別裁集》（河北：河北人民出版社，1979），未編頁碼。

⑧ 清·沈德潛編選，周准編訂《明詩別裁集》（上海：上海古籍出版社，1992），頁2。

⑨ 清·沈德潛編選，李克和等點校《清詩別裁集》（湖南：嶽麓書社，1998），頁3。

⑩ 「書寫／矯正」之說借自李有成的〈裴克與非裔美國表現文化的考掘〉一文，該文收錄於單德興主編《第二屆美國文學與思想研討會論文選集：文學篇》（台北：中央研究院歐美研究所，1993），頁183-201。

⑪ 宋·朱熹〈詩集傳序〉，見陳俊民校訂《朱子文集》（台北：財團法人德富文教基金會，2000），冊捌，頁3802。

⑫ 「風」出於民間之說，不無疑問，詳參朱東潤〈國風出於民間論質疑〉，

見《讀詩四論》（台北：東昇出版事業有限公司，1980），頁1-63。

⑬ 宋・黎靖德編，王星賢點校《朱子語類》（台北：華世出版社，1987）第六冊，頁2065-2081。

⑭ 此可參葉國良《宋人疑經改經考》（台北：國立臺灣大學出版委員會，1980），頁82-84。

⑮《詩傳遺說》引〈答呂祖謙書〉語，見清・徐乾學等輯、清・納蘭性德校刊《通志堂經解》（清康熙十九年刊本；台北：台灣大通書局，1969）冊17，頁9984。

⑯ 宋・黎靖德編，王星賢點校《朱子語類》第六冊，頁2067。

⑰《朱子語類》第六冊，頁2813。

⑱《朱子語類》第六冊，頁2090。朱熹在《論語・為政篇》的注解中也有一致的解說：「凡詩之言，善者可以感發人之善心，惡者可以懲創人之逸志，其用歸於使人得性情之正而已。」見朱熹《四書章句集注・論語集注》（台北：大安出版社，1996），頁70。

⑲ 宋・朱熹〈讀呂氏《詩記・桑中篇》〉，見陳俊民校訂《朱子文集》（台北：財團法人德富文教基金會，2000），冊柒，頁3494。

⑳ 朱東潤〈古詩說摭遺〉，見《讀詩四論》，頁128-129。

㉑《呂氏家塾讀詩記》，收錄於《四部叢刊廣編》（台北：台灣商務印書館，1981），冊04，頁63。

㉒ 漢・司馬遷《史記》（點校三家注本；北京，中華書局，1982）第六冊，頁1936。

㉓ William K. Wimsatt, The Verbal Icon: Studies in the Meaning of Poetry（University Press of Kentucky, 1989）.

㉔《通志堂經解》，冊17，頁9957、9956。

㉕清・袁枚〈答定宇第二書〉，見《小倉山房文集》，頁307，收錄於王英志主編《袁枚全集》（江蘇：江蘇古籍出版社，1993；後皆簡稱《全集》）冊貳。

㉖《隨園詩話補遺》，頁617，收錄於《全集》冊參。袁枚認為儒家典籍中，《論語》最可信，本文於此所援引兩段袁氏的話都表達了這個意思，他在〈答葉書山庶子〉中云：「書之可信者，莫如《論語》。」亦重申此調，見《小倉山房尺牘》，頁163，收錄於《全集》冊伍。不過，袁枚曾撰〈《論語》解四篇〉，起始即曰：「諸子百家冒孔子之言者多矣。雖《論語》，吾不能無疑焉。」見《小倉山房文集》，頁419，收錄於《全集》冊貳。合觀而思之，袁氏之語並無矛盾，他所謂《論語》「可信」或「最可信」，乃相對之詞，固非全然無可置疑者。

㉗袁枚在〈答惠定宇書〉中說：「……第不知宋學有弊，漢學更有弊。宋偏於形而上者，故心性之說近玄虛；漢偏於形而下者，故箋注之說多附會。」見《小倉山房詩文集》，頁306，收錄於《全集》，冊貳。惠棟宗漢學，曾修書袁枚而「以窮經為勖」，袁枚謝之而有此覆，故函中強調「漢學更有弊」，觀其上下文，袁枚對漢、宋兩派路數之特質及所蔽實具平允之認識。

㉘《隨園詩話》，頁94，見《全集》冊參。

㉙見宋・朱熹《四書章句集注・論語集注》，頁152。

㉚屈萬里從客觀證據出發，重新探討孔子與《詩經》之關係，除了前人已提出的理據之外，更補強了歷史考證，而所得結論正與袁枚看法相合，詳參屈萬里《詩經詮釋》（台北：聯經出版事業公司，1983），頁7-11。

㉛參朱自清〈詩言志辨〉，頁130，收錄於吳喬森編《朱自清全集》（江蘇：江蘇教育出版社，1996）第六冊。

㉜ 見《尚書注疏》（南昌府學阮刻十三經注疏本：台北：藝文印書館，
　 1981），頁46。此版本將該段話歸入〈舜典〉，唯其原屬〈堯典〉之後
　 半，偽〈孔傳〉作者強分之，今改正，參蔣善國《尚書學述》（上海：
　 上海古籍出版社，1988），頁29-32。

㉝ 詳參屈萬里《尚書集釋》（台北：聯經出版事業公司，1983），頁3-6。
　 又「詩言志」的「志」字，《史記‧武帝本紀》則改為「意」字，古書
　「志」、「意」多可互訓。

㉞ 見《左傳注疏》（南昌府學阮刻十三經注疏本；台北：藝文印書館，
　 1981），頁647。

㉟ 「詩言志」之「志」，在歷來經學家的剖析下，至少分別指攝三種蘊義：
　 一、「作詩」之志；二、「賦詩」（含引詩）之志；三、「編詩」之
　 志。

㊱ 見《詩經注疏》（南昌府學阮刻十三經注疏本；台北：藝文印書館，
　 1981），頁13-15。

㊲《隨園詩話》，頁86，收錄於《全集》冊參。

㊳《袁枚隨筆》，頁18-19，收錄於《全集》冊伍。

㊴ 清‧戴震〈毛詩補傳序〉，見清‧戴震著，張岱年主編《戴震全書》（安
　 徽：黃山書社，1994），頁126。又，其中「前人或失之者」一語，
　《東原文集》（經韻樓本）作「既失其傳者」。

㊵〈與邵厚庵太守論杜茶村文書〉，《小倉山房文集》，頁317，收錄於
　《全集》冊貳。

㊶《隨園詩話》，收錄於《全集》冊參，頁2。

㊷ 蔡英俊《比興物色與情景交融》（台北：大安出版社，1995），頁24。

㊸《小倉山房尺牘》，頁208，收錄於《全集》冊伍。

㊹《隨園詩話》，頁802-803，收錄於《全集》冊參。

㊺見《禮記注疏》（南昌府學阮刻十三經注疏本；台北：藝文印書館，1981），頁845。又，《淮南子・泰族》也有「溫惠柔良者，《詩》之風也」之言，與「溫柔敦厚」意近，見漢・劉安撰，漢・高誘注，明・茅一桂校訂《明刻淮南鴻烈解》（台北：鼎文書局，1979），頁911。

㊻《隨園詩話》，頁228，收錄於《全集》冊參。

㊼《小倉山房尺牘》，頁207，收錄於《全集》冊伍。

㊽《隨園詩話》，頁450，收錄於《全集》冊參。

㊾〈答沈大宗伯論詩書〉，見《小倉山房文集》，頁284，收錄於《全集》冊貳。

㊿〈答李少鶴書〉，見《小倉山房尺牘》，頁169，收錄於《全集》冊伍。

(51)〈答李少鶴書〉，見《小倉山房尺牘》，頁170，收錄於《全集》冊伍。

(52)〈再答李少鶴〉，見《小倉山房尺牘》，頁206-208，收錄於《全集》冊伍。

(53)清・沈德潛《說詩晬語》，收錄於丁福保編《清詩話》，頁526。

(54)《隨園詩話》，頁449-450，收錄於《全集》冊參。

(55)清・蔣士銓著，邵海清校，李夢生箋《忠雅堂集校箋》（上海：上海古籍出版社，1993）冊四，頁2013。

(56)清・程廷祚〈詩論十三〉，見《青溪集》，收錄於蔣國榜編《金陵叢書》（台北：考正出版社，1971）乙集，冊十七，頁9242。

(57)宋・朱熹《朱子語類》第六冊，頁2076。

(58)此參《隨園詩話》，頁34，收錄於《全集》冊參。其中，袁枚將《詩緯・含神霧》誤作《孝經・含神霧》，茲改正。

(59)《隨園詩話補遺》，頁546，收錄於《全集》冊參。又按：「以禪悟比

詩」，可追溯到嚴羽《滄浪詩話》中的「借禪以為喻」——即一般所謂「以禪喻詩」之說，袁枚的若干看法極有可能受了嚴羽的啟發，比如《滄浪詩話》云：「夫詩有別材，非關書也；詩有別趣，非關理也。然非多讀書，多窮理，則不能極其至。所謂不涉理路，不落言筌者，上也。詩者，吟詠情性也。盛唐諸人惟在興趣，羚羊掛角，無跡可求。故其妙處透徹玲瓏，不可湊泊，如空中之音，相中之色，水中之月，鏡中之象，言有盡而意無窮。近代諸公乃作奇特解會，遂以文字為詩，以才學為詩，以議論為詩。夫豈不工，終非古人之詩也。蓋於一唱三歎之音，有所歉焉。且其作多務使事，不問興致；用字必有來歷，押韻必有出處，讀之反覆終篇，不知著到何處。」見宋・嚴羽《滄浪詩話》(台北：金楓出版有限公司，1986)，頁34 。又，類於嚴羽同書「夫學詩者以識為主」的意見（頁16)，袁枚亦曾於〈答蘭垞第二書〉中發之，見《小倉山房文集》，頁288 ，收錄於《全集》冊貳。

(60) 詳見《隨園詩話》，頁476 、677 ，收錄於《全集》冊參。

(61) 〈續詩品〉，見《小倉山房詩集》，頁421 ，收錄於《全集》冊壹。

(62) 分別見《孟子注疏》(南昌府學阮刻十三經注疏本；台北：藝文印書館，1981)，頁128 ；《詩經注疏》(南昌府學阮刻十三經注疏本；台北：藝文印書館，1981)，頁315 。

(63) 參《周禮注疏》(南昌府學阮刻十三經注疏本；台北：藝文印書館，1981)，頁356 。

(64) 說見清・王應麟《困學紀聞》(四部叢刊本；上海：上海書店，1985)卷四。

(65) 《隨園詩話》，頁523 ，收錄於《全集》冊參。

(66) 《隨園詩話》，頁385 ，收錄於《全集》冊參。

⑥⑦《隨園詩話》,頁141,收錄於《全集》冊參。

⑥⑧《隨園詩話補遺》,頁605,收錄於《全集》冊參。

⑥⑨《小倉山房詩集》,頁597,收錄於《全集》冊壹。袁枚並曾自述其作該
詩之故,參《隨園詩話》,頁141,收錄於《全集》冊參。

⑦⓪《隨園詩話》,頁534,收錄於《全集》冊參。袁枚曾寄函孫星衍,陳述
他認為孫原本在作詩方面有奇才,後見其作品則發現才已不復奇,袁枚
將之歸咎於孫致力考據所致,參〈答孫淵如觀察〉,見《小倉山房尺
牘》,頁196,收錄於《全集》冊伍。

⑦①《隨園詩話》,頁2,收錄於《全集》冊參。

⑦②《隨園詩話》,頁537,收錄於《全集》冊參。

⑦③梁·鍾嶸《詩品·序》有「至乎吟詠情性,亦何貴於用事」之語,「性
情」一語之相對於外在工夫的用法,古早已然,參鍾嶸《詩品》,收於
清·何文煥輯《歷代詩話》(台北:漢京文化事業有限公司,1983),頁
4。

⑦④《隨園詩話》,頁595,收錄於《全集》冊參。

⑦⑤《隨園詩話》,頁73,見《全集》冊參。

⑦⑥《隨園詩話》,頁220,收錄於《全集》冊參。

⑦⑦《隨園詩話》,頁275,收錄於《全集》冊參。

⑦⑧《隨園詩話》,頁487,收錄於《全集》冊參。

⑦⑨《隨園詩話補遺》,頁792,收錄於《全集》冊參。

⑧⓪《隨園詩話》,頁177,收錄於《全集》冊參。

⑧①《隨園詩話補遺》,頁548,收錄於《全集》冊參。

⑧②《隨園詩話》,頁161,收錄於《全集》冊參。

⑧③《隨園詩話》,頁16,收錄於《全集》冊參。此外,袁枚同一議論,並

見於〈答楊笠湖〉之二，參《小倉山房尺牘》，頁 137，收錄於《全集》冊伍。

⑭《小倉山房文集》，頁285，收錄於《全集》冊貳。類乎此函中之論調，亦見於袁枚之〈答朱石君尚書〉，參《小倉山房尺牘》，頁 184-185，收錄於《全集》冊伍。

⑮《隨園詩話》，頁15，收錄於《全集》冊參。這段話中的「孔子刪《詩》」一語，易致誤會袁枚信此說法，按上、下文，他的語意重點乃在孔子不刪《鄭》、《衛》之詩。

⑯清‧沈德潛《說詩晬語》，收錄於丁福保編《清詩話》，頁554。

⑰〈答朱竹君尚書〉，見《小倉山房尺牘》，頁 185，收錄於《全集》冊伍。

⑱《小倉山房（續）文集》，頁527，收錄於《全集》冊貳。與此相近的說法，亦見於《隨園詩話》，頁34，收錄於《全集》冊參。

⑲《小倉山房外集》，頁9，收錄於《全集》冊貳。

⑳《小倉山房（續）文集》，頁492，收錄於《全集》冊貳。

㉑梁‧蕭統編、唐‧李善注《昭明文選》（台北：河洛圖書出版公司，1975），頁352。

㉒《河南程氏選本》，收錄於宋‧程顥、宋‧程頤《二程集》（四部刊要本；台北：漢京文化事業有限公司，1983），頁239。

㉓《小倉山房文集》，頁374-375，收錄於《全集》冊貳。

㉔《小倉山房文集》，頁395，收錄於《全集》冊貳。

㉕《小倉山房文集》，頁253，收錄於《全集》冊貳。

㉖〈答楊笠湖〉之二，《小倉山房尺牘》，頁137，收錄於《全集》冊伍。

㉗〈與金匱令〉之二，《小倉山房尺牘》，頁71－72，收錄於《全集》冊

伍。

⑱ 《詩經注疏》，頁65。

⑲ 胡適《戴東原的哲學》（台北：遠流出版事業股份有限公司，1994），頁
54。

⑩ 朱自清〈詩言志辨〉，見朱喬森編《朱自清全集》第6卷，頁170—
172。

⑪ 參清·宗穀芳〈小倉山房文集後序〉，見《小倉山房文集》，頁8，收入
《全集》冊貳。

⑫ 張舜徽《清人文集別錄》（台北：明文書局股份有限公司，1982）。

⑬ 非僅傳統時期如此，現代亦然，如胡適撰《先秦名學史》、《白話文學
史》，也具現實之意義，「述古」與「開今」每具潛在關係。

⑭ 〈七十生日作〉，見《小倉山房詩集》，頁732，收入《全集》冊壹。

⑮ 參〈陶西圃詩序〉，見《小倉山房文集》，頁184，收錄於《全集》冊
貳。

⑯ Antonio Gramsci, Selections from Cultural Writing, translated by William Boel
Rower （Cambridge, Massachusetts: Harvard University, 1985），p.2.

⑰ 〈王士禎傳〉，趙爾巽、柯劭忞等《清史稿》（台北：鼎文書局，
1981），冊13，頁9952-9953。

⑱ 其本傳並載乾隆皇帝曰：「朕於德潛，以詩始，以詩終。」參趙爾巽、
柯劭忞等《清史稿》冊13，頁10511-10512。

⑲ 清·惲敬〈孫九成墓誌銘〉，見《大雲山房文稿》二集，卷4，頁236，
收錄於《四部叢刊初編》（台北：台灣商務印書館，1965），第99冊。

⑳ 這前面的一句話則是：「自宗伯（按：即沈德潛）三種《別裁集》出，
詩人日漸日少。」見清·錢泳《履國譚詩》，收錄於丁福保編《清詩

話》，頁871 。

⑪ 劉若愚著、杜國清譯《中國文學理論》（台北：聯經出版事業公司，
1981），頁287 。

⑫ 梁啟超《中國近三百年學術史》（台北：里仁書局，2000），頁260 。

⑬ 梁實秋〈新詩與傳統〉，見其《文學因緣》（台北：時報文化出版企業有
限公司，1986），頁263 。

網際網路與學術研究

兼論區域網路中的清代詩學資源

國立彰化師範大學國文學系所

陳金木

壹、使用者、搜尋者、分享者

網際網路（Inertnet）是指「一個將各區域網路結合起來的超大型網路」。在一個區域內，將電腦用訊號線連接成主從式架構網路〔伺服機（Server）、客戶機（Client）〕就成為「區域網路」，再將區域網路延伸，就成為「廣域網路」，再將「廣域網路」延伸到全世界，就成為「網際網路」了。傳統所稱的網際網路，是包括：全球資訊網（WWW）、Gopher 資訊服務、遠端簽入（Telent）、電子郵件（E-Mail）、網路論壇（News）、電子布告欄（BBS）、檔案傳輸（FTP）、檔案搜尋（Archie）、多人聊天（IRC）等等。其中全球資訊網可以說是最紅的網際網路資源，透過一套「瀏覽器」，提供文字、聲音、影像、動畫、圖形、電影等等多媒體資訊①。

網際網路，是結合電腦科技與通訊設備的產物，進入人類生活的領域，是流行，更是未來的趨勢。透過網際網路，大量的電子文件（包括書信、文件、資料庫、軟體、新聞、研究論文、圖

書目錄、會議資料、聲音、影像圖形等等）不受時空限制，快速、正確的相互傳遞。各式各樣的電子文件，在網際網路上散播、流通，使得網際網路成為一座「知識的寶庫」，只要善加利用，就能成為日常應用與學術研究的最佳「素材」。

本題名為「網際網路與學術研究──兼論區域網路中的清代詩學資源」，也就是站在一個「使用者」（有別於網路建構者、圖書館從業人員、公家以及商務數位化工作者等等）、「搜尋者」（有別於專業的網路使用者或系統測試者）、「分享者」（僅就個人的使用經驗與分享自他人的經驗）的立場來撰寫的，目的在提供個人的觀察與使用心得的分享，以拋磚引玉，期盼匯集更多的學術社群同好，擴大「網路資源與學術研究」這個課題的「使用、搜尋與分享」。

貳、使用者視野的 「網際網路與學術研究」

一、版本 2.0 作者的預言

艾絲特・戴森（Esther Dyson）是美國資訊界傑出女性之一，她發行資訊刊物《版本1.0》（Release 1.0）是洞悉市場趨勢的重要參佐資料；她主辦的「PC論壇」是科技與人文對話的重要場合；曾擔任柯林頓政府資訊基本建設（NII）（即俗稱的資訊高速公路）計畫的顧問；也是〈網路空間與美國之夢〉（Cyberspace and the American Dream : A Magna Carta for the

Knowledge Age）的撰稿人之一。她在《版本2.0》②（Release 2.0：a design for living in the digital age）一書中，除了勾勒出網路世界的前景之外，對於身處網際網路時代的學術研究工作者，她提出了四個前瞻性的預測。以下先列出艾絲特‧戴森的看法，並作個人的解讀：

㈠艾絲特‧戴森對於「網路世界的總結性看法」是：

1. 導言：網路將會在人類的組織上產生深遠的影響，但它並無改變人性的力量。網路並不會把我們推向一個消過毒的數位世界。它只不過是一個能擴展人類智識與情感自我的媒介，不會改變我們的基本性格。但如果我們做得對，網路可以彰顯人類的本性與多元。

2. 網路上的社群：網際網路可以成為推動社群發展的強有力技術，因為它提供了創造社群的必要條件──人的互動。它使社群的形成得以脫離地理疆域的限制。在網路上，人們只須擁有共同的興趣或目標，就可以結成一個團體，不必受限於空間或時間。

3. 網路對教育的助益：假如學校確實獲得網路設備，而教師們也受到良好的訓練及支持，網路便能幫助老師們相互聯繫，也可與家長和學生聯繫。網路能讓學童相互聯繫，與教師聯繫，並可連接到其他資訊來源。此外，網路上的各式評鑑服務，可讓學校從外部得到更好的教學協助。

4. 網路新生活守則：運用自己的判斷。敞開胸懷。信任別人，但要求證。主張自己的權利，但尊重他人的權利。不要介入無謂的爭吵。多提問題。製造或生產一些東西。做人慷慨一些。

要有幽默感。永遠犯新的錯誤③。

　　(二)對於艾絲特‧戴森的解讀：

　　1. 網路所建構的世界，是「中性」的世界，也是「人性」世界的全貌，就如同現實世界一樣，用以「彰顯人類世界的本性與與多元」。唯一不同的是：它跨越時空的界線，提供「不一樣的媒介」而已。

　　2. 學術界組成「人民團體」（各種學會皆屬之），構成現實世界的「社群」；網際網路由於不必受限於空間或時間，提供了社群發展的「有力技術」與「必備條件」，古人所謂「以文會友，以友輔仁」的境界，將在網路世界中脫離地理疆域的限制，完全實現。

　　3. 網路世界中的「建構者、使用者」，如果達到良善的境界，將對於教育搭起「互動的橋梁」，使得學校得以從學校外部獲得無限的資源與更好的教學協助。城鄉與貧富的差距得以減至最低，跨國際與跨文化的學習與教學「變成可能」。

　　4. 正如大塊文化將本書列為"touch"叢書之一時，所宣稱的「對於變化，我們需要的不是觀察，而是接觸」④一樣，本書作者所提供的「網路生活守則」之一是「永遠犯新的錯誤」，這也就是說明了：只有接觸，才會有錯誤發生；也只有不斷的接觸，才會產生新的錯誤！

二、建構者觀點與使用者觀點

　　陳雪華，在國立台灣大學圖書館學系任教職，在其《圖書館與網路資源》一書中，即對「現今網際網路資源在圖書館的應用

做整體研究」，也就是說「站在圖書館員的立場」來撰寫這本書。全書主要的重點在於圖書館如何運用網路資源，以及網路資源對圖書館的影響，包括參考服務、利用教育、技術服務、館藏發展等等。其中最值得注意的是第四章「網際網路中的學術性資源」，討論了「網路資源指南與檢索工具、圖書館線上公用目錄、快速參考工具資料、線上資料庫、最新期刊目次、電子期刊、電子論壇、政府資訊」⑤。

趙涵捷，電機博士；陳俊良，電機工程系博士，分別擔任大學電機工程學系、資訊工程學系教職。兩位站在「建構者與管理者」的立場，合著《悠遊網際網路》，以淺顯實際的角度，介紹給讀者有關網路新世紀、網路功能、全球資訊網、網路應用、網路管理、網路教育、網路的省思等的必備知識。最值得注意的是第四章「網路應用」，探討「線上學習」相關知識部分，以及提供的東華大學學習網、天文教室、亞卓市、虛擬圖書館、知識討論群等學習範例⑥。

陳郁夫，是中文界中少數從事建構「電子資料庫」的前輩，以其建構「宋明理學學術論文篇目與提要」、「宋明理學原典書目與相關著作」的資料庫以及檢索系統，在1996年發表〈「數位化」資料在中文學術研究上的應用〉一文，認為建構數位化資料，對於實際從事學術研究時，一、資料愈具體、龐大，獲益愈多。二、論文撰作準備期獲益最高、撰作期較少⑦。

羅鳳珠，在元智大學任教職，是「網路展書讀——中華典籍網路系統」（http://cls.admin.yzu.edu.tw）的網站建構者，發表〈試論引用資訊科技作為詩學研究輔助工具的發展方向與建構方

法〉，全文在探討如何建構一個可供詩學研究的輔助工具與環境。如何在電腦「能」與「不能」做的中間，透過自動斷詞的工作，文字形、音、義關係的標示工作，建立語文知識網路。再利用電腦的強大儲存、分析、歸納、檢索能力，建立一個更人性化的詩學研究的電腦輔助工具，讓科技與詩學研究建立最符合使用者需求的模式⑧。

　　林春成的《人文科學 INTERNET 資源》，針對「使用者」（亦即書中所稱的「網路出擊者」與「人文研究者」）而寫。書中介紹網路各項資源及工具書利用，並蒐集、介紹網路上各種人文學科相關資源，包括圖書目錄查詢、資料庫檢索、人文新聞討論群等等⑨。最值得留意的是：第二章、線上圖書目錄查詢。第三章、人文資料庫查詢檢索系統。第四章、INTERNET 人文網站之旅。第五章、NEWS 網路論壇與人文資源。第六章、如何在 INTERNET 上傳遞訊息──NETSCAPE MAIL 電子郵件應用。第七章、上窮碧落下黃泉──如何搜尋 INTERNET 資源。

　　須文蔚，在東華大學任教職，長期關注「網路文學」的相關議題。發表〈數位科技衝擊下的現代詩教學〉，全文在探討數位科技衝擊下的現代詩教學的相關論題：數位資料庫與現代詩賞析教學、電腦輔助教學系統與現代詩創作教學、數位科技支援下的數位詩賞析與創作。文中盡其可能的引用國內外例證，同時，對於在「事實資料」缺乏的狀況下，也基於「想像力」與數位寫作教學理論，描述「理想」中的數位化現代詩教學體系⑩。

　　面對「網際網路時代與學術研究」這個論題，多次學術討論會、多位學者都曾發表各類論述⑪。以上只是擇其與本篇論文較

相關者，探討撰述者究竟是站在「建構者觀點」或是「使用者觀點」來「完成論文」的。也由於「觀點」的不同，提供的資訊與論點也就展現出多元的風貌了。

參、網際網路與學術研究工作的流程

一、傳統學術研究工作的流程

學術研究講究方法，坊間有多本論著出版⑫。一九七八年，宋楚瑜出版《如何寫學術論文》，將學術論文的寫作流程分成十項基本步驟：一、選擇題目。二、閱讀相關性文章。三、構思主題與大綱。四、蒐集參考書與編製書目。五、蒐集資料，作成筆記。六、整理筆記，修正大綱。七、撰寫初稿。八、修正初稿並撰寫前言及結論。九、補充正文中的注釋。十、清繕完稿⑬。宋氏並著有《學術論文規範》⑭，專門討論「學術論文的格式」。

事隔近二十年，林慶彰出版《學術論文寫作指引》，標明「文科專用」，中編探討「論文寫作方法」，將「學術論文的寫作方法與學術論文的規格」結合起來論述，分成一、如何選擇論文的研究方向（選擇研究方向的幾個原則、選擇研究方向的方法）。二、論文的撰寫（擬定大綱、論文大綱示例、標點符號的使用法、資料的方法、撰寫和修改初稿）。三、論文的附注（附注的意義和作用、附注的位置、附注的類別、附注的目錄項、附注舉例）。四、論文的附件（圖表、書影、附錄、參考書目、參

考書目舉例）⑮。

　　二○○一年十一月，林慶彰與劉春銀合著出版《讀書報告寫
作指引》，探討如何撰寫「提要、詩文小說賞析、研究論文、編
輯研究文獻目錄」等，書中除了論述各種「讀書報告」的寫作方
法之外，還因應「網路資料」，與擔任國立中央研究院中國文哲
研究所籌備處圖書館主任的劉春銀合作，由其撰寫與圖書館相關
的章節。其中有圖書館館藏數位資源的蒐集與利用的部分：線上
功用目錄查詢、期刊論文索引影像服務系統、文獻傳遞服務、電
子期刊服務，以及專章討論「利用網路資源蒐集資料（何謂網路
資源、服務、如何利用網路資源蒐集資料）」⑯。這說明了學術
研究工作不得不由「傳統紙本」走向「數位時代」。

二、試擬「網際網路時代　　　　學術研究工作的流程」

　　筆者在求學過程中，接受傳統「治學方法」的訓練，在擔任
教師之後，電腦開始出現與發展，網際網路也跟隨著發展，因此
有機會接觸到網際網路。以網路資訊而言，自己留意的是一、數
位文本的建構。二、搜尋引擎的使用（注意其差異性、順推與逆
推的搜尋方法）。三、專業網站的架設與發展，提供園地、服
務，建立權威性等等）。四、專業電子報（理想的追尋與知音的
覓得）。五、數位圖書館（如大唐中文、國學網絡、大陸國家圖
書館等是如何建立數位化文本的）。六、電子資料庫（電子期
刊、期刊論文、博碩士論文等的全文資料庫與檢索）。七、網際
網路與實體世界的關聯性問題。八、檢視傳統的治學方法，應該

如何「開拓出」網際網路世紀的「治學方法」？網際網路世紀的
「治學方法」又該如何和「傳統的治學方法」對話？

　　今年擔任國文研究所碩士班的「治學方法」課程⑰，因應同
學要撰寫學位論文的需求，因此，參考學者論述與自己的研究經
驗，試擬出一份「一篇學術論著產生的流程」（綱目）（暫訂
稿），在此提出來，就教於各位先進，以為而後改進所據。全文
如下：

一、文本與論著

　　㈠文本、實體文本、數位文本

　　㈡研究文本與研究論著的區別

　　㈢一手資料與二、三手資料

二、閱讀與閱讀者

　　㈠閱讀的過程：問題、概念、意見、證據、論證

　　㈡閱讀與思考：順向、逆向、對話

　　㈢閱讀的負擔：目錄、摘要、札記

　　㈣閱讀者的角色：學習者、傳播者、生產者

　　㈤閱讀的方法：知識、方法、對話

三、問題與研究的可行性評估

　　㈠問題的來源：思考與閱讀、閱讀與思考

　　㈡問題的形成：你的答案我不滿意（不對或不完整），
　　　可能有更好的答案。怎麼沒人研究過，怎麼沒人這樣
　　　說

　　㈢問題可行性評估：找找針對這個「問題」，到底有沒

有人有更好的答案？我的「答案」（或「想法」）有沒有可能找到「支持」？

㈣研究可行性評估的「外圍考量」：學術價值、證據的強度、解決問題的時間

㈤研究可行性評估的「內在考量」：自己的背景知識、解決問題的能力、解決問題的方法

四、實體文本的搜尋（圖書館、書店、網際網路資源的實體文本訊息）

㈠藉由「學術研究重要參考書目」的研讀，逐漸熟悉與掌握資料的可能來源

㈡圖書館「參考室」：參考資料的熟悉度與使用的熟練度

㈢圖書館「書庫」：藉由「讀架」功夫，掌握圖書資料

㈣圖書館的服務：諮詢、館際合作、館際借書證、圖書採購建議、新書展示、圖書利用研習與宣導等等

㈤圖書館網際網路資源的方便性：免費、快速、開放性、專業性

㈥圖書館非實體文本的搜尋：光碟資料庫、微縮片、視聽資料

㈦新書店中（台版書、大陸書）的購書與新書目的建立

㈧圖書資料的網絡關係：自己、指導老師、同儕、其他圖書館等等

㈨建立實體文本的「論著目錄」

㈩建立實體文本的「研究資料庫」

五、數位文本的搜尋（網際網路資源、圖書館與書店中的網際網路資源訊息）

㈠「搜尋引擎」熟悉與利用（google、gais、openfind、openbar）

㈡「專業網站」的熟悉與利用（國學網絡、簡帛研究、網路展書讀、杜保瑞的中國哲學教室、台灣文學研究工作室、大唐中文等等）

㈢專業電子報的瀏覽與訂閱（如徵蔚小築、網路文學）

㈣「數位圖書館」的熟悉與利用（建構在國家圖書館、國家科學委員會以及商業的公司）

㈤兩岸「國家圖書館」的熟悉與利用（資料、搜尋、檢索、目錄、附屬專業網站等等）

㈥電腦軟體與硬體「使用」的知識：軟體的安裝與使用的熟悉度，文書處理的能力，硬體的基本知識與困難的排除等等

㈦網際網路中的「實體文本資訊」，回歸到實體文本去搜尋

㈧網路資訊的攜帶與傳遞：網路硬碟、電子郵件

㈨網際網路使用心得與經驗的分享

㈩建立數位文本的「論著目錄」

(十一)建立數位文本的「研究資料庫」

六、研究資料庫的建立（目錄、摘要、札記）

㈠論著目錄的建立

㈡閱讀資料後「摘要」的建立

㈢閱讀資料後「札記」的建立

㈣樹狀結構的逐漸形成

㈤研究群的建構與資料的互通

㈥兩套的研究資料庫（紙張與數位）

七、撰寫論文

　㈠逐步建立完整的論著目錄（紙張文本：書籍「一手文本、研究論著」、論文「期刊報紙論文、學位論文」。數位文本：與紙張文本相對應的數位文本、與紙張文本不相對應的數位文本。

　㈡依照研究資料庫的建立過程，形成「樹狀結構」，已成為論文的「綱目」（包括論文題目、章、節、小節、次小節等等）。

　㈢逐步檢視研究資料庫中的「摘要與札記」，將它歸類到「樹狀結構」（論文綱目）中，並建立「自建資料目錄」。

　㈣「再次」檢核有否「資料遺漏」與「資料不足」：遺漏者，就從研究資料庫中的摘要與札記中補足。「資料不足」者，則重複「四、實體文本的蒐集與五、數位文本的蒐集」的工作。如果仍然「資料不足」，則只有「刪除該『章』或是該『節』」，甚至考慮「重來」。

　㈤論文由兩大主體構成：1.論文主體架構（緒論、本文「章、節、小節、次小節」、結論）。2.論文外圍架構（摘要、序、目次、參考書目、附錄、圖表等等）。先

由「論文主體架構」著手：一、緒論、結論最後才寫。二、本文「章、節」優先撰寫。

(六)本文「章、節」的撰寫過程：1.先從資料最豐富、最重要、最有心得、最感興趣的「章」著手，「一章」「一節」「一小節」的撰寫也是如此。2.撰寫之前，重新研讀「自建資料庫」該章、節、小節的所有「摘要與札記」，然後依照「問題提出」、「概念陳述」、「證據引用」、「論證與詮釋」、「提出結論」。3.以「章」為單位，撰寫完成之後，再進行下一章之前，「全章」通讀一遍：注意的是「先修架構，再修文字」，甚至「只修架構，不修文字」。4.本文與注釋同時完成（引用出處的注解可以稍後完成）。5.如果遇到「有想法，無佐證資料時」，則可先寫出「想法」，稍後在設法找尋「佐證資料」來「論述」。

(七)本文「緒論、結論」的撰寫過程：1.重新閱讀先前寫過的「本文的章節」，找出以下問題的答案：「處理哪些問題？找到哪些資料？用哪些方法？如何論證？得到哪些結論？」2.根據上述的答案，回答「緒論」問你的問題：為何研究這個主題？前人研究的成績的評估？你的研究方法與步驟。3.根據上述1.的答案，回答「結論」的問題：根據你本文章節的研究，你得到哪些結論？這些結論有何學術上的價值？研究過程中，你遭遇到哪些問題，你如何解決？對於這個主題的後續研究，你有哪些看法或計畫？

㈧論文主體架構（緒論、本文「章、節、小節、次小節」、結論）「初稿」完成與修訂工作：原則之一：先修架構，再修文字。原則之二：自己先修，再請一位架構性強的人，幫你對於你的架構提供建議。再請一位文字精準、條理性高的人，幫你「潤飾」文字，並與你「對話」。

㈨整理與完成論文外圍架構（摘要、序、目次、參考書目、附錄、圖表等等）：1.完成「參考書目」：檢核先前所蒐集的「參考書目」，所有論文主體部分（最後定稿者）中本文、注解中出現的論著，都要補納入參考書目中。2.完成「附錄與圖表」：檢核論文主體部分（最後定稿者）中附錄與圖表的排序、資料的完整性。3.完成「目次」：依照論文主體部分（最後定稿者）的「題目、章題、節題、小節題」，依照樹狀結構完成「目次」。4.撰寫五百字以內的「摘要」（回答：我發現這個題目很重要，所以我如何研究，得到哪些結論）。5.撰寫「序」：回答：我為什麼要研究這個主題？研究過程中的心得？我得到哪些結論？我要感謝哪些人？研究的自我評估與候教？）

㈩與指導老師的互動：主動、積極、建設。八仙過海，各顯神通。

肆、區域網路所見的清代詩學資源 ──以「袁枚詩學研究」為例⑱

一、選擇「以袁枚詩學研究為例」的原因

國立彰化師範大學在前校長陳倬民的主持下，於1991年8月，敦請李威熊創辦國文學系，將近十一年來，「詩學」一直是本系發展的重點之一，「詩學會議」（古典與現代隔年召開）更是每年定期舉行，從未間斷。今年的主題是「明清詩學」，以時代而言，明代有三篇、清代有三篇，跨越明清者有兩篇，清末民初者有一篇，以及筆者的一篇，共有十篇論文。巧合的是清代的三篇，都涉及「袁枚」（分別是：黃儀冠〈園林空間與女性書寫──論清代隨園與袁枚女弟子的詩歌創作〉、高大威〈典律重構：袁枚論《詩／經》〉、邱燮友〈袁枚〈落花〉詩探微〉⑲。筆者相信，網際網路就像一座知識的寶庫，蘊藏著豐沛的資源，只要善加利用，就能成為學術研究最「便捷」的素材。因此，透過有關「袁枚詩學研究」區域網路資源的搜尋所得提供出來，一則就教於本次發表有關「袁枚」論文的三位學者；二則與學術社群的同好分享經驗。

二、區域網路的資源

區域網路（Local Area Network，簡稱 LAN），是指「用於連結鄰近區域，如摩天大樓、辦公室或是學校圖書館之內的電腦網

路，例如乙太網路，電腦之間可以共享資訊⑳。「在學校範圍內所建構的區域網路」，也屬於「區域網路」。以學術研究者而言，學校的區域網路可稱為「探索世界的櫥窗」，其理由有三：其一、學校是傳播知識、生產知識、服務社區的最重要場所，因此，它所建構的內部網路系統，提供學術之用，當為優先的考量。其二、學校是一個由教職員、學生（包括正規的學生以及部分時段進修的學員）所組成的大型社群組織，以教師為例，聘書上規定要在學校「教學或服務」四天（以周休二日而言，只有一天是屬於「校外」時間），學校網路屬於「台灣學術網路」（TANet）的一環，是屬於免費使用的。因此，教師理當是「學校區域網路」的常客。其三、學校圖書館、各個行政及教學單位，為了彰顯特色與服務師生，勢必建構完整的「學術及行政資源」，以供全校師生使用。在此僅以筆者所服務的學校——國立彰化師範大學為例，說明在這個區域網路中，存有哪些有關「袁枚詩學研究」的相關資源：

1. 國文學系——大觀園網站

（http://www.ncue.edu.tw/newindex.htm ）

這個網站是由本系王年雙教授架設建構完成的，王教授專長古典小說，尤其對《金瓶梅》、《紅樓夢》更是專精。首頁就是《紅樓夢》大觀園藍圖。點選「榮禧正堂」之後，再點選「有鳳來儀」（師資）與「海棠結社」（著作），就可以知道系上吳彩娥、周益忠、張簡坤明、許麗芳、彭維杰等教授均具「詩學」專長。此提供在校研究生問學，校際人士切磋之訊息，研究者亦可

由著作當中「按圖索驥」。最值得留意的是在點選「會議」之後，會有2000年5月，本系主辦的「第五屆詩學會議」（以「宋代詩學」為主題）九篇論文的「Word檔案」可以提供「下載」服務㉑。點選「中國」（認識中國）之後，就會有王教授多年來多次大陸旅遊各個名勝古蹟，所拍攝的精美照片以及詳細的導覽說明，資料非常豐富而翔實。所提供的歷史舞台圖像與文字說明，對於生長在台灣的學術研究者而言，助益非常大㉒。點選「榮寧街上」，進入「榮寧街」，會有「國文相關網站」，可以「超連結」到國內「文獻類」「新文學類」「其他類」的網站㉓。

2. 白沙圖書館

（http://www.ncue.edu.tw/newindex.htm）

本校舊址為台灣鄉賢為紀念明儒陳獻章先生，並弘揚其「主養志、重實踐」之儒學精神，創立書院於此，以陳氏名號白沙為名，稱為「白沙書院」。圖書館也稱為「白沙圖書館」。其中一、「圖書館導覽」：提供二十九張的「投影片」，讓讀者可以了解整個圖書館的概況。二、「館藏目錄」：可依「作者、書名、主題、作者／書名、關鍵字、索書號、圖書期刊統一編號」等去查詢館藏書目。三、「文獻傳遞」：可連結到「國家圖書館遠距圖書服務系統」「國科會——博碩士論文資訊網」「期刊目次」「期刊聯合目錄」，「線上館際合作申請」，再去查詢相關的期刊與國內的博碩士論文，以及如何做線上的館際合作申請等等。四、「館際合作」：可連結「中文期刊聯合目錄」「大陸期刊聯合目錄」，可供線上查詢「台灣各個圖書館所藏的台灣及大陸期刊」，

並且提供「文獻複印」的服務工作。還可連結到「國立交通大學圖書館」（http://www.lib.nctu.edu.tw/）「國科會數位圖書館暨館際合作計畫室」（http://infofusion.lib.nctu.edu.tw/）。五、「網路與資源」：有「搜尋引擎」「參考資源」「網路書店」「電子期刊」「電子圖書」「圖書館學」等等的「超連結」，讓使用者可以「條條大路通羅馬」，十分方便。六、「其他圖書館」：有國內國外的國家圖書館、公共圖書館、大學圖書館、專門圖書館、學校圖書館等，以及國內外的「博物館」，「學術機構」可以「超連結」出去㉔。

　　在此要特別介紹的是「電子資料庫」。本校現有以及可以連結的資料庫有數十種之多，其中與「清代詩學研究」最相關者為：「中華民國期刊論文索引」「中華博碩士論文」「中國期刊網」「博碩士論文資訊網」等四種。現在以「袁枚」作為輸入的「字串」，來檢索：一「中華民國期刊論文索引」㉕：查詢到四十八筆的資料㉖。二、「中華博碩士論文」㉗：查詢得到十七篇的博碩士論文㉘。三、「中國期刊網」㉙：在「電子全文資料庫」中查到五十一筆資料㉚。在「中國期刊網題錄資料庫」中檢索，共得到六十九筆的資料㉛。四、「博碩士論文資訊網」：直接鍵入「袁枚」，以「論文名稱」為限制條件，共搜尋得六筆㉜。

三、如何使用網際網路「數位文本」資源

　　實體文本，是指以「紙張」形式存在的文本；數位文本，是指以「數位」形式存在的文本。一般而言，大部分的「數位文本」，都是從「紙張文本」去「建構」出來的！當然，也有「數

位文本」是沒有「紙張文本」，「獨立」存在的，如「簡帛網站」
的「首發」。紙張文本在使用時，存在著「版本」的問題，同樣
的當「數位文本」是由「紙張文本」建構完成的時，「版本的問
題」同樣帶到「數位文本」上面去，不但如此，還增加了「在掃
描、鍵入、辨識過程中」，所產生的「錯誤」問題。以「史記」
這個文本為例；紙張文本有「商務印書館──百衲本」「鼎文一
點校本」「史記會注考證本」等等，以任何一種紙張文本作為數
位文本的依據時，紙張文本的「版本」問題，一樣帶入數位文本
中，還增加了種種錯誤的可能，如中研院史語所的「二十五史資
料庫」，當初就是採用「鍵入」的方式，雖然多次「校對」，但
是，仍然有一大堆的錯誤。因此，在使用「數位文本」的時候，
除了享受「免鍵入」的方便外，更重要的是「檢核原書」，也就
是說「回到紙張文本」中，一一核對文字，達到「百分之百」的
正確性。數位文本的出現，也使得論文寫作中「注解」的變革，
一般而言，注解有所謂的「出處注」與「解說注」，不管何種情
形，只要引用到「數位文本」時，應該在「作者、篇名」之外，
加注「網站名」「網址」「網頁名」「網頁」。同時，也當檢核「紙
張文本」，並且加入注解中。如果只有「數位文本」，沒有「紙張
文本」時，也要注明「首發」。不管是數位文本或是紙張文本，
會遇到「出版先後」「時間先後」的問題，其大原則是：全集優
於單本，修正版優於初版，紙張文本優於數位文本。在撰寫學術
論文時，應依據自己的研究主題，搜尋紙張文本與數位文本，建
構自己的「研究資料庫」，儲存於實體的「紙張文本資料夾」中
（建構一份），虛擬的「數位文本資料夾」中（必須不同儲存形式

的備份：軟碟、ＭＯ、ＣＤ－Ｒ、ＨＤＤ），做到「狡兔三窟」。在網際網路中，「檢索」多多，也具有方便性，但是也會遭遇到紙張文本有，卻找不到「數位文本」的情形，根據筆者使用的經驗：這有兩種可能：一、虛擬世界可能沒有建構上去，二、虛擬世界有，但是自己沒找到（其原因可能一、給予的搜尋條件「不符合」，二、搜尋引擎熟悉度，導致「不完整的搜尋」），因此，可以嘗試「複式搜尋」（使用不同的搜尋引擎、使用不同的搜尋條件、傳統世界與虛擬世界的重複搜尋等等）。總之，對於研究文本的深入了解，有助於尋找。例如：《史記》可稱為一部上古至西漢武帝的「文明史、文化史」，它建構在多部史書檔案上，如西周部分，多採用《尚書》；東周部分則多採用《春秋（含三傳）、《國語》、《戰國策》。漢代部分，則《漢書》多採用《史記》。了解這些關係之後，自然對於需要跨足的領域，則有概括的認識與了解。二、透徹了解搜尋引擎（如google、openfind、openbar、yahoo cn）的長處與適用性，再加上「複式搜尋」，自然收穫大。三、寬廣的視野，如能抓到關鍵點切入，自然能有大收穫！如余英時研究清代至近現代學術，從《紅樓夢》（小說）、戴震、章學誠（清代考據轉變的關鍵）、胡適（引西學入中國學術思想），自然容易看到「關鍵點」。

　　要在自己的研究領域，或是自己建構的「研究資料庫」中，「建立目錄」（各層的樹狀結構都要建立目錄），採用「溫故而知新」的方式，會比較能夠「觸發與激發」自己的「創意」，更提供「反思與反省」的機會。

伍、數位時代使用者的經驗分享

一、數位化「上課記錄」的建構

回顧一九九六年二月，筆者剛學電腦時，為練習輸入的速度，曾花一個月的時間，每天不間斷的看一部ＨＢＯ的影片，觀賞完畢之後，坐在電腦螢幕前，撰寫「內容大要」與「心得感想」，而成「××××觀後感」。一個月過去了，每分鐘可以鍵入三十個字以上，大概符合用電腦寫作的輸入要求。這個學期開始，嘗試將「大一國文」「群經大義」「四書」「治學方法」的授課內容作成「上課記錄」。目的在於：一、為自己留下記錄。二、檢驗自己的教學內容。三、為撰寫論文作準備。檢視這些上課記錄，除了練習「文字表達」之外，更重要的是「思維邏輯」的訓練，並且構思以「樹狀結構」的方式來撰寫「上課記錄」。「樹狀結構」的構成是以「概念」來決定「層級」，以「邏輯」來決定「先後」，更以「完整性」來檢驗「樹狀結構」的「正確性」！換句話說：每個「點」是獨立的！「點與點」之間是前後依序相連的，整個記錄構成「完整完足」的㉝。

二、迎接網際網路時代的「學術研究方法」

筆者這個學期擔任夜碩三「治學方法」課程的內容有六大項：一、介紹與引導使用網際網路資源、傳統紙張文本資源（圖書館的參考室與書庫、台版書與大陸書書店、期刊雜誌，與學術

研究相關的軟體使用等等）。二、網際網路時代的「學術研究歷程與方法」。三、建立學術研究資料庫、目錄庫實務工作的經驗分享與實際操作。四、研究計畫的研擬（模仿——由碩士論文電子全文檔，逆推寫成「研究計畫」三篇，進而有能力去完成自己碩士論文的「研究計畫」（也就是論文的「緒論、結論、論文目錄、參考書目」）。五、寫作「小論文」（五千到兩萬字不等，也就是碩士論文中「本論」的一個「章」或「節」），經由小論文的寫作，檢驗「會不會從實體與虛擬世界中找尋資料、建立資料目錄與資料庫、研讀資料建立「摘要與札記」，逐漸建構完成「樹狀結構」的各層（猶如論文的題目、章、節、小節、小點等等），實際撰寫「小論文」（符合論文形式規範、論文內容具有「價值」、分析歸納整理別人的論點與自己論點的提出、建構與論證）。六、模擬「論文發表會」，學期末找一天進行全班的「論文發表會」，一則驗收成果，二則「模擬論文口試」。

三、網際網路創新教學的互動模式

數位時代的發展日趨成熟，上課的方式也可以「不一樣」，自己在夜碩三「治學方法」課程採用「網路硬碟」㉞來作「資料的傳輸」（凡是上課的資料，不再影印給同學，而是老師將它變成「數位化的資料」，上傳到「網路硬碟」之後，要求同學上「網路硬碟」中抓取資料，下載之後，列印出來，課前研讀，上課時帶來，老師就依據這些資料作為上課的「講義」），老師也將要求同學完成的作業，或是同學有學習上的問題，都可以利用「電子郵件」來作雙向的傳送，代替大部分「上課時發問的時

間」。

四、學習的不變三部曲：知識、方法、眼界

　　國小、國中、高中階段的學習，重在「知識」的吸收、概念的形成、初步的讀書方法、解決問題的探索方向、自我性向的探詢等等。在國外，大學階段的學習，重在藉由「知識」「方法」培養「就業或研究」的能力。但是在國內，大學階段的學習，仍然以「知識傳授與吸收」為主，理論重於實際，方法的訓練，實作能力的培養，往往要延後到「研究所」或「就業的職場」中，才有機會習得。研究所的教育，應該是「藉由知識演繹方法」，經由老師的「講解、示範、實際操作與講解整個流程」，同學在老師的指導下「嘗試操作整個流程」，進而同學「獨立」完成整個流程的操作，並且能夠「自行」「演繹、研發、實驗」新的「操作方法」。如此，才算「大功告成」。研究所同學在「習得、熟練、創新」的「操作方法」之後，必須更廣泛的學習「該學科領域」「跨學科領域」的「操作方法」，並思考「借用」「參用」的可能性。藉由要學習「該學科領域與跨學科領域」的學習過程，開拓自己的「知識、方法」的「眼界」。更藉由「語言能力」的培養，由「中文領域」的「眼界」，開展到「非中文領域」的「眼界」。學術研究的兩個方向：「大」（廣度）與「深」（深度）。「大」的研究領域、主題，可能跨時代、跨領域、跨學科，目的是如此才是「真相之所在」（文化的研究就是其中最明顯的例子：因為文化包括精神與物質文明，文學、思想、歷史、地理、經濟等等都在內）。「深」的研究領域與主題，可能集中

在一本書、一個人、一個朝代、一個主題中，但是卻能夠「爬梳資料」「轉發新意」「建立體系」「建構立論」。研究者在面對「大」與「深」的抉擇時，必須衡量「個性」「時間」「學養」「企圖心」「大環境」等等因素，「嘗試」的去作「選擇」。以余英時先生的研究而言：一、有「深」的研究：〈戴震與章學誠〉〈紅樓夢的兩個世界〉〈中國近代史上的胡適〉，都是能夠抓到最核心最關鍵的議題與人物。戴震與章學誠，身處考據極盛時期，戴震將考據運用於「學術思想」，章學誠將考據運用於「文史合一」，以清代的考據學者而言，無人可比！《紅樓夢》是一本「小說」，但是，卻在「虛構與真實」中，反映出清代的「士的家族面向」，環顧任何一本清代的小說，它是「唯一」最值得觀察與研究的。「胡適」，是民國以來，最先最有影響的將西方的哲學思想（包括方法）引進中國，而且實際操作的「第一人」，《白話文學史》、《中國哲學史》、《紅樓夢》研究、禪宗研究等等，已經不再是「哲學層面」，而是跨越到「文化」的層面了。以此「戴震與章學誠」「紅樓夢」「胡適」，就構成了「文化的大部分面向」，其眼光與企圖心，令人佩服，更令人著迷。二、以「大」的研究：《中國思想的現代詮釋》《士與中國文化》，這兩本書，都是在其「一系列單篇論文」的研究之下完成的，持《中國思想的現代詮釋》一書，與牟宗三、唐君毅、徐復觀等人的思想研究成果相比，或許仍然「單薄」，但是並非全無創見。《士與中國文化》的撰寫，卻是抓到「知識分子」這個主題，從西方的「知識階層」切入，破解大陸所謂的「知識階級」的「唯物史觀」「框框」，是有所貢獻的。

注 釋

① 詳見林春成《人文科學 INTERNET 資源》（台北：立威出版社， 1997 年
1 月），頁 1-19 。

② 艾絲特・戴森的 Release 2.0 ：a design for living in the digital age 中文翻譯
本稱《版本 2.0 ——白宮與微軟都在聆聽的數位生活主張》，是由李令
儀、羅蕙雯、許家馨翻譯，台北：大塊文化出版公司， 1998 年 6 月出
版。全書勾勒一幅「數位世界的前景」，她先從網路世界的基本構成單
位「社群」談起，然後擴展到工作、教育等生活取向；繼而討論如何避
免行政擴權或濫權的前提下，解決爭議，形成網路世界的新規約。繼而
探討網路對創作和資訊使用者所帶來的衝擊，智慧財產權的觀念必須有
所轉變；同時，為了防止不適當的言論四處氾濫，必須建立一套管理與
篩選內容的制度。最後則討論在資訊透明化的社會裡，如何保障個人隱
私及系統安全的問題。

③ 艾絲特・戴森著，李令儀、羅蕙雯、許家馨翻譯《版本 2.0 ——白宮與
微軟都在聆聽的數位生活主張》（台北：大塊文化出版公司， 1998 年 6
月），頁 19 ， 57 ， 113 ， 333 。

④ 同前揭書，書名頁之前。

⑤ 陳雪華《圖書館與網路資源》（台北：文華圖書館管理資訊股份有限公
司， 1996 年 4 月），頁 71-115 。

⑥ 趙涵捷、陳俊良《悠遊網際網路》（台北：台灣書店， 2001 年 11 月），
頁 115-120 。

⑦ 陳郁夫〈「數位化」資料在學術研究上的應用〉，發表於「1996 年兩岸古
籍整理學術研討會」(1996 年 4 月 21 日至 23 日，在國家圖書館國際會議

廳舉行），見單篇論文，頁3。

⑧ 羅鳳珠〈試論引用資訊科技作為詩學研究輔助工具的發展方向與建構方法〉（發表於中央研究院第三屆國際漢學會議「漢籍數位典藏組：數位化的語文工具㈡」，2000年6月29日至7月1日，單篇論文，頁1-27。

⑨ 詳見林春成《人文科學 INTERNET 資源》（台北：立威出版社，1997年1月）。

⑩ 須文蔚〈數位科技下的現代詩教學〉（本篇論文為「第五屆現代詩學會議論文」，後收入國立彰化師範大學現代詩學研討會編輯委員會《現代詩的語言與教學》（彰化：國立彰化師範大學國文學系，2001年11月）頁249-265。

⑪ 就筆者蒐集所得，有1.「1996年兩岸古籍整理學術研討會」（1996年4月21-23日，在國家圖書館召開）；2.「中央研究院第三屆國際漢學會議」有「漢籍數位典藏組」（2000年6月29日至7月1日，在中央研究院召開）；3.「21世紀資訊科學與技術的展望國際學術研討會」（1996年11月7-9日，在國家圖書館國際會議廳召開）；4.「華文書目資料庫合作發展研討會」（1999年8月30日至9月1日，在國家圖書館國際會議廳召開）；5.「新世紀新理念──公共圖書館發展實務研討會」（2000年5月1日至3日，在國立台灣師範大學分部綜合國際會議廳召開）；6.「公元兩千年海峽兩岸公共圖書館基礎建設研討會」（2000年9月14日至15日，在國家圖書館國際會議廳召開）。上述3.至6.的「學術研討會」，在會後都出版「論文集」。

⑫ 即以林慶彰《學術論文寫作指引》（台北：萬卷樓圖書公司，1996年9月）所附〈參考書目〉為例，有十一本「治學方法」、二十本的「論文寫作方法」的書籍出版。頁383-385。

⑬ 詳見宋楚瑜《如何寫學術論文》一書所論（台北：三民書局，1978 年 9 月），雖然作者研究領域與全書例證多屬於是「社會科學」，但是以其「美國天主教大學圖書館學碩士」的學術訓練，書中所述學術論文寫作的「十大步驟」，即使「人文科學的研究者」亦多能適用。

⑭ 詳見宋楚瑜《學術論文規範》（台北：正中書局，1977 年 3 月）。

⑮ 詳見林慶彰《學術論文寫作指引》（台北：萬卷樓圖書公司，1997 年 9 月），頁 121-222 。其〈上編〉「資料蒐集方法」，則分別論述：一、蒐集資料前的預備工作。二、現代圖書館利用法。三、工具書利用法。四、資料蒐集、整理和摘記。

⑯ 劉春銀撰寫的章節為：第二章、現代圖書館的基本功能。第三章、利用參考工具書蒐集資料。第四章、如何利用期刊文獻。第五章、利用網路資源蒐集資料。

⑰ 開設在進修部國文研究所碩士班三年級，每周上課兩小時，為一個學期的課程。

⑱ 本節論述之所以以「區域網路所見的清代詩學資源」為範圍，而不以「網際網路」為範圍的原因有三：一、「區域網路」是「網際網路」的一環，也是使用者最先、最近、最方便、最熟悉的「環境」，但是，往往會有「捨近求遠」的情形發生，由於「不熟悉」而忽略了其中的「寶物」。二、區域網路可以經過本身的「超連結」，連結到「相近與相似」的其他連結點（網站或網頁），省去尋找的時間。三、網際網路幾乎是無限寬廣的疆域，盡其可能的找尋，在時間與篇幅上，都是「無法估量的」。

⑲ 「第六屆中國詩學會議議程表」列有十篇論文為：1.黃儀冠〈園林空間與女性書寫——論清代隨園與袁枚女弟子的詩歌創作〉。2.丁威仁〈宋

濂詩說探賾〉。3.高大威〈典律重構:袁枚論《詩/經》〉。4.毛文芳〈自我認同的困惑——明清文人自題像贊初探〉。5.蘇珊玉〈王國維「境界說」的詩情與審美人生〉。6.陳昭銘〈方孝孺詩文理論探賾〉。7.張健〈高啟〈郊墅雜賦十六首〉析論〉。8.邱燮友〈袁枚〈落花〉詩探微〉。9.陳金木〈網際網路與學術研究——兼論區域網路中的清代詩學資源〉。10.許麗芳〈性別與書寫:試析明清女性詩集序跋之相關意涵〉。

⑳ 大衛・莫爾斯(David Morse)著,楊長苓等譯《網路辭典》(Cyber Dictionary:Your guide to the wired world)(台北:貓頭鷹出版社,1997年10月),「區域網路(Local area network)」詞條,頁127。

㉑ 此次論文研討會在2000年5月20日在本校白沙大樓國際會議廳舉行,共發表十篇論文,會後在2000年10月出版《第五屆中國詩學會議論文集——宋代詩學》,除了彭雅玲教授的〈惠洪的禪語觀及創作觀〉外,其餘九篇論文全文,皆可在本系網站上面「下載」。本屆中國詩學會議的議程表,也張貼在本系的網站上面。

㉒ 王教授所張貼的圖片與文字說明是以其旅遊所到者,江南的旅遊更環繞著《紅樓夢》而開展,有南京市「石頭城」以及浙江省的杭州市「斷橋」「孤山」「保俶塔」「千島湖」。以「袁枚詩學研究」而言,袁枚,1716-1797,浙江錢塘人,在江寧城西「小倉山」(今南京市清涼山東)建築「隨園」。這些景點,則為列入。

㉓ 其中與學術研究相關的有「文獻類」:1.中央研究院漢籍電子文件,2.中國電子古籍全文檢索,3.文獻處理實驗室,4.中華文化網,5.遠距圖書服務系統,6.寒泉,7.網路展書讀——中國文學網路研究室,8.網上大正新修《大藏經》,9.〈中華詩詞6000〉詩詞檢索系統(下載)。「新文學類」有:1.台灣文學研究工作室,2.詩路,3.陳黎文學倉庫,

4. 魅力電子報，5. 東城樂府，6. 蘭亭詩坊，7. 楊宗翰的詩文學異議空間，8. 林燿德的想像迷宮，9. 文學虛構聯盟的第一入口。「其他類」則有：1. 亦凡公益圖書館，2. 中國書庫，3. 網路古典詩詞雅集，4. 地方文史工作室網站。

㉔以筆者使用的經驗而言：一、搜尋引擎中的 google 、 openfind 、 openbar 都是非常方便的搜尋工具，尤其是 google ，更是被譽為「最快速、最完整」的搜尋工具，使用時，可以用「逆推」(由「網頁」再移至「樹狀結構」的上一層，可以看到其他的網頁稱之)。二、專業的網站如「國學網絡」(h t t p : / / w w w . g u o x u e . c o m /)、大唐中文(h t t p : / / w w w 8 . s i l v e r s a n d . n e t / c o m / d t b o o k /)、e 書時空 (http://www.eshunet.com/) 都有「清代詩學」的文本，可供「下載」與「閱讀與列印」。因受限於篇幅，僅於此簡單說明。

㉕線上系統簡介稱：「中華民國期刊論文索引光碟系統」係蒐集中華民國臺灣地區所出版的學術期刊論文篇目。自 2001 年起本 www 版光碟擴大系統收錄範圍，除原「中華民國期刊論文索引資料庫」學術性期刊論文篇目之外，並合併收錄「國家圖書館期刊目次資料庫」的期刊目次資料，提供使用者更完整的中文期刊出版資訊。本 2001 年 6 月版光碟收錄自民國 59 年（1970 年）1 月至 90 年（2001 年）03 月臺灣地區所出版的期刊篇目總計 1,141,568 筆，收錄期刊共 3,395 種。其中包括源自「中華民國期刊論文索引資料庫」841,552 筆，以及「國家圖書館期刊目次資料庫」300,046 筆。

㉖為儉省篇幅，在此僅列出「篇名」「作者」「出刊年月」

⑴袁枚美食秘方與鏞記 薛興國 90.09

⑵從袁枚性靈說析論杜甫「聞官軍收河南河北」詩 孫世民 89.12

(43)袁枚詩論的基本觀點 王紘久 63.05

(44)袁枚的性靈說 吳宏一 62.08

(45)袁枚的詩與文 王臨泰 60.03

(46)南袁北紀話子才 陳應龍 60.02

(47)江南才子袁枚 景唐 60.01

(48)江南才子袁枚 景唐 59.12

⑵本校「資料庫選用指南」稱：本資料庫收錄台灣、中國大陸、香港，以及在美加地區各大學研究所的中國人博士、碩士畢業論文索引及摘要。出版公司：飛資得資訊有限公司。收錄年限：台灣：大學博士論文索摘1960，碩士論文索摘1980~。香港：三所大學博士論文索摘1982~。中國大陸：九所大學博碩士論文索引及摘要。美加地區：377所大學中國人的博士論文索摘1920~。更新頻率：每年。資料形態：索引摘要型。

⑵以檢索符合率百分之百為查詢的限制，檢索得到十七篇：

(1)張瓊分 乾嘉士人鬼神觀試探 —— 以紀昀、袁枚為中心

(2)周佩芳 袁枚詩論美學研究

(3)陳麗宇 清中葉志怪類筆記小說研究

(4)周淑舁 清代男同性戀文學作品研究

(5)卓月娥 潘德輿詩論研究

(6)張慧珍 袁枚小品文研究

(7)吳玉惠 袁枚《子不語》研究

(8)周明儀 趙甌北詩及其詩學研究

(9)張簡坤明 袁枚與性靈詩論研究

(10)林正三 歷代詩論中「法」的觀念之探究

(11)林釗誠　清章實齋六經皆史說研究

(12)鍾慧玲　清代女詩人研究

(13)張月雲　姜白石的詩與詩論

(14)陳惠豐　葉燮詩論研究

(15)姚翠慧　王夢樓研究

(16)王紘久　袁枚詩論研究

(17)邱亮　鄭板橋及其詩　。

因為檢索系統的設計關係，這十七篇中，其實只有 1.2.3.6.7.9.10.12.16. 等九篇為「正相關」，其中又以 2.6.7.9.16 等五篇都是以「袁枚」為研究的唯一對象者。

㉙ 線上說明稱：中國期刊網（China Journal Net，簡稱 CJN）內容包含理工 A（數理科學）、理工 B（化學、化工、能源與材料）、理工 C（工業技術）、農業、醫藥衛生、文史哲、政治經濟法律、教育社科綜合、電子與訊息科學等九大類。收錄 5300 種核心專業全文期刊，6000 餘種書目資料與摘要，1994 至 2002 年，共收錄全文 500 萬篇、題錄 1500 萬筆，是現今全球最豐富齊全的中文期刊線上資料庫。可查詢的年份為：1997-2001 年 。本校可查詢的專輯為： 文史哲資料庫，共一個專輯。

㉚ 此以「袁枚」為「篇名」，從「中國期刊網電子全文資料庫」所做的檢索，得到以下五十一筆的資料：

(1)袁枚文章理論研究　江蘇理工大學學報（社會科學版）2001.03

(2)從袁枚到龔自珍看清代文壇個性思想的發展和推進　德州學院學報 2001.01

(3)袁枚七載縣令考述　蘇州大學學報（哲學社會科學版）2001.01

(4)是真名士自風流──論袁枚對女性的關愛　福州大學學報（哲學社會

科學版）2001.03

(5)袁枚提攜後學考述 西北師大學報（社會科學版）2001.04

(6)論袁枚的男女關係觀及婦女觀——兼談兩者與其文學活動、文學創作間的關系 深圳大學學報（人文社會科學版）2001.03

(7)袁枚性靈詩的藝術特徵 江蘇社會科學 2001.04

(8)袁枚吟詩話養生 當代審計 2001.02

(9)袁枚與蔣士銓交遊考述 江淮論壇 2001.02

(10)詩情貴真，詩藝貴巧——袁枚的「性靈說」探析 安徽師範大學學報（人文社會科學版）2001.02

(11)興會與刹那——比較袁枚與佩特的詩學觀 呼蘭師專學報 2001.01

(12)袁枚初歸隨園考述 錦州師範學院學報（哲學社會科學版）2001.01

(13)袁枚詩論與明清學術思想史的關係 文學評論 2001.02

(14)袁枚佚文兩篇 文學遺產 2001.01

(15)袁枚美學思想管窺 廣東社會科學 2000.03

(16)袁枚《隨園詩話》述評 井崗山師範學院學報 2000.03

(17)清代著名詩人袁枚與武夷岩茶 農業考古 2000.04

(18)袁枚家族考述 聊城師範學院學報（哲學社會科學版）2000.01

(19)論章學誠對袁枚的學術評價 煙台師範學院學報（哲學社會科學版）2000.03

(20)袁枚於乾嘉詩壇的影響 揚州大學學報（人文社會科學版）2000.03

(21)袁枚為庶吉士與外放考述 陰山學刊 2000.02

(22)袁枚京城應試考述 鹽城師範學院學報（哲學社會科學版）2000.02

(23)袁枚求學受業考述 西北師大學報（社會科學版）2000.03

(24)「詩境甚寬」：袁枚論詩的基點和策略 青海師專學報 2000.02

⑵袁枚詩歌的美學特徵 蘭州大學學報（社會科學版） 2000.05

⑵錢維喬與袁枚——竹初研究系列之十七 戲文 2000.01

⑵靈性的聚合和性靈的歌唱——評介王英志著《袁枚暨性靈派詩傳》
　 寧波大學學報（人文科學版） 2000.04

⑵以真達情——袁枚抒情詩的特色 湖南教育學院學報 1999.S2

⑵抒性靈的袁枚山水遊記 學術交流 1999.01

⑶袁枚詩略論 中國韻文學刊 1999.01

⑶袁枚「性靈說」論略 淮北煤師院學報（哲學社會科學版） 1999.01

⑶「小叢書」之《李璟與李煜》、《洪邁》、《袁枚》問世 蘇州大學學報
　 （哲學社會科學版） 1999.02

⑶袁枚研究的回顧與思考 蘭州大學學報（社會科學版） 1999.02

⑶重新面對袁枚 江蘇教育學院學報（社會科學版） 1999.01

⑶論袁枚古體詩創作 文史哲 1999.02

⑶袁枚江寧撰新志 紫金歲月 1998.05

⑶試論袁枚的「性靈說」與楊格的「獨創論」 求索 1998.01

⑶袁枚詩論三題 撫州師專學報 1998.03

⑶袁枚抒情詩淺論 鎮江師專學報（社會科學版） 1998.04

⑷「蓋天蓋地」與「蘊藉風流」——淺析袁宏道與袁枚「性靈」之不同
　 上海大學學報（社會科學版） 1998.03

⑷袁枚性靈派在近代的影響 文史哲 1998.04

⑷嘔心泣血的長詩——讀袁枚的《祭妹文》 社科縱橫 1998.04

⑷袁枚駢文試論 廣西師範大學學報（哲學社會科學版） 1998.02

⑷論袁枚的散文創作 西南民族學院學報（哲學社會科學版） 1998.02

⑷明義《題紅樓夢》的辨偽和袁枚《隨園詩話》的認真 紅樓夢學刊

1998.01

⑷解讀袁枚 新東方 1997.05

⑷讀袁枚〈鬼買缺〉和〈枯骨自贊〉 學習與探索 1997.02

⑷我不覓詩詩覓我——淺談袁枚論作詩全憑天分說 華北電力大學學報
（社會科學版） 1997.02

⑷袁枚大弟子孫原湘論——性靈派研究之一 安徽大學學報（哲學社會
科學版） 1997.04

⑸山水的性靈化——論袁枚的山水詩 安徽師範大學學報（人文社會科
學版） 1997.02

⑶「中國期刊網題錄資料庫」僅提供「論著目錄」的資訊，沒有提供期刊
論文的「全文」或「摘要」。以下是鍵入「袁枚」，檢索條件為「篇
名」，另外檢索所有九個資料專輯，得出六十九筆資料：

(1)袁枚文章理論研究 江蘇理工大學學報（社會科學版） 2001.03

(2)從袁枚到龔自珍看清代文壇個性思想的發展和推進 德州學院學報
2001.01

(3)袁枚提攜後學考述 西北師大學報（社會科學版） 2001.04

(4)袁枚性靈詩的藝術特徵 江蘇社會科學 2001.04

(5)袁枚七載縣令考述 蘇州大學學報（哲學社會科學版） 2001.01

(6)論袁枚的男女關係觀及婦女觀——兼談兩者與其文學活動、文學創作
間的關係 深圳大學學報（人文社會科學版） 2001.03

(7)是真名士自風流——論袁枚對女性的關愛 福州大學學報（哲學社會
科學版） 2001.03

(8)袁枚吟詩話養生 當代審計 2001.02

(9)興會與剎那——比較袁枚與佩特的詩學觀 呼蘭師專學報 2001.01

⑽詩情貴真，詩藝貴巧——袁枚的「性靈說」探析　安徽師範大學學報（人文社會科學版）　2001.02

⑾袁枚與蔣士銓交遊考述　江淮論壇　2001.02

⑿袁枚詩論與明清學術思想史的關係　文學評論　2001.02

⒀袁枚初歸隨園考述　錦州師範學院學報（哲學社會科學版）　2001.01

⒁袁枚佚文兩篇　文學遺產　2001.01

⒂袁枚《隨園詩話》述評　井崗山師範學院學報　2000.03

⒃袁枚美學思想管窺　廣東社會科學　2000.03

⒄清代著名詩人袁枚與武夷岩茶　農業考古　2000.04

⒅靈性的聚合和性靈的歌唱——評介王英志著《袁枚暨性靈派詩傳》　寧波大學學報（人文科學版）　2000.04

⒆袁枚詩歌的美學特徵　蘭州大學學報（社會科學版）　2000.05

⒇錢維喬與袁枚——竹初研究系列之十七　戲文　2000.01

(21)論章學誠對袁枚的學術評價　煙台師範學院學報（哲學社會科學版）　2000.03

(22)袁枚蔣士銓訂交考　蘇州大學學報（哲學社會科學版）　2000.03

(23)《隨園新話》：袁枚與圖書編撰　編輯學刊　2000.03

(24)袁枚求學受業考述　西北師大學報（社會科學版）　2000.03

(25)「詩境甚寬」：袁枚論詩的基點和策略　青海師專學報　2000.02

(26)袁枚家族考述　聊城師範學院學報（哲學社會科學版）　2000.01

(27)袁枚於乾嘉詩壇的影響　揚州大學學報（人文社會科學版）　2000.03

(28)袁枚為庶吉士與外放考述　陰山學刊（社會科學版）　2000.02

(29)袁枚京城應試考述　鹽城師範學院學報（哲學社會科學版）　2000.02

(30)抒性靈的袁枚山水遊記　學術交流　1999.01

(31)袁枚詩略論 中國韻文學刊 1999.01

(32)袁枚「性靈說」論略 淮北煤師院學報（哲學社會科學版） 1999.01

(33)「小叢書」之《李璟與李煜》、《洪邁》、《袁枚》問世 蘇州大學學報
（哲學社會科學版） 1999.02

(34)袁枚研究的回顧與思考 蘭州大學學報（社會科學版） 1999.02

(35)重新面對袁枚 江蘇教育學院學報 1999.01

(36)論袁枚古體詩創作 文史哲 1999.02

(37)袁枚詩論三題 撫州師專學報 1998.03

(38)袁枚抒情詩淺論 鎮江師專學報（社會科學版） 1998.04

(39)袁枚江寧撰新志 紫金歲月 1998.05

(40)「蓋天蓋地」與「蘊藉風流」——淺析袁宏道與袁枚「性靈」之不同
上海大學學報（社會科學版） 1998.03

(41)嘔心泣血的長詩——讀袁枚的《祭妹文》 社科縱橫 1998.04

(42)袁枚性靈派在近代的影響 文史哲 1998.04

(43)袁枚駢文試論 廣西師範大學學報（哲學社會科學版） 1998.02

(44)論袁枚的散文創作 西南民族學院學報（哲學社會科學版） 1998.02

(45)明義《題紅樓夢》的辨偽和袁枚《隨園詩話》的認真 紅樓夢學刊
1998.01

(46)試論袁枚的「性靈說」與楊格的「獨創論」 求索 1998.01

(47)袁枚的飲食名著《隨園食單》 中國食物與營養 1997.03

(48)讀袁枚〈鬼買缺〉和〈枯骨自贊〉 學習與探索 1997.02

(49)解讀袁枚 新東方 1997.05

(50)我不見詩詩覓我——淺談袁枚論作詩全憑天分說 華北電力大學學報
（社會科學版） 1997.02

(51)袁枚大弟子孫原湘論——性靈派研究之一　安徽大學學報（哲學社會
科學版）　1997.04

(52)清代袁枚的「遣興」詩與養生　中國健康月刊　1997.06

(53)山水的性靈化——論袁枚的山水詩　安徽師範大學學報（人文哲學社
會科學版）　1997.02

(54)袁枚的園林思想　綠化與生活　1996.04

(55)論袁枚思想及其性靈詩　江西師範大學學報（哲學社會科學版）
1996.01

(56)樊明徵與吳敬梓、袁枚交遊考論　鎮江師專學報（社會科學版）
1995.01

(57)試論袁枚性靈說的歷史意義　中國韻文學刊　1995.02

(58)王英志主編的《袁枚全集》榮獲兩項國家級圖書獎　蘇州大學學報（哲
學社會科學版）　1995.01

(59)蕭條異代卻同時——曹雪芹與袁枚　中國文化　1995.01

(60)「惡」的展現：論袁枚和《子不語》　南京師大學報（社會科學版）
1995

(61)袁枚和陳衍——論詩壇盟主對清詩發展的積極影響　江海學刊
1995.01

(62)袁枚的文學觀　江西社會科學　1995.01

(63)袁枚遊武夷品岩茶　農業考古　1994.04

(64)袁枚與茶　農業考古　1994.04

(65)古籍整理研究的重要成果——王英志主編《袁枚全集》評介　蘇州大
學學報（哲學社會科學版）　1994.03

(66)貴在編纂、標校——王英志主編《袁枚全集》評介　南通師範學院學

報（哲學社會科學版） 1994.04

㊅關於《袁枚全集》 湖北大學學報（哲學社會科學版） 1994.02

㊆體例新 內容全 考辨精 校點細──評王英志主編的《袁枚全集》
南京師大學報（社會科學版） 1994.03

㊆從袁枚的遊記看其詩論與文論 廣東教育學院學報 1994.04

㉜查詢得到六筆：

(1)張瓊分 乾嘉士人鬼神觀試探──以紀昀、袁枚為中心

(2)周佩芳 袁枚詩論美學研究

(3)張慧珍 袁枚小品文研究

(4)吳玉惠 袁枚《子不語》研究

(5)張簡坤明 袁枚與性靈詩論研究

(6)王紘久 袁枚詩論研究

與由「中華博碩士論文」所查詢的相同，原因是這兩個系統都是由「飛資得資訊有限公司」所建構完成的，所用的資料大抵相近，只不過是「中華博碩士論文」只提供「摘要」，而國家圖書館的「博碩士論文資訊網」部分論文有「電子全文檔」，如第一筆的「張瓊分 乾嘉士人鬼神觀試探──以紀昀、袁枚為中心」就有電子全文檔可供「下載」，可以存放在個人電腦的硬碟中，用載 Acrobat Reader 的閱讀軟體來「閱讀」及「列印」。

㉝在此分享筆者在四月三十日下午二時至四時在碩士班「群經大義」課程時，在筆記本上「筆記重點」，並在當晚將其鍵入成為「上課記錄」，此上課記錄的部分內容，也成為本篇論文的重要內容。全文如下：

一、半學期課程回顧

半學期講課重點在於：㈠方法：提供自己的經驗、閱讀與省思。㈡資

料：網路資源、跨學科資源。㈢視野：走出經學，走出國學。

二、答課問

㈠同學分享：先看文本，從閱讀、思考中，漸有心得，漸不心虛。

答：閱讀、思考、形成問題、搜尋資料、摘要札記、解決問題，為學術研究的歷程。研究所要學的應該是：文獻學、圖書館學與治學方法（學術論文規範與研究方法）。

㈡問：如何找出「隱藏在標題之外的相關資源」？

答：1. 對於研究文本的深入了解，有助於尋找。例如：《史記》可稱為一部上古至西漢武帝的「文明史、文化史」，它建構在多部史書檔案上，如西周部分，多採用《尚書》；東周部分則多採用《春秋》（含三傳）、《國語》、《戰國策》。漢代部分，則《漢書》多採用《史記》。了解這些關係之後，自然對於需要跨足的領域，則有概括的認識與了解。2. 透徹了解搜尋引擎（如google、openfind、openbar、yahoo）的長處與適用性，再加上「複式搜尋」自然收穫大。3. 寬廣的視野，如能抓到關鍵點切入，自然能有大收穫。如余英時研究清代至近現代學術，從《紅樓夢》（小說）、戴震、章學誠（清代考據轉變的關鍵）、胡適（引西學入中國學術思想），自然容易看到「關鍵點」。

㈢自己分享：學術研究當立其大！以漢代研究為例：漢賦、史傳、思想為三大宗。如研究「史傳」，當從《史記》、《漢書》擇一入手，依照自己的意趣切入文學、史學、美學等領域或主題，專心致力於文本的閱讀，從讀懂、摘要、札記、形成小筆記文章，思考形成問題，再逐步擴大形成大的研究主題。

㈣問：自己想寫的題目，都有博碩士論文處理過，也有老師答稱此問題「沒有價值」！

答：1. 以所提「甲骨文聲符研究」為例。甲骨文為占卜記錄，文字數目有「偏向」，現存三千字左右，其餘多為「死字」（方域、人名、地名等等），「形聲字」有限，「形聲偏旁」更是有限，可以找一兩個可以「貫串的講」（甲骨、金文、戰國文字、秦系文字、說文解字），寫個「小論文」，有助於提供「現象」的觀察。2. 有研究生作「《說文》干支字研究」，其實，只處理二十二個字，但是，卻可以從「貫串的講」，尤其是《說文》所解的「干支」，瀰漫著「陰陽五行思想」，非常有趣。

(五)自己分享：「紙張文本」的世界是「有限性」，書籍期刊報紙論文，都是經過「出版」之後，才進入圖書館或是讀者手中。「數位文本」的世界卻是「無限性」的，專業網站上的「首發論文」，不定時出現，網路上「論壇」的文章，一天不接觸，就會發現增加了好多，真正驗證了莊子「吾生也有涯，而知也無涯，以有涯逐無涯，殆矣！」

(六)自己分享：自己在求學過程中，接受傳統「治學方法」的訓練，在擔任教師之後，電腦開始出現與發展，網際網路也跟隨著發展，因此有機會接觸到網際網路。以網路資訊而言，自己留意的是 1. 數位文本的建構。2. 搜尋引擎的使用（注意其差異性、順推與逆推的搜尋方法）。3. 專業網站的架設與發展，提供園地、服務，建立權威性等等。4. 專業電子報（理想的追尋與知音的覓得）。5. 數位圖書館（如大唐中文、國學網絡、大陸國家圖書館等，如何建立數位化文本等等）。6. 電子資料庫（電子期刊、博碩士論文等的全文與檢索）。7. 網際網路與實體世界的關聯性問題。8. 檢視傳統的治學方法，應該如何「開拓出」網際網路世紀的「治學方法」？網際網路世紀的「治學方法」又該如何和「傳統的治學方法」對話？

(七)自己分享：這個學期擔任夜碩三「治學方法」課程的內容：1. 介紹與引導使用網際網路資源、傳統紙張文本資源（圖書館的參考室與書庫、台版書與大陸書書店、期刊雜誌、與學術研究相關的軟體使用等等。2. 網際網路時代的「學術研究歷程與方法」。3. 建立學術研究資料庫、目錄庫實務工作的經驗分享與實際操作。4. 研究計畫的研擬（模仿——由碩士論文電子全文檔，逆推寫成「研究計畫」三篇，進而有能力去完成自己碩士論文的「研究計畫」（也就是論文的「緒論、結論、論文目錄、參考書目」。5. 寫作「小論文」（五千到兩萬字不等，也就是碩士論文中「本論」的一個「章」或「節」），經由小論文的寫作，檢驗「會不會從實體與虛擬世界中找尋資料、建立資料目錄與資料庫、研讀資料建立「摘要與札記」，逐漸建構完成「樹狀結構」的各層（猶如論文的題目、章、節、小節、小點等等），實際撰寫「小論文」（符合論文形式規範，論文內容具有「價值」，分析歸納整理別人的論點與自己論點的提出、建構與論證）。6. 模擬「論文發表會」，學期末找一天進行全班的「論文發表會」，一則驗收成果，二則「模擬論文口試」。

(八)同學問：為何紙張文本有，卻在「虛擬文本」中找不到？

答：有兩種可能：1. 虛擬世界可能沒有建構上去。2. 虛擬世界有，但是自己沒找到（其原因可能 1. 給予的搜尋條件「不符合」，2. 搜尋引擎熟悉度，導致「不完整的搜尋」），因此，可以嘗試「複式搜尋」（使用不同的搜尋引擎、使用不同的搜尋條件、傳統世界與虛擬世界的重複搜尋等等）。

(九)同學問：如何分析一篇文學作品，如何在分析之後，知道哪些是作者「獨有的特色」？

答：1. 先學會如何分析：做法是：找各種大陸學者編輯的「古文鑑賞辭

典」，找一篇自己熟悉的古文，看看他們如何「分析」（也就是分析他們如何進行賞析工作，一個個的進行分析，再比較他們之間的「共相」與「殊相」。如此連續進行十篇的「分析」工作，分析完了，進行「統整」與「澄清」的工作，檢討出「鑑賞的規律與鑑賞的細項」。2. 找出自己所完全不熟悉的一篇「古文」，先由前賢注解或是自己嘗試注解，以了解整篇文章的詳細內容，再仔細的進行白話翻譯工作（用直譯、意譯都可，務求自己完全了解文章內容），最後再以前項所得的「鑑賞的規律與鑑賞的細項」進行分析，分析一篇完畢之後，再找第二篇，但是在「鑑賞的規律與鑑賞的細項」上面，在進行「鑑賞」時，一定要求【與第一篇「有一點點不同」】，如此進行【十篇】，相信十篇之後，應該會開展出屬於自己的【鑑賞的規律與鑑賞的細則】！

㈩同學問：思想史與哲學史有何區隔？經學史與思想史有何異同？現代的經學研究如何承繼傳統，走出一條大路來？

答：1. 哲學、哲學史是「西方學術傳統」，有其體系與規範，此無法「套用」到東方或中國，因此，學者才用「思想史」一詞以區隔之。但是，仍有學者沿用「哲學史」（如勞思光先生即可以在西方體系與規範下寫出中國哲學史，牟宗三先生即以康德入中國哲學，而有中國哲學十九講），但是，其間仍未能完全「契合」。2. 經學史與思想史的異同在於經學史的研究對象是「經書與經書研究者（注解與研究）」，其範圍是「形式上的體例、經注的內容、解經的方法、經注的思想」等等，其中「經注的思想」就觸及到「思想史」的範圍，但是，思想史是不是以此為對象，那要看其「思想的原創性或影響性」而定，因此，他們之間是有「交集」。3. 傳統的「經學研究」，著重在「文本的考據與義理的疏解」（也就是章句訓詁與義理疏解），「章句訓詁」在

漢儒、清儒的努力之下，可以發展的空間不大。「義理疏解」，在宋明
儒以及清儒的努力之下，空間同樣不大。現今還可以有些發展的是1.
「新材料」的發現（如郭店楚簡、上海楚簡等等先秦兩漢簡帛、敦煌吐
魯蕃四部抄本、日本漢抄本、和抄本、漢刻本、和刻本等等）。2.開展
「新方法」，運用「跨學科」的研究方法，如用神話學、心理學、社會
學、政治學、美學、天文學、農業學等等學科知識與學科方法來研究
「經學」，只要精熟該學科領域的「知識、體系、方法」，自然會提供
「不同的面向」，以為其他學者的「參考」，甚至於可能形成大家接受的
「見解」。

㉞筆者曾經在「8d8d 網路好朋友」網站，申請網路硬碟，並且撰寫〈網路
硬碟使用步驟〉如下：

一、上「8d8d 網路好朋友」網站 http://www.8d8d.com.tw/home/home.html/00-
00-00/top.html

二、在「8d8d 帳號」輸入：「jim2002q@hinet.to」，「密碼」輸入
「755131jim」，再按「登入」。

三、此時會出現「嗨！李大華 ！請享用8d8d 的豐富服務」的視窗，選擇
「存檔案」。

四、會出現「你的硬碟空間共有 15 MB，目前還剩×××MB」，會有「內
容」（也就是我上傳的檔案名稱、大小、類型、日期等資料），請在需要
檔案前「打勾」，或壓「全選」。

五、再壓「ZIP 下傳」，會出現「檔案下載」視窗，請選擇「將這個檔案存
到磁碟」，再壓「確定」。

六、會再出現「另存新檔」的視窗，請選擇要儲存的位置。再壓「確定」。

七、打開剛剛下傳的檔案，「雙擊」，會開啟「WIN ZIP」軟體，按「解壓

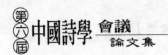

縮」，會出現視窗「解壓縮到」（選擇將檔案解壓縮後的位置）。

八、到「檔案解壓縮後的位置」，「雙擊」該檔案，就可以開啟下傳之後的
　　檔案了！

九、其他免費「中文介面」網路硬碟的網址：

蕃薯藤 http://webhd.yam.com/Login.htm（提供 6MB 空間）

「8d8d 網路好朋友」網站 http://www.8d8d.com.tw/home/home.html/00-00-
　　00/top.html（提供 15MB 空間）

todoWebHD 網站 http://webhd.pchome.com.tw/（提供 10MB 免費空間）

方孝孺詩文理論探賾

壹、前言

　　方孝孺，字希直，一字希古，學者稱正學先生，浙江寧海
人，生於元順帝至正十七年（1357），卒於明惠帝建文四年
（1402）的靖難之役，著有《遜志齋集》二十四卷。方氏學術醇
正，文章縱橫豪放，出入於東坡與龍川之間，受業宋濂門下，詩
文理論及創作受宋濂影響啟發甚多，除了承襲宋濂所秉持之儒家
詩教觀念與實用性之外，更發展出自己的特色。

　　明代初期，因應朱元璋政權革除元朝弊政的需求，以宋濂為
核心積極提倡推動以程朱理學作為文教內容的復古措施，政治上
的復古措施在於恢復漢族之政治制度；文教上的復古措施則是以
恢復儒家聖賢仁義之教為目標，《明史》卷69〈選舉志一〉①
云：

> 學校之教，至元其弊極矣！上下之間，波頹風靡，學校雖
> 設，名存實亡。兵變以來，人習戰爭，惟知干戈，莫識俎
> 豆。朕惟治國以教化為先，教化以學校為本，京師雖有太

學，而天下學校未興，宜令郡縣皆立學校，延師儒授生徒講論聖道，使人日漸月化，以復先王之舊。

　　由此可知明太祖對於攸關國家風俗文教上傾向於以儒家思想來作為鞏固人心與社會秩序的依據。元仁宗之時，恢復科舉取士，以程朱理學作為範本，影響所及，至元末明初之際的文人如宋濂、劉基等人都深受程朱理學之薰陶影響，其所秉持的文學實用性觀點在明太祖決議以儒學教化來恢復先王之政時，獲得政治力的背書，又因其皆位居臺閣之上，故能在明初文壇佔一席之地。

　　方孝孺就學宋濂門下，以文章理學著名當時，常「以講明道學為己任，以振作綱常為己責」，在學術上比宋濂更具備道學氣息。其論詩文主張明道宗經，〈答王秀才書〉②曰：

　　　凡文之為用，明道立政二端而已。道以淑斯民，政以養斯民。民非養不能群居以生，非教不能別於眾物，故聖人者出，作為禮樂教化刑罰以治之，修其五倫六紀天衷人即以正之，而一寓之於文。

〈與郭士淵論文書〉：

　　　聖人之言不可及，上足以發天地之心，次足以道性命之源，陳治亂之理，而可法於天下後世，垂之於文而無弊，是故謂之經。立言者必如經而後可。

此論將文的功用歸格在政治教化的實際用途上，與宋濂將文章、理道、事功合而為一的論點一脈相承，可知其對於文學的觀念大致上是本源於宋濂。當然，與宋濂相比較，方孝孺仍然擁有自己受啟發之後所發展出來的特點，宋濂在〈送方生還寧海并序〉③中言到：

> 凡理學淵源之統，人文絕緒之奇，盛衰幾微之載，名物度數之變，無不肆言之，離析於一絲而會歸大通。……生精敏絕倫，每粗發其端即能逆推而底於極，本末兼舉，細大弗遺。

由此可知方孝孺之特點乃在於能夠「逆推而底於極」與「離析於一絲而會歸於大通」，「極」是歸本於明道宗經，「通」是在明道之前提之下融通百家，重道而不廢文，貴古而不賤今，形成其獨特的文學觀。本文擬自此出發來討論其詩文理論關於本質論、創作論與批評論三者的關係及其詩文理論之特色。

貳、本質論

宋濂主張以明道做為文章寫作的根本依據，其實用性自不在話下，如此之觀念充分體現在其所主持編修的《元史》之中，此書體例大致皆遵循前代正史編修原則，但是在處理儒林與文苑等兩部分時，宋濂卻完全不遵循前代舊制，而是依據自己對於文與道關係的看法，將此兩部分合而為一，稱之為「儒學」，④並且

題序說明：

> 前代史傳，皆以儒學之士，分而為二，以經藝顯門者為儒
> 林，以文章名家者為文苑。然儒之為學一也，六經者斯道之
> 所在也，而文則所以載夫道者也。故經非文則無以發明其旨
> 趣，而文不本於六藝，又烏足謂之文哉！由是而言，經藝文
> 章，不可分而為二也明矣。（《元史・列傳第七十六・儒學
> 一》）⑤

宋濂認為儒家六經乃是聖人之道所在，而文章的主要功能是
用來保存紀錄和發明六經的聖人之道，因而強調文章之寫作若是
不以六經旨意作為依據的話，則文章寫作毫無價值意義可言，是
而經藝與文章必須合而為一體。從此來分析，宋濂的觀點是站在
儒家實用主義的角度，將經藝與文章視為體與用之從屬關係，限
定文學創作意念與表達的使用範圍，欲使文學成為服務經典聖道
的唯一工具。

方孝孺受業於宋濂門下，深受宋濂文學觀念之啟迪影響，其
文學觀念亦是秉持宋濂此番以道為尊的觀點，而加以衍發。〈與
鄭叔度書〉：

> 古之人為學，明其道而已，不得已而後有言，言之恐其不能
> 傳也，不得已而後有文。道充諸身，行被乎言，言而無跡，
> 故假文以發之。

　　由此處所言可以看出方孝孺相當明顯地將宋濂明道為文的觀念承襲，並且更進一步從古人為學的角度來說明「道」才是最根本的需求，而「文」只是古人為求「道」必須保存而傳於後世所不得已而為之的產物，因此，「道」對於人而言，有其根本實質之重要性，而「文」對於「道」而言卻只是存在著工具性，其重要性反不如道。在〈送牟元亮趙士賢歸省序〉的起頭便開門見山地提出「文所以明道也，文不足以明道，猶不文也。」之主張，認為「文」之所以得以成為「文」的基本條件在於明道與否，將「文」成為「道」的工具屬性說明得更為清楚了當，甚至在〈與鄭叔度書〉之中直接把「文」與「道」的關係定義為：

　　　夫道者根也，文者枝也；道者膏也，文者焰也。膏不加而焰
　　　紓，根不大而枝茂者，未之見也。

　　將「道」與「文」兩者定義為樹的根幹與枝枒、油膏與火焰的關係，則是相當明確地認為「文」必須由「道」之中生出，而「道」必須透過「文」的枝繁葉茂與旺盛光焰來展示其存在的狀態，由此可知方孝孺的文學理論是將「道」放置在根源的位置，「文」必須依據「道」才能成立。因此，其所奉為「文」之根源的「道」之意旨內容究竟為何，有必要加以討論。

　　方孝孺論詩文必以「道」為其依歸，然則其所謂「道」的內容究竟為何？〈與鄭叔度書〉云：

　　　孔門以文學稱者如子游子夏，皆明乎聖人之道，通禮樂憲章

之奧，未嘗學為文也。

　　從此引文來看，方孝孺所稱引的子游與子夏二人乃是在孔門
四科之中以文學而著稱之弟子，然而方氏認為二人之所以富有文
學之名，是因為其文學之內容乃在於闡揚發明夫子之教與聖王之
道，攸關治國禮樂制度之具體內容與精神價值，故而認為此二人
之文學是屬於為「明乎聖人之道」之文，而非為文而文者。在
〈答閩鄉葉教諭〉信中亦云：

　　　及今粗聞聖人之道而欲從事焉，其所學既不在乎文，而於文
　　　復厭棄不省，故陋於文者，舉世莫若僕也。

　　據此，吾人可從而得知方孝孺所言之「道」乃是儒家所言的
「聖人之道」，其文學觀點自必是歸屬於儒家無疑。「聖人之道」
的提出對於說明方孝孺的主張只是一個範圍的界定，接下來應對
「聖人之道」的具體內容再加以分析。〈答俞子嚴〉中提到：

　　　蓋聖人之大者，上莫過堯舜禹湯文武，下莫加於周公孔子，
　　　而此八聖人之言行文章，具在六經。故後之學聖人者，舍六
　　　經無以為也。……人苟能發明六經者，大之於天下國家，小
　　　之於善一己，直易易耳，況文詞乎？……。苟熟乎六經，則
　　　於道無所疑，道明則於天下之事無難言者，何憂學之不成
　　　乎？

「聖人之道」就在六經之中，學者求學之所以成就，生命之所需安頓，必須以六經作為根本學習與皈依之對象，「聖人之道」盡在於六經之中，依循六經所載的聖人之言，道理自然可明白於胸中，各種文辭的創作有了聖人之道作為根底，下筆自然是泉湧不絕。「聖人之道」既然在六經，那麼含蘊在六經之中的「道」其面目為何？〈劉氏詩序〉云：

> 道之不明，學經者皆失古人之意，而詩為尤甚。古之詩其用雖不同，然本於倫理之正，發於情性之真，而歸乎禮義之極，三百篇鮮有違乎此者。

「聖人之道」雖然在六經之中，然而後人學經卻未曾能夠真正領略古聖先賢之意旨，這樣的情形當然是受到漢武帝以後將儒學利用來作為政權鞏固的官方思想所致，學習儒家經典不再成為個人德業進修的重要課題，反而成為了釣取功名利祿的最佳途徑，因此，後代士人原本學習六經的單純目標失落，轉而為求官謀譽的目的所取代，士子們美其名為親近六經，學效聖人之心跡，但事實上卻僅止於經文的研讀與熟稔，對於八大聖人的真正心跡無由得知。因此，縱然開學校興教化，「聖人之道」仍然不為人所知所尊奉，無怪乎方孝孺要大嘆「道之不明」了。學經者若是不知「聖人之道」，則對於國家與個人的大小事皆無法有效正確處理，對於詩文創作方面也將產生弊病。為了補救此一缺失，方孝孺由《詩經》入手分析，歸納出位列六經之尊的詩歌作品集，其所含蘊的「聖人之道」究竟是何面貌，唯有將此面貌公

諸於世，方能解除學者只知「文」而不知「道」的弊端。方氏從
分析《詩經》的眾家作品之中獲得一項結論，即是在《詩經》三
百零五篇作品當中，儘管各篇作者不一，每篇內容各異，但是都
依循著相同的基本原則，那就是「本於倫理之正，發於情性之
真，而歸乎禮義之極」，三百篇作者與內容正是在以禮義為最終
極歸趨目標的前提之下，抒發人類最真誠實在之情感，將個人與
群體之間的一切互動與感受，誠摯地藉由詩歌表達出來。同時在
〈劉樗園先生文集序〉中亦提到：「當周盛之時，微而閭巷之
人，遠而產乎遐方絕域，肆口所成，皆合乎仁義之旨。」因此，
可以推斷得知方孝孺所標榜主張的「聖人之道」，應是指此仁義
禮教之數，再觀其〈答王秀才〉一文所言以為證明：

> 故斷自漢以下至宋，取文之關乎道德政教者為書，為之文
> 統。違乎此者，雖工不錄；近乎此者，雖質不遺。庶幾人人
> 得見古人文章之正，不炫惑於恑常可喜之論。袪千載之積
> 蠹，為六經之羽翼，作仁義之氣，擯浮華之習，以自進於聖
> 人，俾世俗改心易目，以勉其遠且大者。……勿以道德為虛
> 器，勿以政教為空言，則文可得而學矣。

與昭明太子所標舉「事出於沈思，義歸乎翰藻」的編書標準
有異曲同工之妙，方孝孺也以「道德政教」作為選取編纂漢到宋
之間文學作品為書，欲建立其所認定之「文統」，當然從其以上
之引文可以清楚其所謂「文統」者，實際上是為了闡明發揚和保
持儒家「道統」精神所設立，基本上仍是以儒家「仁義禮教」作

為根本性原則，並且認為學人只要明曉此一原則，則文學創作此等關乎道德政教以外的支末事項，也都能獲得成就。

論證至此，關於方孝孺所秉持的「道」其內容已經顯而易見，就是儒家所標榜的聖賢之心，也就是仁義禮教。梳理清楚方孝孺所堅持的根本性原則概念之後，接下來關於其詩歌創作與批評的討論便可以言有所據。

參、創作論

方孝孺對於詩文創作的態度乃是一秉「文所以明道」的立場，〈答王仲縉書〉云：「文者，道之餘耳，苟得乎道，何患文之不肆耶？」「文」在方氏的認知裡只能是排列在「道」之下，這就是其對於文學創作的最基本看法。在其想法上，國家之興亡在於學術之明晦，學術之流佈正在於教化之盛衰，因此，關於國家強盛與人民生活是否幸福最主要的事情，應該是在於學術之推行與否，〈劉樗園先生文集序〉開頭便明言道：「學術視教化為盛衰，文章與學術相表裏」，學術所含蘊者乃是聖人的明言大道，聖人之道必須透過教化的方式來傳承給天下百姓，使其得以遵行從奉，國家自然就能收到社會安定之功效。然而「聖人之道」必須透過「文」來記載，可是方孝孺卻又一直強調「文」之於「道」的工具性意義，關於「文章與學術相表裏」一語是否就略顯矛盾？其實這正是方孝孺重視文學創作的關鍵。

首先必須釐清方希古對於詩文本身的看法，以瞭解其在於「明道」前提之下，對於詩文本質上的認知。〈劉氏詩序〉云：

> 人不能無思也，而復有言，言之而中理也，謂之文；文而成
> 音也，則為之詩。
> 詩者，文之成音者也，所以道情志，而施諸上下也。（〈樓
> 希仁時習摘詩集序〉）

　　文是切中事理之言語，合乎音節律度要求的文就是詩，而詩
文的特性是用來對人宣揚情意，訴說志向，這是正學先生對於詩
文的定義。從前文的論述之中，可知方希古論詩文之作用時，相
當堅持其「明道」之主張，認為詩文這種東西只不過是用來宣揚
道德政教的工具而已，因此，連他自己也都因為年輕時做過許多
精工富豔的作品而感到羞愧不已，⑥然而此處對於詩文竟然出現
如此寬鬆的看法，敘事言情亦能放入詩文之中，此不禁令人疑惑
其理論是否有不一貫之處。事實上這只是他對於詩文基本特性的
看法而已，實際上還是必須遵照其強調的「聖人之道」的主張來
創作，才足以稱得上是詩是文。⑦既然認為詩文創作仍必須一本
於道，而八大聖人的言行旨意又得依靠「文」來記載於六經之中
而傳諸後世，那麼正學先生對於詩文創作的態度自然不會採取故
度貶抑的姿態，而是應該加以重視，只不過其所面對的情境卻是
一個捨本逐末的時代，故有看似特意貶文崇道之言論，〈與王德
修書〉云：

> 士不知道蓋久，世所推仰者惟在乎文章。文者道所不能無，
> 而非所以為道也，僕深厭之，深病之。

　　由此可知方孝孺「文以明道」的主張固是其不變的基本教義，然而特意強調對於「文」的輕視態度，則是有激而發。事實上，聖人之言尚必須透過文字藝術的組織來傳達，方孝孺若真正刻意反對「文」的話，那麼豈不是要將自己所一心一意要明的「道」刻鏤於空氣之中？正學先生當然明白，在〈張彥輝文集序〉中就提及：「聖人之文著於經，道之所繇傳也；賢者之文盛於伊洛，明斯道也。」的說法，可見其對於能夠傳達聖道的「文」還是不敢輕忽的。

　　「文」既然對於傳達聖道有如此大的功用，那麼什麼樣的「文」才能使聖道傳頌千古呢？方孝孺注意到這一點，在〈與樓希仁〉文中便清楚地提到這個問題，曰：

> 文章雖小事，人謂之能言，僕出不知識。及出道，歷吳楚，至齊魯，與梁趙秦晉之人交，聞人談論能言者，聲和而音雅，詞切而義明，理約而不亂，端多而不複，聽之使人洒然不倦。不能言者，終日口吃吃，不能達意，雜亂滯澀，如夢中語；或故以蠻音俚說，嘲哦噢噫，使人意悶不樂。然後悟文之美惡正類此。讀司馬遷史記，終日數卷不倦，及覽褚孝孫日者龜策等傳，未終紙以欲棄去，文豈易為也？詞之美惡，人之好惡繫焉；人之好惡，世之傳否繫焉，人以易為之，甚可笑也。

　　縱然「文」因為必須為「道」服務的工具性意義而使其在價

值判準上無法獲得與「道」平等之地位，然而聖王大賢之道卻必須依靠「文」來記錄傳播下去，因此，在這一層意義之上，方孝孺便需對於何等文辭可以令聖道傳誦不朽做討論，而透過其走南遊北與各地人士接觸後的交談經驗，認為話語人人會說，但是同樣一個意思的道理在不同人的嘴裡說出來，感覺好壞就差很多。善於運用詞句與駕馭文字的人，能夠將道理說得不僅讓人明白通曉，更能使人因為感動而諷誦記錄而印象深刻；相反的，語言修辭能力拙劣之人，對於事理的敘述情況，會使人聽了有如罩上一層碼賽克一樣的模糊不清。正學先生從這些經驗現象之中體會到詩文作品能否為人所喜愛而加以保存傳世，其問題在於作品本身是否會被讀者接受，而讀者接受與否的關鍵點則完全在於作者用來表達作品本身情理志意的文字語詞組織能力。正如前面所說，優秀的文字語詞組織以及表達能力，將使原本粗淺單調或是深奧難曉的道理在文字語詞的剪裁修飾技巧之下，獲得煥然一新的面貌，讀之令人「終日數卷不倦」，因此，方孝孺對於何種「文」才能使「道」更為人所明白感動與接受的問題，相當注意。

什麼樣的「文」才是方孝孺心目中最理想的「文」？在〈蘇太史文集序〉中，方氏提出其見解：

> 天下之事出於智巧之所及者，皆其淺者也。寂然無為，沛然無窮，發於智之所不及知，成於巧之所不能，非幾乎神者，其孰能與於斯乎？故工可學而致也，神非學所能致也，惟心通乎神者能之。神誠會於心，猶龍之於雨，所取者，涓滴之微而可以被八荒，澤萬物；無所得者，辟之抱甕而灌，機械

而注，為之不勝其勞，而所及僅至乎尋丈之間。

在詩文創作方面，方希古深受蘇伯衡為其所作〈染說〉一文之啟發影響，⑧認為創作的發生與完成，必是在無意與無為的情況之下，任由道理充足的內心肆意發揮，達到一種渾然天成的感覺。這種創作境界的達成，作者本身必須於創作詩文之構思時，不在詩文外部的修辭字句上進行過度的刻意安排，而是在詩文內部的意境構思上增加自我體悟的功夫，使自我的意識狀態在創作之時，得以自然無礙地進入一種清醒而微妙，情意澎湃而無法扼抑的境界，一發為文章便有不可收拾的藝術創作快感，在這種快感的驅使之下，信筆揮灑之處，無不是驚世妙作。關於這種快感的本質，方孝孺認為不是一般的聰明智慧所能夠建造出來，外部的辭語雕琢排比儘管精細典麗，然而卻只是如工匠仿作他人成品一般，用力下功雖精厚，但仍然是事倍功半，不能得其神韻之旨。不如在創作之時完全不倚靠智巧之力，而是將智巧完全內化於心神之內，讓所有的情志在心神交契無間的狀況之下，順勢而發為臻極藝術之創造力，此等能力方為真本事。

方孝孺之所謂神，猶如蘇伯衡所言之天工；方孝孺之所謂工，猶似蘇伯衡之言人工，故而可知方氏對於詩文的創造方法採取了以道家無為而自然天成的想法，灌注到文學創作的方法上，反對創作者對於既存事物的刻意模仿製作，要求創作需能自創新意，不流於陳腐與剽竊，是而特別推崇莊子與李白及蘇軾在此方面的成就：

莊周之著書，李白之歌詩，放蕩縱恣，惟其所欲而無不如意。彼豈學而為之哉？其心默會乎神，故無所用其智巧，而舉天下之智巧，莫能加焉。使二子者有意而為之，則不能皆如其意，而於智巧也狹矣。莊周、李白，神於文者也，非工於文者所及也。文非至工則不可以為神，然神非工之所至也。當二子之為文也，不自知其出於心而應於手，況自知其神乎？二子且不自知，況可得而效之乎？效古人之文者，非能文者也，惟心會於神者能之，然亦難矣。莊周歿殆二千年，得其意以為文者，宋之蘇子而已。蘇子之於文，猶李白之於詩也，皆至於神者也。

方孝孺本著崇「神」貶「工」的看法對於歷史上的名人進行檢視，而符合逾期審視標準者，僅有莊子、李白以及受莊子啟發而於千載之下獨得莊子神意的蘇軾三人而已。認為此三人之詩文作品都是神會於心，自發新意的經典之作，因此得以受人稱頌傳諸後世而不絕，是而批評「效古人之文者，非能文者也」，因為「文非至工則不可以為神，然神非工之所至也。」唯有合乎自然無為的「神」，才能創作出優秀的詩文，否則單憑「工」的智巧如何凌銳犀利，其作品終究是個缺乏靈氣灌注的軀殼而已。

依本著此等創作法則，方孝孺之根本目的還是以「明道」作為最終用途，因為「文」能被讀者所樂於接受，「道」才能因此而傳布，教化方可深入於人心，社會必能安穩無禍端。所以，其要求創作詩文之時，必須準此法則以行，〈答張廷璧〉曰：

故聖賢君子之文發乎自然，成乎無為，不求工奇而至美，自
足達而不肆，嚴而不拘也，質而不淺也，奧而不晦也，正而
不窒也，變而不佹也，辯而理，澹而章，秩乎其有儀，燁乎
其不枯，而文之奇至矣。

自然無為之作品乃是一發於自然情性，默會於神，然後侃侃
而書，不假雕飾之舉，其意氣自然流竄全篇紙上，令人無限感動
之情油然而生，鎮日手不能釋卷，詩文創作若能遵循自然無為的
法則，那麼承載「聖人之道」的工作便能夠輕鬆達成。故於〈與
鄭叔度書〉有云：

故有道之文，不加斧鑿而自成，其意正以醇，其氣平以直，
其陳理明而不繁。決其辭，肆而不流，簡而不遺，豈竊古句
探陳言者所可及哉？文而效是，謂之載道可也。

文所以明道之用，方孝孺因為重視「聖人之道」的傳播，故
而重視作品與讀者之間的接受關係，對於「文」的寫作方式提出
見解，反對一切拾人牙慧與了無新意的寫作方式，尤其反對模擬
剽竊，認為只要在以道為尊的前提之下，遵循「神」的創作原
則，其詩文作品皆可合於真正的載道與明道之文的範圍，成為真
正的「文」。

肆、批評論

上文所討論的創作論部分問題明顯地圍繞著「道」為核心，發展出以「神」為原則的概念，而此處關於詩文批評論的部分，主要論述根據仍然是不脫其本質論「文以明道」的基本理念。

方孝孺在遵循「文以明道」的基本前提之下，反對詩文作品形式走向求怪好奇之地步，〈答王仲搢書〉云：

> 世人之於文，誰不為之，至於求其可誦者，何其鮮哉。蓋不得其途故也。士之患，多厭常而喜怪，背正而嗜奇，用志既偏，卒之學為奇怪，終不可成而為險阻艱陋之歸矣。且學奇怪者以為美，而奇怪亦非古人之所尚也。

正學先生一語指出世人學習之毛病，「文」的創作目的是用來承載顯揚「道」，因而在創作方法方面主張以「神」的原則來製作出令人自然喜愛的不朽文章，其目的在於使人因為對於詩文作品的佩服與愛好，進而增加對於「聖人之道」的認識與服膺。可是當代文人對於詩文創作的認知卻是轉向於追求文辭、字句、意境上的組成功夫上，崇尚新奇與怪異難解之作品，因此而獲得與眾不同的稱譽。然而如此發展的結果，使得原本所期盼欲達成的教化功能失卻其意義，連帶的也使讀書人陷入雕琢文字遊戲的迷霧之中，忘卻讀書學習的真正目的為何。有鑑於此，方孝孺對於「文」之製作以奇怪為美的風氣提出糾正，認為古人之文未嘗

刻意以奇怪為好尚，今人學為文者，不應背於古人。為了解決此
一問題，於是方希古乃言道：

> 文之古者莫過於唐虞三代，而書之二典、三謨、禹貢、胤
> 征，以及商周訓誓諸篇，皆當時紀事陳說之文，未嘗奇怪。
> 詩三百篇亦未嘗奇怪。春秋書當時之事，雖寓褒貶之法於一
> 言片簡之中，亦未嘗見其奇怪。禮經多周漢賢人君子所論
> 次，其言平易明切，亦未有所謂奇怪。至於盤庚大誥，其言
> 有不可曉者，乃當時方俗之言，亦非故為是艱險之文也。然
> 則是嗜奇好怪者，果何所本哉？（答王仲摛書）

方孝孺為了一反時人為文刻意奇怪之風尚，特別從上古三代
開始舉例說明古代帝王聖賢所以留下之言行記錄，其文字詞句都
是記錄陳說時事，簡單明瞭，縱然有些詰屈聱牙，不知其意之作
品如盤庚大誥，也是因為記錄其當時所使用的方言俗語的緣故，
這是時空因素所造成的語言辨識障礙，並非盤庚本人刻意作出此
等拗口難懂的篇章，若是真的有意作此，則盤庚如何能夠將其重
大的政治措施讓全國上至祖先下至隸民瞭解與支持？因此，世人
所以作為好奇怪異的文風，實在是無所根據可言。於此之外，方
孝孺又於同篇之中舉出司馬遷、班固、韓愈、歐陽修、蘇軾、曾
鞏、王安石等人之文，論述其人之文字蓋或質木無華，或有句妥
字適之優點，但都是未嘗以奇怪做為創作準則。就此而言，則不
僅聖賢君子未嘗刻意作為奇怪之詩文，而所謂奇怪之形式則更是
毫無來歷可言。

聖賢君子之詩文之價值不在於奇怪，而在於「理明辭達」（答王仲縉書）。前文所舉諸位帝王聖賢君子，其文之價值不在於作意好奇，而在於「理明辭達」，當然這仍是以「明道」作為前提所提出來的批評標準，在「理明辭達」的標準之下，方孝孺反對一切徒然追求文辭藻飾功夫的華麗作品，當然對當時世風流行奇怪之作法便需提出批判，〈與趙欽伯二首〉云：

> 且近世之所以不古若者，足下知其故乎？非其辭之不工也，非其說之不詳也。以文辭為業，而不知道術，雖欲庶乎古，不能也。
> 古學之弊莫甚於近代。為士者以文辭為極致，而不知道德政教為何事；為治者以法律為極功，而不知仁義禮樂為當行。士習益卑，而治愈下，此豈古人所望於後世，天下所願於君子乎？

由此可明白正學先生大力唱言「理明辭達」的原因，正是因為當世士風弊病叢生，古之學者為己身之性命安頓而求於學，今之學者則是為求得他人所給予之名聲利祿而求學，無法真正明瞭孟子所言「天爵」與「人爵」之間的貴賤性質，以致今之學者其作品文辭雖極其工整詳盡之能事，敘述論證週遍詳密，然而所用力於篇章之上的目的是雕章琢句之後的名聲地位，卻非致力於聖賢仁義之道的發明闡揚，影響所致，讀書人成為文字加工出口區，無法抓住道德政教的根本精神義理，創造出屬於自己特色的產品；為政者則成為抗生素施打者，面對國計民生問題皆採以嚴

刑峻法的手段來求其表面的治療效果，完全忽略屬於人性層面的治理措施才是真正的長治久安之道。結果是士人與政府完全變成積極炒作短線利益的團體，如此運作下去，天下豈有安寧之日可言？然而天下士風之所以會變成此般崇尚以文辭為業，而不知道得政教為何事的局面，其原因全在於有人開啟了這個潘朵拉的盒子所導致：

> 堯、舜、禹、湯、周公、孔子之心，見於詩書易禮春秋之文者，皆以文乎。此而已，舍此以為文者，聖賢無之，後世務焉，其弊始於晉宋齊梁之間，盛於唐，甚於宋，流至於今，未知其所止也。（〈答王秀才〉）

> 自漢以來，天下莫不學為文，若司馬相如、揚雄亦其特者，而無識為已甚。……窮幽極遠，搜輯艱深之字，積累以成句。其意不過數十言，而衍為浮漫瑰怪之辭，多至於數千言，以示其博，至求其合乎道者，欲片言而不可得，其至與澤中之夫何異哉？自斯以後，學者轉相襲倣，不特辭賦為然，而於文皆然。迨夫晉宋以後，萎弱淺陋，不復可誦矣。人皆以為六朝之過，而安知實相如之圖首其禍哉！（〈與鄭叔度書〉）

方孝孺以為三代所傳聖人仁義忠孝之道之所以不再為世人所經營傳誦，其原因乃在於從西漢武帝以下諸帝皆好辭賦成風，而司馬相如與後來的揚雄等人紛紛創造制作大量的辭賦來滿足帝王

的需求，漢賦內容包羅萬象，作者必須極物寫態，窮盡思慮對事物進行想像的建構與描寫，為求出奇制勝，必須使用大量罕見的文字與辭句來鋪排其文章氣勢，因此，漢朝辭賦家大多是精通文字學之人。就純文學發展角度而言，漢賦承襲前人基礎而走向新體制與新形式之建立，開創出屬於其自身的時代特色，對於後世文學體例的影響甚巨，就此角度而言，司馬相如與揚雄等人實對於文學發展有推進精緻之功。然而若站在方孝孺所秉持的「文以明道」立場來看，漢賦縱然帶有儒家所稱道的「美刺」效果，但是卻也有流於「勸百諷一」之弊病，尤其是其專門注重文字修辭大量鋪排的書寫方式，造成後人法效之風，讓天下文章開始陷於意渺而辭費的境地，發展到六朝時，專攻雕章琢句之習儼然成為時代風尚，駢辭儷句，錦心繡口，文稿積案盈箱，卻總是不出雲影月露之狀，聖人所傳仁義忠孝之道蕩然無存。文學發展到如此地步，對於純文學的發展而言是件好事，但是對於重視實際功用的學者而言，純文學的發展通常無法對於國家政治教化的推行提供實際層面的作用，甚至進而妨害到政令政務的執行以及社會文化的發展，北周的蘇綽和宇文泰以及隋文帝都曾經為此而下令改革文風，其影響之大可見一斑。方孝孺認為天下學風積弱不振起因於司馬相如等人開啟壯夫不為的雕蟲小技，讓天下士人紛紛陷入只徒學文而不知義理的漩渦之中，因而斥責司馬相如與揚雄二人是禍首。站在正學先生的立場來講，如此批判，無可厚非，然而也因為如此之批判反而可以看出其對於文學的觀點乃是否定純文學獨立之藝術價值，其所重視者為文學的實用性功能，也就是「故外夫道德以為文辭者，皆聖賢之所棄者也。」(〈與王修德二

首〉)。

　　雖然方孝孺是站在「文所以明道」的立場對於文學要求其實用性價值而否定其藝術價值，但是如此觀點卻並非代表著方孝孺的文學觀念完全是保守停滯的。在〈張彥輝文集序〉中，方孝孺便提出「文與人類」的觀點，說明「文」與作者之間的關係：

> 昔稱文章與政相通，舉其概而言耳，要而求之，實與其人類。……雖然不同者，辭也；不可不同者，道也。……其形人人殊，聲音笑貌人人殊，其言故不得而強同也，而亦不必一拘乎同也，道明則止耳。

　　方氏以為文章風格形式表現出作者本身的特殊性情，人因為所生長與身處的環境不同，所遭遇也有所不同，故其創作情緒必將不同，心神有異，則文字辭句之組成編排方式就會與眾不同，既不必也無法強求每個作者的詩文風格樣貌必須相同，然而必須要求相同只有一點，此即是「道」。〈樓熙仁時習齋詩集序〉裡更明白提出：「體之變，時也；不變於時者，道也。」方孝孺承認文學體例的發展會隨其時代變革而反映出時代特色，產生新的表現形式，諸如楚辭、漢賦、唐詩、宋詞、元曲等，都是因應於時代需求而自然發展的文學表現形式，這些文學表現形式與體制不必具有共通性質，但是其表達內容卻必須都得具備單一的共通性，也就是以不會隨著時代變換而移轉的「道」作為其詩文創作所欲達成的終極目標，而此一文學觀念正合於「理明辭達」的批評標準之要求。

在「道」亙古不移的情況之下，文學表現內容的宗旨只要依循乎「明道」與「載道」的基本原則，無論時代如何遷移，人情如何殊異，文學體例自可隨其規律而自由發展，而這也就可以被方孝孺稱為是「文」。基本上，遵循了「道」之後，則其關乎忠孝節義仁愛的聖人之理便會自明，所剩者只有「辭達」的問題而已。〈與舒君〉云：

道者，氣之君；氣者，文之帥也。道明則氣昌，氣昌則辭達。

〈三賢讚〉亦云：

聖賢之道，以養氣為本。今之人不如古者，氣不充也。氣不充則言不章，言不章則道不明。

由此觀之，「辭達」之根源雖是「道明」，然而其中間的關鍵控制樞紐卻是「氣」。「聖賢之道，以養氣為本。」此處所言之「氣」正是孟子所強調其所善養的「浩然之氣」，這是一股充斥於乾坤宇宙之間，至大至剛，無與倫比的正氣，此正氣乃是人心對於善性至正所產生出的仁義公理之道的完全服膺與熱烈信仰，進而化為具體行動時所產生的一股強烈力量，使人發散出無比的正義感與無懼的勇氣。擁有這樣的「浩然之氣」，作為詩歌文章時，必能言之有物而持之成理，滔滔然若懸河，則辭豈有不達之理？在〈與舒君〉一文中道明而辭達者，從古以來只有六經

孔孟而已，其餘的如司馬遷、賈誼、韓愈、柳宗元、歐陽修、蘇軾、曾鞏、王安石等人只能說是「其辭似可謂之達矣」的境界，其他人便不夠資格稱得上「達」了。可知其「辭達」的標準乃在於「浩然之氣」是否充足，而氣之充足與否，又需得觀其「道」是否明澈通暢。

伍、結語

本文所討論關於方孝孺詩文理論的結論，共可歸納出三個項目：

第一，關於本質論的部分：方孝孺承襲其師宋濂的影響，主張「文所以明道」，重視「文」的實用性質，將之識為「道」的闡揚與宣傳之工具。「道」乃是儒家所倡言的仁義忠孝之道，「文」的使用範圍應該被限定在明揚和記載聖人之道，俾使國家朝廷推行道德教化於天下。

第二，關於創作論的部分：在「文以明道」的本質論基礎上，方孝孺受蘇伯衡〈染說〉之影響，提出「神」與「工」的創作方法概念，崇尚「神」的自然無為，不假雕飾之文，反對「工」的刻意模仿，積假求真的意念。「神」之文，可為「道」之傳揚增色不少。

第三，關於批評論的部分：以「理明辭達」作為其詩文的批評標準，重點在於其文學觀念上承認在遵循「道」亙古不變的前提之下，「體」可以因人事時地物之因素而任其自由發展改變，方孝孺雖然否定文學的藝術價值，但是在文學發展的認知方面倒

是不落於窠臼，而至有見地。又以孟子的「浩然之氣」來作為「道」與「文」之間實用性價值發生關係的黏合劑，從而繪構出理明而氣充，氣充而後辭達的標準程序。

參考書目

專書部分：

方孝孺《遜志齋集》，上海：上海書店，1989 年 3 月。

宋濂《宋學士文集》（四部備要初編），上海：上海書店，1989 年 3 月。

《元史》，國防研究院、中華大典編印會，民國五十六年五月，台初版。本書係根據宋濂主編《元史》與柯劭忞《新元史》合輯而成。

楊家駱主編《新校本明史並附編六種》，台北：鼎文書局，民六十四年。

龔顯宗《明洪、建二朝文學理論研究》，台北：華正書局，民國七十五年六月，初版。

龔顯宗《明初越派文學批評研究》，台北：文史哲出版社，民國七十七年七月，初版。

龔顯宗《明清文學研究論集》，台北：華正書局，民國八十五年一月，初版。

袁震宇、劉明今：《明代文學批評史》，上海：上海古籍出版社，1991 年 9 月。

黃保真、成復旺、蔡鍾翔：《中國文學理論史》，台北：洪葉文化事業有限公司，1994 年 5 月，初版。

簡錦松《明代文學批評研究》，台北：學生書局，民國七十八年二月，初版。

期刊部分：

周益忠：〈試論方孝孺的〈談詩五首〉〉，《國文學誌》，第四期，民國八十九年十二月，頁33-53。

　注　釋

① 楊家駱主編《新校本明史並附編六種》（台北，鼎文書局，民國六十四年）頁1686。

② 方孝孺《遜志齋集》（四部備要初編），上海，上海書店，1989，卷11，據上海商務印書館1926年版重印。凡本文底下敘述引用關於方孝孺之作品，皆引用自此版本，為求行文之便，僅於文中列其篇名，不再另行作注。

③ 宋濂《宋學士文集》（四部備要初編），上海，上海書店，1989年3月，卷70。

④ 詳參袁震宇、劉明今《明代文學批評史》，上海，上海古籍出版社，1991，頁35-36。

⑤《元史・列傳第七十六・儒學一》，國防研究院、中華大典編印會，民國五十六年五月，台初版，頁2022。本書係根據宋濂主編《元史》與柯劭忞《新元史》合輯而成。

⑥〈樓希仁時習齋詩集序〉：「余生十餘年則好為詩，以儷偶為工，富豔為能。又五六年益肆不羈，一操觚頃千餘言，可立就取而誦之。張綺繡而協塤篪，粲然可喜。人往往以此多余，雖余亦自負以為材，今反是之，則愓息而大慚，抑塞而不寧。」

⑦〈劉氏詩序〉：「苟出乎道，有益於教，而不失其法，則可以為詩矣。於世教無補焉，興趣極乎幽閒，聲律極乎精協，簡而止乎數十言，緊而至於數千言，皆苟而已，何足以為詩哉？」

〈樓希仁時習齋詩集序〉：「大而明天地之理，辯性命之故；小而具事物之凡，彙綱常之正者，詩之所以為道也。」

⑧參閱龔顯宗《明初越派文學批評研究》，頁106-114。

高啓〈郊墅雜賦十六首〉析論

文化大學中文系教授

張　健

　　高啟（1336-1374）是明初大詩人，也是整個明代數一數二
的詩人。他雖只活了三十九歲，卻有二〇一三首詩留下①，可謂
明代少數最多產的詩人之一。②

　　他的成就是古今批評家一致肯定的，如王禕為他的詩集作
序，便有如下的贊語：

> 季迪之詩，雋逸而清麗，如秋空飛隼，盤旋百折，招之不
> 肯下，又如碧水芙蓉，不假雕飾，翛然塵外，有君子之風
> 焉。③

總而言之，他的詩有兩大優點，一是清麗自然，二是曲折多姿。

　　《四庫全書總目提要·鳧藻集》中有云：

> 啟詩才富健，工於摹古，為一代巨擘，……非洪宣以後漸
> 流為膚廓冗沓號台閣體者所不及。④

可謂一語中的。

　　今人錢基博《明代文學》中論高啟詩云：

> 天才高逸，獨為明開國詩人之冠！其於詩擬漢魏似漢魏，
> 擬六朝似六朝，擬唐似唐，擬宋似宋，凡古人之所長，無
> 不兼之……然得名太早，殞折太速，未能鎔鑄變化自為一
> 家……此則天實限之，非啟過也！⑤

則從兩面觀察，堪稱持論公允。一說他擅長模擬，一說他稍欠變
化。

此外，如徐霖云：「季迪，岱峰雄秀，瀚海渾涵，海內詩
宗，豈惟吳下！」王兆雲云：「侍郎詩佳在實境得句，足以嗣響
盛唐。」⑥

「實境得句」四字，尤其值得注意，在下文的評論中，將可
印證此語⑦。

本文選評的高啟十六首組詩——五律〈郊墅雜賦十六首〉，
略見唐代田園派風姿，茲一一析論之。

其一：

> 江水舍西東，鄰家是釣翁。路痕深草沒，井脈暗潮通。籬
> 隔蔬邊雨，門開竹下風。不因時賣舂，何事入城中？⑧

這首詩可說是十六首的一個總綱領，但仍具獨立的風姿。這個卜
居地有江、有井、有道路、有鄰居，應即是吳淞江畔的青邱。高
家在此有田地百畝，在蘇州城郊外。

全詩由江水入手，其造景近似老杜的「舍南舍北皆春水」，

但七字簡約為五字，南北變成了東西。深草、暗潮增益了風景的
深度。籬和門都是實景，而「蔬邊雨」和「竹下風」卻藉兩種親
切的江南植物，映襯出大自然的風調雨順。由釣翁到「賣畚」
（用《晉書‧王猛傳》典故），形成一「人際關係」之網罟，但卻
疏疏灑灑，而「……何事入城中？」一反問，卻把這個網的大綱
繩拉緊了。再回視首句的「江水」，益覺此郊墅之難能可貴。

　　其二：

　　　　此鄉堪避地，亂後戶翻增。俗美嫌欺客，年豐愛施僧。帶
　　　星耕處耞，照雪紡時燈。且作求田計，元龍豈我能？

此時是洪武年間，距離元末之亂尚為時不遠，但因吳中為佳土，
故亂定之後，人口回流，乃有「戶翻增」的實際寫照。避地之
人，不止作者，而作者實與群眾融合為一體，故乃引出頷聯之
「俗美」二句，世間地頭蛇每欺外來的生客，但此地則異於是：
「嫌欺客」是很新鮮的說法，指以「欺客」為嫌，不許鄉人欺負
外來客。第四句更逼近一步，因「年豐」而「愛施僧」，施僧，
一則反映當地佛教之盛行，一則說明人情之醇厚，施僧之餘，一
定還有施丐、施貧，好一幅民生和樂圖！帶星而耕，則點明居民
之勤，亦呼應上二句之「俗美」、「年豐」；再加下一句照雪而
織，更增力量。「耞」、「燈」只是陪襯的道具。《三國志‧陳
登傳》：「劉備答許氾問云：『今天下大亂，……望君憂國忘
家，……而君求田問舍，言無可采，……如小人欲臥百尺樓，臥
君於地。何但上下床之間邪！』」⑨原謂君子處亂世不可求田問

舍以自為，但此處青邱反用其意，謂處此佳鄉，不妨安心求田問舍，陳元龍（登）豈及我哉！這一反用，並不突兀，反覺人情味十足，而且也恰如其分地呼應了首二句。

此詩先情（前四句）中景（五、六句）後情，結構呈一周環，而細看五、六之景，亦實為人間情境。

其三：

> 幽事向誰誇？孤吟對晚沙。浣衣江動月，繫艇岸垂花。行
> 蟻如知路，歸鳧自識家。一尊茅屋底，隨意答春華。

此詩首句用問句，次句似答非答，妙在「晚沙」可以擬人化，則「孤吟」有「對」，實非孤吟矣。幽事訴說之對象，可以是友人，可以是讀者，也可以是沈默的晚沙。這樣劈空而發的起句，反使後隨的六句顯得從容自在。浣衣、繫艇，都是人事，但大自然卻好心地配合它、映襯它：江月「動」，岸花「垂」，均是靜中見動，從而交織成「天人合一」、「動靜合一」的情境。五、六句復以大小動物來追陪：蟻知路是觀察入微，鳧識家是體貼鳥意。最後主角終於再度現身，但卻不著一字，居茅屋者誰？持一尊酒者又是誰？答春華者更是誰？而「隨意」一詞，綜合上述種種，乃令人聯想「採菊東籬下，悠然見南山」的陶翁。其實此處的「春華」絕不止於繁花，連同上邊的江、月、艇、岸、蟻、鳧，乃至晚沙，盡入彀中矣。

其四：

春泥桑下路，孤策自扶行。身賤知農事，心閒見物情。鳥
鳴風欲起，牛飯月初生。漸喜無人識，何煩易姓名？

這組詩喜歡強調作者（我）的孤獨，但詩中的意境卻給人「民胞
物與」的感受，由此或可以認定：這是高啟中年以後的作品。春
泥桑下路，是實境中的實景；孤策扶行，靜中見動。三、四句又
先寫情：「身賤」不見得是客觀的陳述，而是主觀的體認或自我
謙抑，身居郊鄉，不以仕宦之身自許，故不知不覺與農漁之家認
同合一，乃更洞悉農家事農人情。不止此也，他畢竟不是一個凡
夫俗子，因此知農之外，更能保持閒逸的心境體察物理物情。而
緊接的兩句，正好緊扣前二句：鳥鳴是物情，「風欲起」是物
理；牛飯是農事也是物情，月初生是物理。而在物理人情農事之
外，我卻沾沾自喜於人之不識我；易姓改名？或曾考慮及之，如
今則大可不必。此情此境，何怡如之！而「孤策自扶行」之脈
絡，又在結句中再見真章。
　　其五：

移家到渚濱，沙鳥便相親。地僻偏容懶，村荒卻稱貧。犬
隨春饁女，雞喚曉耕人。願得無愁事，閒眠老此身。

移家渚濱，原是「此鄉堪避地」、「江水舍西東」之重述，但卻
別具風姿，緊接的「沙鳥便相親」，妙在一平平實實的「便」
字。《莊子》中所記少年與鷗相親一則，可為此句注腳。接下去
又述自己心境：懶而甘貧。其實懶是閒的別名（閒字見於末

句），貧是表面的自謙，故上加一「稱」。村荒非真荒，只是偏僻，一如淵明之「而無車馬喧」。下二句「犬隨」「雞喚」，人氣十足，而春餚曉耕之男男女女，已恍恍惚惚映入讀者眼中。無愁即羲皇上人，可以養老，亦可以延年。渚濱、沙鳥、犬、女、雞、人，都是即景，亦造成即情。由「家」到「身」，圓合為一。

其六：

> 紛紛謝人役，寂寂戀吾居。細雨春雩後，斜陽社飲餘。岸花飛趁蝶，池葉墮驚魚。好了公家事，休令吏到廬。

首句謝人役（包括官事和人間各種瑣事）而用「紛紛」形容之，而繼之以「寂寂」，繼之以「戀」，一幅村居怡悅圖業已展開在眼前。春雲春雨春陽春酒，一氣貫下；復有岸花飛蝶、池魚池葉，一片大好春光！「岸花」二句對得工細，實則二句的邏輯關係乃同中有異：蝶是因，花之飛趁乃果；葉是因，驚魚乃果。但吟來自然天成，讀者亦不暇瑣瑣分辨。了卻公家事，可避吏，可免俗，何等快意，十字以「好」字肇始，格外爽心。於此乃見首句「謝人役」的真精神。

其七：

> 路迂橋斷處，門靜犢眠時。孤墅藏群柳，諸田灌一陂。僮閒春作少，婦懶午炊遲。誰道花源好，還令太守知。

　　路迂橋斷，一片太平景象：門靜犢眠，正是農家本色。再加群柳「藏」於孤墅，諸田灌成一波，此情此景，在淵明之後，只在韋蘇州、范石湖詩中偶見。僮閑、婦懶，原非好事，卻被作者寫成一片佳趣（猶如首句的「橋斷」，春作少是稱貧之象，午炊遲是閒居之態。桃花源自然忑好，要不要讓太守知道呢？這一「太守」，疑即當時的蘇州知府魏觀（也正是高啟致死之由），應當也是一位雅人。

　　這首詩除半隱半現的作者本人外，更表出僮、婦、太守三人，可說是一大突破。

　　其八：

　　　　虛閣近鳥鳴，應宜把一竿。雨傷春麥爛，風折晚蒲乾。抱甕臨江汲，攜書入寺看。自慚何濁幸，世難此偷安。

　　首句以「虛閣」起，讓讀者進一步窺見此「郊墅」之部分規模──有樓有閣的。鳴湍、把竿，說得活潑。「兩傷」一聯，寫實的切，誠如東坡說淵明詩：「非余之世農，不能知也。」只有具備親身經驗的人，才寫得出。抱甕臨江汲水，猶是農家本色，攜書入寺細看，便是文人風範了。之後繼以結語：何幸生亂世而倖得偷安！是文士？是農民？不可分亦不可辨了。原來「把一竿」即「偷安」的一種代表性姿態。此詩一、二、五、六、七、八均自抒自陳，三、四兩句則兼及周遭環境中的大我。

　　其九：

亂渚交交白，平蕪漫漫青。賣薪沙店遠，祈穀水祠靈。密
雨侵蓑重，微風過網腥。江邊多酒伴，春去不曾醒。

首二句連用二疊詞「交交」、「漫漫」，頗受老杜影響：如「野日
荒荒白，春流泯泯青」(〈漫成〉)，「江市戎戎暗，山雲淰淰寒」
(〈放船〉)⑩等。「交交」二字尤運用得出色。十字之中，水陸
兼顧，青白交映。店遠祠靈，實寫而妙，生活情味十足。五、六
兩句「密雨」、「微風」只是尋常光景，卻因「侵蓑重」和「過
網腥」而為之一振。「重」字生動，「腥」字真切。而末二句一
脫塵俗之氣，「多酒伴」並不稀奇，「不曾醒」便有奇思在焉。
春雖已去，其精神猶在。

其十：

入夜潮侵戶，經秋雨壞垣。里人淳少訟，田父醉多言。稻
蟹燈前聚，莎蟲機下喧。自應耽野趣，不是戀鄉園。

此詩仍一貫描寫鄉居的實景實境。潮水夜漲，侵入戶中，秋雨成
災，沖壞牆垣，一副慘悽景象。但十字以後，戛然而止，讀者當
自猜想：此係一時情狀，並未構成嚴重災況吧。三句里人少訟，
四句田父多言，恰成極強烈而有趣的對比，一「淳」一「醉」，
看似相距十萬八千里，其實卻自有意趣相通之處。莫非田父之
醉，亦是里人「淳」樸之一種樣相？人享稻蟹之口福，莎雞則施
展喧唱的天機和自由。如此種種，正好構成一種幾乎超越時空的
「野趣」，因此作者為了強調其中妙味，乃誇張地宣稱：這不是盲

目地癡戀家園。

此詩由首二句的低調，逐漸回升，逐漸蛻變，由景而情，復由情而景，自有一種迂迴宛轉的情調。

其十一：

> 欲沽嗟市遠，煙火隔江波。客到寒齋少，人歸晚渡多。污書燈盡落，驚枕艣聲過。豈敢愁荒寂？時危免負戈。

這首詩由首句的「嗟市遠」一直到六句的「驚枕」，彷彿始終處於一種「不滿意的情境」中。沽酒求醉，卻礙於市集太遠，不能常常如願，但見江上一片煙波，遠處火光微渺，若有百里之隔。而寒齋客來少，益覺其寒，對襯晚渡歸人之多，心中不免惆悵。此為室外到室內的景象；而室內呢，因為燈燼偶落，書頁上不免受到玷污，若有遺憾，再加室外江船搖艣而過，枕上亦不得安眠。兩句倒裝，寫出多少鄉居生活的情味！凡此種種，正好扣住七句的「荒寂」二字，但作者一翻前面的情思，用「豈敢愁」三字打頭，而以「時危免負戈」一句墊底，使讀者為之一愕，旋即鬆了一口氣。這種逆折的藝術效果，有點近似美國現代小說家歐亨利（O' Henry, 1862-1910）的短篇小說中所常用的，一個逆反全局式的結尾。

其十二：

> 野色迴蒼蒼，開門葉滿塘。僧來雙屐雨，漁臥一船霜。靜裡修香傳，閒中錄酒方。平生當世意，到此坐成忘。

首句又用了一個疊字詞，上加「迥」字，更見力量。而次句之
「開門葉滿塘」，則儼然是一幅完整畫面的呈現。此際讀者似已享
用飽足的大自然意象，不必再有所添加、裝飾了，於是作者轉而
刻繪人物景象：僧「來」，只見其雙屐淋滿了濕漉漉的雨；漁人
「臥」船，卻陪伴著一船之霜。雨、霜本是同類，僧、漁卻迥然
有別，如此調勻在一起，竟亦恍若有緣了。五、六句接續前一
聯，似疏而實密：修香譜者必僧人，錄酒方者或漁者，但更可能
的是：作者（我）兼而攝之；此時無辨勝有辨！接下去的「平生
當世意」到底何所指？「猛志逸四海」（陶潛）？「少小尚奇節」
（嚴羽）？到此亦不暇數說推敲了，因為莊子之「坐忘」，早已涵
蓋了原來的情意！

　　到最後，讀者才恍然大悟：「開門葉滿塘」的人生境趣，便
是坐忘平生。

　　其十三：

　　　　紅樹南江近，青山北郭遙。江清目渺渺，林冷髮蕭蕭。食
　　　　鱠知晨釣，聽歌識暮樵。尋常送歸客，不過水西橋。

紅樹、青山，正是高青邱之「麗」，配以南江、北郭，一近一
遙，風姿嫣然。三句呼應首句，江清因近而可辨，然江水畢竟浩
淼，故有「目渺渺」三字繼之（〈九歌〉中有「目眇眇兮愁予」，
眇、渺相通）。四句遙接二句，山郭間有樹林，因林中寒冷而覺
髮之蕭蕭。食鱠是味覺意象之隱含，聽歌是聽覺意象，知晨釣、

識暮樵則是對漁樵二種身分的人之無言的歌頌。生活中所需所
求，莫不有源有本，此詩雖非憫農惜農之什，卻自有「粒粒皆辛
苦」的餘思。而末二句則又展示作者的文士本色，也許正像東晉
大師慧遠之送客不過虎溪吧——送客不過水西橋，但八字之上
冠以「尋常」一詞，卻又為此一意思留下了若干彈性空間。此詩
整而復散，搖曳生姿。

其十四：

> 何戲可徘徊？林間共水隈。夜歸家犬識，春睡野禽催。有
> 地唯栽藥，無村不見梅。興來憨獨飲，時喚老農陪。

「何戲」猶言何處。自問之後，繼之以自答：林間與水邊。然後
又戛然而止。但由「夜歸」二字，可以上接「徘徊」二字的思
致；徘徊後夜歸，其景其地之堪供賞玩，不言而喻。家犬親人、
人間有情；野禽催人由春睡中醒來，則是另一種情味——人與大
自然若有默契。有田地便栽藥，令人聯想起杜子美「乘興還來看
藥欄」的雅意；此一組詩，其實處處讓讀者緬懷老杜卜居浣花溪
畔的光景。六句「無村不見梅」，更由近景推向中景、遠景、大
遠景，令人視野為之一擴，心胸為之一暢。六句之後，忽然一
斂：「興」字猶承上文緒餘，「憨」字一轉，「時喚老農陪」又
復一轉，全詩至此，可謂飽足圓滿矣。仔細想來，這樣的結尾不
正似陶潛〈歸園田居〉中的「過門更相呼，有酒斟酌之」嗎？略
微不同的是：淵明不說一「憨」字。這正是高啟異於陶潛的地
方。

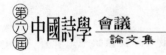

其十五：

> 狂多愛出遊，日日問江頭。小草皆春意，遙山自晚愁。酒
> 中時有得，物外復何求！不詠騷人調，蘼蕪任滿洲。

此詩開門見山，寫出他愛出遊的主因──「狂多」、狂而狀之以
「多」字，憑添不少風趣。日日赴江頭而問之，其實不是「問」，
而是一種人與大自然的自在自如的對話。小草可愛，遙山亦可
親，表面上一說「皆春意」，一著「自晚愁」，其實二者（更可推
擴到三者四者云云）之喜怒哀愁，早已與作者合一。酒中所得，
亦不外以上所抒；物外無求，更把這一道理、這一境界渲染得格
外清晰。人生至此，夫復何吟何詠？故結句以「蘼蕪任滿洲」展
現一種任其自然、不假外求甚至無欲無盼的境界。

　　此詩中的末句，與「其十二」中的「開門葉滿塘」意境相
似，但二者在詩中的作用卻不同。

　　其十六：

> 居似臨邛宅，耕非鄠杜田。已償輸稅米，未覓賣文錢。把
> 卷憐長日，看花愧少年。翛然閉門處，楊柳桔槔邊。

居似司馬相如故里臨邛之宅，雖從兄弟借貸，猶足以為生⑪；鄠
杜屬今陝西省鳳翔市，為一片沃土⑫，作者亦不企慕。人生在
世，少欲即福，故既能償付租稅，即不必怕賣文無處⑬。生活中
無非把卷讀書，長日悠悠；看花賞景，猶遜少年（此處一「愧」

與「其十四」的「慼」義旨頗近）。最後是閉門待憩。而末句「楊柳桔槔邊」五字，不僅交代了這座郊墅的周邊風景，也增添了鄉居生活不少情味（桔槔是會發出聲音的），有餘不盡，繞梁三日。

十六首詩，於此無一長語收結。

綜觀這十六首作品，大致可以歸納出下列幾點特色：

一、十六首組詩，首與首之間並無完整嚴密的結構，可說是疏散中自有一種有機的關係。

二、全部作品洋溢著一種悠然自得、翛然塵外的情調和生活趣味。

三、顯然頗受陶潛〈歸園田居〉等詩及杜甫草堂時期諸作品的影響，但因為作者中自有主，外有生活之實境，以故這十六首作品不可以「擬古」限之。至於詩中所展現的情味，亦可比美於韋應物、范成大等唐宋詩人。

四、十六首詩頗講究格律，頷頸二聯皆中規中矩，卻又不失於雕琢生硬。

五、常背反近體詩中頷聯先寫景、頸聯再抒情的通例，有時先情後景，有時景情交錯迴環，有時情景融合，甚至無跡可求。

六、十六首詩以平淡清麗為主要風格，偶有稍濃至處，但幾無激越豪放之什。這當然不能代表高啟的全面風格。

七、十六首詩中偶爾用典，其比例較低，因為言為心聲，為情造文，便不必多用典實。陶公如此，子美在草堂期亦復如此（按楊慎以為好用典為老杜缺點之一⑭，草堂期的作品應視為例外）。

八、各首詩結構完密，或似散而實整，或一步一趨，字字精
嚴。

　　總之，由這十六首詩可以看出，高啟絕不是一個只會模仿的
詩人，而且善用性靈，亦能自成格調。

注 釋

⑴據商務印書館國學基本叢書本《高青邱詩集》統計所得。又，朱彝尊
　　《明詩綜》選啟詩 138 首，為全明之冠。

⑵在明代著名詩人中，只有楊慎的二千五百多首略超過他。

⑶同⑴，序文，頁 4 。

⑷見《四庫全書總目提要‧鳧藻集》（商務版），頁 3588 。

⑸《明代文學》（商務版），頁 78 。

⑹同⑴，卷首詩評，頁 2 。

⑺高啟之生平及詩風可參看蔡茂雄編著之《高啟》（林白版）。

⑻同⑴，頁 473 。以下 16 首至 477 頁止。

⑼《三國志》（開明版）卷 7 ，頁 25 。

⑽此類實例可參看朱任生編《杜詩句法舉隅》（中華版），頁 23 。

⑾參見《漢書‧司馬相如傳》。

⑿老杜有「杜曲幸有桑麻田」句，即指此地。

⒀陸龜蒙詩有「唯我有文無賣處」，杜甫有「本賣文為活，翻令室倒懸」。

⒁見《升庵全集》卷 2 ，又引見張祖涌〈楊升庵在文學史上的地位〉，此文
　　收入中研院中國文哲所中國文哲專刊《楊慎研究資料彙編》（林慶彰、
　　賈順先編），頁 197 。

性別與書寫

試析明清女性詩集序跋之相關意涵

彰化師範大學國文系

許麗芳

壹、前言

　　明清女性之書寫與作品出版一時盛行，迥異於歷代女子之書寫表現，相關評論亦豐富多元。而歷來以女性角度之研究亦漸趨多方，傳統以男性中心之思考固然引起諸多反省，然以女性為中心之研究亦多側重女性個人背景或作品風格為研究取向，至於男女之彼此互動與評價則多未提及。本文擬以明清女性詩集序跋為中介，藉由分析此類文字中男女作者對於書寫之思維與價值觀點，期見性別概念於書寫活動之思考與判斷中之影響，其間之言語策略、自我認同、價值判斷與自覺或認知等之異同與反省，即為本文之論述重點。

貳、風教傳統對女性書寫之影響

　　男性書寫者對於女性之從事書寫態度各異，然道德風教卻為彼此之論述判準。因性別概念而區別同異①，其中有排除、有確

立，而此為分析明清時期婦女從事書寫之主要前提，先強調女子
書寫之殊異，進而予以排除或認同，此為此類序跋文字之認知與
陳述傾向。如費密序《唐宮閨詩》曰：

> 密傳詩於父，傳注之外，父嘗為剖決其大旨曰：「安天下
> 之道，先治其近；近治矣然後可及其遠。詩人以衽席之事
> 顯然發諸聲歌；奏於宗廟朝廷，欲使後王取為治也。……
> 後觀唐史，見其失國者三，皆蘖起婦人。」於是父之所授
> 教，始暢適於意中，歎息篤信，而無毫末之惑，何也？唐
> 之所有天下者，隋也，隋氏之末，其君樂近婦人，以致亡
> 國。太宗臨御，貞觀之政，號為近古，然未嘗求致治之
> 本，以為子孫垂統之源，既任隋氏之遺俗，而不革禁，又
> 納巢刺王妃以萌亂始，一傳而宮中賤婢制天子如嬰兒，竟
> 成革命。中宗復位未幾，韋庶人、上官婉兒作害於內，幾
> 同武氏。……蓋唐之祖宗以來，天子從妃嬪貴主與群臣游
> 宴賦詩，習世久遠。夫上之化下，如水之潤枯，而斧之伐
> 柔也。故一時大家妾媵、民間女子穢辱可恥之事，不避忌
> 諱，且草木見孽、鳥獸學蠱、鬼物作妖，干犯人族，載於
> 雜說者甚多，其事固不可盡信，而其詩皆有可觀。彼俗尚
> 之陋壞，難以支救，亦足曉然於大都矣。唐婦人所為詩
> 歌，蟲鳥微音，然國家累世受禍，民俗百年蒙污，乃在此
> 等亦鉅矣哉。吾友劉子汾總唐一代婦人之詩為書，有后
> 妃、有公主、有貴人之妻與妾、有庶人之妻與妾、有女
> 冠、有尼、有娼，為類不一，劉子合而裁之，其完婦人之

行，則詩載上卷為正，其失婦人之行，則詩載下卷為餘，
婦人既完其行，是庶人之妻與妾也，賤也；而其詩不得不
為正；婦人既失其行，是后妃與貴人之妻與妾也，貴也；
而其詩不得不為餘，此固人志之無有不同者矣。劉子取人
志之無有不同者，定唐之婦人以規，使凡為婦人者，皆安
順守身，退然深靜，上之不敢亂國，下之不敢污俗。②

以優越且主流語調評釋唐代女子之品行與書寫，道德規訓是主要
衡量準則，而女子書寫之文才乃德行以外之條件，至多僅是輔助
德行之憑藉，是否污世禍國方為女子應有之關注點。又徐祖鎏序
《國朝名媛詩繡鍼》云：

盛世鼓鐘，半垂型於婦女，風人蘋藻，多煥采於詩歌，因
知氣應雄紅，奚減聲標繡虎，所應內言是凜，中饋攸司，
釵燕新飛，誰擬謝庭之雪；鬟蟬舊唱，祇怕陶嶺之雲，不
有表彰，能無湮沒？③

對女子詩作做單一取向之閱讀，即全然為《詩經》風教服務，而
無其他思索，而此似為女子從事書寫之合理基礎。上述文字雖意
識女子詩作流傳之不易，而予以傳述，然態度實仍見高下位階之
別。蔣機秀亦於《國朝名媛詩繡鍼·前言》云：

溫柔敦厚，詩教也。秋士多悲；春女善怨。然而二南鐘
鼓，音節平和，不聞桃未灼其有花；梅即摽而無實也。遇

不同，所以貞其遇者無不同，是謂無乖風雅。有兒女情，
無風雲氣，昔賢之論備矣。予謂徵才閨閣，蕙心蘭腕，著
紙生芬，兒女情不必無，脂粉氣特不可有也，其有淹通經
史，宛同不櫛書生，則更上一層樓矣。務急採登以光彤
管。④

以為女性書寫者之創作有一定之評價標準，所謂「脂粉氣特不可
有也」，窄化女子之書寫風格，書寫標準之歸於傳統「無乖風雅」
價值顯然可辨，高下亦分明。胡孝思序《本朝名媛詩鈔》云：

> 友倩曰：「詩言志，歌永言，男女詠歌亦各言其性情志節
> 而已，安在閨媛之詩不可公於世哉？子獨忘夫古詩三千，
> 聖人刪存三百乎？婦女之作什居三四，即以二南論后妃女
> 子之詩，約居其半，卒未聞畏人之多言，遂秘而不傳者。
> 且我之謀付剞劂，亦非漫無謂也。夫亦謂性情所在，志節
> 所存，與風化攸關，固未可珍之自好焉耳。斯世即多不可
> 莊語之士，豈絕無可莊語其人？況乎聖世崇尚文學，設他
> 日天子巡狩，命太師陳詩以觀民風，求所謂賦芣苡歌行露
> 者，獨闕如焉，諒亦當宁之所動容太息也，其何不可之
> 有。」⑤

雖肯定女子為文且加以印刷流傳，然據其詮釋判準，仍不離攸關
風化之詩教觀，此類對女子詩作之檢驗，實未見獨立思想。趙世
杰序《古今女史》云：

> 孔子於諸國之風而謂可以興、可以群、可以觀、可以怨，
> 采擷有韻之言，不廢江漢游女，誰謂三百篇雅什必盡出於
> 端人正士？……雖曰宇宙寥廓，世代綿邈，而女郎之輕
> 俊，饒有聲澤者，項背相望於世，大都外觸於境，而內發
> 於情，指冷齒芬，香喉檀板，傳之不盡。吾不知女才之
> 變，窮於何極，而所遭之變漸多，或事同而前後殊狀；或
> 情一而淺深殊態，併時代之升降、才伎之俊淑，影樣具見
> 於毫楮，一寓目而興觀群怨皆可助揚風雅，辟之賈胡巨
> 肆，珠寶服贄各陳，而展卷一閱，左右逢源，不亦快哉？
> ⑥

以端人正士比附女子，且強調「不廢江漢游女」之作，以為女子
從事書寫因可以興觀群怨「助揚風雅」而有合理性。

　　就序跋文字而言，女性自身多侷限於既有角色期待，明清婦
女之自我概念多習於固有角色與相關責任，道德規範為自我反省
之中心，所運用之語言與價值觀不同於男性系統，其間或許有若
干女性自覺，另一方面，此類文字亦多強調其之所以有發言機會
與發言傾向，父權價值實為主要關鍵。身處其中，婦女並無多元
選擇，其人與他人互動中亦未必意識自我完成，因角色之故，其
人所具有之犧牲或付出往往被內化，對此並無明顯質疑⑦。

　　至於女性針對自身書寫行為之認知，其間雖有若干自覺，但
《詩經》風教傳統卻為其人之主張依據，未必有積極自覺，而詩
文之事終為餘事，而非畢生寄託所在，此為明清女性書寫觀之基

調⑧。傳統價值與自我肯定等書寫觀點有其互動且對立之相關，
若干女性書寫者亦對二者加以融合，如田藝蘅序《詩女史》云：

> 遠稽太古，近閱明時，乾坤異成，男女適敵，雖內外各
> 正，職有攸司。而言德交修，材無偏廢，男子以文著者，
> 固力行之緒華；女子之以文鳴者，誠在中之閒秀。成周而
> 降，代不乏人，曾何顯晦之頓殊？良自采觀之既闕也，夫
> 宮詞閨詠皆得列於葩經；俚語淫風猶不刪於麟筆。蓋美惡
> 自辨，則勸懲攸存，非惟多考皇獻，抑亦用裨陰教，其功
> 茂矣！豈小補哉？然聖史如司馬子長，尚寂無所錄，其後
> 間紀一二，概已疏矣。所幸稗官野史，略有條書，樂府名
> 家，多因附見，往往上闡元化，下總物情，縱未能媲美於
> 二南，庶足以揚休乎六義，致使群英聯句，俊女擅場，眾
> 妙探題，騷人閣筆，故能膾炙世口，頡頏士流。⑨

所謂「男女適敵」之論述準則，實突破以往男女之既定觀點，然
對於女子詩作所以不傳，歸因於聖人採詩刪詩之道式微，而以為
女子詩作實「上闡元化，下總物情」且「足以揚休乎六義」，而
此亦為女子詩作「膾炙世口，頡頏士流」之價值來源。其中既肯
定男女情各得有相對之價值與定位，亦肯定女子書寫之必要，然
其價值之所在顯然仍在於既有大傳統之標準，另一方面，此類說
法實亦呈現女性書寫者刻意以主流傳統為依歸，即所謂風教功能
之注重，此類追求或可視為女性書寫之必要依據。又顧若璞序
《閨晚吟》云：

余唯唯否否，曰詩難言哉！女子言詩，抑又不易也。自詩
謹非儀，禮嚴閨閫外，一語之發，人咸刺譏。既苦無師
承，又不能窮山川草木以發其奇宕之思，況所稱漢魏六朝
降而唐而宋元，此其辨在神與氣之間，不徒以其格調也。
此豈可摹合而論斷乎？然卜子夏有云，發乎情，止乎禮
義，婦德兼婦言，古識之矣。卷耳之什，首列風人，未見
踰節，柳絮單詞，流耀千載，安在具體靜而正，思而不
傷，近齊梁之纖麗，而不失漢魏之高古。⑩

此類說法固然肯定女子之書寫活動，然明顯皆以風教禮義或結合
婦德以為準則，並視為書寫合理化之主要依據。主要著眼點仍不
失既有之女性書寫價值觀，即女性得以從事書寫行為，然未必具
有獨立抒發個人情致之地位。如陳芸自序《小黛軒論詩詩》云：

婦女有才原非易事，以幽閒貞靜之忱寫溫柔敦厚之語，葩
經以二南為首，所以重國風也。惜後世選詩諸家不知聖人
刪詩體例，往往弗錄閨秀之作。即有之，常附列於卷末，
與釋道相先後，豈不怪哉？且有蒐擇未精，約略纂取百數
十家，一家存錄一二首，敷衍塞責，即謂已盡其能，與付
諸荒煙蔓草湮沒者何異乎？婦女之集多致弗克流傳，正出
於此方。今世異有識者，咸言與女學。夫女學所尚，蠶績
針黹井臼烹飪諸藝，是為婦功，皆婦女應有之事。若婦
德、婦言，舍詩文詞外末由見，不於此是求而求之幽紗誇

誕之說，殆將並婦女柔順之質，皆付諸荒煙蔓草湮沒。⑪

陳芸之言除質疑一般世俗對女子詩作處理態度之缺失外，並提出
女性詩作應獲致重視之原因。然其論斷依據在於女子之作不違
《詩經》溫柔敦厚之旨，且強調文才亦為女性應具修為之一，所
謂婦德婦言並稱，以凸顯女子為文可彰顯婦女之德主張，以為文
學當屬女學之應有內涵，且由此可見女子之特質。此說雖具女性
自覺，然卻亦因此而再次強調女性於社會之既有角色期待，亦不
違傳統之價值區判，令女性之書寫概念仍受限於傳統觀點。又惲
珠於其《閨秀正始集》弁言中陳述其編詩之基本態度：

> 昔孔子刪詩，不廢閨房之作，後世鄉先生每謂婦人女子職
> 司酒漿縫紉而已，不知周禮九嬪掌婦學之法，婦德之下，
> 繼以婦言，言固非辭章之謂，要不離乎辭章者近是。則女
> 子學詩，庸何傷乎？獨是大雅不作，詩教日漓，或競浮豔
> 之詞：或涉纖佻之習，甚且以風流放誕為高，大失敦厚溫
> 柔之旨，則非學詩之過，實不學之過……（余）乃不揣固
> 陋，自加點定，凡篆刻雲霞，寄懷風月，而義不合於雅教
> 者，雖美弗錄，是卷所存，僅得其半，是集名曰《正
> 始》，體裁不一，性情各正，雪豔冰清，琴和玉潤，庶無
> 慚女史之箴，有合風人之旨爾。⑫

雖有「女子學詩庸何傷乎」之觀念，然依據點仍在於婦言亦為婦
學之範圍，藉釐清溫柔敦厚之詩教內涵，且強調其收錄標準在於

「義不合於雅教者，雖美弗錄」，至其詩集名為「正始」，均可見其價值觀點，既強調女子為詩不與女教相違背，亦因而確立女子之固有規範，甚而決定女子為詩之唯一取向。又桂尊女史序《奩製續泐》云：

> 余閨闥筆牘也，烏知詩？烏能贊一詞以弁詩？夫詩之難言也。浮游拮響則中氣不充，繪事施飾，則太素無本，矧吾儕者，縑緗非職針線是聞，間有吟詠亦聊以適情耳。……《三百》始以〈關雎〉，詩莫尚於女子，乃秦漢以還，虞悲雖逝，咸泣春殘，明妃秋木之傷，班姬齊紈之怨，皆得諸死生離別，憂鬱苦辛。迄於六朝，左芬令嫻，桃葉芳姿，琢句敲詞，往往譜入管弦，被諸聲歌。唐人踵之，五字七言，炳炳燐燐，固一時之盛也。宋詩一歸正大，元明尤多作者。孫徐李陸，並驅中原，人望見其赤白之羽，如火如荼，咸指為平陽娘子軍，一且可以當百，國朝奩製不一而足，乃泥言不出閨，銀管裁就，半盡書筍，良可慨歟！名媛蕊仙云，報貞靜之姿者，儘不乏披風款月；具佻達之行者，或不解賦草題花，而況青陵矢志，黃鵠哀鳴，節行彌增其光烈，孰謂詩非壼職所宜有乎？[13]

論述基準不離女子之固有角色認同，對女子書寫之解釋取向亦單一，雖肯定女子之寫作並歷述女子為文之流變，但以為「報貞靜之姿者，儘不乏披風款月；具佻達之行者，或不解賦草題花」，德行與文才之比附解釋女子為詩乃職分之所在，判斷依據仍不離

傳統價值系統。

　　無論男女之書寫者，此類說法實亦呈現女性書寫者刻意以主流傳統為依歸，即所謂風教功能之注重，此類追求或可視為女性書寫者所具有相對之自期自信，而超越僅以注重婚姻家庭之書寫原則。然即使如此，此類現象並非意味當時女性已具有絕對獨立之思想或價值判斷，相反的，傳統影響仍具關鍵地位。而其中以《詩經》溫柔敦厚詩教觀為主要思考重心，對《詩經》詩教之不同取向之閱讀詮釋而有不同之論述關注，男性以詩教而評定女子之為詩；至於女性亦多以詩教做為書寫合理之辯護憑藉。父權傳統長期影響之下，女性明顯處於弱勢，即使女性意識到此一現象，亦未必對個人處境有所質疑。於序跋中反多見女性書寫者強調男女有別之價值觀，另一方面，得以運用文字書寫之女性雖相對優勢，但亦有賴男性社會或傳統父系價值之認同，故多訴諸《詩經》之風教典範，以尋求自身之書寫或編輯之正當性，或藉以反駁相關之否定與質疑，反未見女性自我肯定之獨立思索。

　　男女兩性之思考內涵異中有同，即父權價值相當程度介入女性從事文學之評價中，有關道德典範與合法正當之解釋中，性別角色印象仍刻板固定，而序跋中積極鼓勵態度之言辭傾向，實具有先視為異端再求其同一之陳述規則，此類句法雖於風教限制下強調多元與包容，然限制仍在，價值亦仍單一，女性之書寫仍未有獨立價值⑭。

參、權力場域與書寫成就之評價

於明清有關女性書寫之序跋文字中，亦見另一種陳述傾向，即因評者個人立場而加以比附或強調，此類對女性書寫之另一種詮釋角度未必真正肯定，而具有女子殊異之前提中，凸顯書寫風格高下等價值意涵，對女性書寫之基本觀點猶未全然反省，至於為求立論之可信而等同士人與女子之書寫位階，此實有異前此之說法。如朱之蕃序《名瑗彙詩》曰：

> 古今才士之作，不啻充棟汗牛，後先女史之詞，何獨晨星
> 朝露？爰探往牒，翻作新編。詞以類分，人從世紀，上自
> 宮帷戚里，下及荒墅幽閨，或入道而洗鉛華；或倚市而攻
> 歌舞，苟談言之微中，咸咳唾以成珠。倘真意之克宣，傳
> 火薪而閱世。大則有關於理亂興衰之數；小亦曲闡其深沈
> 要眇之思，正固足表其蒼筠勁柏之操，衰亦能寫其風雲月
> 露之致。奏之房中帳底，歡醻不隔千秋，縱同濮上桑間，
> 鑑戒可垂百代。取而譬之，進乎技矣。驚濤駭浪，幽澗寒
> 泉，絕嶠懸崖，平原廣野，耳目常新於聞見；心神頓改於
> 聽觀。孤鶴唳雲，遙諧霜空之旅雁；啼鵑泣月，忽連野店
> 之晨雞。春鳥秋蟲，難默於時之既至；雨蕉雪竹，驟響於
> 物之相遭。此皆天籟之自然，豈曰機心之強致。⑮

以「人」為審視角度，而非男人女人之性別區分，對於女性

詩作之關注與批評雖涵蓋各方，然亦不免強調其中之興衰鑑戒功能，然主要仍在於藉女子詩作之自然評價，而凸顯其人對於當代書寫活動中機心造作之譏。又如鍾惺序《名媛詩歸》云：

> 故夫今人今士之詩，胸中先有曹劉溫李，而後擬為之者。若夫古今名媛，則發乎情，根乎性，未嘗擬作，亦不知派，無南皮西崑，而自流其悲雅者也。今夫婦人始一女子耳，不知巧拙，不識幽憂，頭施紺幕以無非耳。及至釵垂麗髮，露濕輕容，回黃轉綠，世事不無反覆，而于時喜則反冰為花，於時悶則鬱雲為雪，清如浴碧，慘若夢紅，忽而孤邀一線，通串百端。紛溶前蓁，猗狔帥歡，所自來矣。故凡後日之工詩者，皆前日之不能工詩者也。夫詩之道亦多端矣，而吾必取於「清」……蓋女子不習軸僕輿馬之務，縛台芳樹，養絪薰香，與為恬雅。男子猶藉四方之遊親知四方，……而婦人不爾也。……嗟乎！男子之巧，洵不及婦人矣。其於詩賦又豈數數也哉？然此非予之言也。劉彥和之言也。彥和云，四言正體，雅潤為本，五言流調，清麗居宗。今人工于格套，丐人殘膏，清麗一道，頻弁失之，纈衣反得之。……則夫名媛之集不有裨哉？或曰坊於淫，或不盡出於典則，不見衛莊姜班婕妤，豈不丹靡曼乎？獨是不徵于文獻，不載于名山，無輶車觀風之赴告；謠俗聞見之傳信，其裒輯為難，獨一二有心之士，偶與之論述，爰命梓人永之。⑯

以詩歌清麗風格稱女性詩作，論述模式則顯見其人對性別之既有思考，以為女子先天條件並不如男子，所謂「夫婦人始一女子耳，不知巧拙，不識幽憂，頭施紺幕以無非耳」，然實際詩作卻得凌於男性之上，「凡後日之工詩者，皆前日之不能工詩者也。」，即女子雖遜於男子卻可勝於男子，而又言「今人工于格套，丐人殘膏，清麗一道，頰弁失之，襤衣反得之。……則夫名媛之集不有裨哉？」雖旨在批評男性文人詩作之弊，然其中「頰弁失之，襤衣反得之」之先言其卑、方論其佳之句勢，隱然可見男女性別原有之高下差別，而女子詩作之被提出或重視，亦在於為特定詩歌主張做呼應。又鄒漪序《紅蕉集》云：

> 抗、遜、機、雲沒，而乾坤清淑之氣不鍾男子而鍾婦人，難言哉。顧予歷覽古今閨閣之傳與否，亦有幸不幸焉。《三百》刪自聖手，二南諸篇什七出后妃嬪御、思婦游女。……顧其人自一二經史顯著外，大約姓氏無憑，邑里莫攷，此詩傳而人不傳者也。若乃麗色傾城，……，皆名標載籍，字句寂寥，此人傳而詩不傳者也。……唯夫紫玉南山，陶嬰黃鵠，越女采葛之謠；霍妻渡河之引，虞悲悵下，咸泣宿春，班姬銜怨於離宮；蔡女吹笳於出塞，白頭寄恨，盤中述情，斯鬋筠管芸箋，輝煌千古，要皆得之死生離別，幽怨苦辛。求其芙蓉養繭，句寫合歡，苣蔲薰衣，吟成連理者不數見焉，則論才於閨閣之獲傳者，其詩難，其人難，其遇更難耳。晉宋六朝，綺靡成習，於是左芬令嫻之應制；桃葉芳姿之小詞，莫不譜入管弦，被之歌

舞，稱娛耳悅心矣。唐人蹬之，洪度玄機，才情格調，尤
逼作者。但上多宮掖，下雜風塵，由宋迄明，流傳之途亦
復如是，間有岳陽樓中，清風嶺上，節義流芳，人人膾
炙，苟為鸞臺鳳閣之妃，白頭舉案；翠羽鳴璫之秀，青鬟
畫眉。即有篇章，半留筐篋，此無它，重閨教者，防妒口
於金籠；慎瓜田者，懼多言之玉碎，不知謝庭詠絮，何傷
林下之風；蘇氏迴文，異彼桑中之謔。況曲房朱戶，窈窕
簾櫳，絛脫步搖，玲瓏妝鏡，珮環非職乎縴細；師傅僅閒
於針線，乃能鏤月裁雲，題花賦草，豈非天才獨秀，大雅
不群。⑰

以「而乾坤清淑之氣不鍾男子而鍾婦人」，指出女子詩作之勝
出，亦肯定女子之文才，乃「天才獨秀，大雅不群」，並提及女
子既有之遭遇與困境，及受限於風教限制，因而形成流傳不易、
詩作散佚之結果。此序文與《名媛詩歸》序皆以「清」肯定女性
詩作之佳處，然亦僅藉女子詩作之評價而為個人文學價值觀點作
呼應，即於女性詩作中尋求個人主觀思考之依據，未必對女性詩
作有全然之正視或關注。至若以殊異角度審視女子之詩作，則更
見此類序跋對女子之既有評價認知仍存有傳統影響，而非積極重
視或提倡，如尤侗序《林下詞選》云：

靜女之三章，取彤管焉。衛人詠宣姜，鬒髮如雲，貌信美
矣，不若莊姜綠衣燕燕之詩，至今憐之。生平嘗集百恨，
如学蘿西子冠世國色，乃錦帆香逕之間，不留韻語，亦一

恨也。雖然燕支之婦，多享厚福；翰墨之姬，每嗟薄命。
……然幸而傳世者，雖紅顏黃土，後人諷其篇章，猶想見
其垂鬟低黛，含毫吐墨之致，綢繆鬱結，如不勝情，如有
斷粉殘鉛，寸璣尺璧，珍重愛護，十倍尋常，不似吾輩鬚
髯如戟，放筆頹唐徒供儻父調笑而已。⑱

序跋中明顯意識性別與書寫之異同，但未必是平等看待女子之書
寫，女子詩作之所以被珍重愛護，乃在於其性別所致之風韻神
致，對女子詩作之領略閱讀，亦多結合貌美特質，而所謂國色不
留韻語，實為一恨，此恨自亦屬男子之恨，此類見解呈現女子之
性別意識仍明顯大於書寫之文才，亦非真正重視女性之書寫。至
於書寫條件之異同，黃傳驥序《國朝閨秀詩柳絮集‧補遺‧續編》
亦有所提及，其言云：

山川靈淑之氣，無所不鍾，厚者為孝子忠臣；秀者為文人
才女；其鬱而不宣者，結為奇珍異寶，餘而不盡者，散為
芳草奇花。夫忠臣孝子，史不絕書，爭光日月，即文人亦
得以尺簡寸牘，榮當時、傳後世，心慰而氣稍舒矣。惟閨
閣之才，傳者雖不少，而埋沒如珍異、朽腐同草木者，正
不知其幾許焉也，此曷故歟？蓋女子不以才見，且所遇多
殊；或不能專心圖籍，鎮日推敲，此閨秀專集之所以難成
也。成帙矣，而刻之未便，傳之無人，日久飄零，置為廢
紙已耳。家人及子若孫且不知，遑論異地哉？遑論異地之
能盡採哉？此閨秀合集所尤難成與難傳也。⑲

其間才女得以與文人並稱，然女子之社會角色實不同男性，是以
書寫條件自亦殊異，角色期待不同，社會文化形塑之下，女子之
書寫環境亦有所欠缺。不同於男性書寫者之背景，女性書寫者從
事書寫活動之有其主客觀限制，對於得以自我陳述之條件，及是
否具有主動之發言權或詮釋權等意識，亦有所反省，如沈善寶自
序《名媛詩話》所云：

> 閨秀則既無文士之師承，又不能專習詩文，故非聰慧絕倫
> 者，萬不能詩。生於名門巨族，遇父兄師友知詩者，傳揚
> 尚易；倘生於蓬蓽，嫁於村俗，則湮沒無聞者，不知凡
> 幾。⑳

即意識到女子之書寫前提與條件限制，此實與男性之主動性有相
當區別，亦見女子是否得以書寫為文並傳揚，實有賴父兄，而非
可獨立決定，自亦無主動之自覺與發言權。又駱綺蘭序《聽秋館
閨中同人集》云：

> 女子之詩，其工也，難於男子。閨秀之名，其傳也，亦難
> 於才士，何也？身在深閨，見聞絕少，既無朋友講習，以
> 淪其性靈，又無山川登覽，以發其才藻，非有賢父兄為之
> 溯源流、分正偽，不能卒其業也。迨于歸後，操井臼、事
> 舅姑，米鹽瑣屑，又往往無暇為之。才士取青紫、登科
> 第，角逐詞場，交遊日廣，又有當代名公巨卿，從而揄揚

之，其名益赫然照人耳目。至閨秀幸而配風雅之士，相為
倡和，自必愛惜而流傳之，不至泯滅。或所遇非人，且不
解咿唔為何事，將以詩稿覆醯甕矣。閨秀之傳，難乎不
難？㉑

此一說法超越以往所謂文采非女子事之看法，反意識到男女因性
別與社會期待之差異，而使女性從事書寫活動之際，面臨相當限
制或困難，乃至寫作成就之高低皆有所影響，基本上可視為對男
女書寫者之處境與機會作一客觀比較，且凸顯女子書寫之是否得
以流傳與認可，父權系統之態度顯然為關鍵。女子此一有待之前
提下，亦難掌握自我之發言權。女子之所以有此類遭遇或困境，
且為其人之所獨有，關鍵在於女子之事並非為文，不似才士理所
當然「取青紫、登科第」為人生志業，故女子之為文有所限制亦
有所前提，此為性別期待差異所致，而女子於其間從事書寫自易
遭受質疑，且有待於男性價值系統之是否認同，甚而予以支持，
彼此權力差異顯然有別。

　　女性書寫者之寫作背景或時機實不免有其隨機特質，即往往
須於日常生活之設限或作息之閒隙中完成書寫活動，亦多與日常
生活作息或相關人事要求有所衝突，是以寫作時間往往零碎片
段，與男性之全然投入，甚而以為畢生志業所寄有所差異。所面
對之現象或取捨，與男性亦有所異同，男女雖面對共同之傳統觀
念與價值，然自我於傳統之定位中則有分歧，不同性別致使焦慮
亦有不同，女性書寫者之特有矛盾，主要來自道德規範而形成自
責或內疚。至於男性，亦在於道德價值之判斷，主要為對全體環

境之負責，而非僅限於家族。另一方面，男性重視其人自我道德
學識或成就之提升，或許避免道德缺失之譏而刻意收斂文字表
現，然至少無懼於書寫活動。至於女性則多未能肯定其於書寫活
動中之表現，對於自我之評價則不同於男性，不免有刻意壓抑與
自我否定參與書寫活動之合理性。

　　傳統上無論男女書寫者之於書寫活動皆有其掙扎矛盾，主要
均著重於自我與全體之互動之認識，以一介個人面對龐大之書寫
傳統，歷代書寫者往往置自我於一渺小謙遜之境，男性書寫者所
思考者為個人人生價值是否得以展現，是否符合既有之價值主
流；至於女性則著重於個人參與書寫活動合理性之反省與遲疑，
而衡量標準自是傳統價值觀與一般世俗概念，對傳統女性之書寫
表現而言，性別角色或自我認同等層面之獨立與自由思考實遙遠
難及，此自有時代限制。而書寫或可成為少數女性所具有之條件
與優勢，其間亦藉書寫反映女性自身及外在環境對此之反省，然
受限於傳統價值，即使有所自覺，亦難全然突破，傳統與社會之
期許形塑仍具有一定之影響效果。

　　女性對自身反省之內涵多著重於對角色認知、社會責任或日
常瑣細等處境，女性雖多以其社會角色與責任加以比附書寫活
動，故有自責、有辯解、有折衷，可見不同性別之書寫價值觀。
而女子應對既有規範之順逆態度，亦呈現其人是否得以全然操作
書寫之權力與價值，且男女於書寫場域中權力差異之懸殊，乃在
於價值為父權系統所界定，而男性對於女子從事書寫與作品表現
之批評，亦多因個人相關價值或主張而各有解釋取捨，未必真正
客觀面對女性書寫之多方面向，而女性於書寫活動，縱有新創自

覺，亦難超越父權影響範圍㉒。

　　不同性別面對固有之文化背景與價值判斷，所衍生之反應與
實際表現亦有異同，可確認的是，傳統之影響實有其長遠力量，
於歷代傳承累積下得以不斷擴充壯大，即使屬於邊緣定位之女性
書寫活動，亦受特有傳統之強大影響，傳統價值所形成之疑慮與
不安，對照於自我實現之自覺自省，其人於書寫表現過程中屢有
不安與疑慮之特徵於焉形成，而為明顯且特有之書寫意識。

肆、角色期許與才情揚抒之反省

　　傳統上，書寫為男性文人固有之優勢權力，女性於其間亦有
類似自覺，而以文字書寫做為女性自我表現之一端，社會價值與
自我定位對書寫活動及文字特質亦有影響，得以超越既有限制，
不同於官宦閨秀之書寫意識與實際表現，所謂歌妓或女冠者之作
品往往呈現相對較多之自我抒懷成分，㉓詩中具有女性於書寫中
之少有自信，其人身分往往給予書寫之自由空間，亦成為書寫者
背景與自我文字表徵之特殊關連。如梁小玉《古今女史》自序
云：

> 批風抹月，鼎呂屬於騷壇，袞正鉞邪，刀球歸於椽筆。余
> 女子也，僭定石渠，無逃越俎，纂修彤管，或免曠官，二
> 十一史有全書，而女史闕焉。掛一漏百，拾大遺纖，飄零
> 紙上之芳魂，冷落閨中之玉牒，是以旁摭群書，鏊為八
> 史。……顯幽悉闡，鴻細僉收，亦香奩之水鏡，淑媛之志

林也。一外史……二國史……三隱史……四烈史……五才
史，夫無才便是德，似矯枉之言，有德不妨才，真平等之
論，迺如巧心潛發，藻思颿飛，著作勒丹青，結撰潤金
石，獨照之匠，大雅之宗千秋，大家惠姬輩未易彈指也。
六韻史……七艷史……八誡史，夫桑間濮上，並廁〈關雎〉
冶女，淫風可砥芳潔，婦人之駘軼失檢者豈少哉？人生於
情，而節情乃導情，誰能無欲，而損欲勝多欲，摘為女
戒，是欲火坑中清涼散也。嘻世有知我者其目余為女董狐
……⑳

對女子文才之批判具有獨立思想與價值觀，以人情之常肯定女子
之行與女子之作，其中「人生於情」之「人」為包含男女兩性之
總稱，而視女子之有情有才實屬自然，其亦明言為「有德不妨
才，真平等之論」，其價值判斷顯然不同於以往之觀點而有超越
性。而此類思想之突破或因論者特殊背景所致，傳統價值觀強調
女子無才便是德，卻肯定或欣賞歌妓文才，顯現對女子之矛盾情
結，而亦因此使歌妓具有相對主體性。特殊社會背景之女性得以
超越既有限制而抒發個人抱負期許，相對於前述女子以家庭與個
人關係或責任為書寫基礎之現象，其高度自由不受約束之表現形
成另一書寫特質。一般女子則仍以其傳統限制而做反省之依據，
如桑貞白自跋《香奩詩草》云：

　　妾本桑林中女，幼荷嚴母庭誨，日究女訓列傳經史，以明
　　古今。方識漢有曹大家、中郎女；晉有竇滔妻；宋有朱淑

真：明有朱靜庵，俱各儁才巧思，異句奇章行世，心甚企
慕，捧誦之餘，欲追芳躅，應難吻合。茲適所天，素耽佳
句，益慰薰陶有自。時遇明月流天，芳菲映地，或風晨雨
夕，輒燒水沈、烹雀舌，促膝吟哦，遂忘寢食，歲久漫成
下里數十百言，錄成一帙，少紀閨中漫致，實非踰閾之言
也。㉕

陳述其人從事學習與書寫之自得自適，且強調其中女性文學之影
響，又言「捧誦之餘，欲追芳躅」，書寫動機具有主動性，而其
自我之書寫評價則仍在傳統價值中，而有「下里」及「非踰閾之
言」等認知。又沈靜專自序《適適草》云：

至於太沖作賦，三年始成；長吉嘔心，鬼才僅見，而立言
一途已列功德以下，況卑而技巧，如披文繡闥，敲句緣
窗，又何足重哉？余也夢筆未覯生花，勻箋愧乎擘蜿。竊
以詩之為道，不勞而獲者。雖曰淺率似有性存，而雕琢愈
工則形神俱困，欲適反勞矣。昔人云：「風行水上，自成
至文。」又東坡言詩以無意為佳，則吾輩旨槳是任，筆墨
之業固非望於閨閫，又焉敢作綺語以落驢胎馬腹。但撫孤
影之空寂，志先人之窀歌，緣景會心，借情入事，殊有蕭
然自適之趣，回念吾家詞隱先生，清風師世，所言莊生自
適，或亦質之余而有合乎？㉖

文中既比較文學與功名之別，亦反省男女寫作期待之異，雖意識

女子寫作之先天侷限，仍不改對書寫之關注，雖謙言一己之無文才，對詩歌仍具積極態度而與人生情志相比附，以適志作為書寫之趣與目的所在。雖為女性，然不避對於書寫之投入與認同，與傳統思考有所差異。李淑儀自序《疏影樓名姝百詠》云：

> 嘗聞人多情，草木忘情，有情即有劫，人但知多情者多
> 劫，而不知忘情者亦不能免劫。草木之劫起於人，而人之
> 劫起於天，落英飄絮、泣雨啼風，花之劫也，亦人之情
> 也；紅顏憔悴，青史紛紜，人之劫也，亦天之情也。其間
> 貞淫百變，色相萬殊，誠不可以言該。而凡歷劫堪久，寓
> 情獨遙者，花則以香豔傳，人則以才美傳，其權固花自操
> 之，人自操之，天不得而限之，如儂者固情中人，亦劫中
> 人。……差不異乎花之情，雅不同乎人之情，亦不能遁乎
> 天之情；是則安其劫可也；淡其情可也，而何比有言，然
> 安其劫而劫更深，談其情而情益重，此儂百美新詠之作，
> 所以繼百花新詠而作也。[21]

以情劫並稱而闡述人情之必然，肯定人之天生情致與抒情之必要，其中書寫吟詠則為情劫之抒發憑藉，並肯定此類歷劫寓情之過程乃女子所當有，未見因性別而對書寫有所質疑或不同詮釋。

另一方面，女性書寫者於歷代之承襲與發展中，亦逐漸於道德風教注重之外，同時呈現因書寫活動而形成之自我反省與審視，及個人遭遇對書寫活動之影響，女性終意識書寫之於其人，實具長久且必要之意義，亦有「一吟一詠，亦有微長，未必謝於

昔人也」之自信，而以為書寫雖非女子之首務，卻有聊寄吾志之
作用㉘。言女子因處境之窮而影響書寫活動，「詩以窮工，亦以
窮廢」為其感慨，終以困窮之激勵情志而落實於書寫中。㉙對於
書寫，除藉以困頓中以求自娛遣懷外，並藉以「鳴其不平、鳴其
不幸」為註解，肯定女子抒情之所必然。此類文字呈現書寫活動
向有之困頓背景，或個人對於書寫之謙遜態度，亦皆呈現抒展自
我懷抱之期許。亦對個人遭遇或書寫表現有所反省及自期，而超
越以往之道德關懷，逐漸著眼於個人人生發展或定位，反映一定
程度之自我審察與關注。

　　女子藉由書寫而得以審視更多之自我，然受限於現實責任與
道德要求，書寫活動往往具有業餘特質，此與男性書寫者從事書
寫之背景有所差異㉚，然若以人之情志為思考判準，則或可超越
性別之思維限制，如秋蟾女史自序《伴月樓詩鈔》云：

　　　　且夫詩者言其志也，而人之志無定也，必處何等之境界，
　　　乃造何等之思想，此所謂志也。有何等之志向，必出何等
　　　之言語，志之所在，詩之所出也。若在山川曠野，其所吟
　　　得之詩無非花鳥蟲魚之詩；在朝所吟得之詩，無非忠君愛
　　　國之詩；在讀書時所吟之詩，無非治亂興亡之詩；在閨閣
　　　中所吟得之詩，無非風花雪月之詩；故詩之所在，喜怒哀
　　　樂之情亦所托而見也。㉛

以為詩言人之志，且人志受處境影響而有不同思考，無論男女均
有喜怒哀樂，亦因而確認男女均有書寫與抒懷之合理性，此類書

寫之認知與定位實超越男女之性別異同而有獨立思索。又馮徵善
序《閨秀詩選》云：

> 自玉臺肇選，蔚為巨觀，循是而還，代有袞輯。明珠百
> 琲，仙霞九光，莫不粹紈扇之新辭；拾金釵之墜句，風流
> 文采，粲粲一時尚已。顧詩之為恉，以道性情，文人學
> 士，志託表章，雖復鈿閣紬奇，綠窗發簡，長歌短引，甄
> 錄靡遺，求其深遠微至，有時會心，願言之思，不啻自
> 口，孰若以莊姝之才調，闓麗則之風徵，翕然芳澤之均
> 調，笙琴之協響與。㊲

強調女子詩作亦同於文士，著眼於詩歌道人性情之基調，而以為
深遠微至，有時會心，是女子與文士之作等同也，自亦符合既有
文學價值，而無須質疑女子之為文。

　　傳統書寫之價值依據往往來自於對外在環境之關懷與貢獻，
至於個人懷抱，則往往較為忽略，甚而形成書寫者本身之自我約
束與焦慮來源。就女性之書寫行為而言，無論何種書寫表現，藉
由語言文字之表達陳述，其中即具有女性之自我完成與自我省察
之目的，相較於男性書寫者之意識，女性書寫者往往另有自我懷
疑之矛盾或焦慮，即書寫活動似與個人應有之修為有所衝突，而
此亦形成女性於書寫或行動所呈現之特質。

　　傳統於女性書寫者之影響，在於因對書寫力量之肯定，亦同
時形成自我定位之矛盾遲疑。是以於女性書寫意識中，往往可見
其人對於自我之批判，此與男性書寫者以人生價值為衡量標準之

書寫態度明顯有異。範圍各有差異，然認知與焦慮則有一定之類似性，由之影響女性對於其從事寫作之認識；既希冀有所傳世，亦不免受限於傳統壓力或自我否定。然無論是個人自覺或時代演進，或基於何種背景動機，女性書寫者之於書寫實有其表現欲望，是以文字書寫有其不得不然之處，藉由書寫，女性得以審視自身，且以一種不同於男性書寫者之標準加以看待㉝，其間所謂「人」與男人女人之辨別，女性之自我認同、女性彼此之情誼共鳴與獲致他人之認同等，為此類序跋所呈現之另一側面。

伍、結語

傳統價值影響自是既深且遠，其間之主流優勢與價值判斷亦主宰整體書寫環境，其中性別期待之異同尤屬明顯。而性別概念實多與道德相關涉，有關書寫之道德詮釋，《詩經》無疑為此類序跋論述之價值典範。女性書寫者往往藉《詩經》之風教詮釋意向，為其人從事書寫之道德合理憑藉。而男性不認同女性之書寫，亦多藉風教觀點加以批評，即使有肯定女性之書寫者，亦多以合乎《詩經》風教等道德化詮解加以證明。

就男性於相關序跋中所呈現之論述而言，多屬優勢主導之語氣，批評與質疑者自不待言，即使肯定者，其文字亦多具有評價賞勵等意涵，究之陳述理路，不免強調女性之異於男性，因而有特殊之先天差異前提，以此類前提予以審視女子之作，未必是基於真正平行之性別概念，書寫本身或作品表現皆因性別而有展示或發揚之價值，㉞或因此形成被質疑之關鍵。男性作者對於女性

書寫之促進協助是否果為平等視角與價值觀點，而女性作者是否果為具有獨立價值判斷，仍有待反省。

性別概念於序跋中一再被強調與意識，事實上，性別是經由某種行動類型不斷重複，且即時建構起之認同。亦因為性別意識為世俗方式或行動所持續且恆久建立之自我想像，是以性別意識或可視為是由一系列規範所形成，而此類規範或被內化，或被集體一再模擬，從中取得自我認同。㉟性別形塑影響之下，女性之處境與限制反成為個人內化概念，而對此毫無自覺或懷疑。明清女性之書寫觀仍在於傳統價值體系中運作，未必有積極性或取得平等相對之思考。其人意識到個人之社會處境與書寫機會之關聯，然而對此之應對反省則多有分歧，或承認此類性別社會分工之傳統；或同情女性書寫條件之相對侷限，尤有進者，則提高女性之位階，以為女性並非劣於男性，應以平行相對而非高下差別之思考角度看待女性之書寫，然畢竟少數。

即使女性強調書寫抒懷之合理性，或從事具有聯結女性情誼之編輯工作，亦多僅凸顯女性著作與流傳之困難，性別之差異既具有結構與欲望等意涵，又與權力及認知等相關，明清婦女對於既有之陰陽二元之認知與語言使用可能具有之歷史文化意涵並無質疑，反多植基於此一論述，嘗試獲取異中之同，而非思考何以女子先天即為異。女子之詩歌語言中或許具有異質與多元特徵，然語言敘述本身已具有歷史意義，父權系統顯為主導力量，女性一旦使用語言文字，即不可避免進入符號之指涉過程。女性一詞不僅是性別之別，亦具有母妻女等社會結構因素，即使女性得以使用符號，然皆已被詮釋過，最終仍趨於男性價值一元化及單一

化。傳統男性價值之書寫觀影響深遠，其對於女子之書寫創作，實有複雜內涵，且被一再有意無意操作，即使被評價之女性主體亦多參與此一運作中，甚且為此價值傳統加以維護而無獨立思索，而此應是批評此類序跋文字之關注重點。㊱

注釋

① 凱特・米勒（Millet Kate）在《性別政治》（*Sexual Politics*・London: Virage Press,1971）第二章中，以女性讀者角度，對其所處之文化系統所認可之文學作品作出批判，強調構成此類男權成見之背景，其重點在於差別，而差別卻是後天所創造，絕非先天即成。就閱讀與寫作層面而言，往往展現傳統根深柢固的性別成見，對男女之角色期待各有分界。女性於其中承受限制與局限，男性則取得完全之發言與主導權，並取得規範與批判之權力，即使於文學中亦如此。米勒以為神話與宗教中，女性的各形象由男性依需要而加以塑造，並藉以提供其迫害附屬群體之理論依據，合理化其行為。兩性之間是支配與從屬關係之權力結構。男性所擁有的權力是天生的，為一種社會常數，此一價值理念被內在化，進而鞏固持久，並成為價值觀與倫理觀等價值建立之基礎。
② 胡文楷，《歷代女子著作考》，（商務印書館），附錄，頁55-56。
③ 胡文楷，《歷代女子著作考》，附錄，頁71。
④ 胡文楷，附錄，頁71。
⑤ 胡文楷，附錄，頁69。
⑥ 胡文楷，附錄，頁45。
⑦ Gilligan C., *In A Different Voice* 卡羅爾・吉利根（C. Gilligan）著，肖巍譯，《不同的聲音：心理學理論與婦女發展》（北京：中央編譯出版

社，1999）第三章〈自我概念與道德概念〉，頁71-76。

⑧ 女性之所以熱中他者，乃臣服傳統社會之結果，無自覺更無反省質疑之能力，甚至據此以建立其所謂幸福之認知。對於自我之表現與能力，亦多有質疑，就中國傳統而言，才命才福相妨之觀點有深遠影響，文才不僅有害道德，亦恐損害幸福。

⑨ 胡文楷，附錄，頁37。

⑩ 胡文楷，頁145。

⑪ 胡文楷，頁441-442。

⑫ 胡文楷，頁478-479。

⑬ 胡文楷，附錄，頁58。

⑭ Chad Hansen 著，周云之、張清宇、崔清田譯《中國古代的語言和邏輯》（北京：社會科學文獻出版社，1998）第三章〈中國古代語言的背景理論〉（頁70-78），以為語言使用過程中，實表現規範、劃分及區別等內涵，其中具有主體之價值判斷或刻意操作之策略。以男性文人於明清女性詩集序跋之文字，可見其人對於女性寫作乃先「確立殊異」、進而「貶其異」或「容其異」之句勢，實見上述之思維。

⑮ 胡文楷，附錄，頁39-40。

⑯ 胡文楷，附錄，頁41。《四庫提要》疑此文非惺之作，然藉評女性詩作以確立其文學價值觀則顯然可見。

⑰ 胡文楷，附錄，頁52。

⑱ 胡文楷，附錄，頁51。

⑲ 胡文楷，頁76-77

⑳ 胡文楷，頁283。

㉑ 胡文楷，頁90

㉒ Gayle Greene 和 Coppelia Kahn 編,陳引馳譯《女性主義文學批評》
(*Making A Difference: Feminist Literary Criticism*)(台北:駱駝出版社,
1995)第三章奈麗・弗曼(Nelly Furman)著〈語言的策略:超越性別規
範〉以為,無論文字話語出自男性或女性,均不免受到父權價值之影
響,並引述斯蒂芬・希斯(Stephen Heath)所言,對被提出的問題的任
何回答,最終都將以男性的話語的認同為方式,此非因某些概念是屬於
男性的,而是因為沒有考慮性別的差異下,任何話語都是父權主導的反
映(頁57)。

㉓ 唐代女冠或因社會處境與其他婦女之差異,而於文學中表現出對自我之
自信,如魚玄機〈留別廣陵故人〉:「無才多病分龍鍾,不料虛名達九
重。仰愧彈冠上華髮,多慚拂鏡理衰容。」及薛濤〈寄舊詩與微之〉:
「詩篇調態人皆有,細膩風光我獨知。月下詠光憐暗澹,雨朝題柳為敧
垂。長教碧玉藏深處,總向紅箋寫自隨,老大不能收拾得,與君開似教
男兒。」見趙世杰、朱錫綸編輯《歷代女子詩集》(台北:廣文書局,
1981)卷五及卷八。

㉔ 胡文楷,頁129。

㉕ 胡文楷,頁117。

㉖ 胡文楷,頁94。

㉗ 胡文楷,頁260。

㉘ 如吳綃自序《嘯雪庵詩集初集》云:「余自稚歲,僻於吟事,學蔡女之
琴書,借甄家之筆硯,緗素維心,丹黃在手二十餘年,冬之夜,夏之
日,驪虞愁病,無不於此發之。竊以韓英之才,不如左嬪;徐淑之句,
亞於班姬,假使菲薄生於上葉,傳禮經、續漢史,則余病未能,一吟一
詠,亦有微長,未必謝於昔人也。邇年覽《墉城仙錄》,見諸仙女羽中

舉之事，又讀陶〈隱居〉、〈真誥〉；誦〈九華〉、〈安妃〉之言，文章豔逸，鄙心慕之，雖遊神州之五岳，泛溟海之三山，非女子之事，然睹煙霄、眄日月不覺遠也，草衣蔬食聊寄吾志云爾。」

㉙ 如顧若璞序錢鳳綸《古香樓集》云：「溯余往昔自少至老，稱未亡人者六十年，險艱茶苦，罔不備嘗。若余之遇，可謂窮矣。然而間事詩書，或逆境紛來，悲憤填膺，輒投筆而起。詩以窮工，亦以窮廢，今婦所遭幸不至是，坎坷幽憂，足以堅其志，芸編緗帙，足以竟其學，有窮之益，而無窮之損，其在斯乎？」又其《鈔韻軒詩稿》自序則云：「昌黎云：『物不平則鳴』，又云：『將窮餓其身，愁思其心腸，而使自鳴其不幸。』凡以論能鳴於詩者也。若余則不然，益困頓無聊之境，借以自娛外，每囑存稿，余頗以為　　　　　爾塗鴉，反資談柄焉。今春外遠館鰲峰，余閉門課子，繡倦炊閒，偶檢舊笥，得昔年詠句約百首，并近作，挑燈手錄，原知篇不成篇，句不成句，豈曰鳴其不平、鳴其不幸耶？亦第抒寫性情，工拙誠所弗計，庶幾當窮餓其身，愁思其心腸之會，憑禿管為解嘲而已。」

㉚ 大致而言，書寫活動往往非傳統價值之首要關注點，而是人生挫折後之自省或抒發行為，是以男性書寫者往往因其人生遭際而為文，然女子既無社會事功成敗之壓力，其挫折來源則來自家庭婚姻之變故，即使人生過程順利，其人之書寫亦往往於生活作息片段中方能為之。

㉛ 胡文楷，附錄，頁96。

㉜ 胡文楷，附錄，頁78。

㉝ 語言文字或知識本身對於社會秩序或權力而言有其中心重要性，而女性一旦從事書寫活動，明顯運用語言文字之力量，此舉顯然與其既有之社會地位，甚或其本身自我定位有所衝突，是以作品中往往可見自我之不

安與焦慮。另一方面，亦有女性書寫者則表現強烈之自信，然於實際作品內容之安排或書寫背景之陳述上，則又不免陷入傳統之設限中，形成另一種形式之對立。

㉞ 如孫康宜於其〈從文學批評裡的「經典論」看明清才女詩歌的經典化〉，收於其所著《文學的聲音》（台北：三民書局，2001），指出明清婦女選集大量湧現，且從選集題目可見女性作者在地位上的提升，明代以後，女中才子、名媛才女、女弟子等相繼出現，顯見對女子才情之重視（頁24）。相對於前朝，明清婦女固有較大之書寫空間，然而就當時文人一再強調之女性性別，其實亦見此類文人之言說心態，才女之名固是有才，但女亦為重點。

㉟ Judith Bulter, "Subversive Bodily Acts," *Gender Trouble :Feminism and The Subversion of Identity*, pp.139-141. Bulter 於此主要是探討性別之虛幻性，與其中之表演意涵，然其所提出之性別形成過程亦為思考重點。

㊱ Judith Bulter, "Subversive Bodily Acts," *Gender Trouble :Feminism and The Subversion of Identity*. pp.79-93. Bulter 批評 Kristeva 主張女性可由詩歌語言加以顛覆瓦解既有之語言象徵系統，其以為，Kristeva 之說實維護既有一元價值，應直接反省所謂一元價值背後之意涵，如此方能解除被歷史文化所詮釋之限制，才有無限開放的可能。究之明清婦女之寫作意識，顯然無此認知與表現，而多於傳統概念中之運作與思考。

園林空間與女性書寫

論清代隨園與袁枚女弟子的詩歌創作

國立暨南大學中文系兼任講師

黃儀冠

壹、前言

　　閨閣女性詩歌創作在明清時極盛，留下的文本作品亦豐富，清代至乾嘉時期進入太平盛世，經濟繁榮，文藝發展隨之興盛蓬勃，隨著江南地域商品網絡的流通，以及文風鼎盛，使得社會風氣漸漸開放，對於女性的教育日益重視，尤其是世家大族對於閨秀教育更為注重，這些閨秀或受到家學薰陶，或延攬老師指導，再加上江南地域文風的濡染，使得閨秀能詩善畫者眾多。再者，因為男性文人對女性創作多抱持嘉勉鼓勵的態度，所以有閨秀執贄求教，願列門牆，因而形成文壇上特殊的現象①。清代尤以袁枚門下女弟子最為著稱，幾乎達數十餘人②。本文以《隨園女弟子詩選》為主，旁及袁枚的作品③，探討袁枚與女弟子詩歌唱和的活動。其中女性閨閣在從事筆墨創作活動時，應當恪守「內言不出，外言不入」的婦德準則，然而從現今我們所能見到的袁枚女弟子詩歌作品，卻不乏閨秀呈詩於袁枚以求教；或者拜訪袁枚，悠遊於隨園的女性身影；亦記載著袁枚曾經大會眾女弟子，

江浙閨秀欣然與會的盛況。閨秀參與詩會，拜訪文人，發表詩作，呈露一己的情思，寄託內在的心志，必然與閨閫之外的世界產生聯繫，也必定與傳統閨範「內言不出於外」的準則產生牴觸，筆者不禁想要探問內／外，私領域／公領域的界線與閨秀筆墨創作之間的關係，也想要探索「空間疆域」的豐富意涵與女性書寫之間所引發的文化現象。另外，筆者進一步運用袁枚女弟子的詩作文本來想像當時所形成的閨閣社群，以剖析這群閨媛才女們所開拓出以女性發聲暫居本位的文化空間。

貳、空間形構與性別論述

婦德閨範雖隨著時間的推移，內容日趨複雜、豐富，但從眾多的女教讀物，諸如班昭的《女誡》、明代仁孝文皇后所撰的《內訓》、宋若華的《女論語》等，可看出閨閣教育的內容實質上仍是一種倫常教育。基本框架不脫「男尊女卑」、「男外女內」、「三從四德」，以及「女子無才便是德」等價值觀④。主流閨範的論述將男女天生的差異性，通過社會規範的制約，使得男女生理表徵的差異等同於社會角色的形塑。透過男女有別的教育，男女活動空間的區隔，深化男女之防與尊卑有序的道德理念。《禮記》云：

> 天先乎地，君先乎臣，其義一也。……出乎大門而先，男
> 帥女，女從男，夫婦之義由此始也。婦人，從人者也，幼
> 從父兄，嫁從夫，夫死從子。夫也者，夫也；夫也者，以

知帥人者也。⑤

父權文化下所界定的女性，依附於父親、丈夫與兒子，本身並不
具獨立性。女性透過婚約關係，以妻子、媳婦和母親等陰性附屬
角色，才能取得在父系族裔血統中的合法身分。父權文化運用婚
姻關係將女性收編到整個封建專制的權力結構之中，一切人倫關
係都歸納到天地五行陰陽的哲學體系內，有利於朝廷便於行使專
權，以強化其政治性內涵，故《春秋繁露》云：

> 君臣父子夫婦之義，皆取諸陰陽之道。君為陽，臣為陰，
> 父為陽，子為陰；夫為陽，妻為陰。陰道無所獨行，其始
> 也不得專起，其終也不得分功，有所兼之義。⑥

由於傳統封建文化確立陽／陰、君／臣、父／子、夫／妻二元對
立的意識形態與權力結構，不僅「陰道無所行」，而且「貴陽而
賤陰也」、「丈夫雖賤皆為陽，婦人雖貴皆為陰」⑦。所以居於
下位的社會角色（臣、子、妻），皆須聽從上位者，不得專斷獨
行，根據斯科特（Joan W. Scott）的說法，性別區分主要用來象
徵權力關係，往往成為建構和支撐權力的基本架構：

> 性別經常為政治權力所假借，成為產生、合法化或是批判
> 政治的工具。性別分野影射並且建立男女對立的意義，為
> 了使政治權力正常化，性別影射必須顯得確定，不似人為
> 產物，而看似自然或神創的一部分。⑧

父權建構的性別概念透過天地陰陽運行，化生萬物，賦予其人文
尊卑觀念，使其封建政治權力獲得穩固，君臣有如父子，尊卑上
下的地位是絕對而不可動搖。中國婦女在傳統性別權力結構的層
層象徵意義中，被賦予陰性的角色，再者，天地陰陽之說的高漲
將性別階級意識合理化，是故女性在陰陽權力論述中，被貶抑到
最卑下的位子，因而被剝奪了發言權與主體。

　　傳統文化裡，陽盛陰衰、男尊女卑性別論述，落實到空間形
構，即是男外女內活動空間的區隔，《內訓》序云：「古代教者
必有方，男子八歲而入小學，女子十年而聽母教。」⑨男女教育
的差別著重於「男主外女主內」，男子方面，讀書習禮，尋求的
是做官（求仕）之途，由修身、齊家、治國、平天下等逐步從內
向外發展。女子之教育，則重於倫理教化，規範女子為人女、為
人妻、為人母、為人媳的角色職能，接受如何處理家政的訓練。
故古代閨閣女子的空間位移，隨著從父、從夫與從子而有所轉
換，流動的位置主要在幽閉的居家空間。傳統閨範透過強調婦德
的重要性，將女性的職責與活動空間限制在家庭之內：

　　　　男子居外，女子居內，深宮固門，閣寺守之，男不入，女
　　　　不出，男不言內，女不言外，內言不出，外言不入。⑩

「男外女內」的論述規範男性適合向外發展，女性則趨於向內退
居；男性向外追求功名，女性退居家庭從事家務、育兒工作，如
此得以區分男女不同的分工職能，以及男女有別的活動場域，同

時也將女性的言語辯才與書寫活動圈圍在深閨內院之中。當我們進一步探究閨房在傳統宅居的方位時，傳統中國家屋的格局布置可謂倫理觀之文化符碼表徵，如杜正勝先生認為四合院為漢族建築的理想典型，其格局可歸納為「中軸對稱」、「深進平遠」二大原則，為儒家倫理觀的具體呈現。傳統家屋的院落布局內外分明，強調男女防閑、男主外女主內的社會性別分工原則⑪。男性文人十年寒窗，以求得功名，聞達於天下，從私家書齋到朝廷公職，由私域空間向公共空間擴展。閨秀才媛則從原生家庭的閨閣到夫家的閨閣，劃歸於「內」的範疇，所謂「正位於內」的女教規範，不論在原生家庭或是夫家，閨秀必須奉行班昭《女誡》所闡發的四德⑫，形塑自我克制，靜默寡言，卑弱下人的個性，養成幽閑貞靜的內向性婦德。女性的生活空間是深閨內院，與靜斂內向的婦德要求相呼應，乃是傳統禮教社會建構「婦女＝內人」的理想性別之具體實踐。

雖然傳統閨範嚴格劃分內／外之別，然而實際的生活空間，卻相對而言有一些彈性，促使女性創作跨越了內／外的間隔，也游移於公共／私密空間之中。明清時期隨著遊賞之風的盛行，明清時期出外旅遊的女性亦日見增多⑬。這些女性或隨夫婿宦遊，如嘉興王鳳嫻隨夫張本嘉赴任江西，吳郡徐媛從夫范允臨赴滇任兵部主事，錢塘林以寧隨夫錢肇修先在洛陽，後留居燕都等等；或偕同妯娌、兒女及諸女伴冶遊園林、雅集結社，如清初女性所組成的蕉園詩社、清溪吟社等等⑭；甚至亦有為求謀生鬻詩畫而四處奔波，如黃媛介等。種種女性生活形態皆顯示明清時期女性空間已不再像以往封閉禁錮，其文學雅集的活躍，文化生活及旅

遊活動所開拓的空間，在在都對三從四德等道德規範有所超越與突破。然而，明清時期雖然比以往的女子有較彈性的空間活動，但是女性旅行遊賞的活動相較於男性而言還是偶一為之，機會難得，而且女性得以從丈夫、父親或兒子宦遊者畢竟仍屬少數。大部分的女性在現實狀況裡，或困於家計，或限於環境，或受制於種種規範壓力而無出外遊覽的機會。再加上外在公共空間的構成基本上以男性的需求為中心，茶樓酒肆充滿有形無形的性別區隔與禁忌，閨閣女性外出，易造成拋頭露面的議論，尤其舉手投足暴露於男性的凝視（gaze）之下，必須時時關注自身行為是否合宜，自身行為是否符合「閨秀」身分，是故閨秀所能從事的文學活動，所能拓展的人際網絡，仍是以家族內聚空間形態為基礎再向外發展。

閨秀的活動空間以家庭空間為主，家庭空間是屬於私人生活領域，門戶內／外，形成公共／私密空間的範疇，亦是男／女性別空間的區隔。然而在家的空間場域中，園林的築設卻在私有的場域裡，開啟某種公共空間的意涵，明清時期文人營造家居園林的風氣極盛，園林可謂中國社會別具文化意義的空間形式，反映了某種社會文化的發展，並成為士大夫階級的身分及品味的表徵⑮。不論是朝貴的豪華別業或是士子的清幽小築，家庭空間中園林的設置，使家的空間呈現半開放的性質，園林是家的延伸，屬於私有的家族空間，但園林所具有的社交性質，又賦予園林具有一定的開放性。園林在房舍的平面空間結構中偏處於一隅，溝通私生活與外在世界，形成公共／私密空間的中介地帶，可知園林空間具有內／外雙重的屬性，遂成為必須遵守「內言不出閫外」

的閨秀最佳的發言空間。園林的位置分配在房舍範疇的邊緣，與
正位的廳堂形成一個中心／邊緣的相對位置；有些園林位居於城
市空間的外圍，與正統的政治權力形成鐘鼎／山林的相對場域，
園林無疑是暗喻著隱逸／邊緣的文化空間。此「邊緣性」雖是個
充滿負面意涵的詞彙，但卻充滿突破現狀的反動能量，另外「邊
緣性」也可能是個人主體意志所選擇的方位，以開拓一個不受社
會主流價值觀壓迫的發聲位置。園林空間正是處於一個邊緣模糊
的中介位置，它依傍於正統廳堂，鄰近於幽閉閨閣，卻連結外在
開放的空間，在古典小說戲劇裡，園林往往成為連結閨閣與外
界、凡界與他界的中介場域，形成正統儒家父權下的空間缺口，
使深閨女性能釋放壓抑的自我欲望，流露傷春悲秋的情感才思，
如鶯鶯、杜麗娘的後花園私會，或者大觀園十二金釵的詩社雅
集，均刻劃出閨秀在正統父權的政治權力下一個欲望展演的空
間。

　　由於園林具有溝通內在與外在空間的橋梁作用，使得園林具
有內在與外在兩種場域的雙重性格，因此，當閨秀悠遊於園林，
走出閉鎖的閨閣，遂開拓了閨秀觀覽萬物的視野，而園林空間處
處充滿文人意趣與哲學意蘊，故園林文化所承載的文人美學涵養
了閨秀的鑑賞品味，另外，園林雅集詩會亦延伸閨秀的人際網
絡，激發閨秀創作詩歌的能量，使閨秀得以暫時脫離從屬的位
置，發出自我主體的聲音。

參、園林詩會與閨閣社群

袁枚倡導性靈說，主真性情，重個性，尚才氣，廣收弟子，曾自述云：「以詩受業隨園者，方外緇流，青衣紅粉，無所不備。」⑯袁枚於晚年廣納女弟子，並在《隨園詩話》中博採女子詩，為女性詩歌保存表彰，唯恐其湮滅。其對於女性創作的鼓舞與尊重，使得女詩人才能得以發揮，並進而促成閨秀競相作詩的文化氛圍。其女門生前後達數十餘人，紅粉桃李，絳帷受贄，門生王汝翰推為空前之舉，嘗撰文述之至詳：

> 且夫殷淳撰集，嘗輯裙笄，不必其身在門牆也；常璩成編，遍傳閨闥，不必其親承几案也。元常筆劫之妙，僅傳諸茂猗；伏生尚書之文，偶授之好。豈有願為都講，竟在管妻鮑妹之倫；藉甚妝臺，悉呈宋豔班香之製。輝瞻南極，近躔有織女之星；光炳青藜，耀目盡天孫之錦。而先生則年登大耋，瓜李無嫌；口喚曾孫，姬姜盡拜，閨中淑豔，盡識耆卿，梱內英奇，群欽張祐。翩然立雪，有女如雲；或半面未逢，先寄瑤華千字；或片語初接，立呈麗製數篇；或清談甫竟，旋美膳之親調；或畫象偷描，輒心香以供奉；或千篇手繡，五色買幼婦之絲；或一字代更，三匝下兜羅之拜。琉璃研北，非白傳之什不吟；翡翠窗南，惟徐陵之序是乞。先生手持玉尺，量向金閨，開高會於聖湖，徵新篇於茂苑。簪花之格，臨池而爭角其工，賦茗之

章，入手而群驚其麗，敏傳擊缽，大張娘子之軍；譽起連
城，足奪士夫之氣。此惟夏侯授經義於宮中，差齊茲盛，
舉彼東坡遇名媛於海中，尚遜此休風者矣。⑰

可知袁枚晚年大收女弟子，其聲名遍傳閨閣，故當時的女詩人多
因仰慕袁枚文名而成為隨園女弟子，有藉父兄夫婿關係得以投卷
請益者；有未曾晤面，而先呈詩求教者；亦有袁枚聞其詩名，親
自登門求晤，而後收為弟子者。隨園師生關係的形式並無固定的
授業形式，或藉由書信往返，呈其詩作；或會面晤談，即席創
作。至於供奉先生等弟子之事，女詩人或繪其畫像，以心香供
奉，或雅集清談，親調美饌；或繡袁枚詩作，日日吟唱；或得到
袁枚指導，更動詩作數字，女詩人心悅誠服，深深叩拜。流風所
及，使得袁枚所收隨園女弟子在當時幾乎成為閨秀詩媛的代言
人，不僅個個工詩善畫，且品潔性高，平日言行及詩歌創作也成
為名媛閨秀學習的對象。

袁枚在乾隆十三年購得隋氏織造園，取其音改「隋園」為
「隨園」，自號隨園山人，世遂稱隨園先生，隔年又託病辭去江寧
縣令的職位，設築於江寧小倉山，號隨園⑱。袁枚所築隨園名噪
一時，其園內一景一物及文人雅集活動，莫不傳遞出園主袁枚主
體精神與審美品味。張堅曾在詩題中寫道：

白門有隨園，創自吳氏。余少時往遊其間，興廢不一。近
為簡齋先生所得，益修治之。依林麓下以為亭池臺榭，曲
折深幽，愈轉愈勝。先生以名太史作令來金陵，異政彰

聞，民咸德；以丁外艱，遂脫冠隱此。雖一水一石皆具千
岩萬壑之奇。昔邊遊歷名區，以山水助文心；而先生小住
此園，又以文心幻山水。余喜復遊其地，讀先生自為記，
竊有感夫人與地之相得而益彰者，敬呈一詩。⑲

袁枚藉隨園寄託隱逸之情，而「以山水助文心」，「以文心幻山
水」，「人與地可謂相得而益彰」，園林空間有助於詩文創作，並
象徵著園主的主體心性。袁枚的弟弟袁樹曾作〈隨園二十四詠和
家兄存齋〉⑳，將隨園景物書齋如倉山雲舍、書倉、金石藏、小
眠齋、綠淨軒等二十四種物象分別題詠，營構出遠離市塵，隱逸
閒適的林下風致。

明清時期社會經濟富裕，文人喜建園林，從文人美感出發的
家居造園，多將園林空間及物象視為自我品格的一種延伸，此園
林景觀可居、可遊、可思、可觀，不僅是客觀的欣賞對象，更是
園林主人主體精神的體現，和情感的物象呈現㉑。另一方面園林
的築造亦有社交歡宴的功能，蓋「士大夫之家居者，率為樓臺、
園圃、池沼，以相娛樂」㉒。袁枚所築的隨園，在當時亦負盛
名，「四方士至江南必造隨園投詩文，幾無虛日」㉓，園林空間
不僅寄寓文人隱逸自適的理想，同時也兼具文人社交休閒功能，
此一園林空間的構築居處於屋舍的邊緣，連結外在與內在的空
間，雖然具有社交的開放性，卻仍屬於家居屋舍所延伸的一部
分，對於閨閣女性而言，園林空間遂成為袁枚會客女弟子，與女
弟子談文論藝的最佳場域。

袁枚與女弟子之間的交往，除了詩歌作品互相贈答，以求心

靈上的契闊外，亦曾登門互相造訪，園林的空間場域為閨秀的詩才創作打開一道方便法門。從現今《袁枚全集》中，尚可見女弟子到隨園拜訪袁枚之後留下的詩作，如駱綺蘭〈過隨園呈簡齋夫子〉云：

柴門一徑入疏筠，為訪先生到水濱。絕代才華甘小隱，名山從古屬騷人。

閨裡聞名二十秋，今朝才得識荊州。匆匆問字書窗外，權把新詩當束脩。㉔

詩裡將一己對袁枚的崇敬之情流淌而出，稱頌夫子有絕代才華，隱逸於林泉山崖間，駱綺蘭自云雖身在深閨卻早已久仰夫子大名，以自己新作的詩歌呈給夫子，權充束脩。另外，閨秀陳長生亦有〈金陵阻風侍太夫人遊隨園作〉：

輕帆三日滯江干，為訪名園足勝觀。點染總教詩意滿，安排只恐畫工難。

一簾風月洪濡筆，六代鶯花伴倚闌。卻怪西泠山水窟，尚無勝地臥袁安。㉕

陳長生陪伴太夫人遊覽隨園，她感受到園內的景致充滿詩意，若要請畫工呈現並非易事，而園林的雅致意趣亦與一代文人袁枚氣質相稱，陳長生是浙江人，她感歎浙江尚無勝地可以供大儒安居㉖。陳長生有詩作《繪聲閣初稿》集於《織雲樓合刻》。《織雲

樓合刻》乃陳長生與其夫家葉氏姑婦姊妹著作合集，一門閨秀皆
掃眉才子，乃家學淵源，非尋常淺學者可比⑰。女性雖然沒有自
主的經濟能力可以構築園林書齋，然而閨秀身為名士文人的妻
室，或者出身於書香世家，屬於社會地位較高的社群，多半自幼
即能詩善畫，其才藝的訓練與男性文人並無異，其婚姻的對象往
往也是門當戶對的文人世族，是故閨秀婚嫁之後，也多能伴隨夫
家親友進入文人精英社群，參與親友的文學藝術活動。再者，由
於閨秀本身亦富才情，擁有與文人相當的風雅品味，因此閨秀往
往得以欣賞其他男性文人的園林雅築意趣，同時進入園林的藝術
空間予以歌詠題賞，並讚譽園主高雅情趣與審美品格。

　　女弟子陳淑蘭亦曾造訪隨園，而袁枚正巧出外旅遊，淑蘭賦
詩云：「為訪名園偶駐車，遊仙人已去天涯。自慚繡得簪花格，
猶領春風護絳紗。」陳淑蘭曾將袁枚的詩句繡成織錦贈之，袁枚
將之裁作門簾。又云：「高下亭臺位置宜，花飛水面鳥穿枝。貪
看魚影歸家緩，閒倚闌干弄釣絲。」淑蘭在隨園內悠遊亭臺，欣
賞花鳥，觀看魚影，閒倚闌干學文人垂釣，模擬文人垂竿閒逸的
心境。第四首詩云：「幾度蒙招未暇過（原案：蒙招看梅看
燈），居然人似隔天河（原案：五字即公朝考詩句）。非關儂性耽
疏懶，半為風半為病多。」⑱袁枚嘗邀約淑蘭到隨園來賞梅看
燈，然而淑蘭因體弱多病，無暇來遊，此次造訪雖然沒有見到袁
枚，但園內的閒適情調，想像漁隱垂釣之樂，都足以使閨秀暫時
脫離俗塵，融浸在悠閒忘機之意趣中。

　　除了在隨園會晤閨秀之外，袁枚曾經有幾次大會女弟子，其
地點在朋友私人園林內，他寓居於西湖寶石山莊時，曾宴集當地

閨秀，《隨園詩話補遺》卷一云：「閨秀吾浙為盛，庚戌春，掃墓杭州，女弟子孫碧梧邀女士十三人，大會於湖樓，各以詩畫為贄，余設二席以待之。」[29]此次的閨秀聚會稱之為湖樓詩會，從文獻上得知湖樓詩會共有二次，第一次的杭州湖樓盛會在乾隆庚戌五十五年舉行，而湖樓主人即孫雲鳳（碧梧）之父孫嘉樂，由於雲鳳曾唱和袁枚〈留別杭州〉詩，故其父〈上隨園先生書〉云：「兩小女素仰先生，又性好筆墨，俾為程式。大女不揣固陋，率爾奉和寄政，亦可謂不自量之至矣。……先生復俞君蒼石書中，過蒙獎許，並索其舊作。無知小兒女，猥辱宗匠垂青，榮幸無比。」[30]可知閨秀得以加入袁枚所召集的詩會，一方面得到父兄、丈夫的贊同（家族的支持），當作是從師問學的活動。另一方面，在私家園林之內，由湖樓主人之女作召集人，以家庭親族關係為主，延伸鄉里友朋，形成以地緣關係為主的閨秀詩會，較不構成敗德的行為。由閨秀的題詠可以想見當時名媛閨秀向袁枚請益，論詩評畫，極盡吟唱之樂。孫雲鳳〈湖樓送別序〉描述當時的盛況云：

> 夫太史有采之職，而《周南》多女子之詩；此夏侯所以授經義於宮中，東坡所以遇名媛於海上也。況夫西湖之勝，具見前人；北海之樽，重開今日哉！
> 我隨園夫子行年七十，婦孺知名，所到四方，裙釵引領。庚戌四月十三日，因停掃墓之車，遂啟傳經之帳，鳳等摳衣負笈，問字登堂，一束之禮未修，萬頃之波在望，暢幽情於觴詠，雅會耆英；作後學之津梁，不遺閨閣……群季

乏地主之儀，能無愧也，先生其門人之饌，有是禮乎！其
時風雨有聲，煙波無際，山花留紅，堤草縈綠。不櫛進
士，競傳擘絮之詩；掃眉才人，獨逞解圍之辯。或真珠密
字，寫王母之靈飛；或吐綠攢紅，畫仲姬之花竹。鳳率同
小妹濫廁諸君，既衣香鬢影之如雲，亦柳絮椒花之滿牘。
[31]

十三位隨園女弟子原本是深居閨閣之內的淑媛，不能輕易與親族
之外的閨秀與文人詩畫吟和，然而透過執贄問學的社交活動，在
私人園林以類似鄉里親友的聚會模式，與當時的名媛、文人悠遊
於湖光山色之間，從事詩畫創作活動，「或真珠密字，寫王母之
靈飛；或吐綠攢紅，畫仲姬之花竹」，經由詩畫交流鑑賞活動之
中，激勵彼此的詩畫創作，也開闊閨秀的眼界，增加其閱讀經
驗，更重要的是見識平日無緣深入交往之家族外的女性創作者。
女性閱讀其他閨秀詩畫作品，有助於增進女性對於自身從事創作
的信心，另外，女性創作及詩會社群的閱讀經驗，也使閨秀們凝
結出女性創作的楷模形象，及可資學習的女性典範作品。

　　第二次的西湖盛會，在乾隆壬子十七年春舉行，袁枚於相同
地點再次宴集女弟子，增收數位女弟子，孫雲鶴〈隨園先生再遊
天台歸，招集湖樓送別分韻（得「臨」字）〉云：

十載天台夢，先生已重尋。煙霞迎杖履，猿鶴認書琴。攬
勝憑雙目，傳經到故林。斯樓曾宴集，此日復登臨（原
案：庚戌先生來杭亦以是日宴於此樓）。浮荇涵芳沼，餘

花綴綠陰。舊遊還歷歷,弟子更森森(原案:潘、錢兩女士新受業)。講席奇方問,離筵酒又斟。教人歌折柳,看客寫來禽(原案:時夢樓年伯在座作書)。從學三年久,論交四世深。屢蒙時雨化,敢作候蟲吟。白下歸何速,途中暑未侵。新篁和粉折,遠磬入風沈。月照西湖樹,雲連鍾阜岑。寓園與鄉土,去住若為心?㉜

這次的聚會男性文人除了袁枚之外,尚有王文治與閨秀們唱和,而此次的女弟子除了舊識之外,又有潘素心、錢琳兩位閨秀加入。孫雲鳳及其妹雲鶴皆受業袁枚,曾被袁枚盛讚為「掃眉才子兩瓊枝」㉝,「宋家姊妹多才思」㉞更是隨園的世交㉟,故孫雲鶴詩云:「從學三年久,論交四世深」,整首詩皆以隨園傳經,女弟子得以親炙其春風化雨,深深感佩。湖樓請業的閨閣詩會,乃是以求教問學為其目的,故其女弟子所作詩歌也與其拜師請益的主題有關,如以下幾首均以〈寶石山莊送簡齋夫子還山序〉㊱為題:

玉局才華世所稀,抽簪湖海遂初衣。東南文獻存前輩,雲霧江天有少微。
手種薜蘿都作徑,心同鷗鳥並忘機。春風遠隔蒼山外,問字無因到絳幃。(錢孟鈿,頁227)

寶石山莊綺席開,行旌又向白門回。同人競寫簪花句,緊我慚非詠絮才。

路遠未能依絳帳，情深不惜罄金罍。明年湖上春歸日，魚
鳥還期杖履來。（吳淑慎，頁227）

文章寰宇重，姓字錦標新。解組投神武，還山作隱淪。隨
園傳韻事，故里著吟身。玉殿忘春夢，金陵樂養真。偶攜
雙桂楫，來訪六橋春。小草欣含露，名花欲款輪。水光澄
鶴髮，風影濕雲巾。問字逢先達，登龍拜後塵。吐詞爭獻
巧，作畫不辭頻。都學山難舞，思沾化雨春。分襟心尚
戀，立雪意難申。此後湖樓月，何時再問津？（徐裕馨，
頁228）

閨秀在湖樓送別袁枚，皆以同一詩題發揮才思，詩歌內容大都是
稱譽袁枚一代宗師願提攜閨閣才女，以及表達自己對袁枚崇仰之
情。閨秀與袁枚在園林空間舉行詩會，賦詩唱和，一者園林乃為
私人家居範疇的延伸，基本上閨秀並無拋頭露面之顧慮，再者孫
雲鳳邀集同鄉里之閨閣，同行者多數是名門閨秀，結伴悠遊於自
家花園之中，共同尊袁枚為師，對家族而言是一種呈詩求教的問
學行為，可藉以提升女眷的才德修養，與傳統婦德並無牴觸。又
如，吳柔之〈湖樓送別簡齊先生〉云：

記得蓬門駕小留，趨庭惜未識荊州。偶尋舊跡來湖畔，卻
自衙齋謁杖頭（原案：先生與家君至好，直至前年於曼亭
文似江潮隨地湧，人如海鶴任天遊。明春重到公尤健，天
遣風迎一葉舟。

> 滿城女士訪名師，同賦臨流贈別詩。只為獨居親藥柏，未
> 能旅進把松姿（原案：杭城能詩閨秀悉至湖樓賦贈別詩。
> 侄女以抱恙未果往）。
>
> 謝家庭內慚吟絮，坡老壇前敢仆旗。無那金陵歸棹速，六
> 橋花月有餘思。（頁 224）

吳柔之透過夫婿得以結識袁枚，當袁枚來到杭州時，滿城的閨秀
皆想探訪名師，故當地能詩的閨秀皆至湖樓賦贈別詩，可見閨秀
心中對袁枚奉為親師，其仰止之情也能為家族內父兄、夫婿所理
解，故閨秀得以與袁枚聚會於湖樓，並在私下贈答往返，詩藝交
流。在兩次的湖樓盛會之後，袁枚請名媛孫雲鳳採集閨秀之詩，
孫雲鳳曾在詩題云：「簡齋先生兩作西湖詩社，囑代採閨秀補入
《詩話》。山東鞠淨香名靜文，號淨香女史，才華清絕。今冬寄詩
數章見示，伏而讀之，且愧且喜。愧者，愧不知網外珊瑚，有辱
徵詩之命；喜者，喜得見篇中珠玉，可傳織錦之才。」㉟孫雲鳳
閱讀鞠靜文的詩作之後，大感意外，因為袁枚與閨閣唱和亦多在
江浙地區，故雲鳳只網羅江浙地區閨秀佳作，「曾執騷壇召客
符，掃眉人只索西湖」㊳，所以當她讀畢閨秀鞠靜文之詩作後，
深深感到此姝之作未編入《隨園詩話》，實在是遺珠之憾，特別
將她的作品記錄數章列於此詩之後㊴。由此可見閨秀之間互相讀
詩、評詩，並形成一個讀者與評者的閨閣社群，互相鼓勵與支持
筆墨創作，且透過袁枚及其女弟子的採詩，突破閨閣「內言不出
於外」的封閉性，傳播才媛詩名於其外，並達到傳世的效果。

　　袁枚在此次湖樓盛會之後，從杭州返回江寧小倉山隨園時，

亦曾在蘇州繡谷園舉行過一次閨秀詩歌雅集，從《袁枚全集》《續同人集》「閨秀類」所載的八首閨秀所吟送別詩，記錄了此次閨秀的詩會，這八位閨秀是張滋蘭、顧琨、江珠、尤澹仙、金兌、金逸、周澧蘭、何玉仙。當時金逸因病未克赴會，而其中這幾位閨秀如張滋蘭、江珠、尤澹仙等皆是女性詩人所組成的清溪吟社成員之一，其詩作皆收錄於《吳中女士詩鈔》之中⑩，可知這些閨秀平日即有結社吟詩的活動，亦為江蘇吳縣地域上赫赫有名的閨閣才媛。另一方面收錄於《續同人集》這八首贈別詩，皆以〈集繡谷園送隨園先生還金陵〉為詩題，內容亦不脫閨秀對自己詩才的謙虛之詞，並表達對一代文宗的景仰之情。另外閨秀得以會晤這位享譽文壇的袁才子，並且與地域上名門才媛齊聚一堂，拓展處於深閨內院的女性人際關係的版圖，故與會眾閨秀皆賦詩呈現內心愉快之情，但又恐此瑤池佳會何日能再有？⑪女性在私家園林拜師學詩藝，與鄉里名媛切磋詩才，彼此觀摩學習，由男性文人主持宴集並將閨秀作品加以品評、選錄，閨秀之間類似姊妹的情誼關係，而老師與女弟子之間則類似父兄尊長與親族女眷的關係，故不論在聚會空間上，或者人際關係上，袁枚與女弟子都呈現出擬親族的社群關係。因此，閨秀參加袁枚所舉辦的詩會，雖是模仿男性文人的雅集盛會，但是這些閨秀都自稱為女弟子，參加聚會主要目的是向男性文人請益，增加見聞與學問，此是一種高尚風雅的行徑，與歌伎周旋於文人之間的雅集歡宴，其性質有所不同。此種種複雜的社會心理、文化、經濟等等脈絡互動之下，遂產生女性閨閣的詩會社群及雅集聚會，並得以見容於強調婦德的閨秀階層與詩禮世家。

肆、園林臥遊與圖文互涉

女性寫作園林山水類的詠畫作品大都有覽圖臥遊之意，閨閣女子觀覽圖繪以摹想山林水涯，藉此來寄情養性，由於尚靜的閨範準則，以及宜室宜家的賢媛典範，將女性大部分的空間局限於門牆院落之內，是故女性創作山水類的詩畫以模擬山水形貌，提供臥遊寄性的生活情調，並且寄寓自我感性的生命情思。女性題詩寫畫大都是寄意抒情以排遣閒日，故自題自繪的園林山水圖其目的在於寫趣自娛，如柴靜儀云：〈題畫〉「香閣閒無事，丹青聊自娛。移將眉黛色，寫出遠山圖。」㊷可知閨閣女子筆墨草草寫就山水圖，以寄閒逸臥遊之趣。又茅玉媛〈題扇〉云：「信筆閒將山水塗，流雲走墨任模糊。自然有個如他處，不必披圖問有無。」㊸由於女性的生活空間大都趨向於內向性的閨房庭院，少有機會見識到實際的山川湖海、奇峰險境，是故女性在閒暇之餘信筆塗鴉題寫山水畫，懷想山明水秀之貌，展露女性自我閒適淡泊的心境，並藉由山巔水涘起興寄意，遊戲玩賞，以增進生活想像空間，並揮灑出女性自我胸襟意趣。

園林山水類題畫詩更多的是富於社交活動，以針對園林雅集圖為對象的題寫吟詠作品。由於園林的品味與風格象徵著園主的人格品味，也是園主取得文化精英分子身分的一種標記，故園林建成之後，成為園主與親族友朋雅集聚會以標榜清高與精英文化的場所。士大夫將園林作為宴飲雅集之所，園林既成，請親朋好友歌詠繪圖，以紀一時之盛。園林成為文人雅士歡宴的空間與觀

覽題詠的對象。袁枚曾請人圖繪隨園，成《隨園雅集圖》，並遍
徵詩文以紀其盛事，藉著圖詠讓更多文人雅士得以臥遊園林山
水，領受園林主人的生活情趣，以悠遊於文人理想的生活景致。
自唐宋以降，品題畫作即為文人所熟知的詩畫交融形式，而且靈
活地運用各種文體創作於畫作之中，題畫實際上已成為文人必備
的一種人文素養，一種詮釋繪畫的修辭方式。迨至明清題畫詩更
具有濃厚的世俗應用性質㊹，且富於社交方面的意義。一圖既
成，遍請社會名流文人題畫，成為標榜風雅品味的中上階層酬酢
行為。風氣所及，閨秀亦有為他人題畫的作品，或請名士文人為
之題畫的交流活動。

　　閨秀經由寫詩題畫的社交行為，一方面得以表徵一己的身
分，另一方面也得以與社會裡屬於精英階層的男性文人對話交
談。袁枚〈隨園雅集圖〉曾請周月尊題詞，《隨園詩話》卷二載
云：

> 余畫〈隨園雅集圖〉，三十年來，當代名流，題者滿矣，
> 惟少閨秀一門，漪香夫人之才，知在吳門，修札題，自覺
> 冒昧，乃寄，未五日，而夫人亦書來命題採芝小照，千里
> 外不謀而合，業已奇矣。余臨採芝圖副本，到蘇州告知夫
> 人，而夫人亦將雅集圖臨本見示，彼此大笑。㊺

袁枚畫〈隨園雅集圖〉，圖成遍請名士文人題畫，在《續同人集》
「題圖類」收錄二十一首題詠此圖的題畫詩㊻，但仍少閨秀一
類，故請閨秀周月尊為之題畫。袁枚再將此事題詩紀事，曰：

「白髮朱顏路幾重？英雄所見竟相同。不圖劉尹衰頹日，得見夫
人林下風。」⑰在此詩句裡不僅讚賞周月尊夫人有林下之風，而
且以英雄所見相同，說明女性之才智與男性相較並不遜色，由此
亦窺見由受業於隨園的閨閣詩人社群給予女性較開放性的發言空
間，也能尊重女性的心性主體。袁枚與閨秀周月尊的交往，經由
彼此的賞畫、題畫，及筆墨創作裡，充分得到共鳴和心靈交流。
周月尊〈題簡齋先生《雅集圖》〉云：

> 觴詠一時歸大雅，丹青尺幅託龍眠。新來公已感今昔，後
> 世人憑考歲年。香火緣逾金石永，文章神藉畫圖傳。等閒
> 鏤雪摶花手，特許題名詎偶然？⑱

在詩中先讚賞此《雅集圖》描繪出流觴飛箋之雅集盛會，丹青尺
幅可寄寓北宋當年畫家李龍眠之筆意，而幾位名士風貌文采也藉
圖繪傳豐神。閨秀周月尊特別被袁枚欣賞，特許題名作詩題詠，
亦帶給閨秀一種殊榮感。可此可知為他人題畫的行為本身，即富
含社會性的文本，將詩歌原有個人情懷抒發的性質，與社交規範
相互通匯互滲，題畫詩遂成為人際間溝通往還的媒材之一。袁枚
亦命女弟子之一的駱綺蘭題〈隨園雅集圖〉，詩云：

> 昨從畫裡遊，命題圖中句。圖中共五人，丘壑各分布。先
> 生獨撫琴，趺坐倚高樹。面目尚依稀，鬚眉已非故。勝會
> 詎偶然？存亡慨天數（原案：圖中沈歸愚、蔣苕生兩先生
> 俱已下世）。只今小倉山，煙雲萬重護。我無班左才，握

筆不敢賦。遍讀琳琅詞，鏗鏘奉《韶濩》。況得米顛書，龍蛇走縑素！（原案：卷中有夢樓先生題詠）。當共西園圖，壽齊金石固。⑲

　　駱綺蘭披圖觀覽，袁枚命她題詩，詩中提及〈隨園雅集圖〉所繪的人物，以及王文治的題詩，一方面慨歎圖繪裡「面目尚依稀，鬚眉已非故」，時光不饒人，五位圖中人，今已有兩位謝世，存亡乃是天數所定。另一方面謙虛自道：「我無班左才，握筆不敢賦」，再加上圖裡原有王文治的詩句，但師命不敢違，於是以謹慎的心情題筆作詩，詩末將《隨園雅集圖》與《西園雅集圖》並稱，以頌揚《隨園雅集圖》有永恆的價值，可與金石同壽。

　　《西園雅集圖》所指的是北宋時期王詵在自家的園林舉行雅宴，與會的文人有蘇軾、黃庭堅、李公麟、米芾、秦觀、晁無咎、張耒等十六位，此次雅集的盛況後來由畫家李公麟（字龍眠）繪成《西園雅集圖》，由書法家米芾寫成一篇〈西園雅集圖記〉為誌。當時為《隨園雅集圖》題詩的文人多將隨園雅集與西園雅集相題並論，如「一卷《雅集圖》，昔之西園配」、「如何不仿西園例，添個紅裙翠竹間」、「粉本龍眠似，琅函繭紙新」、「西園雅集近千載，如此勝事知難逢……歸來定有圖第二，妙手可得龍眠翁」⑳。閨秀周月尊及駱綺蘭所吟詠的詩作，亦引用西園雅集與龍眠等象徵符碼來詮釋《隨園雅集圖》，可知女性閨閣不僅學習男性文人寫作形式與寫作文體，也承載傳統圖繪的符碼語彙，而歷來文人所積累的深層詩畫素養及典故符號，皆為女性閨閣所汲取，並內化為詩歌創作時定向指涉的書寫規約。

　　以上是閨秀題寫男性文人雅集的詩歌，當閨秀在女性組成的
詩會，其詩畫互動及其圖文互涉的象徵符碼是如何呢？袁枚因湖
樓之會盛極一時，遂請婁東尤詔、海陽汪恭於嘉慶元年繪成《湖
樓請業圖》，以誌其盛事。袁枚在《湖樓請業圖》繪成之後，邀
請時人及女弟子對此圖題詩吟詠，圖卷後有題詞數十種，況周頤
《蕙風簃二筆》記載：

> 題詞最三十一家，再題者一家。熊枚（謙山）七絕，曾燠
> 七絕，王昶七絕四，胡森七絕九（擬小遊仙體），俞國鑑
> 七古，吳蔚光七絕五，慶霖七律，張雲璈七古，王文治七
> 絕，劉熙七古，王鳴盛七絕二，康愷七絕，李延敬七絕
> 二，董洵七絕二，歸懋儀七律四，……吳瓊仙七絕，嚴蕊
> 珠七律二，任婦王蕙芳七絕四，吳瓊仙再題七絕四，席佩
> 蘭七絕五，任女淑芳七絕八，戴蘭英七古……錢大昕七絕
> 二，沈文淵七絕四（丙申購圖題並誌）。後有錢元章等觀
> 款，郁熙瀬購圖題紀（咸豐乙卯）。[51]

由況周頤的記載，再比對民初上海神州國光社刻印的《隨園湖樓
請業圖》一書是相吻合。袁枚女弟子對此圖的題詩紀文，有些選
錄於《隨園女弟子詩選》中，眾閨媛的題詠中，《閨秀詩話》以
為「戴蘭英七古、席佩蘭、袁淑芳七絕最佳」[52]。戴蘭英〈題
《湖樓請業圖》〉云：

> 詩人慧業雅作圖，公獨創以湖樓呼。湖樓幾輩豪吟客，散

盡名士歸名姝。十三行己早馳譽，後進追攀輒棄去。公因
小阮憐鄙人，丹青補在空虛處。松風琴韻笑語頻，點筆憑
欄態度真。興到偶然拈彩筆，德孤今喜結芳鄰。卷中淑媛
均作手，況復先生誠善誘。心香一瓣奉南豐，事業名山永
不朽。湖面朝朝鏡影清，湖樓夜夜哦詩聲。尚書口授今文
經，九十不倦老伏生。賤質年來飽霜雪，荃公一片婆心
切。同坐春風偎獨親，平生佳話逢人說。㉝

　「湖樓幾輩豪吟客，散盡名士歸名姝」，可知畫中除了袁枚之外，
即十三位女弟子，在此聚會裡「松風琴韻笑語頻」，但「點筆憑
欄態度真」，閨秀們對於創作之事抱持相當認真的態度，「興到
偶然拈彩筆，德孤今喜結芳鄰」，隨著創作逸興遄飛，平時無法
相識與相聚的閨秀，今日得以筆墨結緣，互相交流詩畫，觀摩學
習，又有名師指點，如沐春風之中，與其他閨秀「同坐春風偎獨
親，平生佳話逢人說」，另一名女弟子錢琳亦云：「湖樓佳話遍
錢塘，閨閣聯吟集錦章。恰似簪花好書格，洛神傳刻十三行。」
㉞對於社交局限於地域親族的閨秀而言，能夠與來自不同家族的
女性文藝創作者同聚一堂，並且接受大詩人袁枚的指導，實是無
上光榮。這些杭州閨秀集會於西湖，形成一個以袁枚為中心，向
外輻射的社交網絡，在吟詩作畫的交流活動中，匯集成一個屬於
開放性且流動的創作空間。

　　另一位女弟子吳瓊仙也寫詩傳述此圖，〈隨園先生枉過里
門，出《十三女弟子湖樓請業圖》命題賦呈〉詩云：

深閨柔翰半荒蕪，破格憐才有此無？一路春風吹不斷，真
從白下到梨湖。

才子掃眉數十三，湖樓佳會一時難。自慚香草童蒙恰，也
許隨眉入講壇。

論文有素見無緣，月子兩頭那得圓。賴有畫圖傳彷彿，不
然何處見飛仙（案：謂纖纖夫人）。⑤

吳瓊仙自述處在深閨之中，其筆墨已半荒蕪，袁枚破格憐才，願
將她置於十三女弟子之列，因而十分感念袁枚的提拔。再述十三
位掃眉才子得以齊聚，實屬難得，湖樓一別，恐怕佳會難再。
「賴有畫圖傳彷彿，不然何處見飛仙」一句，指經由繪圖得見金
逸（纖纖夫人）的形象，同時藉由具體圖像的表述，得以讓其他
的閨秀憑圖追憶當時雅集盛況，回味各個女詩人吟詩作畫的豐富
才情與神態。《湖樓請業圖》繪有女弟子十三人，對於此圖之人
物布景，在徐珂《清稗類鈔》〈師友類〉「袁子才有女弟子」有所
記載，徐珂云：

乾隆壬子三月，袁子才寓西湖寶石山莊，一時江浙女弟子
各以詩來受業。因屬尤某汪某寫圖布景，其在柳下，姊妹
偕行者，湖樓主人孫令宜橐使之二女雲鳳雲鶴也；正坐撫
琴者，己卯經魁孫原湘之妻席佩蘭也；側坐其旁者，大學
士徐文穆公本之女孫裕馨也；手折蘭者，安徽巡撫汪又新
之女纘祖也；執筆題芭蕉者，汪秋御明經之女妽也；稚女
倚其肩而立者，吳江李寧人橐使之外孫女嚴蕊珠也；憑几

拈毫，若有所思者，松江廖古檀明府之女雲錦也；把卷對
坐者，太倉孝子金瑚之室張玉珍也；隔坐於几旁者，虞山
屈婉仙也；倚竹而立者，莊戟門少司農之女孫金寶也；執
團扇者，即金纖纖，吳下陳竹士秀才之妻也；持竿而山遮
其身者，京江鮑雅堂郎中之妹，名之蕙，字芷香，張可齋
詩人之室也；十三人外，侍隨園老人側，而攜其兒者，子
才之任婦戴蘭英也，兒名恩官。⑯

徐珂詳細記載當時繪於此圖的十三位女弟子的布局位置與形象，
及其出身家世，可知這些識字女性多是中上層階級士人之妻女，
其來自於詩香世家，皆是當時知書達禮的大家閨秀，平日休閒生
活不乏家庭性質的文藝聚會。由其繪圖的布局位置及所傳遞出的
形象，比對於現今所見的《湖樓請業圖》其類同文人的園林意趣
及雅集之樂，可謂躍然紙上。在筆者詳細論述女性閨閣詩會的
《湖樓請業圖》之前，稍稍回溯袁枚的《隨園雅集圖》，在嵇璜題
〈隨園雅集圖〉詩云：

月夜扣門來舊友，為說隨園住已久。
一時盛集千載期，彷彿西園傳不朽。
索我題詩未見圖，圖中景物總模糊。
酒酣捉筆漫得句，燭花落紙相盧胡。
經年始得見此卷，如入林巒步深淺。
了然不俗凜鬚眉，似此風流蓋已鮮。
歸愚拄杖怪石旁，士銓垂釣魚相忘。

慶蘭頗得筆先意，陳熙觀書書味長。
簡齋主人橫琴坐，商風入弦誰與和？
兒女恩怨寂無聲，天地飛揚人一個。
平生自抱不羈才，名場詞館爭相推。
抽身早出利名窟，卻向小倉山下來。
名園芻展盛如許，名士相見無常語。
徘徊徒倚孰主賓？泉石煙霞自儔侶。
我思古人跡可尋，七賢六逸稱知音。
俗物未須敗人意，入主出奴苦用心，
知公道義忘車笠，偶爾成圖繼雅集。
顧我棲遲不出門，為公詠詩嗟獨立。㊼

雖然今日已不復見《隨園雅集圖》原圖，但從這首詩我們可從詩語來漫遊隨園，懷想當時五位文人名士的風流神采，這五位是沈德潛拄杖在怪石旁，蔣士銓在園池邊垂釣，慶蘭正在筆墨創作，而陳熙在一旁觀賞，主人袁枚則是端坐正在彈古琴撥和弦，接著說明在園林內文人拋卻功名，享受隱逸之樂，有知音相伴，亦可遺世獨立尋求精神的超脫。此文人雅集之樂及閒逸之趣所構成的筆墨意象及詩歌語彙，皆融攝於詩與畫互涉的文化傳統與比興寄託中，並影響到女性圖繪形象與詩歌語彙。《湖樓請業圖》中，席佩蘭是以正面面對觀眾的視角，正在撫琴彈奏中，席佩蘭亦作詩記述此畫云：

先生端坐彩毫揮，爭奉瑤箋問絳幃。中有彈琴人似我，數

來剛好十三徵（案：畫余坐苔石畔撫琴）。⑱

彈奏古琴在士大夫的文化傳承中是一種修養心性的活動，撫琴這個意象符號乃凝聚成覓知音的表徵，袁枚編纂《隨園女弟子詩選》，選收二十八人佳作（今本僅存十九人），以席佩蘭詩列首位，袁枚推舉她「詩冠本朝」⑲，並為袁枚所稱譽閨中三大知己之一，⑳席佩蘭的形象是以正面面對閱讀者的觀看視角，姿態泰然地撫琴，也顯露出其對一己之詩才的自信與自許。其餘的閨秀則都以側身之姿來迎接觀眾讀者的目光，由此可知，席佩蘭的正面姿態透顯出她在這個閨閣社群中詩才第一的地位。另外，倚怪石旁持竿漁釣之樂的鮑之蕙，拈筆揮毫的廖雲錦，可謂皆與《隨園雅集圖》有相似的象徵符碼與形象安排。其他如提筆芭蕉、或手持折蘭、桃花，或倚竹而立，芭蕉有豐富的文學意象，蘭花象徵高尚清幽之性情，桃花則有隱逸理想之寓意，莫不透顯出閒適吟詠之樂，以及在園林花木中借喻德性修養之傳統符碼，以指涉閨秀在追求詩才的終極目的並非以才華炫人，而是以德性自持。另外，女性雅集圖亦有與男性文人雅集圖不同的側重點和審美品味，女性雅集圖強調女子才性之外，亦強調女子身為母親或妻子的角色，故繪閨秀嚴蕊珠有稚女倚其肩，或繪戴蘭英攜兒撫孤之形態，皆著重其女子德性之一面，與男性文人雅集圖側重聚會之詩酒風流有所不同。

此圖對於閨秀而言是一種記錄，記錄著當時湖樓請業的盛況，閨秀對於自己得以入畫，與其他名媛並列，得以與老師同時呈現在一幅圖畫之中，成為他人吟詠的對象，無疑地對於閨秀而

言是一種榮耀的表徵。在今日所見的圖刻中，可見這幾位閨秀的題詩。閨秀得以與男性文人詩句並列於此圖的題詠中，對閨秀而言無疑是極大的殊榮。由此可知，圖繪與題畫詩在內容和功能上，成為閨秀人際往還之中頌揚稱美、周旋應酬的正式媒介，閨秀將詩歌的形式、語言應用在圖繪上，除了要求社交應用性質之外，同時兼具發表創作，以藉名士圖繪傳播聲名之效果。再者，詩作完成後女弟子必須將詩呈予袁枚品評，故老師命女弟子題畫亦有磨練弟子詩才之意味，因此，閨秀題詠圖繪的內涵即使是揄揚稱美為主題，也能在頌揚對方的同時，隱含閨秀對自我的期許和個人性情特質的展現。

伍、結語

傳統婦德所要求的封閉性家居生活，對於身處於經濟發達、人文薈萃的江浙閨秀而言，地域文化上設築園林風氣的興盛，使江浙閨秀擁有一個寄情水山、筆墨吟詠的創作空間。再加上，園林兼具家庭空間與公共空間的雙重特質，使得內在與外在的社交活動似乎更有其彈性空間，而袁枚女弟子身處於江浙地域文化的薰陶之下，得以藉由師生關係或詩畫文字結緣，開拓一屬於女性得以暫居本位的社交空間，與文化上的發言地位。閨秀才媛與男性文人的交遊顯示男性文人鼓勵支持的重要，女性得以跨越家族深閨的界線，與文人雅士和其他家族的閨秀才媛形成師生之誼，或讀者與評者間的關係，而園林空間內的詩會活動則聯繫家族聚會與文人雅集的雙重特質。由隨園的悠遊到紙上園林的臥遊，閨

閣社群形成一個較開放的創作空間，溝通了女性閨閣與男性文人世界，不僅促使閨秀才媛得以濡染文人審美情趣，且開展出女性閨閣的書寫文化。

注 釋

① 清代文人除了袁枚收過女弟子之外，毛奇齡、沈大成、陳文述、任兆麟等亦曾收過女弟子。請參考鍾慧玲《清代女詩人研究》，頁206-238。另可參考Dorothy Ko（高彥頤），"Teaching of the Inner Chambers: Women and Culture in Seventeenth-Century China " Stanford: Stanford University Press, 1994; Dorothy Ko,"Lady-Scholars at the Door: The Practice of Gender Relations in Eighteenth-Century Suzhou" in John Hay. ed.. Boundaries in China（London : Reaktion Books, 1994），pp.198-216

② 除了《隨園女弟子詩選》列出十九位女弟子的作品之外，蔣敦復《隨園軼事》〈隨園女弟子姓氏譜〉列出不入《隨園女弟子詩選》的女弟子共三十七人，《袁枚全集》（南京：江蘇古籍出版社，1993），頁102-104。

③ 本論文引用《隨園女弟子詩選》及袁枚的資料，其版本以王英志所編《袁枚全集》（南京：江蘇古籍出版社，1993）為主。

④ 閻廣芬《中國女子與女子教育》（河北：河北大學出版，1996），頁49-51

⑤ 同上，《禮記》〈郊特牲〉，《禮記正義》（四庫備要，台北：中華），卷26，頁11。

⑥ 董仲舒《春秋繁露》（景印文淵閣四庫全書，台北：商務）〈基義〉卷12，頁8。

⑦ 同上，〈陽尊陰卑〉卷11，頁5。

⑧ Scott，Joan W. "Gender :A Useful Category of Historical Analysis", in. Elizabeth Weed ed., Coming to Terms :Feminism，Theory, Politics（London :Routledge，1989），p.99.

⑨ 明孝仁后徐氏《內訓》（景印文淵閣四庫全書，台北：商務），卷1，頁4

⑩ 《禮記》〈內則〉，《禮記正義》卷28，頁7

⑪ 杜正勝〈內外與八方：中國傳統居室空間的倫理觀和宇宙觀〉，中央研究院民族學研究所：「空間、家與社會」研討會論文，民八十三年二月二十二至二十六日，頁26。

⑫ 《禮記》〈內則〉，《禮記正義》卷28，頁7。

⑬ 高彥頤〈空間與家——論明末清初婦女的生活空間〉，《近代中國婦女史研究》第3期，1995年8月，頁31。

⑭ 關於清代女性的結社活動及其閱讀社群，其參拙著《晚明至盛清女性題畫詩研究》，政治大學中國文學系碩士論文，1998年。及鍾慧玲《清代女詩人研究》（台北：里仁出版社，2000）。

⑮ 王鴻泰，〈美感空間的經營——明、清間的城市園林與文人文化〉，《東亞近代思想與社會——李永熾教授六秩華誕祝壽論文集》〈台北：月旦出版社，1999），頁127-186。

⑯ 袁枚《隨園詩話補遺》卷九（《袁枚全集》㈢），頁780。

⑰ 王汝翰〈隨園前輩八十壽言〉，《續同人集》（《袁枚全集》㈥）卷1，頁7。

⑱ 孫星衍〈故江寧縣知縣前翰林院庶吉士袁君枚傳〉，見錢儀吉編《碑傳集》（《清代碑傳全集》，上海：上海古籍出版社）卷107，頁528。

⑲《續同人集》「過訪類」，頁1。

⑳《紅豆村人詩稿》（《袁枚全集》㈦）卷4，頁79-82。

㉑劉托〈中國古代園林風格的暗轉與流變〉，《美術研究》，1988年第2期，頁75。

㉒鄭廉《豫變紀略》〈自序〉，見《叢書集成續編》（二七九）（台北：新文豐出版，1985），頁199。

㉓姚鼐〈袁隨園君墓志銘並序〉，收入李恆輯《國朝耆獻類徵初編》（光緒湘陰李氏刊本）卷234，頁21。

㉔《續同人集》「閨秀類」，頁230。

㉕同上，頁229

㉖胡文楷《歷代婦女著作考》（上海：上海古籍出版社，1985）記載：長生字秋穀，一字嫦笙，浙江錢塘人，太僕寺卿陳兆崙女孫，巡撫葉紹楏妻，頁585。

㉗沈善寶《名媛詩話》卷四，《清詩話訪佚初編》（台北：新文豐，1987）。

㉘陳淑蘭〈甲辰春月偶過隨園，適夫子赴粵遊羅浮，奉懷四詩書於壁上〉，「原案：蘭所繡詩句，夫子裁作門簾，故云。」《隨園女弟子詩選》卷4，頁102。

㉙同上，卷1，頁553

㉚《續同人集》卷4，「文類」，頁87。

㉛《隨園女弟子詩選》卷1，孫雲鳳〈湖樓送別序〉，頁29-30

㉜同上，卷三，孫雲鶴〈隨園先生再遊天台歸，招集湖樓送別分韻（得「臨」字）〉，頁82-83

㉝袁枚〈謝女弟子碧梧、蘭友題《隨園雅集圖》〉，《小倉山房詩集》卷

32，頁788。

㉞ 袁枚〈到杭州〉，《小倉山房詩集》卷34，頁821。

㉟ 袁枚〈答碧梧夫人（附來札）〉：「夫人名雲鳳，字碧梧，吾鄉令宜觀察之長女。余年十四，與其曾祖諱陳典者同赴己酉科試，今六十年矣。」《小倉山房詩集》卷32，頁783。

㊱ 以下所列詩歌皆在《續同人集》「閨秀類」，故詩後列明閨秀姓名、頁碼，不再另作注解。

㊲ 《續同人集》「閨秀類」，頁233。

㊳ 同上。

㊴ 收錄鞠靜文詩作七首，同上，頁234。

㊵ 關於吳中女性詩人的詩畫文學活動，及清溪吟社的結社活動，其參考拙著《晚明至盛清女性題畫詩研究》，頁130-138。以及鍾慧玲《清代女詩人研究》，頁181-192。

㊷ 李濬之《清畫家詩史》（北京：中國出版社，1990），〈癸上〉，頁15。

㊸ 王端淑編《名媛詩緯初編》（清康熙間清音堂刊本）卷13，茅玉媛〈題扇〉，頁51。

㊹ 關於明代題畫詩趨向世俗化的問題，請參考鄭師文惠《詩情畫意－明代題畫詩的詩畫對應內涵》（台北：東大圖書，1995）。

㊺ 袁枚《隨園詩話》卷二，第30條目（《袁枚全集》㈢），頁43。

㊻ 此21首〈題《隨園雅集圖》〉作者分別是王鳴盛、錢維城、錢陳群、嵇璜、錢大昕、蔣和寧、彭啟豐、朱筠、錢維喬、陳淮、梁同書、王文治、江恂、王篆興、程廷鍠、徐柱臣、莊經畬、沈榮昌、慶蘭、兩首佚名。

㊼ 同㊵。

㊽《續同人集》「閨秀類」，頁228。

㊾《隨園女弟子詩選》卷3，頁59-60。

㊿《續同人集》「題圖類」，頁167-170。以上所引詩句為朱筠、錢大昕、蔣和寧、陳淮所作。

51 況周頤《阮盦筆記五種·蕙風簃二筆》(《蕙風叢書》本，光緒丁未列本)卷1，頁5。

52 雷晉《閨秀詩話》(掃葉山房石印本，1922年)卷12，頁10。

53《隨園女弟子詩選》卷五，戴蘭英〈題《湖樓請業圖》〉，頁137。

54 同上，錢琳〈隨園先生以湖樓閨秀十三人送行詩冊命題，得四絕句〉，卷四，頁94。

55 同上，吳瓊仙〈隨園先生枉過里門，出《十三女弟子湖樓請業》命題賦呈〉，卷六，頁145

56 徐珂《清稗類鈔》(台北：商務印書館，1966)。

57《續同人集》「題圖類」，頁166。

58 席佩蘭《長真閣集》(附於孫原湘《天真閣集》，清嘉慶間刊本後印本)卷4，〈隨園先生命題十三女弟子湖樓請業圖〉，頁2。

59 席佩蘭有〈以詩壽隨園先生，蒙束縑之報，且以「詩冠本朝」一語相勖，何敢當也，再呈此篇〉一詩，同上，卷三，頁4。

60 袁枚曾云：「余女弟子雖二十餘人，而如(嚴)蕊珠之博雅，金纖纖之領解，席佩蘭之推尊本朝第一；皆閨中之三大知己也。」《隨園詩話補遺》卷10，第41，頁808。

王國維「境界說」的詩情與審美人生

高雄師大副教授

蘇珊玉

壹、前言

一、「境界」說的基本精神

　　王國維①國學造詣深厚，兼習西方哲學、文學暨美學，深造有得，特別是以西方美學觀點考察中國文學，獨闢蹊徑，貢獻成就之大，少有人與之比肩。中國傳統詩問那種評注式、感悟式的方法，王國維的《人間詞話》堪為翹楚。特別是《人間詞話》裡標舉「意境」或「境界」來評點詩詞例句，引起學術界的矚目與回響。尤其關於「意境」或「境界」概念的探討，可謂歷久不衰。王國維說：「境非獨謂景物也。喜怒哀樂亦人心之一境界；故能寫真景物、真感情者，謂之有境界，否則，謂之無境界。」（《人間詞話・六》）又說：「至意境兩渾，則唯太白、後主、正中數人足以當之。」（《人間詞乙稿敘》）可見完美的意境或「境界」，是藝術家畢生的追求。約而言之，它是一種感情與形象的

完美結合，是情景渾化、物我無間、「高蹈乎八荒之表，而抗心乎千秋之間」(《人間詞乙稿敘》) 的境界。學術界或以「詮釋學」義界，或以「演繹法」歸納、分析……，研究成果，可謂斐然。本文於此不想涉及這些議論（當然重要），主要因為意境或「境界」，無論是字源學還是詩學，缺乏種種原創性的根據。這一術語在王國維之前，已頻頻出現②，對王國維自然不無影響。直到王國維，擺脫傳統政治學、倫理學、經學、考據學等缺乏人文氣息的束縛，賦予「境界」(意境) 這個古典術語，成為哲學、美學和詩學的有機體，並提升至人文學科的地位。

就詩學而言，王國維汲取康德、叔本華哲學、美學之精華──審美無功利性的思想，賦予獨立的人文觀照，並聯繫「亂世知識分子」的人生感受，以「境界說」(意境說) 評論中國古典詩詞曲乃至於戲劇。特別是在《人間詞話》的境界說中，他極力提倡「真」的審美觀念，說「能寫真景物、真感情者，謂之有境界」，並指出「文學描寫自然及人生」，更認為詩人乃不失「赤子之心」(《人間詞話・十六》) 者，故有境界的作品，字裡行間情感豐富，情志盪氣迴腸，都是血淚的結晶，故其創作堪稱為「血書」(《人間詞話・十八》)。此外，王國維《人間詞話・五十六》又指出：「大家之作，其言情也必沁人心脾，其寫景也必豁人耳目。其辭脫口而出，無矯揉妝束之態。以其所見者真，所知者深也。詩詞皆然。」標舉出「真」的藝術心靈與審美內涵。若再進一步縮合王國維《人間詞話》的基本主題──人間無憑、人世難思量、人生苦侷促等，也可一窺端倪：「最是人間留不住，朱顏辭鏡花辭樹」(〈蝶戀花〉)，「算來只合，人間哀樂，者

般零碎」(〈水龍吟‧楊花〉),「掩卷平生有百端,飽更憂患轉冥頑」(〈浣溪沙〉),「人間事事不堪憑,但除卻、無憑兩字」(〈鵲橋仙〉)。他覺得人生是一場大夢,而世俗之徒,芸芸眾生,卻沉醉於物欲之中,本性迷失,百般鑽營,最後不過是過眼煙雲,瞬隙永逝。因此,保持一份純真的赤子之心,不帶功利及目的性、真誠無偽,作品自然有境界。由是觀之,王國維境界說中「真」之審美觀的確立,既是一種詩學觀,也是其主要美學精髓。

　　以「真」來衡量作品是否有境界,是王國維境界說非常鮮明的特色。詩學理論要在現代化發展中占有一席之地,就必須關注人的存在方式與價值,若從審美方式言說,便是應著眼於人文精神的張揚。因此,「境界」的真正現代意義,不在解決抒情文學的審美特性,而是鋪設出一條現代人生與古典文化相會通的管道。因此,本文便試圖通過「境界」這一主要美學命題,在清人已有詩詞互觀③這個新視角,以及所謂大家之作,必有共識而無定論的前提下,以顧羨季、葉嘉瑩先生對「境界」之相關歸納為主要參酌觀點④,盡量避開「詮釋學」角度,以「不求甚解」、「得意忘言」的寫作立場,透過文學研究的兩種思維方式——邏輯思維方式和感性思維方式⑤,從生命文化的體驗,以及審美的心理,把握「境界」樸素之二分法⑥,探討《人間詞話》「境界」說為傳統文學所開拓的宏觀境界,以及為古典文化所挹注的人生感悟境界。

二、境界即人生的審美把握

　　王國維《人間詞話》的境界說,是其藝術審美最高的理想。

尤其評點中，不乏以人格作為傳統儒釋道文化的基礎，配合詩詞內容本身所具有的藝術價值，體現出他所追求的生命文化精神、處世態度與人生哲學。此種美感境界的形成，常常是王國維自我和作品、人格的欣賞，觀照和融匯。如他嘗言：「三代以下詩人，無過於屈子、淵明、子美、子瞻者。此四子者，苟無文學之天才，其人格亦自足千古。若無高尚偉大之人格，而有高尚偉大之文學者，殆未之有也。」⑦同樣的，他在《人間詞話》關於境界的評說，也以詩、詞類舉出不同作者所彰顯的藝術境界和生命格局，這正是王氏境界說有別於其他美學範疇的根本所在，無怪乎他自己也認為：「滄浪所謂興趣，阮亭所謂神韻，猶不過道其面目，不若鄙人拈出『境界』二字，為探其本也。」（《人間詞話‧九》）更指出：「言氣質，言神韻，不如言境界。有境界，本也。氣質、神韻，末也。有境界而二者隨之矣。」（《人間詞話‧刪稿十三》）王氏認為「境界」（意境）才是詩所以為「生動深刻，感人肺腑」的主要質素，也就是詩的精神內涵的本體，至於興趣說、神韻說等等，都是細微末節，其說頗有取代嚴羽（滄浪）以降，歷代詩人對於詩之精神本質爭議的態勢⑧。

　　除此之外，王國維也稱：「詩之為道，既以描寫人生為事，而人生者，非孤立之生活，而在家族、國家及社會中之生活也。」⑨個人離不開社會，因此在評論「真正大詩人」之創作時說，「不以發表自己之感情為滿足，更進而欲發表人類全體之感情；彼之著作，實為人類全體之喉舌」⑩，他認為一切學問的真諦，歸根在於為人類全體服務，提高人類全體的人格境界。王國維自小受國學薰陶，以「人間」命詞，以「觀堂」為號，都說明

他對現實人生有著深深關切和憂慮。

　　總之，有境界之作品生動可感，故能引發讀者的參與。而且只要人生依舊在精神與物質、靈魂與肉體、理想與現實的困境中掙扎；只要人生仍存有痛苦和希望、夢想和憧憬，那麼，這些「精力彌滿」（《人間詞話‧六十二》）又情真意切的經典、「有寄託」⑪之作，便使得「性情原自無今古」⑫的人生，獲致撫慰、安頓；生命存在的困境，也因情感的「指事類情」⑬，獲得仁智互見的淨化、轉化、提昇，從而產生生命存在的意義。

貳、「境界說」之詩詞情調與　心靈境界

　　大凡優秀的文學作品，貴於作者真切的人生體驗，進而訴諸於翰墨。因此，《人間詞話‧一》認為：「詞以境界為最上。有境界則自成高格，自有名句。」對一個試圖評論者而言，王國維的詞論因為字字落在創作心源之中，又是刀口上的經驗談，故對其所言說處，必須依賴「知、覺、情」⑭心領神會，才能避免從理論切換到理論、從文字搬移至文字的泛談。以下本著王國維境界「真」的精髓，試擬以冷靜理智，生活經驗反響之「知」，纖細而不膚淺，能入能出之「覺」，以及直覺直感欣賞之「情」，體味《人間詞話》之詩詞情調與心靈境界。

一、「人生三境界」的感悟與探索

王國維在《人間詞話》第二十六則：認為古今之成大事業、

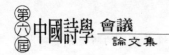

大學問者，必經過三種之境界：

> 「昨夜西風凋碧樹。獨上高樓，望盡天涯路。」此第一境
> 也。「衣帶漸寬終不悔，為伊消得人憔悴。」此第二境
> 也。「眾裡尋他千百度，驀然回首，那人卻在，燈火闌珊
> 處。」此第三境也。此等語皆非大詞人不能道。然遽以此
> 意解釋諸詞，恐為晏歐諸公所不許也。

此著名的「三境界說」，審美意義為何？首先，是作者無意、讀
者有心的美感經驗創發。即誠如清・譚獻《復堂詞錄序》所說：
「作者之用心不必然，讀者之用心何必不然」的主觀合理性創
造。其次，美感對象經由「仁智互見」的審美過程，通過反芻、
聯想、變形再創造，產生「青出於藍，而勝於藍」的文化意義。
再次，此「異質同構」的審美感發，如何生成？從何產生人生感
悟的聯繫？而深層的審美內涵為何？皆頗耐人尋味，以下分別敘
述之。

(一)「美不自美，因人而彰」的審美活動

《人間詞話・附錄十六》則嘗云：

> 山谷云：「天下清景，不擇賢愚而與之，然吾特疑端為我
> 輩設。」誠哉是言！抑豈獨清景而已，一切境界，無不為
> 詩人設。世無詩人，即無此種境界。夫境界之呈於吾心而
> 見於外物者，皆須臾之物。惟詩人能以此須臾之物，鐫諸

不朽之文字，使讀者自得之。遂覺詩人之言，字字為我心中所欲言，而又非我之所能自言，此大詩人之秘妙也。境界有二：有詩人之境界，有常人之境界。詩人之境界，惟詩人能感之而能寫之，故讀其詩者，亦高舉遠慕，有遺世之意。而亦有得有不得，且得之者亦各有深淺焉。若夫悲歡離合、羈旅行役之感，常人皆能感之，而惟詩人能寫之。故其入於人者至深，而行於世也尤廣。

此則內容拈出幾點審美心理活動：一、「一切境界，無不為詩人設」，從自然客體而觀，印證了「美不自美，因人而彰」⑮的審美精神活動。二、「詩人之境界，惟詩人能感之而能寫之」，指出客體之價值，因主體有意識的審美體驗、興發和創造，透過「鑴諸不朽之文字」，便可表現「高舉遠慕，有遺世之意」的人格美，也可反映「悲歡離合、羈旅行役」的常人情感。三、常人之境界，是現實所引致的喜怒哀樂之情，詩人能感「天下清景」、「一切境界」而寫之，是人生與宇宙「相值而相取」⑯的審美溝通。四、有境界之作品，不但常人皆能深刻感之，而且有其獨立不朽的審美價值，可「行於世也尤廣」。換言之，有境界的作品，是典型、普遍又獨樹一幟的審美創作，可以予讀者不同的審美感發，故王國維認為三境說「此等語皆非大詞人不能道，然遽以此意解釋諸詞，恐為晏歐諸公所不許也」。

此外，王國維在《人間詞話》第二、第五則，又為有境界之作品，之所以能引發審美聯想，提供了一些重要訊息，即：

有造境，有寫境，此理想與寫實二派之所由分。然二者頗
難分別。因大詩人所造之境，必合乎自然，所寫之境，亦
必鄰於理想故也。

自然中之物，互相關係，互相限制。然其寫之於文學及美
術中也，必遺其關係，限制之處。故雖寫實家，亦理想家
也。又雖如何虛構之境，其材料必求之於自然，而其構
造，亦必從自然之法則。故雖理想家，亦寫實家也。

首先，何謂「寫境」？乃取材於現實實有之事物；何謂「造
境」？即取材於非現實實有之事物。造境、寫境，是就作者寫作
時對材料的處理與採用而言⑰。然則為什麼「二者頗難分別」？
大凡藝術想像力，必根源於生活的經驗，即便虛構之境，必從自
然的法則，訴諸語言文字、意象，亦即「材料必求之於自然」。
亦即人主觀的意念、想像並非憑空產生，是受客觀自然事物作用
而來。此種「理想家亦寫實家」的審美心理，可證諸劉勰《文心
雕龍‧神思》：「神思方運，萬塗競萌，規矩虛位，刻鏤無形。
登山則情滿於山，觀海則意溢於海」，以及「春秋代序，陰陽慘
舒，物色之動，心亦搖焉」、「歲有其物，物有其容；情以物
遷，辭以情發」（《文心雕龍‧物色》）意涵。因為「山」、
「海」、「春秋代序」、「陰陽慘舒」、「歲有其物，物有其容」是
客觀存在自然之景物，是「寫境」的材料依據。但是當作者「情
滿於山」、「意溢於海」時，會有「情以物遷，辭以情發」的移
情產生，通過藝術的變形、誇飾、象徵、比喻等「造境」，寓寄
當下情志。由此可見「寫景和言情非二事也」（周頤《蕙風詞

話》），也是王國維「雖如何虛構之境，其材料必求之於自然，而其構造，亦必從自然之法則。故雖理想家，亦寫實家也」的有力證明。

其次，如何表現心理世界與物理現實世界的關係？王國維說：「寫之於文學及美術中也，必遺其關係，限制之處。」此指觀照態度未涉及常識性的取捨剪裁，以「依智不依識」（筆藏祖師《發菩提心義訣》）的直見靜觀，脫離現實世界的時空幻象限制，作品的呈現便不是單純的「寫實」，而是超越現實利害關係的主觀創造。換言之，作品既符合自然法則，也符合藝術家的「理想美」的創造，並非憑空臆測而來，故「因大詩人所造之境，必合乎自然，所寫之境，亦必鄰於理想故也」。明乎此，便可觀照此一「仁智互見」，又「寫境、造境」並行不悖的人生「三境界」。

(二)覺之感發與登望意識的生命實踐

王國維「三境界」分別出自晏殊〈蝶戀花〉、柳永〈蝶戀花‧鳳棲梧〉、辛棄疾〈青玉案‧元夕〉，其審美真諦，是由一見鍾情的直覺思維，通過登望之視野，對有限生命與自然宇宙的往復交流，流露對人生百態的深刻體悟，寓寄對生命存在的思索。此審美感發，是通過「敘物以言情謂之賦，……索物以託情謂之比，……觸物以起情謂之興，……」（胡寅《斐然集》卷十八〈與李叔易書〉）的藝術審美，從客觀的物象—詩，生發興寄，賦予形象說明寓意的過程。如此形象比喻，不只是針對學術研究或藝術創造的歷程，實際上也是對人生奮鬥的綜述與總括。此人生

感悟的「興發」，並非認識活動，是一種體驗，也是一種發現，
更是一種審美創造。

第一境，「昨夜西風凋碧樹，獨上高樓，望盡天涯路」，由
登望意識⑱表達對學問、生命居高臨下的境界，同時也流露孤獨
的況味與定靜的美感。細探此句，首先從冥冥見炤炤，藉由人對
自然時序、消息先機的掌握，耳、目開戶發牖的「覺」，付諸
「登」高的行動、「望」八荒的意態，產生心不役於物，感通天
地而映照萬物的審美超越。使此種生命境界，以「獨」沉潛激越
的情緒，超越感官，又與外界感通，是「靜故了群動，空故納萬
境」（蘇軾〈送參寥師〉）的審美心靈展現。其次，保持「胸中有
丘壑」、「胸有成竹」的獨立自主，藉由登高望遠，俯仰人生。
俯瞰：人世間一切貧富、貴賤、美醜，已無法辨識，何須計較；
仰望：天邊無際，視野遼闊，人渺滄海之一粟，卑微之至，不由
得謙遜起來。瞬息萬變的風波，在俯仰之際，獲得超脫與謙卑的
人生感悟，而且可以當下銷融。再次，俯仰之後，由於有了全面
把握，對認識清晰的世界，存有一份嚮往，作為生活的動力，而
生命存在的意義，於焉產生。易言之，「望盡天涯路」，此種不
迷惘、對理想孜孜不息追求的人生，與「欲窮千里目，更上一層
樓
」（王之渙〈登鸛雀樓〉）、「前不見古人，後不見來者，念天地
之悠悠，獨愴然而涕下」（陳子昂〈登幽州臺歌〉）的生命情調，
有異曲同工之處。

總之，天涯遼闊，人生難免會眼高手低，但目光卻不能短
淺，只要堅信「其中有物」、「其中有象」，那麼須與生命的實

踐，仍能取得《詩經・蒹葭》那種「雖不能至，然心嚮往之」的希望與價值⑲。

第二境原是柳永〈蝶戀花〉愛情詩中的名句：「衣帶漸寬終不悔，為伊消得人憔悴。」情態溫婉，而語氣堅決果斷。衣帶漸寬，是長時間消磨的形象流露；終，終其有生之年，「終不悔」顯示其意志之堅。消得，值得，是出於心甘情願。如此人憔悴，隱含孔子「知之者，不如好之者；好之者，不如樂之者」（《論語・雍也》）的情懷。其樂何在？首先「衣帶漸寬」、「憔悴」，乃身心俱疲之精神狀態，何以能「終不悔」？以其始終處於高度的期待──「伊」，此「伊」可包含功成名就、人生真理、藝術妙境、情感追求……等。其次，「為伊消得人憔悴」：心理層次游蕩在主體自發的檢索過程，在高度的期待中，儘管煎熬、摧人心肝，又隕耗身形，但是「終不悔」一出，便和盤托出「固窮」的堅持之美，至此甘之如飴的情態表達無遺。

換言之，此境界呈現出「居易以俟命」的執著情志。只是苦苦追尋的到底是什麼？當然是「真實的人生」，但沒有標準答案。何以值得「固窮」執著？前提是必須有前一境界「擇一」的美好理想存在，才能呈現情有獨鍾的「終不悔」價值。只是有理想的人生，如何擇其所愛、擇其所善？前者，需要超功利的審美直覺；後者需要冷靜理智的思辨，如此才能擺脫激情，展露「士不可不弘毅，任重而道遠」（《論語・泰伯》）的生命境界，和「亦余心之所善兮，雖九死其猶未悔」（屈原《離騷》）的存在價值。總而言之，此一擇善固執的審美人生，絕非暴虎馮河般的莽撞，一廂情願的執迷不悟，而是樸實誠懇、沉穩內斂、堅持原

則、觀照全局、孤寂堅韌而勇於承擔的人生。

　　境界三，一位在「燈火闌珊處」、自甘寂寞、自甘冷落、自
甘淡泊的人物形象，鮮活地佇立在讀者面前。詞至此截然而止，
留下一個巨大的空框，讓讀者玩味涵泳。細探之，「眾裡尋他千
百度」，是全詞意境的樞紐，它把「一夜魚龍舞」的狂歡與「燈
火闌珊處」的冷落，這兩種截然相反的境界，藉由「尋」的軌跡
聯繫了起來。「尋」是詞眼，「千百度」寫盡了「尋」的苦心，
正是因為「尋」視線的挪移，凝眸定格投射在闌珊、零落處的
「他」。獨處「燈火闌珊處」的「那人」，是一個審美內涵豐富、
意蘊無窮的藝術形象，給讀者留下了極為廣闊的想像天地。這
「燈火闌珊處」既非俗人趨之若鶩之地，亦非逸人避世之處。
進，可以入繁華熱鬧之境，而「那人」不進；退，可以入幽居隔
世之界，而「那人」不退，「那人」就處於這一象徵性的境界，
通宵達旦不去，似乎交織著進退兩難的人生——彷徨與痛苦；
又莫非是退而不甘寂寞，進而又身不由己的英雄失路⑳？作者採
用了藝術分離的手法，有意把「那人」與燈火加以分離。很顯
然，分離最強烈的藝術效果，在於以燈火之盛反襯出獨立於「燈
火闌珊處」那人的幽獨、寂寞與失落。前面繁華明豔盛景就幽獨
之人而言，不單是景語，也是「自憐幽獨」的情語，此便是王國
維再三強調的「一切景語皆情語也」（《人間詞話·刪稿十》）的
境界，也是其認為「感事、懷古」的「詩人之言」，不可「域於
一人一事」，須以「詩人之眼，通古今而觀之」（《人間詞話·刪
稿三十七》）的生命體會。

　　總之，「驀然回首」是在「眾裡尋他千百度」的前提下，所

流露一觸即覺的直觀。亦即在此過程中,生命的喜樂,真知的本質,不是在繁華熱鬧、嘻笑吵嚷的眾人中尋找,必須耐住孤獨,不斷發現、學習、成長、總結;更需明察秋毫之眼,以及豁然領悟、貫通之心。因此,「千百度」是一連串人事洞察的淬煉,百折不撓意志的考驗,是窮智竭力而後迴環觀照的審美過程。唯有如此,在「驀然回首」的當下,才有直覺而精確的眼光投注,方可獲致「山窮水複疑無路,柳暗花明又一村」(陸游〈遊山西村〉)的歡欣,與「踏破鐵鞋無覓處,得來全不費工夫」的大自由、大自在、大愉悅。此種人生境界,既有「今夕何夕,見此良人」(《詩經・唐風・綢繆》)的溫馨動人,也流露佛家偈語:「到處尋春不見春,芒鞋踏破嶺頭雲,歸來笑拈梅花嗅,春在枝頭已十分」那份艱苦尋覓,堅定目標之後,無待、不假外求的喜樂。

綜上之述,王國維藉出自晏殊抒寫離情別緒,柳永表現愛情專注,以及辛棄疾描繪元宵佳節、追慕美人的作品,來表達他對創事業、做學問態度的看法。如此以詩詞的形式,超越戀人對愛情執著追求的特定形象,反而用來概括和形容人生、事業的三種不同境界,確實新穎含蓄,予人無盡的思索與感悟。如此生命啟發,和豐富的審美感受,正是所謂「不憤不啟,不悱不發」(《論語・述而》)的人生感悟㉑,也與王國維「借古人之境界為我之境界者也。然非自有境界,古人亦不為我用」(《人間詞話・刪稿十四》)的主張一致㉒。

二、天人合一的閒適人生

首先,從人與自然的關係而言。「天人合一」注重人與自然

的一體性，也就是把人還原為宇宙自然的一部分，故「寫境」、「造境」不可截然劃分。其次，從把握客體的方式來說，「天人合一」是以內在的心靈體驗生活、直覺事物，著重作者對現實人生的真切感悟，而不在於考察、研究、再現客觀事物的普遍規律，是以「豪放」、「婉約」皆可成為「有境界」之作。再次，從思維角度而言，「天人合一」注重「心」與「物」、「情」與「景」的交融，故「無我之境」、「有我之境」；「優美」、「宏壯」無高下優劣之別。最後，「天人合一」的人生審美境界，是對自然、人生的欣賞，是對生命同情了解的記錄，與對可實現理想的擔荷。

在上述基礎上再論「閒適人生」。若從剛健正大、生生不息的精神來看，閒適境界裡是否意味流動著麻木、休止、無能和解脫，於世無補等消極層面？其實，從《易經》「厚德載物、含弘光大」的層面來看，閒適境界裡又汨宕著股股激情：觀賞反省、好奇探索、認真投注和熱愛生命……等。據此，本文所謂的閒適境界，著重的是現實意義之「憂患的閒適」，是「人情展轉閒中看」（辛棄疾〈鷓鴣天〉）的生命情調，而非褊狹、通俗意義的安逸與舒適。如此，才能經由「天人合一」的觀照——「仰觀天地之大，俯察品類之盛」，滋生一種「游目騁懷，極視聽之娛」[23]滌煩後的閒適，此種心曠神怡、寵辱皆忘，可以是「陽春召我以煙景，大塊假我以文章」（李白〈春夜宴桃李園序〉）的審美觀照，也可以是「浮生若夢，為歡幾何」（李白〈春夜宴桃李園序〉）的人生思索，抑或是「不以物喜、不以己悲」（范仲淹〈岳陽樓記〉）的生命格局。要之，此閒適之審美人生，可以怡情，更可

以養志，以表現「趣閑而累遠」㉔的生命境界為要。

(一)物我無間的人生玩味

王國維《紅樓夢》評論一書，第一章〈人生及美術之概觀〉開宗明義的說：

> 《老子》曰：「人之大患在我有身。」《莊子》曰：「大塊載我以形，勞我以生。」憂患與勞苦之與生相對峙也久矣。……生活之本質何？欲而已矣。欲之為性無厭，而其原生於不足。不足之狀態，苦痛是也。……故人生者如鐘錶之擺，實往復於苦痛與倦厭之間者也。……夫自然界之物，無不與吾人有利害之關係，縱非直接，亦必間接相關係者也，苟吾人而能忘物與我之關係而觀物，則大自然界之山明水媚，鳥飛花落，固無往而非華胥之國，極樂之上也。豈獨自然界而已，人類之言語動作，悲歡啼笑，孰非美之物件乎？……是故觀物無方，因人而變。濠上之魚，莊惠之所樂也，而漁父襲之以網罟；舞雩之木，孔曾之所憩也，而樵者繼之以斤斧。若物非有形，心無所住……而藝術之美所以優於自然之美者，全存於使人易忘物我之關係也。

文中點出人生憂患與勞苦的源由，並指出藝術與自然境界審美的聯繫，其扞格關鍵於「人之大患在我有身」；正面之效在「忘物我之關係」。如何能開啟物我「幽賞未已」的審美觀，他援引

《莊子》濠梁之辯的寓言故事，不說濠上游魚因謀生而煩惱、憂患，反說它閒適自得。此乃我們以審美態度觀照了游魚，游魚成了審美對象，它上下游動、左右蕩漾的形態，予人閒適、自由的美感。換言之，閒適乃因審美而生，始於觀照外物，終歸到作者的自我觀照，有著獨立自主的審美趣味。物我相忘的閒適，不是「閒」與「適」的簡單疊合，不是「神閒心適」的單純表現。形象地說，閒適是狂風惡浪後那寧靜悠閒的港灣，是人生坎壈衝擊後所尋覓到的溫馨。因此，在閒適那幅或優美、或宏壯的「天人合一」景致中，始終有另一個精神世界與之相伴：即生命存在的煩惱、鬱悶，甚至個體深層的憂患，也就是王國維所說之「憂生」與「憂世」㉕。要之，閒適乃是孤獨靈魂和憂患心智的自我調整，是慰藉生命的存在方式，唯有如此理解，才能透顯王國維悲憫人生、熱愛人生的境界意義。

　　在中國詩歌，就表現主題而言，「採菊東籬下，悠然見南山」（陶淵明〈飲酒二十首〉之五）的獨特神韻，使閒適人生，得到全面的體現。詩人通過有我、無我、天人合一、情景交融、寓理於情等藝術形式，流露了閒適的幾種生命模式：取之自足，入世自適；或是素處以默，出塵逸客；或是榮辱不驚，出入自由。此兩句，自蘇軾拈出「境與意會」後㉖，嚴滄浪藉以談「自然」之義㉗；王國維又舉以論「無我之境」；而今人梁宗岱先生在〈象徵主義〉一文又舉之作為釋「象徵」之旨㉘。同一詩句，闡論分歧，數個概念之間，究竟有何種關係？約而觀之，這些範疇雖相異又相聯繫，揭示了同一詩境的不同側面，其中奧秘頗耐尋味。這種奧秘，存在於《文心雕龍·物色篇》說：「山沓水匝，樹雜

雲合。目既往還，心亦吐納。春日遲遲，秋風颯颯；情往似贈，
興來如答。」所標誌的「心物」關係。也再次說明「有境界」之
經典作品，一開始便具有感悟、虛靈、自然、隨意，以及個性
化、人格化、詩意化、審美化等特徵。至於如何產生詩的閒適境
界，所見意象必恰能表現一種情緒，予人深刻印象。亦即必須經
由「移情作用」⑳（Empathy）的以人情衡物理，及「內模仿作
用」（Inner imitation）的以物理移人情，達到物我兩忘而統一。
如此人情物理交流而相互滲透的「情以物遷，辭以情發」（《文心
雕龍‧物色》）境界，正暗合王國維的《人間詞話‧三》之審美
內涵：

> 有有我之境，有無我之境。「淚眼問花花不語，亂紅飛過
> 鞦韆去。」「可堪孤館閉春寒，杜鵑聲裡斜陽暮。」有我
> 之境也。「采菊東籬下，悠然見南山。」「寒波淡淡起，
> 白鳥悠悠下。」無我之境也。有我之境，以我觀物，故物
> 我皆著我之色彩。無我之境，以物觀物，故不知何者為
> 我，何者為物。古人為詞，寫有我之境者為多，然未始不
> 能寫無我之境，此在豪傑之士能自樹立耳。

首觀陶淵明〈飲酒〉之五：「采菊東籬下，悠然見南山。山氣日
夕佳，飛鳥相與還。」言「采菊」，說「悠然見南山」，詩人在
〈歸去來兮辭〉裡把自己的辭官歸隱比作「鳥倦飛而知還」，所以
看到「飛鳥相與還」便觸景生情，引起自己的感觸，顯然有個
「我」在。可見無我，還是有「我」的。又如元好問〈穎亭留

別〉：「寒波淡淡起，白鳥悠悠下。懷歸人自急，物態本閒暇。」詩人急於想歸去，心情並不悠閒，然他看到寒波淡淡，白鳥悠悠，觸景生情，流露詩人所本有的情感直覺。兩首詩的畫面來自於眼前自然之實景，不假思量而景觀「優美」。在這裡，詩人與南山、寒波、白鳥在平日已物我兩渾，精神融洽。這種境界，肇乎詩人平時的「醞釀」功夫──向外觀察，對內體會，只是適於此時「無心」而發，故極其「自然」。此境界即「無我之境，人惟於靜中得之」（《人間詞話・三》）的審美觀照。

再如歐陽脩〈蝶戀花〉：「門掩黃昏，淚眼問花花不語，亂紅飛過秋千去。」作者將人生無端之愁對象化，在「無計留春住」的無奈中，通過「門掩黃昏」無理而妙的舉動，來回應「雨橫風狂」的不語之花，是情化自然的「天人合一」。此王國維所謂「有我之境」，端賴以紛飛殘紅的形象，傳達「剪不斷，理還亂」的離愁，將「春歸何處？寂寞無行路，若有人知春去處，喚取歸來同住」（黃庭堅〈清平樂〉）的心情，寓寄在怨而不怒的掩門動作中，使讀者可感而遂通，不會參而入枯槁之木。至於此「於由動之靜時得之」的境界，可從「真」的角度理解。大凡真情感之流露，表現在藝術作品時，絕非時值狂喜極悲，或劍拔弩張之時，而是心潮高漲之後，以無所指涉的外在自然形象──「亂紅飛過秋千去」，寂然自理的內心狀態──「門掩黃昏」，寄託抽象之情。此一審美心境，是由閒而生適的顯豁狀態，以「知足保和」⑳作為生命體驗及其審美內涵。故王國維所謂「有、無我之境」中的「動」「靜」，是對舉，無優劣之分，靜非死寂，是禪家「空而萬有」；動非躁進，是「生動有致」，其差別不過是有

我的表現，為情感的自我意識鮮明；無我的表現，為理智的自我意識強。故前者性情搖蕩，奇而深刻，後者情景調和，語淺雋永。

綜括而言，「閒適境界」最基本的特徵之一便是「情景交融」、「境與意會」，沒有主觀情感的介入，怎會有令人心旌搖蕩的藝術境界？即王國維所說：「……抑豈獨清景而已，一切境界，無不為詩人設。世無詩人，即無此種境界。……詩人之境界，惟詩人能感而寫之。」（《人間詞話・附錄十六》）這裡所謂的「能感」與「能寫」，無一不是詩人在境界生成過程中，主動參與的具體實現。可見，王氏所提出的有我、無我之境，皆有「我」的存在。只是「無我之境」正是莊子的「忘我」、「喪我」，即有「我」，而「我」與自然同化㉛。總之，「天人合一」的閒適人生，是詩心敷餘㉜的審美態度，可以通過王國維的「有我、無我境界」，營造出「優美、宏壯」的境界，表現出「眾星拱月」的審美愉悅㉝。

(二)天地入胸臆，萬物由我裁

「天人合一」的閒適人生，著重直觀與真切。是作者「以自然之眼觀物，以自然之舌言情」（《人間詞話・五十二》），將主觀情思與客觀物象互相交融，套用孟郊的詩來說，就是「天地入胸臆，吁嗟生風雷。文章得其微，萬物由我裁」（〈贈鄭夫子魴〉）的境界。

這種天地自然物象，映入作者澄明胸中，不假計較的吸收吐納，點化生情的境界，可從三方面產生㉞：一是設想，西方叫移

情，就是物以情觀，主體感情外射，即王國維說「以我觀物，使物著我之色」，有如辛棄疾〈賀新郎〉所說：「我見青山多嫵媚，料青山見我亦如是。情與貌，略相似」。二是同感，同感與設想不同，前提是它認為外物有喜有悲，與我發生共鳴。所以同感非擬人，也不是移情，是物我平等的觀點，這種境界，在錢鍾書看來是「情已契，相未泯」，也就是說物我在感情上已契合，但並未合一，有類李白〈獨坐敬亭山〉：「相看兩不厭」之情懷。物還是物，我還是我，外物依然是審美觀照的客體。三是非我非物，即王國維說的「無我之境」，「以物觀物，物不知何者為我，何者為物」，這就是深層次的心物融合，這是一種無意識的狀態。用莊子的話說是「物化」、「坐忘」，即佛所說的「破除我執」。

　　如大家熟知的宋祁〈玉樓春〉（東城漸覺風光好），其中「紅杏枝頭春意鬧」一句，組合了現實的生活場景與自然勝景，是王國維所謂的「寫境」。這個「鬧」字既是詞人宴游氛圍的寫照，也是當時閒雅心境的曲折外化。此外，「鬧」字以尋常字，起畫龍點睛之效，既能興發耳目感官之覺，也將「百卉爭妍，蝶亂蜂喧」（歐陽脩〈採桑子〉）的氣氛充分流露。總之，我們在此句營造的「鬧」裡觀閒情，「忙」中見自適，而於「豔」中欣賞到盎然物態。無怪乎王國維以「著一『鬧』字，境界全出」（《人間詞話‧七》）稱許，著意的當是其間所展示那份心神充實自足，從容不迫，怡然自得之境界。這種客觀事物與作者思想有機融合的藝術境界，從審美學角度來說，即是情、理、形、神的和諧統一。此外，王國維又舉了張先〈天仙子〉的「雲破月來花弄影」

為例，認為「著一弄字而境界全出矣！」(《人間詞話・七》)亦頗有見地。因這一「弄」字，見著花與影的舞動，既開啟了下文「風不定，人初靜，明日落紅應滿徑」傷流景意態，也反襯了上句「沙上并禽池上暝」的萬籟俱靜形象。「弄」字是花有意無意的自動，是作者以自然之眼所觀的自然之景，於此設想，花在蹁躚起舞，排遣孤寂；也可以是在搔首弄姿，顧影自憐！一個「弄」字，既展示了主人翁病酒醒來的孤寂心情，也因用字清淺，字裡行間隱伏「捲盡殘花風未定，休恨。花開元自要春風」(辛棄疾〈定風波〉)的敦厚情感，形成「淡語皆有味，淺語皆有致」(《人間詞話・二十八》)的境界。

總之，「天人合一」的閒適人生，是一種充盈自足的生命情調，中國的「宇宙觀」向來是表現與天地為一的「人生觀」，並以「俯拾即是」(唐・司空圖《二十四詩品》)，「寓目輒書」(鍾嶸《詩品》卷上)的審美觀照彰顯出來。這種會景生興、「即景造境」(明・王世懋語)的審美方式，多以自然景觀的客觀描述，傳達主觀的情志；或憑主觀感受取捨意象，通過想像、誇張、象徵加以美化，使詩篇成為一幅情感自足的全景圖畫。因為，客觀的真實是冷硬的磚牆，文學國度的主觀有如在磚牆上蔓生的藤草與雜樹。磚牆是秩序，藤草與雜樹則充滿著生機的奔騰，引發想像之美。主觀之所以有趣，是因為它使讀者看到人類心靈豐富的歧異性。更重要的是，人生之所以有趣，乃在能互相欣賞，一方面運用形象思維，以旁馳博騖的審美聯想，醞釀詩思；另一方面，整合邏輯推理、理性認識、感性認知等直覺思維，表現出「現成一觸即覺，不假思量計較」(清・王夫之《薑

齋詩話》）的藝術「直尋」㉟。進一步說，此一直觀的審美，即禪家所謂「現量」㊱。

以此聯繫「現量」的審美心理，來觀王國維《人間詞話・五十一》所聲稱「千古壯觀」的境界：「大漠孤煙直，長河落日圓」（王維〈使至塞上〉）。清・王夫之《薑齋詩話》卷下嘗分析此聯：

> 「僧敲月下門」，只是妄想揣摩，如說他人夢，縱令形容酷似，何嘗毫髮關心？知然者，以其沈吟「推」、「敲」二字，就他作想也。若即景會心，則或「推」或「敲」，必居其一，因景因情，自然靈妙，何勞擬議哉？「長河落日圓」，初無定景；「隔水問樵夫」，初非想得。則禪家所謂「現量」也。

析論之，王維在這裡，展現「直觀審美」的藝術「寫境」。首先，茫茫沙漠，景物單調貧乏，所以在無風之天，煙就自然顯得「孤」而「直」。其次，邊關荒遠，林木稀少，人跡罕至，遠眺奔騰直瀉的黃河，就格外顯得「長」，至於夕陽也顯得特別明晰，又近人咫尺的「圓」。最後，於此二句，詩人不但準確描繪了大漠荒僻的自然景觀，並通過上亮下暗的色彩對比，自然地融入作者孤寂又興發高遠的複雜意緒。要言之，這種「初無定景」、「初非想得」情況下的即興抒情，是當下的直接把握，是不經邏輯推理、知識拼湊的藝術直覺，絕非搜腸刮肚，長期的揣摩擬議所可取代。因此，「大漠孤煙直，長河落日圓」一聯，外在形象

與悠然的內心狀態，一筆兩到（景到情到）。這一作者通過神閒
氣定的審美心境，所流露出的美學境界，又，不僅景物描繪逼
真，情感也極為自然顯豁，可謂把「了然境象，故得形似」的
「物境」發揮得淋漓盡致。總之，王維這首以「入乎其內」之態
觀覽江山的邊塞詩，既表現「語須天海之內，皆入納於方寸」的
審美感知，也傳遞出怡人耳目的審美感動，不啻為鍾嶸「直尋」
說的繼承與發揮，更是王夫之「即景會心」㉗說（《薑齋詩話》）
的先聲與王國維「境界」說的具體實踐。

　　如此涵融詩人主觀的審美感知，對自然客觀物象進行本質反
映的審美態度，是一種靜觀自得的審美享受，非但未見詩人情感
著墨的痕跡，反而流露出多主觀隨意性而奇趣橫生的審美意境。
至此，「閒」乃是一個生命起伏、情緒動靜、景觀虛實的矛盾統
一體，不但要有「胸中丘壑」的充實，也需「一無罣礙」的虛
靈；既要有「心緒放鬆」的平和，也要有「凝神靜慮」的敏銳。
正是有這個由足→淨→靜的動靜虛實組合的辯證統一，滋生了
「閒適」的審美人生。無論是「有我」、「無我」之境，因為詩人
能「視一切外物，皆游戲之材料也」（〈人間詞話・刪稿四十
九〉），故能以好奇之心探索、觀賞，以生動的直觀，深微的靜觀
紀錄人生。又因為詩人熱愛生命，對人生有所期待，故不論閱歷
豐、淺者，主觀、客觀之詩人，皆「以熱心為之」。因此，詩人
生命充實集中、矛盾掙扎也可；詩情冷靜淡漠、直率鮮明也好；
景致和諧靜穆、悲涼壯闊也罷，以其能以「詼諧與嚴重二性質」
經營之，故有自得其樂的一面，也有莊嚴認真的一面。要之，天
人合一的閒適人生，無一絲躁鬱之氣，詩人全生命的投入，不容

置疑。

三、真善美相濟的審美人生

真、善、美相濟的追求，對詩人而言，是藝術生命的永恆課
題；但從人生課題而觀，卻存在與時共振的價值。茲分二方面敘
述：

㈠人格境界之眞善美

人格境界之真善美，「真」就作者而言，著眼於詩人生活之
真；就創作動機看，則著重在「修辭立其誠」（《易·乾·文
言》），反映人情所必有的真情。前者是真實生活的客觀反映，後
者為真情實感的流露。「善」，從作品而言，是「思無邪」的審
美情志表現；就作者而言，是「興、觀、群、怨」的審美感發。
前者孔子在《論語·為政》中嘗謂：「《詩三百》，一言以蔽之，
曰：思無邪」，便是著眼藝術情感之善而發。細探此一「思無邪」
的內涵，主要源自於詩人得其性情之正，故其情感圓熟，是「發
乎情，止乎禮義」的不迫不露；是無「愛之欲其生，惡之欲其死」
的糾葛情緒。而「美」在藝術之真與生活之真統一的基礎上，多
道人生情志，無論直抒高蹈之理想，或言人之常情，或訴應有之
義，總以喜不成狂、悲不入慘的圓熟情感，擺落情緒語，傳遞出
「正得失，動天地，感鬼神，莫近於詩」（〈毛詩序〉）的審美感
動。

「真善美」的人生境界，在《人間詞話》中，特別凸顯人格
之真。從「主觀之詩人，不必多閱世。閱世愈淺，則其性情愈

真，李後主是也」(《人間詞話・十七》)、「納蘭容若以自然之眼
觀物，以自然之舌言情。……故能真切如此」(《人間詞話・五十
二》)不難看出，王國維對李後主、納蘭容若在詩歌藝術上給予
極高稱譽，便是著眼於後主貴為帝王之軀；容若為朝廷顯貴之後
㊳，表現在創作中，並沒有一味的流露風花雪月之情，而是將自
身真切感受，毫無掩飾的鋪敘出來，並將宇宙哲理和人生感喟融
為一體，遂使其作品蘊含強韌的生命力。又如「文文山詞，風骨
甚高，亦有境界」(《人間詞話・刪稿三十一》)，文天祥的詩大都
偏重義理，並無紛呈迷離的意象，但其用生命實踐寫成，充滿著
對家國倫理道德力量的讚美，真力彌滿，高風亮節的人格形象如
立眼前，王國維給予「有境界」的評價，可見偏重於其人格真善
美的欣賞。

　　析言之，王國維三十歲之前，主要精力在介紹和鑽研西方哲
學上，剛跨而立之年，他開始對自己醉心的哲學作人生反省式的
詰問，「哲學上之說，大都可愛者不可信，可信者不可愛。」㊴
於是，轉向中國傳統詩學的研究。王國維受西方思潮影響，認為
文藝是超功利的，中國詩歌在發展過程中，逐漸淪為美刺投贈、
攀緣邀譽的工具，作家亦逐漸遺失了真實的個性。因此，在《人
間詞話》中，王國維對李後主和納蘭容若給予極高的評價，正是
對二者隨性而發的真情感而言。茲以李煜那首膾炙人口的〈虞美
人〉為例：

　　春花秋月何時了，往事知多少！小樓昨夜又東風，故國不
　　堪回首月明中。　　　　　雕欄玉砌應猶在，只是朱顏改。問君

能有幾多愁，恰似一江春水向東流！

這闋詞引起世世代代、不同身分人們的由衷共鳴。推究原因，大抵有三：或說其洋溢「家園之思」、「故土之愛」，具有愛國情懷；或言其講求藝術形式，刻畫入微，用語精巧，故能傳之永久；亦有道其作品通過人生慨歎和往事追懷，抒寫個人的痛苦與不幸，引起讀者類似的感觸和情感共鳴。三者皆有道理，但結合王國維的「境界說」來觀，無疑以最後一說為優。主要原因在於這位王國維眼中「主觀之詞人」，其表情寫景述志，無一不是緣「身歷目見」⑩的切膚之痛而發。加上「生於深宮之中」，故閱歷不豐，本其「赤子之心」而靜觀、直觀，意象「境界大」而有氣象，使得小詞形式有了「咫尺應須論萬里」（杜甫〈戲題畫山水圖歌〉）的風貌；而內涵也充滿著「萬斛之舟行若風」（杜甫〈夔州歌十絕句〉）的動人境界，流露境界「大」復「優美」的一面。

　　進一步言，人們對美好歲月的追憶，以及懷念時油然而生的溫馨及痛苦，無名的惆悵，向來是人生普遍且共有的情致。只是這種情懷，人人可以神通而難語達。李煜巧妙以精心選擇的意象出之，攬入「自覺觀照」的情境。開頭一句「春花秋月」，傳出時序遞嬗、美好歲月盡付逝水的感喟；「雕欄」與「朱顏」，通過記憶中的意象與眼前容貌的描述，在心目所及與胸中意緒的強烈反差下，強化身心迥異的喟歎。前者景物依舊，只是杳然不見，一個「應」字揣度，多少心酸！後者是歲月不待人的省悟，至此，詩人無法不湧起無盡愁緒：「問君能有幾多愁？恰似一江

春水向東流！」為了說明他愁多、怨廣、恨深，詩人用一江春水
向東流作比方，把原本難以捉摸、抽象的國愁家怨，變得具體如
畫了。如此貼切而生動的比喻，捕捉了他的多愁善感，稍縱即逝
的感受和細微的心理變化，可謂集深邃愁情、清新意象於一身。
就審美意象的生動性、可感性、豐贍性、多義性來說，本闋詞已
呈現出如劉勰所揭櫫的「狀溢目前曰秀，情在詞外曰隱」的「隱
秀」美（宋・張戒《歲寒堂詩話》引《文心雕龍・隱秀篇》，今
現存殘卷佚失）。再觀《人間詞話・刪稿四十七》：

> 東坡之曠在神，白石之曠在貌。白石如口不言阿堵物，而
> 暗中為營三窟之地，此其所以可鄙也。

意思是東坡曠達是真，白石曠達是假，白石如《世說新語》所講
的王衍，口不言錢，暗地卻像婦人一樣「貪濁」。由於白石口講
不在官場同流合污，一生也未做官，貌似清高，但卻以詩詞博取
達官顯宦的青睞，成為某些達官顯宦的曳裾門客。王國維不齒其
人格，故云：「白石〈暗香〉〈疏影〉格調雖高，而境界極淺」，
又說：「古今詞人之高，無如白石，惜不於意境上用力，故覺無
言外之味，弦外之響，終不能與於第一流之作者也。」（《人間詞
話・四十二》）其實如姜夔〈暗香〉〈疏影〉詠梅抒懷，發出年華
易逝、清高孤寂的浩歎，雖不如「一樹梅花一放翁」之妙，但亦
詞中上品。只是「評詩之品，無異人品也。人有面目骨體，有情
形神氣，詩之醜好高下亦然」（鍾嶸《詩品》）。陸游與姜夔人格
境界相異，情感自不相同，而王國維眼中鄙白石言行不一致的為

人，遂不喜其文。

總之，人格境界之真善美相濟的前提，是「真」，寫出真感情便有真境界。其主要審美特徵為：第一性情真，即顯本性，吐真情，不矯飾，不作態，不違心，不隱私。第二態度真、忠實而真誠地記錄人、景、物、事，才能寫出真境界。第三觀察感受真，唯有「赤子之心」，才能有不假思量、不計較、超功利，所寫出的詩歌才有可能「但見性情，不睹文字」（皎然《詩式》）。要之，純粹發乎自然之情性，不矯揉造作，其人格上的審美價值，才能達到王國維在《宋元戲曲史》中所要求的那樣：「寫情則沁人心脾」、「寫景則在人耳目」、「述事則如其口出」，成為三者高度統一的有境界之作品。

㈡「不隔」境界的眞善美

「不隔」境界之真善美，是情感表達誠摯、強烈、深刻；寫景能觀物之微，託興之深，摹物神似逼真；辭藻信、達、雅，不雕琢、不敷衍。王國維《人間詞話・三十六、四十、四十一》分別說：

> 美成〈蘇幕遮〉詞：「葉上初陽乾宿雨。水面清圓，一一風荷舉。」此真能得荷之神理者。覺白石〈念奴嬌〉〈惜紅衣〉二詞，猶有隔霧看花之恨。
>
> 問「隔」與「不隔」之別？曰：陶、謝之詩不隔，延年則稍隔矣。東坡之詩不隔，山谷則稍隔矣。「池塘生春草」、「空梁落燕泥」等二句，妙處唯在不隔。詞亦如

是。即以一人一詞論，如歐陽公〈少年游〉詠春草上半闋……語語都在目前，便是不隔。至云：「謝家池上，江淹浦畔」則隔矣。

「生年不滿百，常懷千歲憂。晝短苦夜長，何不秉燭遊？」……寫情如此，方為不隔。「采菊東籬下，悠然見南山。山氣日夕佳，飛鳥相與還。」「天似穹廬，籠蓋四野。天蒼蒼，野茫茫。風吹草低見牛羊。」寫景如此，方為不隔。

「隔」與「不隔」這一審美概念，王國維只舉實例而未加界說。以下根據他所提供的實例來分析。分別從「情」、「景」、「辭」三大因素論述。

1. 以寫「情」而論真善美，陶淵明〈飲酒·其五〉：

結廬在人境，而無車馬喧，問君何能爾，心遠地自偏，采菊東籬下，悠然見南山，山氣日夕佳，飛鳥相與還，此中有真意，欲辯已忘言。

此詩向來被評論家喻為淵明的人生意識，臻於至高至善境界之作品。起首四句言由於寄心於遠，故心不役於物；雖在人境，逢車馬奔逐，亦不覺喧囂。淵明胸懷坦蕩，吞吐率真，故所言自然平實，遣詞「淺語有致、淡語有味」。五六二句，言采菊籬下，適舉首上望，突見南山，不禁悠然忘情。出此二句，可知淵明胸次灑落，隨性所至，信筆而成，既與心遠二字呼應，也無斧鑿之

跡，流露境與意會，情景交融之境。以其趣閒逸遠，令人神往，
故能成千古絕唱。至於七、八二句，言南山聳峙大自然之中，自
有靈秀之氣，沛然充乎其間，故境界愈高，山氣愈佳，飛鳥翩然
往還，予人心神逍遙之思，既承前悠然自得之境而來，也遙接心
遠二字，可為一氣直貫。至此奇絕妙境、天機佳趣、真情婉惬，
只可默然體會，很難宣之於言，故結句云：「此中有真意，欲辯
已忘言。」此真意，亦即心靈之境與自然之境的渾融，有此至美
至善之境界，自然非思辨所能解析，故而忘言矣。要之，陶淵明
作品的美學觀和人生觀皆以「任真自得」為核心，加上處世「心
存忠義，心處閒逸，情真景真，事真意真，⋯⋯其工夫精密，天
然無斧鑿痕跡⋯⋯」（元·陳繹曾《詩譜》），體物寫情渾然一
體，又往往能「一語天然萬古新，豪華落盡見真淳」（金·元遺
山〈論詩絕句〉），故境界動人而不隔。

　　2. 從寫「景」而論真善美：體物寫景之作，其「隔」與「不
隔」的實質，在於能否喚起美感以及產生審美聯想，此內容又與
寫情不同。因為它的關鍵在於得景物之「神理」，而不追求形貌
的真實。王國維說，歐陽脩〈少年游〉——詠春草：

　　　　欄干十二獨憑春，晴碧遠連雲。千里萬里，二月三月，行
　　　色苦愁人。　　　謝家池上，江淹浦畔，吟魄與離魂。那堪
　　　疏雨滴黃昏，更特地憶王孫。

上半闋，「語語都在目前，便是不隔」，就是指物化的藝術境
界，能夠引發讀者的生活經驗、審美聯想，進而感而遂通。至於

下半闋的「謝家池上，江淹浦畔」，著意用典，只能喚起讀者記憶的餘波，加上這些記憶感受的屬性不同，很難構成一個完整的境界，因此就覺其「隔」了。

　　細探之，這首小令上片以簡練的筆觸，勾勒出一幅三月春色的美妙圖畫。作者意在詠草而著墨於人，寫一深閨少婦，憑欄遠眺，晴川歷歷，碧草連天，其心也隨之飛向天涯，繫念著遠行的親人。這裡直接寫草的只有「晴碧」一句，但讀者卻可從詩人的「自然之眼」，觀萋萋芳草並映入思婦之眼的思緒中，又融進離人之情的境界。下片呢？雖仍是緊扣春草來寫，但卻連用了三個典故，分別是謝靈運〈登池上樓〉詩中的「池塘生春草」，以及江淹〈別賦〉裡「春草碧色，春水淥波，送君南浦，傷如之何。」和《楚辭‧招隱上》中「王孫游兮不歸，春草生兮萋萋」的句子。然而，這三篇涉及春草的作品，所寫的生活境遇，思想情感，各異其趣。同樣描繪春草，但三者的具體意蘊卻差別甚大，將其堆砌一塊，既不能構成一幅完整的畫面，也無法表達真切的情感。不知典故出處的人，讀來固然不知所云；知道者，也只懂得下片事事都說春草，很難與作者的情感產生共鳴。總之，這首小令的上、下片，創造了兩種不同的境界，給予人兩種不同的審美感受。故王國維以「隔」與「不隔」一對相反的審美概念，對它作出境界高下有別的概括。

　　至於美成〈蘇幕遮〉詞：「葉上初陽乾宿雨。水面清圓，一一風荷舉。」王國維以為此真能得荷之神理，乃周邦彥以十六字，不僅點染出雨後新荷生動的視覺形象，而且字裡行間充盈著溫度、色彩、挺拔又搖曳生姿之態，境界雖小，但生機盎然，既

真且美；是無我之境，以物觀物，以自然之眼、赤子之心賞荷，是「詩人視一切外物，皆游戲之材料也」的審美境界，故善且美。相對此一游戲材料所寫之境的自由心靈、活潑興味，同為寫荷之作的姜夔作品——〈念奴嬌〉、〈惜紅衣〉二詞，其中雖不乏「嫣然搖動，冷香飛上詩句」的名句，但卻無法使人直接感受到秋荷之美。其主要原因就是姜夔沒有把握住「荷之神理」，無法營造真實印象，興發美善之聯想。

　　3. 至於「辭」，它是情感物化的觸媒、聲情的載體，其自身又有獨立的審美價值。據此，王國維《人間詞話·六十二》進而指出：

> 「昔為倡家女，今為蕩子婦。蕩子行不歸，空床難獨守。」
> 「何不策高足，先據要路津？無為守窮賤，轗軻長苦辛。」
> 可為淫鄙之尤。然無視為淫詞、鄙詞者，以其真也。……
> 非無淫詞，讀之但覺其親切動人。非無鄙詞，但覺其精力
> 彌滿。可知淫詞與鄙詞之病，非淫與鄙之病，而游詞之病
> 也。

在現實生活中，人的情感有貞有淫、有高尚有鄙下，其倫理價值是不同的。但若發之於詩，卻只有「真」才美。生活中的淫鄙之情，在詩詞中出之以「真」，無虛偽矯飾，文字不鄙陋粗俗，便予人美感。反之，生活中的高尚情感，在詩詞中塗飾出來，成為游詞，人知其假就不覺其美了。《人間詞話·刪稿四十四》：

> 詞人之忠實，不獨對人事宜然。即對一草一木，亦須有忠
> 實之意，否則所謂游詞也。

可知為情造文之詞，即游詞，由此也可印證「真」在王國維詩學
體系的重要地位。他博觀約取，除指出「能寫真景物、真感情者
謂之有境界。否則謂之無境界」外，更認為詩歌與哲學一樣，
「其所欲解釋者皆宇宙人生上根本之問題，不過其解釋之方法：
一直觀的，一思考的；一頓悟的，一合理的耳。」在他看來，那
些只學前人技巧的，或者矯揉作態的作品，都是下品。而只要是
真情，寫情欲、寫名利都可以。由此可見，境界高的藝術美，實
際上是涵括了真、善與形式之美的大美。茲再以王國維在《人間
詞話‧十五》中的一個論點，來談語言、情感之真與境界之美
善：

> 詞至李後主而眼界始大，感慨遂深，遂變伶工之詞而為士
> 大夫之詞。……「自是人生長恨水長東」……〈金荃〉
> 〈浣花〉，能有此氣象耶？

李煜的詞，自然、直率。無論從內容還是從情調上看，都以國破
被俘為分界線，分為前後兩個時期，各呈現不同的面貌。前期的
作品，主要描寫宮廷生活和男女之間的歡愛及相思，格調不高。
後期的作品，大都抒寫亡國之痛和對往昔帝王生活的追戀，調子
多哀怨淒楚。王國維稱許李煜藝術的成就有「氣象」，主要取決
於他「眼界始大，感慨遂深」。進一步言，首先是後主能把筆觸

深入到人物的內心世界，除了真實而細膩地刻畫外，也不乏直抒胸臆之作，使其審美意態，充滿生命的躍動。其次是他真摯感情的抒發。李煜亡國後的作品，感慨更深。劉永濟《唐五代兩宋詞間析》寫道：「昔人謂後主亡國後至此，乃以血寫成者，言其語真切出於肺腑也。」所謂「昔人」即王國維，他在《人間詞話》中說：「後主之詞，真可謂以血書者也。」所謂「血書」者，其實不過是說後主作品所表現的情感，其哀傷、真摯有如血淚凝鑄而成。這種感情，充滿「主觀之詩人」的才氣，但不虛矯、浮誇；有傷感、悲哀，卻不壞人心術、墮人志氣，是「思無邪」之善。其次，情感傳達之美，對「情在何處」有時表現得委婉含蓄；至於撫今追昔之痛，有時又直率明快，情景「狀溢目前」。這種委婉含蓄、率直明快，與亡國的切膚之痛結合起來，十分撼動人心。第三，遣詞善於用白描的手法，抒寫他的生活感覺；造詞接近口語，而又凝鍊明淨，具有很強的表現力和概括力。此外，也善於運用他的多愁善感，以貼切而生動的比喻，捕捉住稍縱即逝的感受，和細微的心理變化，或通過人物的語言、動作加以傳達，化抽象感情為具體形象。以抒發亡國之痛的這首〈烏夜啼〉為例：「林花謝了春紅，太匆匆……自是人生長恨，水長東」——作者以觸目之景「林花謝了春紅」，表達對美好生命之短暫，無盡的傷悼與惋惜，出以「太匆匆」，何其坦率與不假思索！有限之生命，珍惜尚且不及，更何況還要遭受「朝來寒雨晚來風」無情之摧折。人生短暫無常，生命多挫傷打擊，不禁要發出「可惜流年，憂愁風雨」（辛棄疾〈水龍吟〉）之慨！後主寫情襟懷袒露，不做作，如行雲流水，任其自然，不隔之佳境也。

在李煜之前，不少著名詩人已有類似寫法，如杜甫的〈哀江頭〉：「人生有情淚霑臆，江水江花豈終極？」又如劉禹錫的〈竹枝詞〉：「……蜀江春水拍山流，花紅易衰似郎意，水流無限似儂愁」，都以江水比喻愁的無窮盡。然仔細吟味：杜甫的哀痛顯得更沈鬱，凄涼中更多悲壯；劉禹錫的審美情趣則偏於俊賞，以至於將女主人公的愁也美化了。至於李後主，通篇哀而傷，如啼血杜鵑，扣人心絃，聲聲都從肺腑迸出，使人不忍卒聞。今日讀者，不會有李煜當年偏安江左、奢華縱逸的生活記憶，也不會有作為亡國之君，今昔對比的揪心之痛。然而，誰沒有過韶光易逝、良辰美景虛度，景物依舊而人事已非，或深或淺的人生悵惘？讀李煜的作品，感懷的是自己。詩人以其可觀、可感的大自然意象，扣開讀者的心扉，興發讀者的情感體驗、思念、回憶……。總之，李後主讓讀者在哀愁中咀嚼自己類似的人生體驗。

綜言之，情、景、辭這三大因素，對於構成詩詞的審美價值，其關鍵在於如何運用藝術思維，使主觀的情、志、意與客觀的物、景、境，達到辯證統一、自然妙合而「不隔」。《人間詞話・附錄二補遺》：

文學之事，其內足以攄己，而外足以感人者，意與境二者而已。上焉者意與境渾，其次或以境勝，或以意勝。苟缺其一，不足以言文學。原夫文學之所以有意境者，以其能觀也。出於觀我者，意餘於境。而出於觀物者，境多於意。然非物無以見我，而觀我之時，又自有物在。故二者

> 常互相錯綜，能有所偏重，而不能有所偏廢也。文學之工
> 不工，亦視其意境之有無，與其深淺而已。

王氏極力凸顯「意境」在詩中決定性的地位，並認為詩中意境的
營造，則來自詩人敏銳的觀察力和具體而微的感受性。至於「意」
與「境」二者的關係，是常「相互錯綜，能有所偏重，而不能有
所偏廢」。將物我極微妙而朦朧，非銖兩悉稱的關聯點出。足見
他「真善美合一」的審美態度，可以通過比興手法言情體物，也
可出於直覺的情感興發、理念思致存乎其間的投射。無論方式為
何，是「意與境渾」也好，「或以境勝，或以意勝」也罷，只要
「不隔」，都各有其可愛、可貴之處。而詩人的直率之情、生命價
值、人生理想皆可因此而使人「相濡以沫」，獲致審美感動。

參、審美人生的文化意義

一、千古詩人寂寞心的心智鍛鍊

　　人生「三境界」以千古詩人寂寞心，通過俯仰宇宙的目標求
索，安頓、撫慰，進而超越有限生命，傳遞出「『天行健，君子
以自強不息』的儒家精神，以及對待人生審美態度為特色的莊子
哲學，以及並不否棄生命的中國佛學——禪宗，加上屈騷傳
統，……這就是中國美學的精英和靈魂」④。換言之，詩人的最
高境界是哲人；哲人的最高境界是詩人；而藝術最高境界必是審
美的人生。值得留意的是，王國維此人生三境界之所本，出於

「前不見古人，後不見來者」（陳子昂〈登幽州臺歌〉）的孤寂心靈。此種生命情調，在王氏作品〈浣溪沙〉中可以一窺端倪：

> 山寺微茫背夕曛，鳥飛不到半山昏，上方孤磬定行雲。試上高峰窺皓月，偶開天眼覷紅塵，可憐身是眼中人。

審美人生的前提之一，首先便是孤寂的心靈。「三境界」與此首〈浣溪沙〉皆有「獨」的身影，與「寂寞」的心靈。因為「孤寂」的背後，思慮變得格外敏銳，感覺也更細緻，冷靜觀照的審美心靈因而得以滋生，生命存在的感悟因而容易興發。其次是登高。寂寞的先知登高望遠，自然會有「胸懷攬轡澄清志，腹滿經綸濟世才。海到無涯天作岸，山登絕頂我為峰」的豪邁感興。此舉可以視為「會當凌絕頂，一覽眾山小」（杜甫〈望嶽〉）、「不畏浮雲遮望眼，自緣身在最高層」（王安石〈登北高峰塔〉）的心理展現；也可以當作「棄我去者，昨日之日不可留；亂我心者，今日之日多煩憂。長風萬里送秋雁，對此可以酣高樓」（李白〈宣州謝朓樓餞別校書叔雲〉）的自我抒懣形象的說明。詩人以藝術的心靈，俯瞰人生的真相，滌除人我分際；以遠眺之姿，渺滄海之一粟，獲得謙卑與萬化冥合的生活態度。如此「俯仰往還，遠近取與，是中國哲人的觀照法，也是詩人的觀照法」⑫。在仰觀俯察中，從容人生，逍遙宇宙，領略「俯仰自得，游心太玄」的閒情，這是一種超邁的宇宙觀，也是寂靜自得的生命境界，和「民胞物與」、「天人合一」的審美情懷。

易言之，「獨上高樓」的審美意義，不強調「登茲樓以四望

兮」的積鬱，亦非訴說「樓高不見章臺路」（歐陽脩〈蝶戀花〉）
的清怨；而是沉潛中有激越，冷靜觀照中有同情了解，堅毅中不
畫地自限的生命境界展露。爰此，王國維以「試上高峰窺皓月，
偶開天眼覷紅塵，可憐身是眼中人」傳遞出他的「赤子之心」，
表達面對人生苦難、生命短暫、世情荒謬而傷悼的生命格局㊸，
與其「人生三境界」說的孤寂、登望意識有所呼應。如果說，舉
重若輕的「三境界」說，始終強調踽踽獨行身影，以及對理想矢
志不渝的追求，與「富貴不能淫，貧賤不能移」的磨礪情操，那
麼王國維對人生中必有「弘毅而任重道遠」之「內美」的堅持，
不啻為詩人孤寂的心智鍛鍊，挹注「天意憐幽草，人間重晚晴」
（李商隱〈晚晴〉）的活水。這種寂寞中得大自在，艱苦中彰顯自
立、自信、自性圓滿，正是王國維人生「三境界」說的真切、深
厚處。以其真切，故平易近人：以其深厚，故能言人之所未發，
予人「如人飲水，冷暖自知」的審美感發，獲致千載常新的文化
價值。

二、入內出外的人生修養

王國維《人間詞話・六十、六十一》說：

> 詩人對宇宙人生，須入乎其內，又須出乎其外。入乎其
> 內，故能寫之。出乎其外，故能觀之。入乎其內，故有生
> 氣。出乎其外，故有高致。
> 詩人必有輕視外物之意，故能以奴僕命風月。又必有重視
> 外物之意，故能與花鳥共憂樂。

首先就心物關係而言。王國維曾說：「原夫文學之所以有意境者，以其能觀也。」(《人間詞乙稿敘》)這裡的「觀」不是孔子「詩可以觀」的「觀」，乃來自於叔本華美學中的「直觀」與「靜觀」，也正是「詩人之眼」的之「觀」。《人間詞話·三十七》：「政治家之眼，域於一人一事；詩人之眼則通古今而觀之」。所謂詩人之眼，即藝術家的眼光，個人以為其審美特徵為：(1)概括性強，(2)普遍性大，(3)恆久與常新的價值並存，(4)讀者的審美自由大。至於能觀之「我」，需從生活之欲中超脫出來，也是王國維達到「審美的領悟」的要務。其審美過程(1)能觀：掌握自然、客觀對象的內在本質→(2)直觀：是生動、深微的直觀，超越「欲之我」的桎梏→(3)領悟：轉化至美感的客觀世界→(4)表現流露：事物內在本質普遍性、典型性的呈現，既超越「絕對」，又充滿生氣的「自由」。如此「能入能出」之體物境界，即《老子》所謂：「吾之所以有大患者，為吾有身。及吾無身，吾有何患？」的精神闡發，也是蘇東坡〈高郵陳直躬處士畫雁二首之一〉所言：「野雁見人時，未起意先改。君從何處看，得此無人態？無乃槁木形，人禽兩自在」的觀物之微，又有自家生意的審美境界。

其次，搭配王國維的藝術審美眼光，來印證「入內」與「出外」的學問修養境界。王國維以「意境之有無與其深淺」作為評論詩詞作品的基本準則，並以生動直觀、深微靜觀，與富於獨創性的藝術素養，論及優美、宏壯，有我、無我等境界，彼此雖無分軒輊，但是王國維都能分別點染評說，作出精微的辨析。如他

盛讚蘇、辛詞的「曠」「豪」，也深契少游、容若詞的「淒婉」，又以銳敏、精緻的藝術品味，謂歐詞〈玉樓春〉「尊前擬把歸期說」是「豪放之中有沈著之致」。可見王氏作學問的態度，是由「身歷目見」的經驗聯結，寫必有之情，表現人生真理的融通，故能凸顯作品中之直致或婉曲的情感，評點真切而予人「但覺親切動人……精力彌滿」（《人間詞話・六十二》）的「不隔」境界。

　　總之，「入乎其內」就是要能「體物入微」，以「奴」的體貼、柔軟、同情了解，重視外物，能與花鳥共憂樂，使物我有關係，成為命運共同體，此即「天人合一」的審美態度。如此一來，因同情共感，生息相通，無論是「雲霞出海曙，梅柳渡江春」（杜審言〈和晉陵陸丞早春遊望〉）之宏壯、優美，皆能展現勃勃「生氣」之美。此外，也要能「出」，即「有輕視外物之意」，如歐陽脩〈玉樓春〉「直須看盡洛城花，始共春風容易別」，以流連自然光景安頓離愁別緒，那份有類「且看欲盡花經眼，莫厭傷多酒入唇」（杜甫〈曲江〉）的情懷，是「豪放之中有沉著之致」（《人間詞話・二十七》），既是文字的深入淺出，也是情感舉重若輕的表達，更是審美心靈動靜的調和，故營造出「橫看成嶺側成峰」（蘇軾〈題西林壁〉）之美感。此乃審美境界中，無論「有我」或「無我」，「宏壯」或「優美」，「寫境」或「造境」，境界「大」或「小」，皆能以生之色彩，自在真情，顯露「精力彌滿」又「不隔」的原因。

三、擔荷與欣賞並備的生命哲學

王國維在《人間詞話‧十八》裡比較李煜和宋徽宗兩個亡國之主：

> 宋道君皇帝〈燕山亭〉詞亦略似之。然道君不過自道身世之感，後主則儼有釋迦、基督擔荷人類罪惡之意，其大小固不同矣。

同樣的亡國，而道君皇帝只局限在個人的身世之感，李煜卻能把一己之感受推擴至全人類的共同境遇。王氏以「釋迦、基督」四字，形容其作品所「擔荷」的悲憫、憂生情懷。如李後主常將「流逝」此一自然意象，寫得敷潤有餘裕，透闢地概括出人類的恆常情感、一致命運。正因為如此，他的作品便從具體的情景中超越出來，升到了哲學以至宗教情懷的層次。此外《人間詞話‧二十五》也說：

> 「我瞻四方，蹙蹙靡所騁。」詩人之憂生也。「昨夜西風凋碧樹。獨上高樓，望盡天涯路」似之。「終日馳車走，不見所問津。」詩人之憂世也。「百草千花寒食路，香車繫在誰家樹？」似之。

此例句中，有「直觀而自覺」的生命領悟，也有對未知、不可掌握世界的嚮往，與生命實踐的「思量」。出以「憂」字，寫得十

分嚴肅、慎重，便是「擔荷」；「蹙蹙靡所騁」、「望盡天涯路」、「不見所問津」、「香車繫在誰家樹」，是悲愁中「欣賞」大自然而發，也是「詩人必有輕視外物之意，故能以奴僕命風月。又必有重視外物之意，故能與花鳥共憂樂」的真情流露。此種擔荷與欣賞並備的生命情調，不啻為「詩人視一切外物，皆游戲之材料也。然其游戲，則以熱心為之，故詼諧與嚴重二性質，亦不可缺一也」《人間詞話‧刪稿四十九》的體現。

　　析言之，所謂欣賞，不是認知，而是生命的關照和體驗，能對人生萬象包融，對宇宙大自然融入。所謂擔荷，是盡己推己的關懷，「民胞物與」的愛撫。荷擔與欣賞並備的生命哲學，充盈在王國維以「境界」評點詩詞的大家之作。以辛棄疾〈鷓鴣天〉：「莫避春陰上馬遲，春來未有不陰時。人情展轉閒中看，客路崎嶇倦後知」為例，王國維言其詞「豪」，佳處「在有性情，有境界。」（《人間詞話‧四十四、四十三》）。觀其前二句，寫得出色而不費力，非粗魯顢頇之「豪」，而是生命投注中有力與誠的「雅量高致」（《人間詞話‧四十五》），人生擔荷之「當行自在」莫過於是。而後兩句，是「熱心為之」後，出以寓莊於諧的智慧，是「游戲」的審美人生㊹，也是境界「真」的表露，更是「游於藝」的審美觀照㊺。約而觀之，個人以為可以「自覺，覺人；自利，利他；自渡，渡人」㊻來涵攝荷擔與欣賞並備的生命境界。

　　試以「儼有釋迦、基督擔荷人類罪惡之意」的後主作品印證之。《人間詞話‧十五》：

> 詞至李後主而眼界始大，感慨遂深，遂變伶工之詞而為士
> 大夫之詞。……「自是人生長恨水長東」、「流水落花春
> 去也，天上人間」，〈金荃〉〈浣花〉，能有此氣象耶？

人類生活，無非是一場同時間賽跑的競爭。生活之欲與理想目
標，得在時間裡才能實踐；良辰美景、歡娛時光卻在流金歲月
「逝者如斯夫，不舍晝夜」的淘洗中，留下令人撫時傷懷，睹物
思情之慨。上舉李後主〈虞美人〉、〈相見歡〉、〈浪淘沙〉這些
詞，情感直接觸動人生，正是以自然「流逝」意象，表達亡國之
後，舊日繁華一去不返，家國一去不歸的深層領悟，從而感喟人
生「無常」。這些名言佳句，如此經典，因為作者將「往事只堪
哀，對景難排」（李後主〈浪淘沙〉）的失國之痛，以自然春水象
喻「無限江山，別時容易見時難」的幽閉情懷（李後主〈浪淘
沙〉）。此興中帶比的象徵，情感抒發有如「離恨恰如春草，更行
更遠還生」（歐陽脩〈踏莎行〉）般的行雲流水，任其自然。真是
情到深處無怨尤，情到深處無理數的藝術心靈展現，也是「登山
則情滿於山；觀海則意溢於海」（《文心雕龍‧神思》）的審美情
感流露。如此擔荷與欣賞深化交錯的生命感悟，由一己之情感，
推闊（外延或內展）至人類之情感，加上語近情遙，思接千載，
撼動古今人情，故深獲王國維以「眼界始大」、「有如此氣象」
稱譽。

　　要言之，因為詩人「視一切外物，皆游戲之材料」，故能
「欣賞」萬象紛呈、悲喜交加的生命，此乃「詼諧」之智慧也。
又因詩人對游戲「熱心為之」，故具備洞燭機先、觀照萬物的能

力，以悲天憫人的情懷，「擔荷」人類罪惡，此「嚴重」之誠敬
也。「二性質，亦不可缺一也」，正是藝術家深入宇宙人生，出
入自由，卻不粘滯之生命境界的體現也。

肆、結語

　　葉嘉瑩先生在《王國維及其文學批評》一書中，論及王國維
性格與時代之關係時，說道：「一方面既以其天才的智慧洞見人
世欲望的痛苦與罪惡，……而另一方面卻又以深摯的感情，對此
痛苦與罪惡之人世深懷悲憫，而不能無所關心。」王國維不僅有
學問、有思想，也有真性情，他的學問紮實，卻無一絲賣弄；他
的靈性躍動，卻無一點淺薄；他的性情撼人，能為悲智雙修，故
其「境界說」充滿自覺的人文意識與擔荷的生命內涵。

　　綜上所述，王國維性格、學識、思想複雜而多元，不可避免
的使「境界」這概念充滿多義性，且充分流露「詩無達詁」的藝
術審美價值。但就《人間詞話》所凸顯的審美人生而言，境界說
以「生命人格之真、善」和「藝術價值之美」為根柢，將作品情
感和人格形象切儒，或近道，抑或親佛，以至於雜糅融合三者，
以善體會、善思考、善想像的深造自得，不同角度地予以歸結申
說。

　　換言之，「境界」到了王國維手中，通過直觀、靜觀、反
省、擔荷、欣賞，及能入也能出等不同審美角度，將生命存在價
值與詩學藝術價值，有機聯繫起來，不僅有一貫性、互補性、前
瞻性，而且沾溉後人甚多。放眼往古，衡盱當下，展望未來，互

古生命在陰霾中強力頡頏、安頓、超越的韌性與毅力，是人類精神文明不斷提升的原動力。王國維的《人間詞話》因有相應的宇宙觀和人生情志作為基礎，故可以引導、帶領並提供現代人深層的生命思索，與人文藝術審美的自在、愉悅，此其永不褪流行的魅力所在。

參考書目

《百種詩話類編》臺靜農，台北：藝文印書館，1974

《人間詞話》王國維，徐調孚注，台北：學海出版社，1982

《王國維學術研究論集》吳澤，上海：華東師範大學 1983

《人間詞話》王國維作，林玫儀導讀，台北：金楓出版社，1987

《美學散步》宗白華，台北：洪範出版社，1987

《中國美學的發端》葉朗，台北：金楓出版社，1987

《中國美學的開展》葉朗，台北：金楓出版社，1987

《談美》朱光潛，台北：康橋出版社，1988

《美學、哲思、人》李澤厚，台北：風雲時代出版社，1989

《華夏美學》李澤厚，台北：時報出版公司，1989

《唐宋詞十七講》葉嘉瑩，湖南：岳麓書社，1989

《詩美學》李元洛，台北：東大圖書公司，1990

《王國維美學思想研究》張本楠，台北：文津出版社，1992

《王國維哲學美學論文輯佚》王國維，上海：華東師範大學，1993

《王國維與人間詞話》祖保泉、張曉雲，台北：萬卷樓出版公司，1993

《顧季羨先生詩詞講記》葉嘉瑩筆記，顧之京整理，台北：桂冠出版公

司，1994

《中國美學史》葉朗文，台北：文津出版社，1996

《王國維及其文學批評》葉嘉瑩，河北：教育出版社，1997

《迦陵論詩叢稿》葉嘉瑩，河北：教育出版社，1997

《迦陵論詞叢稿》葉嘉瑩，河北：教育出版社，1997

《宋詞的登望意識與境界》王隆升，台北：文津出版社，1998

注　釋

① 王國維生於清光緒三年，卒於民國十六年，得年五十一歲（西元 1877-1927 年）。初名國楨，字靜安，亦字伯隅，號觀堂，又號永觀，浙江海寧人，辛亥革命後以清遺老自居。王氏博學通儒，功力之深，治學範圍之廣，對學術界影響之大，為近代罕見。其生平著作甚多，身後遺著收為全集者有《王忠慤公遺書》、《王靜安先生遺書》、《王觀堂先生全集》等數種。《人間詞話》一書乃是王氏接受了西洋美學思想之洗禮後，以嶄新的眼光對中國舊文學所作的評論。他學無專師，自闢戶牖，生平治經史、古文字、兼及文學批評，均有深詣創獲，詩詞文亦無不精工。

② 「境界」與「意境」兩詞並無高下之分，只有具體習慣的適用範圍或領域的差異。中國古典詩歌中的審美境界，一向為人所重視和津津樂道。儘管詩貴意境，然對於意境、境界的說法眾說紛紜，對它的解釋各異其趣，比如唐・王昌齡《詩格》三境有「意境」之說；明・王世貞稱為「意象」（《藝苑卮言》）；明・胡應麟名曰「興象玲瓏」（《詩藪》），清・王夫之稱作「情景」（《薑齋詩話》）；清・王國維則揭櫫「境界」說，謂之「詞以境界為最上。有境界則自成高格，自有名句」（《人間詞話》）。上述種種識見，除反映中國詩歌審美意識的突破與長足發展外，

也說明古典詩歌著重審美思維對客觀形象的藝術化，及重視作者主觀的「意」（思想感情），與歷史客觀之「境」（社會環境和自然環境）互相縮合的美學特質。在《人間詞話》中，「境界」和「意境」兩詞，從情景交融、心物關係而言，大抵是可互釋的。

③詩詞互觀，在注意到詩詞有別的同時，也關心詩詞間的同義同妙。張惠言說：「蓋詩之比興，變風之義，騷人之歌，則近之矣。」（《詞選序》）劉熙載說：「詞之興觀群怨，豈下於詩哉。」（《藝概・詞概》）然而自詞觀詩則不同，在關注詩詞間同理的同時，更注意二者的區別，陳廷焯說：「感於文不若感於詩，感於詩不若感於詞。」（《白雨齋詞話自序》）王國維也說：「詞之為體，要眇宜修。能言詩之所不能言，而不能盡言詩之所能言。詩之境闊，詞之言長。」（《人間詞話・十二》）

④以葉嘉瑩《王國維及其文學批評》、《顧季羨先生詩詞講記》之觀念歸納為主。葉嘉瑩論中國古典詩詞的境界，尤重「感發」作用，此乃她一系列論文的主要論點。除〈中國古典詩歌中形象與情意之關係例說〉一文外（《迦陵談詩二集》（台北：東大圖書公司，民國七十四年二月），另可參考《中國古典詩歌評論集》（台北：源流出版社，民國七十二年十月）一書中各篇論文，如〈關於評說中國舊詩的幾個問題〉、〈人間詞話境界說與中國傳統詩說的關係〉。

⑤審美過程是邏輯思維與形象思維相交替的思維過程。所謂邏輯思維，是以概念、判斷、推理的形式來反映客觀事物的活動規律。至於形象思維，則用表象來進行分析、綜合、概括。

⑥李元洛《詩美學》頁226，言王國維的「境界說」（意境）是批評詩歌的「最上」準繩，「以樸素的二分法，兵分六路，向境界之有無、造境與寫境之分別、有我之境與無我之境、境界的大與小、境之隔與不隔、

境界之高與低等六方面開邊擴土。」

⑦〈文學小言〉;《王國維學術經典集》江西人民出版社,頁145

⑧美學家朱光潛在〈詩的境界——情趣與意象〉一文裡,也同意王國維的
　見解,認為「『興趣說』、『神韻說』、『性靈說』都只能得其片面,而
　『境界說』似較賅括」。

⑨《王國維學術經典集》江西人民出版社,頁150

⑩見王國維《人間嗜好之研究》。

⑪周濟《介存齋論詞雜著》:「初學詞求空,空則靈氣往來。既成格調,
　求實,實則精力彌滿。初學詞求有寄託,有寄託則表裡相宣,斐然成
　章。既成格調,求無寄託,無寄託則指事類情,仁者見仁,智者見
　智。」

⑫見宋・戴昺《東野農歌集》卷四〈答妄論唐宋詩體者〉。

⑬見③。

⑭顧季羨先生以為詩要有「知、覺、情」才能表現出境界。

⑮唐・柳宗元〈邕州柳中丞作馬退山茅亭序記〉一文寫道:「夫美不自
　美,因人而彰。蘭亭也,不遭右軍,則清湍修竹,蕪沒於空山也。」

⑯清・王夫之《詩廣傳》卷二〈豳風〉三說道:「天地之際,新故之跡…
　…形於吾身以外者,化也;生於吾身以內者,心也;相值而相取,一俯
　一仰之際,幾與為通,而泮然興矣。」

⑰見葉嘉瑩《王國維及其文學批評》,頁207-209

⑱針對此「登望意識」,宗白華先生指出:「和諧與秩序是宇宙的美,也是
　人生美的基礎。」〔宗白華:《宗白華全集》第二卷:頁58,合肥:安
　徽教育出版社,1994。〕望「遠」表面看起來是個空間距離,實質上卻
　是個「心理距離」。觀者不為眼前事物所束縛,將心靈的目光拉向蒼

穹，去感受千崖萬壑、風雲際會中的大道真如，我之情懷與宇宙生命在廣闊的時空中往返回度，融為一體。畫面形式的朝揖避讓、優游回度、大氣鼓盪、脈絡周通，乃是藝術家在對自然界的且仰且俯中所酌取的騰挪跌宕的主客合一的生命氣質。

⑲ 王國維在《人間詞話・二十四》以《詩經・蒹葭》「蒹葭蒼蒼，白露為霜。所謂伊人，在水一方……」最得風人深致，與晏同叔之「昨夜西風凋碧樹。獨上高樓，望盡天涯路」意頗近，但一灑落，一悲壯耳。

⑳ 這是辛氏自己嚮往抗金復國，卻被排斥罷逐之現實境遇的象徵寫照。夏承燾先生據此詞收在淳熙十五年編成的《稼軒詞》甲集裡，推斷「這詞必作於淳熙十五年之前。淳熙十五年，作者四十九歲，他被迫退休於江西上饒，已經六、七年了；這詞裡所謂『燈火闌珊處』，可能也就是作者那時在政治上被排斥的境地的寫照」。這一說法，也可參照稼軒被劾落職的心境：孤高幽獨、淡泊自持、自甘寂寞、不同流俗。故曾自謂：「剛拙自信，年來不為眾人所容」，顯現他恪守素志之本色。

㉑ 宋人的這三首詞都和事業、學問無直接聯繫。其中的詞句，王氏賦予新的含義，正應驗歷經人生不幸的人，最能同情了解人生的苦難。尤其第三境界，是帶有一種勘破世情的微笑，也是了悟人生的體會，這種「眾裡尋他千百度……燈火闌珊處」之境界，與明・楊慎〈臨江仙〉：「滾滾長江東流水，……一壺濁酒喜相逢，古今多少事，都付談笑中」的生命感喟，有類似之處。

㉒ 王國維對於學者自身的修養，深有感觸，認為天才、品德、學問，三者缺一不可，故體驗到學術修養三重境界，將學術研究、人生成長中超越、冷清、犧牲、憔悴、驚喜的諸多情緒波瀾，表現得淋漓盡致，既真且美，感人無窮。這也正是後人屢屢引用的原因。

㉓ 王羲之〈蘭亭集序〉：「仰觀天地之大，俯察品類之盛，所以游目騁懷，足以極視聽之娛，信可樂也。」

㉔ 見宋・晁補之《雞肋集》卷33〈題陶淵明詩後〉。

㉕《人間詞話・二十五》：「我瞻四方，蹙蹙靡所騁。」詩人之憂生也。「昨夜西風凋碧樹。獨上高樓，望盡天涯路」似之。「終日馳車走，不見所問津。」詩人之憂世也。「百草千花寒食路，香車繫在誰家樹」似之。

㉖ 蘇軾在《東坡題跋》卷二〈題淵明飲酒詩後〉中說，陶淵明的「採菊東籬下，悠然見南山」二句是「因採菊而見山，境與意會，此句最有妙處。近歲俗本皆作『望南山』，則此一篇神氣都索然矣」。

㉗ 嚴羽在《滄浪詩話》稱許「採菊東籬下，悠然見南山」、「池塘生春草」這類詩句之所以傳誦千古，乃是由於它們以自然素樸的言辭，呈現了一種真切自然的情趣意味，是主觀之情與客觀之景渾然一體的融洽，是外在詞采與內在韻味天衣無縫的契合。這是「即景會心」的產物，不是絞盡腦汁、強刮狂搜地作出來的。只有真性情、真景物機緣巧合地碰在一起時，才會出現這樣的佳句。有意為之，無論如何「妙悟」，也是得不到這樣的詩句的。

㉘ 梁宗岱在〈象徵主義〉一文認為：「所謂象徵是藉有形寓無形，藉有限表無限，藉剎那抓住永恆，使我們只在夢中或出神底瞬間瞥見的遙遙的宇宙變成近在咫尺的現實世界。」「於是我們便可以得到象徵底兩個特性了：㈠是融洽或無間；㈡是含蓄或無限。所謂融洽是指一首詩底情與景、意與象底惝恍迷離，融成一片；含蓄是指它暗示給我們的意識和興味底豐富和雋永。」（收入廣東花城出版社之《中國現代詩論》，頁169、168）。

㉙ 如《文心雕龍‧物色篇》:「物色之動,心亦搖焉」指出:隨著四季景物的不同變化,人們會產生相應的不同的情感。鍾嶸《詩品序》也說:「若乃春風春鳥,秋月秋蟬,夏雲暑雨,冬月祁寒,斯四候之感諸詩者也。嘉會寄詩以親,離群託詩以怨」,申明所抒之情,因外在環境變化而變化的聯繫。

㉚ 源自於白居易就以「知足保和」作閒中之適的內涵。《白氏長慶集》是白居易的詩集總匯,共分四類詩,其中第二類為閒適詩,即:「又或退公獨處,或移病閒居,知足保和,吟翫性情者一百首,謂之閒適詩。」這些作品,大抵是作者晚年之作,如〈常樂里閒居偶題十六韻〉,〈效陶潛詩十六篇〉、〈病中詩〉等。

㉛ 朱光潛先生補充說道:「嚴格地說,詩在任何境界中都必須有我,都必須為自我性格、情趣和經驗的返照。」(《詩論》)詩境是詩人營造的,就必然打上詩人的烙印。

㉜ 指人在必需(物質)之外的精神餘裕,參《顧季羨先生詩詞講記》,頁283。

㉝ 顧季羨先生以「譬如北辰居其所而眾星拱之」(《論語‧為政》)來說明「境界」的心、物關係,是因緣之聯繫,有輕重、主輔之別,不可隔離,只要內心之情旺盛,外物之景不能減損之,反而相輔相成。

㉞ 錢鍾書的《談藝錄》,裡面把情景交融分為三個層次。

㉟ 所謂「直尋」就是直書眼前所見,而不用經史典故來拼湊、比附,見鍾嶸《詩品》所提出:「至乎吟詠情性,亦何貴於用事?『思君如流水』,既是即目;『高臺多悲風』,亦唯所見;『清晨登隴首』,羌無故實;『明月照積雪』,源出經史?觀古今勝語,多非補假,皆由直尋。」

㊱ 王夫之對「現量」嘗作解釋,其道:所謂「現量」,「現」者有「現在」

義，有「現成」義，有「顯現真實」義。「現在」，不緣過去作影；「現成」，一觸即覺，不暇思量計較；「顯現真實」，乃彼之體性如此，顯現無疑，不參虛妄。」(《相宗絡索‧三量》)

㊲《薑齋詩話》說：「含情而能達，會景而生心。體物而得神，則自有靈通之句，參化工之妙。若但於句求巧，則性情先為外蕩，生意索然矣。」王夫之此段意謂「會景」與「生心」、「體物」與「得神」，應在瞬間的藝術直覺中完成，若經長期揣摩，玩弄技巧字句，則詩人「性情」不僅外蕩無存，連同創作也會生意索然。

㊳納蘭性德（1654-1685），原名成德，後避太子嫌，改名性德。字容若，號楞伽山人，滿洲正黃旗人。其父明珠，聖祖康熙時累官大學士、太傅，為朝廷顯貴。清初詞壇，陽羨派崇蘇軾、辛棄疾之豪放；浙西派尊姜夔、張炎之醇雅；惟容若獨推南唐李後主、北宋晏幾道。詞風婉麗清淒，悱惻芬芳，被王國維譽為「北宋以來，一人而已」。

㊴《王國維學術經典集》自序二，頁5。

㊵王夫之《薑齋詩話》卷二：「身之所歷，目之所見，是鐵門限」。

㊶宗白華《美學散步》序言，李澤厚語。

㊷宗白華〈中國藝術意境之誕生〉，見《美學散步》（上海人民出版社，1981），頁66。

㊸王國維所處時代，思想界一片混亂，舊學體系尚未消解，新的體系尚未形成，各家眾說紛紜，莫衷一是。部分文人棄國家危亡不顧，投機取巧，成為軍閥幕僚。正人心，端品行，向古代賢聖學習乃是當務之急。於是，王國維借用屈原的詩句說，「『紛吾既有此內美兮，又重之以修能』，文學之事，於此二者不可缺一。」(《人間詞話‧刪稿四十八》)傳達他對品行高潔、矢志不渝的理想型人格的追慕。

㊹ 席勒（J. F. C. Schillor）在《美育書簡》裡說：「只有當人在充分意義上是人的時候，他才游戲；只有當人游戲的時候，他才是完整的人。……只要同時既消除了自然規律的物質強制，又消除了道德法則的精神強制，在……由兩種必然性的統一中，他們才能獲得真正的自由。」

㊺ 游戲的審美態度，根據哲學家迦達瑪（Hans-Georg Gadamer）所謂「游戲三特徵」是反覆練習、自我表現，相互觀摩的積極參與過程。詳見 H. 迦達瑪著，吳文永譯《真理與方法》（南方出版社，1988）一書。

㊻ 顧季羨先生以此闡明詩歌「推己及人」「推己及物」之作用，以及將小我化大我之精神。個人以為，此見解可與王國維「入內出外」之生命修養，相互印證（見《顧季羨先生詩詞講記》，頁340。

國家圖書館出版品預行編目資料

中國詩學會議論文集. 第六屆／國立彰化師範

大學國文系編.--初版.--臺北市：萬卷樓, 民 91

面；　　公分

ISBN 957-739-416-7(平裝)

1 中國詩－論文,講詞等

821　　　　　　　　　　　91019854

第六屆中國詩學會議論文集

主　　　　編：國立彰化師範大學國文系
發　行　人：楊愛民
出　版　者：萬卷樓圖書股份有限公司
　　　　　　臺北市羅斯福路二段 41 號 6 樓之 3
　　　　　　電話(02)23216565・23952992
　　　　　　FAX(02)23944113
　　　　　　劃撥帳號 15624015
出版登記證：新聞局局版臺業字第 5655 號
網　　　址：http://www.wanjuan.com.tw
E - m a i l：wanjuan@tpts5.seed.net.tw
經 銷 代 理：紅螞蟻圖書有限公司
　　　　　　臺北市內湖區舊宗路二段 121 巷 28 號 4F
　　　　　　電話(02)27953656(代表號)　傳真 (02)27954100
E - m a i l：red0511@ms51.hinet.net
承 印 廠 商：晟齊實業有限公司
定　　　　價：340 元
出 版 日 期：民國 91 年 12 月初版

（如有缺頁或破損，請寄回本公司更換，謝謝）

◎版權所有　翻印必究◎

ISBN 957－739－416－7